CW01635920

LA DERNIÈRE
DES STANFIELD

DU MÊME AUTEUR
CHEZ POCKET

ET SI C'ÉTAIT VRAI…
OÙ ES-TU ?
SEPT JOURS POUR UNE ÉTERNITÉ…
LA PROCHAINE FOIS
VOUS REVOIR
MES AMIS MES AMOURS
LES ENFANTS DE LA LIBERTÉ
TOUTES CES CHOSES QU'ON NE S'EST PAS DITES
LE PREMIER JOUR
LA PREMIÈRE NUIT
LE VOLEUR D'OMBRES
L'ÉTRANGE VOYAGE DE MONSIEUR DALDRY
SI C'ÉTAIT À REFAIRE
UN SENTIMENT PLUS FORT QUE LA PEUR
UNE AUTRE IDÉE DU BONHEUR
ELLE & LUI
L'HORIZON À L'ENVERS
LA DERNIÈRE DES STANFIELD

SEPT JOURS POUR UNE ÉTERNITÉ
en bande-dessinée

SI C'ÉTAIT À REFAIRE
&
UN SENTIMENT PLUS FORT QUE LA PEUR
(coffret)

MARC LEVY

LA DERNIÈRE DES STANFIELD

roman

Robert Laffont | Versilio

MIXTE
Papier issu de
sources responsables
FSC® C003309

Pocket, une marque d'Univers Poche,
est un éditeur qui s'engage pour la préservation
de son environnement et qui utilise du papier fabriqué
à partir de bois provenant de forêts gérées
de manière responsable.

Le Code de la propriété intellectuelle n'autorisant, aux termes des paragraphes 2 et 3 de l'article L. 122-5, d'une part, que les « copies ou reproductions strictement réservées à l'usage privé du copiste et non destinées à une utilisation collective » et, d'autre part, sous réserve du nom de l'auteur et de la source, que les « analyses et les courtes citations justifiées par le caractère critique, polémique, pédagogique, scientifique ou d'information », toute représentation ou reproduction intégrale ou partielle, faite sans le consentement de l'auteur ou de ses ayants droit ou ayants cause, est illicite (article L. 122-4).
Cette représentation ou reproduction, par quelque procédé que ce soit, constituerait donc une contrefaçon sanctionnée par les articles L. 335-2 et suivants du Code de la propriété intellectuelle.

© Éditions Robert Laffont, S.A., Paris,
Versilio, Paris, 2017

ISBN 978-2-266-28930-6
Dépôt légal : octobre 2018

À Louis, Georges, Cléa
À Pauline

« Il y a trois versions à une histoire : la vôtre… la mienne… et celle qui est vraie.

Personne ne ment. »

Robert EVANS

There are three sides to every story : yours... mine... and the truth. No one is lying.

1

Eleanor-Rigby

Octobre 2016, Londres

Je m'appelle Eleanor-Rigby Donovan.

Mon prénom vous dit peut-être quelque chose. Mes parents étaient fans des Beatles, « Eleanor Rigby » est le titre d'une chanson écrite par Paul McCartney.

Mon père a horreur que je lui fasse remarquer que sa jeunesse appartient au siècle dernier, mais dans les années 1960, les fans de musique rock se divisaient en deux groupes. Rolling Stones ou Beatles ; pour une raison qui m'échappe, il était inconcevable d'apprécier les deux.

Mes parents avaient dix-sept ans quand ils ont flirté pour la première fois, dans un pub londonien près d'Abbey Road. Toute la salle entonnait « All You Need Is Love », les yeux rivés sur un écran de télévision où un concert des Beatles était retransmis en mondovision. Sept cents millions de téléspectateurs accompagnaient leurs émois naissants, de quoi marquer le début d'une histoire à l'encre indélébile. Et pourtant, ils se perdirent de vue quelques années plus tard. La vie étant pleine de surprises, ils se retrouvèrent dans des circonstances assez cocasses, à l'aube de leur trentaine. Je fus conçue treize ans après leur premier baiser. Ils avaient pris leur temps.

Mon père ayant un sens de l'humour qui connaît peu de limites – on raconte dans la famille que c'est cette qualité qui aurait séduit ma mère –, lorsqu'il alla enregistrer mon acte de naissance, il choisit de m'appeler Eleanor-Rigby.

— C'est la chanson que nous écoutions en boucle, alors que nous t'inventions, m'a-t-il confié un jour pour se justifier.

Détail que je n'avais nulle envie de connaître, d'une situation que je n'avais nulle envie d'imaginer. Je pourrais expliquer à qui veut l'entendre que mon enfance fut difficile ; ce serait un mensonge et je n'ai jamais su mentir.

Ma famille est du genre dysfonctionnelle, comme toutes les familles. Là aussi, il y a deux clans : celles qui l'admettent et celles qui font semblant. Dysfonctionnelle, mais joyeuse, parfois presque trop. Impossible de dire quoi que ce soit sur un ton sérieux à la maison sans se faire brocarder. Il y a une volonté absolue chez les miens de vouloir tout prendre avec légèreté, même ce qui est lourd de conséquences. Et, je dois l'avouer, cela m'a souvent rendue dingue. Chacun de mes parents a obstinément attribué à l'autre ce grain de folie qui a germé dans nos conversations, nos repas, nos soirées, mon enfance, comme celles de mon grand frère (il est né vingt minutes avant moi) et de Maggie, ma sœur cadette.

Maggie, septième chanson de la face A de l'album *Let It Be*, a un cœur qui ne tiendrait pas dans la main d'un géant, un caractère bien trempé, elle est aussi une égoïste sans pareille quand il s'agit des petites choses du quotidien. Ce n'est pas incompatible. Si vous avez un vrai problème, elle répondra toujours présente. Refusez de monter à quatre heures du matin dans la voiture de deux copains trop alcoolisés pour conduire, elle piquera les clés de l'Austin de Papa, viendra en pyjama vous chercher à l'autre bout de la ville et déposera aussi vos copains chez eux après leur avoir passé un savon, même s'ils ont deux ans de plus qu'elle. Mais essayez de chiper un toast dans son assiette au petit déjeuner et vos avant-bras s'en souviendront longtemps ; n'espérez pas non plus qu'elle vous laisse un peu de lait dans le réfrigérateur. Pourquoi mes parents l'ont-ils toujours traitée comme une princesse, le mystère reste entier. Maman lui vouait une admiration maladive, sa petite dernière était promise à accomplir de grandes choses. Maggie serait avocate ou médecin, voire les deux, elle sauverait la veuve et l'orphelin, éradiquerait la faim dans le monde… bref, elle était l'enfant chérie et il fallait que toute la famille veille sur sa destinée.

Mon frère jumeau se prénomme Michel, septième chanson de la face A de *Rubber Soul*, bien que sur l'album en question, le prénom soit au féminin. Le gynécologue n'avait pas vu son zizi à l'échographie. À ce qu'il paraît, nous étions trop serrés l'un contre l'autre. *Errare humanum est.* Et grande surprise au moment de l'accouchement. Mais le prénom avait été choisi, pas question d'en changer. Papa se contenta de faire sauter un *l* et un *e*, et mon frère passa les trois premières années de sa vie dans une chambre aux murs roses embellis d'une frise où Alice courait derrière des lapins. La myopie chez un gynécologue peut avoir des conséquences insoupçonnées.

Ceux dont la bonne éducation rivalise avec l'hypocrisie vous diront d'un ton gêné que Michel est un peu spécial. Les préjugés sont l'apanage des gens convaincus de savoir tout sur tout. Michel vit dans un monde qui ignore la violence, la mesquinerie, l'hypocrisie, l'injustice, la méchanceté. Un monde désordonné pour les médecins, mais où, pour lui, chaque chose et chaque pensée a sa place, un monde si spontané et sincère qu'il me laisse à croire que c'est peut-être nous qui sommes spéciaux, pour ne pas dire anormaux. Ces mêmes médecins n'ont jamais réussi à définir de façon certaine s'il avait un syndrome d'Asperger ou s'il était simplement différent. Rien de simple en réalité, mais Michel est un homme d'une douceur incroyable, un puits de bon sens, et une source de fous rires intarissable. Si je ne sais pas mentir, Michel, lui, ne peut s'empêcher de dire ce qu'il pense, au moment où il le pense. À quatre ans, quand il s'est enfin décidé à parler, il a demandé dans la file d'attente d'une caisse de supermarché à une dame en fauteuil roulant où elle avait trouvé son carrosse. Maman, bouleversée de l'entendre enfin prononcer une phrase construite, l'a d'abord pris dans ses bras pour l'embrasser avant de piquer un fard terrible. Et ce n'était que le début…

Depuis le soir où ils se sont retrouvés, mes parents se sont aimés. Il y eut entre eux des matins d'hiver où le froid régnait en maître, comme dans tous les couples, mais ils se sont toujours réconciliés, respectés et surtout admirés. Lorsque je leur ai demandé un jour, alors que je venais de me séparer de l'homme dont j'étais pourtant éprise, comment ils avaient fait pour s'aimer toute une vie, mon père m'a répondu : « Une histoire d'amour, c'est la rencontre de deux donneurs. »

Maman est morte l'an dernier. Elle dînait avec mon père au restaurant, le serveur venait de lui apporter un baba au rhum, son dessert préféré, quand elle s'est écroulée dans la motte de chantilly. Les secours n'ont jamais pu la ranimer.

Papa s'est bien gardé de nous faire partager sa souffrance, conscient que nous la vivions à notre manière. Michel continue chaque matin d'appeler Maman, et mon père lui répond invariablement qu'elle ne peut pas venir au téléphone.

Deux jours après que nous l'avons portée en terre, Papa nous a réunis autour de la table familiale et nous a formellement interdit de tirer des têtes d'enterrement. La mort de Maman ne devait en aucun cas amoindrir ce qu'ils avaient construit pour nous, au prix de tant d'efforts : une famille joyeuse et soudée. Le lendemain, nous avons trouvé un petit mot de lui sur la porte du réfrigérateur : « Mes chéris, un jour vos parents meurent, et puis un autre jour ce sera votre tour, alors passez une bonne journée, Papa. » Logique, aurait dit mon frère. Il n'y a pas un instant à perdre à se complaire dans le malheur. Et puis quand votre mère plonge dans les ténèbres la tête dans un baba au rhum, cela donne à réfléchir.

Mon métier fait pâlir de jalousie tous ceux qui m'interrogent à ce sujet. Je suis journaliste au magazine *National Geographic*. Payée, chichement, mais payée néanmoins pour voyager, photographier et décrire la diversité du monde. Chose étrange, il m'aura fallu parcourir la planète pour découvrir que la splendeur de cette diversité était partout dans mon quotidien, qu'il me suffisait de pousser la porte de notre immeuble et d'être plus attentive aux autres pour la constater.

Mais lorsque vous passez votre vie dans les avions, dormez trois cents nuits par an dans des chambres d'hôtel plus ou moins confortables, plutôt moins d'ailleurs en raison des restrictions budgétaires, écrivez la plupart de vos papiers dans des autobus cahoteux, et que la vue d'une douche propre vous procure une extase sans pareille, de retour chez vous, vous n'avez qu'une envie : rester vautrée dans un canapé moelleux, les pieds en éventail avec un plateau-télé et votre famille à portée de main.

Ma vie sentimentale se résume à quelques jeux de séduction, aussi rares qu'éphémères. Voyager sans cesse vous estampille au fer rouge d'un célibat à durée indéterminée. J'ai entretenu durant deux ans une relation que je voulais fidèle avec un reporter du *Washington Post*. Merveilleuse illusion. Nous avions échangé suffisamment de mails pour nous donner l'impression d'être proches, mais nous n'avons jamais passé plus de trois jours consécutifs ensemble. Bout à bout, notre union ne nous a guère permis de partager plus de deux mois de vie commune. Chaque fois que nous nous retrouvions, nos cœurs battaient la chamade, chaque fois que nous nous quittions aussi ; à force d'arythmies, ils ont fini par céder.

Ma vie n'a rien de banal comparée à celle de la plupart de mes amis, et pourtant, elle est devenue vraiment singulière un matin, alors que j'ouvrais mon courrier.

Je rentrais d'un séjour au Costa Rica, Papa était venu me chercher à l'aéroport. On me dit qu'à trente-cinq ans, je devrais avoir coupé le cordon. D'une certaine manière je l'ai fait, mais dès que je reviens, quand j'aperçois le visage de mon père au milieu de la foule qui guette les passagers, je retombe en enfance et rien ne me ferait lutter contre cette douce sensation.

Il a un peu vieilli depuis la mort de Maman, sa chevelure s'est éclaircie, son ventre légèrement arrondi, et sa démarche s'est faite un peu plus lourde, mais il est toujours cet homme magnifique, élégant, brillant et farfelu, et je n'ai jamais senti odeur plus rassurante que celle de sa nuque quand il me serre dans ses bras en me soulevant de terre. Œdipe quand tu nous tiens, surtout ne nous lâche jamais, ou le plus tard possible. Ce voyage en Amérique centrale m'avait épuisée. J'avais passé le vol coincée entre deux passagers dont les têtes s'égaraient sur mes épaules à chaque turbulence, comme si la mienne était à un oreiller de fortune. De retour à la maison, à voir ma mine froissée dans le miroir de la salle de bains, je leur trouvais quelques excuses. Michel était venu dîner chez Papa, ma sœur nous avait rejoints au milieu du repas et mon cœur oscillait entre le plaisir de les revoir et l'envie de me retrouver seule dans cette chambre que j'avais occupée officiellement jusqu'à mes vingt ans, officieusement beaucoup plus longtemps. Je loue un studio sur Old Brompton Road, dans l'ouest de Londres, par principe et pure fierté, car je n'y dors presque jamais. Les rares moments où je rentre au pays, j'aime me retrouver sous le toit de notre maison familiale à Croydon.

Le lendemain de ce retour, je suis passée chez moi. Au milieu des factures et des prospectus, j'ai trouvé une enveloppe manuscrite. L'écriture était remarquablement belle, riche de pleins et de déliés comme on apprenait à en faire à l'école.

À l'intérieur, une lettre m'apprenait que ma mère aurait eu un passé dont j'ignorais tout. On m'assurait qu'en fouillant ses affaires, je mettrais la main sur des souvenirs qui me livreraient quantité d'informations sur la femme qu'elle avait été. Et le « corbeau » ne s'en tenait pas là. À l'en croire, Maman avait été coauteur d'un forfait magistral, commis il y a trente-cinq ans. La lettre ne précisait rien de plus.

Beaucoup de choses clochaient dans ces révélations. Pour commencer, ces trente-cinq ans coïncidaient avec l'année de ma conception… difficile d'imaginer Maman enceinte, de jumeaux de surcroît, dans la peau d'une hors-la-loi, surtout si vous aviez connu ma mère. L'auteur de cette lettre anonyme m'invitait, si je voulais en savoir plus, à me rendre à l'autre bout du monde. Sur ce, il me priait de détruire sa missive, me recommandant de n'en parler à personne, ni à Maggie et surtout pas à mon père.

Comment cet inconnu connaissait-il le prénom des personnes les plus proches de moi ? Ça aussi, ça clochait.

J'avais enterré Maman au printemps dernier, et j'étais encore loin d'avoir fait mon deuil.

Ma sœur ne m'aurait jamais fait une plaisanterie d'aussi mauvais goût, mon frère aurait été incapable d'inventer une histoire pareille, et j'avais beau parcourir mon carnet d'adresses, je ne voyais aucune de mes connaissances me jouer un tour de ce genre.

Qu'auriez-vous fait à ma place ? Probablement la même erreur que moi.

2

Sally-Anne

Octobre 1980, Baltimore

En quittant le loft, il lui fallait affronter le grand escalier. Cent vingt marches en pente raide, desservant trois paliers faiblement éclairés par une ampoule au bout d'un cordon en fils tressés, maigre halo de lumière dans cet abîme. Le descendre était un jeu de trompe-la-mort, le gravir relevait du supplice. Sally-Anne l'empruntait matin et soir.

Le monte-charge avait fait son temps. Sa vieille grille piquée de rouille se fondait dans le paysage des murs ocre.

Lorsque Sally-Anne poussait la porte de l'immeuble, la clarté terreuse des docks l'aveuglait toujours. Les rues étaient peuplées d'anciens entrepôts en brique rouge. Au bout d'une jetée battue par les vents marins se dressaient de hautes grues, charriant les containers des derniers cargos venus accoster dans un port en décrépitude. Le quartier n'avait pas encore été gentrifié par des promoteurs habiles. À cette époque, seuls quelques artistes débutants, musiciens ou peintres en herbe, jeunes fauchés côtoyant des gosses de riches, fêtards livrés à eux-mêmes, le plus souvent en disgrâce avec la loi, avaient élu domicile dans ces espaces abandonnés. La première épicerie se trouvait à dix minutes de moto.

Sally-Anne possédait une Triumph Bonneville, 650 centimètres cubes capables de vous entraîner, si la folie vous en disait, à plus de cent miles à l'heure. Le réservoir bleu et blanc était cabossé, souvenir d'une chute mémorable alors qu'elle apprenait encore à dompter la bête.

Quelques jours plus tôt, les parents de Sally-Anne lui avaient suggéré de quitter la ville pour aller découvrir le monde. De ses doigts manucurés, sa mère avait griffonné un chèque, qu'elle avait détaché délicatement de la souche avant de le remettre à sa fille, dont elle se détachait ainsi.

Sally-Anne avait considéré la somme, imaginé la dépenser en frasques et beuveries, et finalement, plus vexée par la distance que sa famille lui imposait que par cette expiation pour une faute qu'elle n'avait pas commise, elle avait décidé de se venger. Elle allait obtenir un tel succès qu'ils regretteraient un jour de l'avoir répudiée. Projet certes ambitieux, mais Sally-Anne avait pour elle une intelligence hors pair, un joli corps et un carnet d'adresses bien fourni. Dans sa famille, la réussite se mesurait à la hauteur du compte en banque et des possessions que l'on pouvait afficher. Sally-Anne n'avait jamais manqué d'argent, mais l'argent ne l'avait jamais fascinée plus que cela. Elle aimait la compagnie des gens, et se moquait de choquer les siens en fréquentant depuis longtemps ceux ou celles qui n'appartenaient pas à son milieu.

Sally-Anne avait ses défauts, mais il fallait lui reconnaître d'entretenir des amitiés sincères.

Le ciel était traître, d'un bleu azur qui ne devait pas lui faire oublier qu'il avait plu toute la nuit. À moto, une chaussée grasse ne pardonne pas. La Triumph avalait l'asphalte, Sally-Anne sentait la chaleur du moteur entre ses mollets. Piloter cet engin lui procurait une sensation de liberté inégalable.

Elle repéra à un carrefour encore lointain une cabine téléphonique esseulée dans ce no man's land, jeta un regard au cadran de la montre qui apparaissait entre les boutons-pression de sa main gantée, rétrograda et serra la poignée de frein. Elle rangea la Triumph le long du trottoir et fit tomber la béquille. Elle avait besoin de s'assurer que sa complice serait à l'heure.

Cinq sonneries, May aurait déjà dû décrocher. Sally-Anne sentit sa gorge se nouer quand, enfin, elle entendit un déclic.

— Tout va bien ?

— Oui, répondit la voix laconique.

— Je suis en route. Tu es prête ?

— Je l'espère, de toute façon, il est trop tard pour reculer, n'est-ce pas ?

— Pourquoi voudrions-nous reculer ? demanda Sally-Anne.

May aurait pu énoncer toutes les raisons qui lui venaient à l'esprit. Leur projet était bien trop risqué, l'enjeu en valait-il vraiment la peine ? À quoi bon cette vengeance, puisqu'elle n'effacerait rien de ce qui s'était passé. Et si tout ne se déroulait pas comme prévu, si elles se faisaient prendre ? Être jugées deux fois coupables serait au-dessus de leurs forces. Mais si elle acceptait de courir ces risques, c'était pour son amie et non pour elle, alors May se tut.

— Ne sois pas en retard, insista Sally-Anne.

Une voiture de police passa par là et Sally-Anne retint son souffle, songeant qu'elle ne devait pas céder à l'inquiétude, sinon qu'adviendrait-il quand elle passerait vraiment à l'acte ? Pour l'instant, elle n'avait rien à se reprocher, sa moto était correctement garée et se servir d'une cabine téléphonique n'était pas illégal. La voiture de police continua son chemin, l'agent au volant avait pris le temps de lui lancer un regard aguicheur. Si ceux-là s'y mettent aussi ! pensa-t-elle en raccrochant.

Nouveau coup d'œil à sa montre, elle arriverait devant la porte des Stanfield d'ici vingt minutes, quitterait leur demeure dans l'heure et serait de retour dans quatre-vingt-dix minutes. Quatre-vingt-dix minutes qui allaient tout changer, pour May et pour elle. Elle enfourcha la Triumph, lança le moteur d'une talonnade sur le kick et reprit la route.

À l'autre bout de la ville, May enfilait son manteau. Elle vérifia que le crochet en diamant se trouvait bien dans le mouchoir en papier au fond de sa poche droite, et paya le serrurier qui le lui avait fabriqué. En sortant de l'immeuble, elle fut saisie par le froid. Les branches dénudées des peupliers craquaient dans le vent. Elle remonta son col, marcha jusqu'à la station et attendit le bus.

Assise près de la vitre, elle regarda son reflet, passa ses doigts dans ses cheveux pour les ramener en arrière et ajusta l'épingle afin de les retenir en chignon. Deux rangées devant elle, un homme écoutait un morceau de Chet Baker que diffusait un petit poste radio posé sur ses genoux. Sa nuque oscillait au rythme lent de la ballade. L'homme assis près de lui feuilletait bruyamment les pages d'un journal, pour le gêner autant que *My Funny Valentine* semblait l'indisposer.

— C'est la chanson la plus belle que je connaisse, lui murmura sa voisine.

May la trouvait plus triste que belle, la vérité était entre les deux. Elle quitta le bus six stations plus loin, et s'arrêta au pied de la colline, à l'heure prévue. Sally-Anne patientait sur sa moto. Elle lui tendit un casque et attendit qu'elle s'installât sur la selle. Le moteur rugit et la Triumph grimpa la route.

3

Eleanor-Rigby

Octobre 2016, Beckenham, banlieue de Londres

Tout paraissait normal, mais plus rien ne l'était. Maggie se tenait dans l'encadrement de la porte du salon, adossée au chambranle, une cigarette éteinte qu'elle faisait rouler entre ses doigts. Quelque chose lui disait qu'allumer cette clope validerait les inepties qu'elle venait de lire.

Droite sur ma chaise, comme une élève au premier rang qui ne veut pas s'attirer les foudres de la maîtresse, je tenais la lettre entre mes mains, dans un état proche de la stupéfaction religieuse.

— Relis-la, m'ordonna Maggie.

— S'il te plaît. Relis-la, *s'il te plaît*, précisai-je pour la forme.

— Laquelle des deux a débarqué chez l'autre au milieu de la nuit ? Alors, ne m'emmerde pas *s'il te plaît*…

Comment Maggie pouvait-elle s'offrir le loyer d'un deux-pièces quand moi, qui avais un vrai boulot, peinais à payer celui de mon studio ? Nos parents avaient forcément dû lui filer un coup de main. Et si elle l'occupait toujours depuis la mort de notre mère, c'est que Papa était dans la combine et c'était ça qui m'agaçait. Un jour il faudrait que j'aie le cran de poser la question à la table familiale. Oui, pensais-je, un jour je trouverai le courage de m'affirmer une bonne fois pour toutes face à ma sœur cadette, et de la remettre à sa place quand elle me parle mal, et toutes autres sortes de choses qui me passaient par la tête pour ne pas penser à cette lettre que j'allais relire à Maggie puisqu'elle venait de me l'ordonner.

— Tu as perdu ta langue, Rigby ?

Je déteste quand Maggie écorche mon prénom en lui volant sa part de féminité. Et Maggie le sait pertinemment. Outre l'amour que nous nous portons, rien n'est jamais simple entre nous. Enfants, il nous arrivait de nous arracher les cheveux dans des combats de petites filles en colère, qui n'ont fait que s'amplifier à l'adolescence. Nous nous battions jusqu'à ce que Michel prenne sa tête entre ses mains comme si un mal distillé par la méchanceté de ses sœurs venait sourdre sous ses tempes et lui faire souffrir le martyre. Alors nous cessions le combat dont nous avions depuis longtemps oublié la cause, et pour le convaincre que tout cela n'était qu'un jeu, nous nous serrions dans les bras l'une de l'autre en l'entraînant dans une ronde joyeuse.

Maggie rêvait d'avoir mes cheveux roux, mon apparence sereine, comme si à l'entendre, rien ne pouvait m'atteindre. Moi, je rêvais d'avoir la tignasse noire de ma cadette, ce qui m'aurait épargné tant de moqueries à l'école, sa beauté imperméable, son aplomb. Entre nous, tout était prétexte à l'affrontement, mais qu'un étranger ou l'un de nos parents s'en prenne à l'une, et l'autre rappliquait en courant toutes griffes dehors, prête à mordre pour protéger sa sœur.

Je soupirai et commençai ma lecture à voix haute.

Chère Eleanor,

Vous me pardonnerez ce raccourci, les prénoms composés sont trop longs à mon goût, le vôtre est ravissant d'ailleurs, mais là n'est pas le propos de cette lettre. Vous avez dû ressentir le départ brutal de votre mère comme une profonde injustice. Elle était faite pour devenir grand-mère, mourir très âgée dans son lit, entourée de sa famille à qui elle a tant donné. C'était une femme remarquable, et d'une telle intelligence, capable du meilleur comme du pire, mais vous n'avez connu que le meilleur.

Il en est ainsi, on ne sait de nos parents que ce qu'ils veulent bien nous dire, ce que l'on veut bien voir d'eux, et l'on oublie, car c'est dans l'ordre des choses, qu'ils ont vécu avant nous. Je veux dire qu'ils ont eu une existence rien qu'à eux, connu les tourments de la jeunesse, ses mensonges. Eux aussi ont dû briser leurs chaînes, s'affranchir. La question est : comment ?

Votre mère, par exemple, a renoncé il y a trente-cinq ans à une fortune considérable. Mais cette fortune n'était pas le fruit d'un héritage. Alors dans quelles conditions se l'était-elle procurée ? Lui appartenait-elle ou l'avait-elle volée ? Sinon, pourquoi lui avoir tourné le dos ? Autant de questions auxquelles il vous appartient de trouver les réponses, si cela vous intéresse. Et si c'est le cas, je vous suggère de mener vos recherches en usant d'habileté. Vous vous doutez bien qu'une femme aussi sensée que votre mère n'aurait

pas enfoui ses secrets les plus intimes dans un endroit facile à trouver. Lorsque vous aurez découvert les preuves du bien-fondé de mes interrogations, car je sais que votre première envie sera de ne pas me croire, il vous faudra partir à ma rencontre, quand le temps sera venu, car je vis à l'autre bout du monde et pour l'instant, je me dois de vous laisser réfléchir. Vous avez beaucoup à faire.
Pardonnez-moi encore cet anonymat, n'y voyez aucune lâcheté, c'est pour votre bien que j'agis ainsi. Je vous recommande de tout cœur de ne parler de cette lettre à personne, ni à Maggie ni à votre père, et de la détruire aussitôt lue. La conserver ne vous serait d'aucune utilité.
Croyez à la sincérité de mon propos ; je vous souhaite le meilleur et vous adresse, bien qu'avec retard, mes condoléances.

— Assez maligne, la façon dont ce texte est tourné, lâchai-je. Impossible de savoir si son auteur est un homme ou une femme.

— Homme ou femme, c'est un esprit dérangé. La seule chose sensée dans cette lettre, c'est la recommandation de la détruire…

— Et de n'en parler à personne, surtout pas à toi…

— Celle-là, tu as bien fait de ne pas la suivre.

— Ni à Papa.

— Mais celle-ci tu ferais bien de t'y tenir, parce qu'il est hors de question de l'inquiéter avec ce tissu de conneries.

— Cesse de toujours me dire ce que je dois faire ou ne pas faire, c'est moi l'aînée !

— Parce qu'un an de plus te donnerait une intelligence supérieure ? Si c'était le cas, tu n'aurais pas accouru chez moi pour me montrer cette lettre.

— Je n'ai pas couru, je l'ai reçue avant-hier, précisai-je.

Maggie tira une chaise et s'assit en face de moi. J'avais posé la lettre sur la table. Elle l'effleura des doigts et apprécia la qualité du papier.

— Ne me dis pas que tu crois un mot de tout ça ? demanda-t-elle.

— Je n'en sais rien… mais pourquoi quelqu'un perdrait-il son temps à écrire ce genre de choses s'il ne s'agit que de mensonges ? lui répondis-je.

— Parce qu'il y a des tarés partout, prêts à tout et n'importe quoi pour te faire du mal.

— Pas à moi, Maggie. Tu vas trouver ma vie ennuyeuse, mais je ne me connais pas d'ennemis.

— Un homme que tu aurais fait souffrir ?

— J'aimerais bien, mais de ce côté-là c'est le désert à perte d'horizon.

— Ton journaliste ?

— Jamais il ne serait capable d'une telle ignominie. Et puis nous sommes restés en bons termes.

— Alors comment l'auteur de ce torchon connaît-il mon prénom ?

— Il en sait bien plus que cela sur nous. S'il n'a pas mentionné Michel, c'est…

Maggie fit tournoyer son briquet sur la table.

— … qu'il était certain que tu n'irais pas perturber notre frère. Donc, le corbeau connaît sa condition. J'avoue que ça fiche les jetons, lâcha-t-elle.

— Qu'est-ce qu'on fait ? demandai-je.

— Rien, nous ne faisons rien, c'est le meilleur moyen de ne pas entrer dans son jeu. On jette cette saleté à la poubelle, et la vie continue.

— Tu imagines maman à la tête d'une fortune quand elle était jeune ? Ça n'a aucun sens, nous avons toujours eu du mal à joindre les deux bouts. Si elle avait été riche, pourquoi se serait-on serré la ceinture comme on l'a fait ?

— N'exagère pas, ce n'était tout de même pas la misère, nous n'avons manqué de rien, rétorqua Maggie en s'emportant.

— *Toi*, tu n'as jamais manqué de rien, il y a tellement de choses qui t'ont échappé.

— Ah oui, et lesquelles ?

— Les fins de mois difficiles justement. Tu crois que maman donnait des cours particuliers par dévotion ou que Papa passait ses week-ends à corriger des manuscrits pour le plaisir ?

— Il bossait dans l'édition et maman enseignait, je pensais que cela faisait partie de leur travail.

— Non justement, passé dix-huit heures ça ne faisait plus du tout partie de leur travail. Et quand ils nous envoyaient en camps de vacances, tu crois qu'ils partaient dans les Caraïbes pendant ce temps-là ? Ils travaillaient. Maman a même été jusqu'à faire des remplacements à l'hôpital comme hôtesse d'accueil.

— Maman ? reprit Maggie sidérée.

— Trois années de suite, l'été de tes treize, quatorze et quinze ans.

— Et pourquoi tu étais au courant et pas moi ?

— Parce que moi je leur posais des questions. Un an de plus, tu vois que ça compte.

Maggie se tut un instant.

— Alors non, reprit-elle, l'idée que notre mère ait caché un pactole ne tient pas du tout la route.

— Quoique fortune ne veuille pas dire nécessairement argent.

— Si ce n'est pas une vraie fortune, pourquoi le corbeau aurait-il suggéré qu'elle n'était pas le fruit d'un héritage ?

— Il nous recommande aussi de faire preuve d'habileté, c'est peut-être une façon de nous indiquer que sa prose est plus subtile qu'elle ne le paraît.

— Ça fait beaucoup de *peut-être*. Débarrasse-toi de cette lettre, oublie même que tu l'as reçue.

— Bien sûr ! Telle que je te connais, je ne te donne pas deux jours pour débarquer chez Papa et fouiller sa maison.

Maggie attrapa le briquet et alluma sa cigarette. Elle tira une grande bouffée et recracha la fumée à la verticale.

— D'accord, concéda-t-elle. Demain, dîner de famille ici. Tu cuisineras le repas et moi je cuisinerai Papa, juste pour en avoir le cœur net, même si je suis convaincue que c'est une perte de temps.

— Demain tu commanderas des pizzas et nous interrogerons Papa toutes les deux, discrètement, Michel sera là.

4

Ray

Octobre 2016, Croydon, banlieue de Londres

L'idée de dîner avec ses enfants l'enchantait, mais il aurait préféré que cela se passe chez lui. Ray était casanier et à son âge on ne se refait pas. Il sortit sa veste à chevrons de la penderie. Il irait chercher Michel, ce serait une occasion de faire rouler sa vieille Austin. Il ne la prenait plus pour aller faire ses courses depuis que Tesco avait ouvert une supérette à cinq minutes à pied. Son médecin lui avait ordonné de marcher au moins quinze minutes tous les jours. C'était le minimum pour entretenir ses articulations. Ses articulations, il s'en fichait pas mal, c'était juste qu'il ne savait plus quoi faire de son corps depuis qu'il était veuf. Il rentra tout de même son ventre devant le miroir et passa la main dans ses cheveux pour les coiffer en arrière. Vieillir, il s'en moquait aussi, mais il regrettait la tignasse épaisse de sa jeunesse. Avec tous les milliards que le gouvernement dépensait dans des guerres qui ne servaient à rien, on aurait mieux fait de trouver un truc qui fasse repousser les cheveux. S'il avait pu revivre ses trente ans, il aurait convaincu sa femme de mettre ses talents de chimiste au service de la science au lieu d'enseigner. Elle aurait trouvé la formule magique, fait leur fortune, et ils auraient coulé leurs vieux jours dans les palaces du monde entier.

Il changea d'avis en attrapant sa gabardine. Son veuvage aurait été encore plus terrible à voyager seul, et puis il était casanier. C'était la première fois que Maggie organisait une soirée chez elle. Elle allait peut-être lui annoncer qu'elle se mariait ? Il se demanda aussitôt s'il rentrerait encore dans son smoking. Au pire, il se mettrait au régime, à condition qu'elle lui laisse le temps de perdre deux ou trois kilos, cinq au plus, il ne fallait rien exagérer, il avait tout de même conservé sa ligne, à part quelques rondeurs par-ci par-là, rien de terrible. Maggie était capable de lui annoncer dans la foulée que la noce aurait lieu le week-end suivant, elle était tellement impatiente. Qu'est-ce qu'il pourrait bien lui offrir comme cadeau de mariage ? Il remarqua que ses paupières s'étaient un peu affaissées, il appuya son index sous son œil droit et trouva que cela le rajeunissait aussitôt, et aussi qu'il avait l'air d'un abruti comme ça. Il pourrait se coller deux morceaux de scotch sous les yeux, ça ferait marrer tout le monde. Ray fit quelques grimaces devant le miroir et se fit rire tout seul. De bonne humeur, il attrapa sa casquette, fit sauter les clés de sa voiture dans la paume de sa main et sortit de chez lui avec l'allant d'un jeune homme.

L'Austin sentait bon la poussière, une odeur de vieux très élégante, comme seuls en dégagent les intérieurs d'automobiles de collection. Son voisin argumentait qu'une A60 break n'en était pas une, de la pure jalousie ! Allez trouver aujourd'hui des tableaux de bord en véritable palissandre, même la montre de bord était une antiquité. C'était déjà une seconde main quand il l'avait acquise, en quelle année déjà ? Les jumeaux n'étaient pas nés. Évidemment qu'ils n'étaient pas nés, c'est à son bord qu'il était allé chercher sa femme à la gare quand ils s'étaient retrouvés. Incroyable de songer que cette voiture les avait accompagnés toute leur vie. Combien de miles avaient-ils parcourus dans cette Austin ? Deux cent vingt-quatre mille six cent cinquante-trois, quatre quand il arriverait chez Michel, si ça, ce n'était pas une auto de collection… Quel imbécile, ce voisin !

Impossible de poser son regard sur le fauteuil passager sans deviner le fantôme de sa femme. Il la voyait encore se pencher pour enclencher sa ceinture de sécurité. Elle n'arrivait jamais à l'ajuster et pestait en le soupçonnant de l'avoir raccourcie juste pour l'embêter et lui faire croire qu'elle avait grossi. C'est vrai qu'il lui avait joué ce tour à deux ou trois occasions, mais jamais plus. En fait si, peut-être un peu plus, s'il y songeait. Ce serait bien de pouvoir se faire enterrer dans sa voiture. Enfin, ça demanderait d'agrandir considérablement les cimetières, et ce ne serait pas très écologique.

Ray se gara devant l'immeuble de Michel. Il klaxonna à deux reprises et l'attendit en observant les piétons sur les trottoirs moirés. Et qu'on ne vienne pas râler contre la pluie anglaise, aucun pays n'était aussi verdoyant.

Un couple retint son attention. L'homme ne devait pas se marrer tous les jours. Si le bon Dieu existait, c'est ce type-là qui aurait dû être veuf. Le monde était vraiment mal foutu. Pourquoi Michel était-il toujours aussi lent à sortir de chez lui ? Parce qu'il devait vérifier que chaque chose était à sa place, le gaz fermé, même s'il ne se servait plus de sa gazinière depuis belle lurette, que les lampes étaient éteintes, sauf dans sa chambre qu'il laissait toujours éclairée, et que la porte du réfrigérateur était bien close. Le joint avait pris un coup de vieux. Il viendrait le lui changer, un jour où Michel serait à son travail. Il ne le lui dirait qu'une fois la réparation effectuée. Le voilà enfin qui apparaissait dans son éternel trench-coat qu'il portait même en été, et celui-là, il n'était pas près de le convaincre d'en changer.

Ray se pencha pour ouvrir la portière, Michel se glissa à l'intérieur de l'habitacle, embrassa son père, mit sa ceinture et posa ses mains sur ses genoux. Il fixa la route lorsque la voiture redémarra et deux carrefours plus loin se dérida enfin.

— Je suis heureux que nous dînions tous ensemble, mais c'est étrange que nous allions chez Maggie.

— Et pourquoi c'est étrange, mon bonhomme ? demanda Ray.

— Maggie ne fait jamais la cuisine, alors c'est étrange à cause de cela.

— J'ai cru comprendre que ce soir c'était la fête, elle a commandé des pizzas.

— Ah, alors c'est moins étrange, mais tout de même, répondit Michel en suivant des yeux une jeune femme qui traversait.

— Pas mal, siffla Ray.

— Elle est un peu disproportionnée, lâcha Michel.

— Tu plaisantes, elle est magnifique !

— La taille moyenne d'un individu de sexe féminin en 2016 est de cinq pieds six pouces, cette femme mesure au moins six pieds un pouce. Elle est donc très grande.

— Si tu le dis, mais à ton âge, j'aurais apprécié ce genre de disproportion.

— J'aime mieux quand c'est…

— Plus petit !

— Oui, voilà, plus petit.

— À chaque casserole son couvercle, n'est-ce pas ?

— Peut-être, mais je ne vois pas le rapport.

— C'est une expression, Michel. Pour dire que tous les goûts sont dans la nature.

— Oui, cela paraît logique, pas la première de tes expressions, qui n'a aucun sens, mais la seconde. Elle correspond à ce que j'ai pu constater.

L'Austin s'engouffra sur le boulevard au milieu de la circulation. Une fine pluie se remit à tomber, un vrai crachin anglais qui fit briller le macadam en quelques minutes.

— Je crois que ta sœur va nous annoncer qu'elle se marie.

— Laquelle ? j'en ai deux.

— Maggie, je pense.

— Ah, et pourquoi penses-tu cela ?

— L'instinct paternel, fais-moi confiance. Et si je t'en parle maintenant, c'est pour une raison bien précise. Quand elle nous l'annoncera, je veux que tu saches que c'est une bonne nouvelle et donc que tu manifestes ta joie.

— Ah, pourquoi ?

— Parce que si tu ne le fais pas, ta sœur sera triste. Quand les gens vous annoncent quelque chose qui les rend heureux, ils attendent en retour que nous partagions leur bonheur.

— Ah, et pourquoi ?

— Parce que c'est une façon de montrer que nous les aimons.

— Je comprends. Et se marier est une bonne nouvelle ?

— Vaste question. En principe, oui.

— Et son futur mari sera là ?

— Peut-être, avec ta sœur on ne sait jamais.

— Laquelle ? j'en ai deux.

— Je sais bien que tu en as deux, c'est moi qui les ai faites je te rappelle, enfin avec ta mère bien sûr.

— Et Maman sera là ?

— Non, ta mère ne sera pas là. Tu sais pourquoi, je te l'ai expliqué de nombreuses fois.

— Oui, je le sais, parce qu'elle est morte.

— Voilà, parce qu'elle est morte.

Michel regarda par la vitre avant de tourner la tête pour fixer son père.

— Et pour vous deux, c'était une bonne nouvelle quand vous vous êtes mariés ?

— Une formidable nouvelle, mon vieux. Et si c'était à refaire, je l'aurais même épousée plus tôt. Alors pour Maggie aussi ce sera une bonne nouvelle ; les mariages heureux, je suis sûr que nous avons un don pour cela dans la famille.

— Ah. Je vérifierai demain à l'université, mais je ne crois pas que ce soit d'ordre génétique.

— Et toi, tu es heureux, Michel ? demanda Ray d'une voix douce.

— Oui, je crois… Je le suis maintenant que Maggie va se marier et que je sais que ce sera un mariage heureux puisque nous avons ce don dans la famille, mais j'ai tout de même un peu peur de rencontrer son mari.

— De quoi as-tu peur ?

— Eh bien, j'espère que nous nous entendrons bien.

— Tu le connais déjà. Fred, un grand gaillard, il est très sympathique, et nous sommes allés dîner plusieurs fois dans son pub. Enfin, je suppose que c'est avec lui qu'elle va se marier, quoique avec ta sœur, on ne sait jamais.

— Dommage que Maman ne puisse pas venir le soir où sa fille nous annonce qu'elle va se marier.

— Laquelle ? J'en ai deux, lui répondit Ray en souriant.

Michel réfléchit un instant et se mit à sourire.

5

May

Octobre 1980, Baltimore

La moto remontait la route à flanc de colline. Chaque fois que Sally-Anne remettait les gaz, la roue arrière soulevait une traînée de poussière. Encore quelques virages et la demeure serait en vue. May ne tarda pas à deviner au loin les grilles élégantes qui protégeaient la propriété des Stanfield, noires et rehaussées de pointes ouvragées. Plus elles se rapprochaient, plus May resserrait ses bras autour de la taille de Sally-Anne, et son étreinte devint si forte que celle-ci finit par en sourire, lui criant dans le vent :

— Moi aussi j'ai la trouille, mais dis-toi que c'est ce qui rend cette aventure excitante.

Le moteur de la Triumph ronronnait bien trop fort pour que la phrase parvienne entièrement à May, elle avait entendu « trouille » et « excitant », et c'était exactement ce qu'elle ressentait. Ce devait être cela une relation parfaite, être au diapason de l'autre.

Sally-Anne rétrograda, inclina la machine en amorçant le dernier lacet qui virait à cent quatre-vingts degrés, puis elle accéléra et la redressa en sortant de la courbe. Elle maîtrisait la Triumph avec une agilité à faire pâlir d'envie n'importe quel biker. Dernière ligne droite, maintenant la maison se distinguait nettement en haut de la colline. Elle dominait toute la vallée, avec son péristyle prétentieux. Seuls les nouveaux riches et les parvenus appréciaient un luxe aussi ostentatoire, et pourtant les Stanfield comptaient parmi les plus vieilles familles de notables de la ville, ils avaient même participé à sa fondation. Les uns racontaient qu'ils avaient commencé d'amasser leur fortune sur le dos des esclaves qui cultivaient leurs terres, d'autres, au contraire, qu'ils étaient parmi les premiers à les avoir affranchis et que certains Stanfield auraient payé de leur sang pour les libérer. L'histoire variait selon le quartier où on la racontait.

Sally-Anne rangea la moto sur le parking réservé aux employés. Elle coupa le moteur, ôta son casque et se tourna vers May qui descendait de la selle.

— L'entrée des fournisseurs est devant toi, tu t'y présentes et tu dis que tu as rendez-vous avec « Mlle Verdier ».

— Et si elle est là ?

— Elle aurait un sacré don d'ubiquité, parce que la femme qui marche vers cette Ford noire que tu vois là-bas, c'est justement Mlle Verdier. Je te l'ai dit, elle prend sa pause tous les jours à onze heures, monte à bord de sa belle voiture et file en ville se faire masser… enfin, façon de parler, elle ne fait pas que se faire masser.

— Et comment sais-tu cela ?

— Je l'ai suffisamment suivie ces dernières semaines, et quand je te dis que je l'ai suivie, c'était de très près, alors tu peux me croire sur parole.

— Tu n'as pas poussé le vice jusqu'à…

— On n'a pas le temps de discuter, May, Verdier est une peine-à-jouir, mais elle aura eu son petit orgasme matinal dans quarante-cinq minutes et après avoir avalé un BLT et un Coca au café voisin pour se requinquer, elle rappliquera aussitôt. File maintenant, tu connais le plan par cœur, nous l'avons répété cent fois.

May resta plantée devant son amie ; Sally-Anne sentit qu'elle manquait d'assurance, alors elle la serra dans ses bras, lui dit qu'elle était ravissante et que tout se passerait bien. Elle l'attendrait sur le parking.

May traversa la route et se présenta à la porte de service. Celle par où journaux, nourriture, boissons et fleurs étaient livrés, ainsi que tout ce que Mme Stanfield ou son fils achetaient en ville. En jeune femme fort bien éduquée, elle annonça au majordome avoir rendez-vous avec Mlle Verdier pour un entretien. Comme Sally-Anne l'avait prévu, impressionné par l'autorité naturelle conférée par l'accent britannique qu'elle avait emprunté, l'employé de maison ne lui posa aucune autre question et la fit entrer. Il comprit qu'elle était arrivée en avance, et parce qu'il n'aurait pas été convenable de faire attendre une personne de sa condition dans un vestibule, il la conduisit, ainsi que Sally-Anne l'avait également prévu, dans un petit salon au premier étage.

Avec un air contrit, il l'invita à prendre place dans un fauteuil. Mlle Verdier était sortie, quelques instants seulement, ajouta-t-il, avant de préciser qu'elle ne tarderait certainement plus à revenir. Il lui proposa un rafraîchissement. May le remercia, elle n'avait pas soif. Le majordome se retira, la laissant seule dans cette pièce cossue jouxtant le bureau de la secrétaire de M. Stanfield.

Le salon était meublé d'un guéridon séparant deux fauteuils en velours assortis aux rideaux qui ornaient les fenêtres. Le parquet en chêne sombre était recouvert d'un tapis d'Aubusson, les murs de boiseries, et au plafond pendait un petit lustre en cristal.

Se présenter, monter le grand escalier jusqu'au premier étage de la demeure, parcourir le long couloir qui surplombait le hall pour arriver jusqu'ici lui avait pris dix minutes. Elle devait impérativement avoir quitté les lieux avant le retour de la secrétaire nymphomane à ses heures. L'idée de ce qu'elle était en train de faire dans un salon de massage douteux du centre-ville aurait dû l'amuser, elles en riaient avec Sally-Anne pendant qu'elles répétaient leur plan. Mais maintenant qu'il lui fallait entrer dans son bureau, commettre une effraction qui, *de facto*, la mettrait hors la loi, elle n'en menait pas large. Si elle se faisait surprendre, on appellerait la police et la police ne tarderait pas à relier les points entre eux. Alors, ce ne serait plus d'une simple intrusion qu'on l'accuserait. Ne pas penser à ça, pas maintenant. Elle avait la bouche sèche, elle aurait dû accepter le verre d'eau proposé par le majordome, mais elle aurait perdu trop de temps. Se lever et marcher vers cette porte. Tourner la poignée et entrer.

C'est exactement ce qu'elle fit, avec une détermination qui la stupéfia. Elle agissait comme un automate programmé pour exécuter une tâche bien précise.

Une fois à l'intérieur, elle referma la porte en douceur. Il y avait de grandes chances que le maître des lieux se trouve dans la pièce voisine et il n'ignorait pas que son assistante était absente à cette heure-ci.

Elle fit un tour d'horizon, étonnée par la décoration moderne qui contrastait avec celle des autres pièces de la demeure qu'elle connaissait. Une reproduction d'un tableau de Miró ornait le mur face à un bureau en bois clair. Ce n'était peut-être pas une reproduction, d'ailleurs. Pas le temps de s'approcher pour en décider. Elle repoussa le fauteuil, s'agenouilla devant le caisson à tiroirs et sortit de sa poche le crochet caché dans son mouchoir en papier.

Elle s'était entraînée cent fois sur un caisson du même type pour apprendre à venir à bout de sa serrure sans l'endommager. Une serrure à paillettes de modèle Yale, pour laquelle une relation de Sally-Anne lui avait recommandé et vendu un crochet palpeur à tête en forme de demi-diamant. Angle large à l'extrémité et étroit à la base, facile à introduire et facile à retirer. Elle se remémora la leçon : éviter de racler l'intérieur pour ne laisser aucune limaille de fer qui bloquerait le mécanisme et trahirait le forfait, tenir le manche bien à l'horizontale en face du barillet, entrer lentement le crochet, palper les goupilles en appliquant sur chacune une pression mesurée pour les soulever sans les endommager. Elle sentit la première atteindre la ligne de césure, avança lentement la tête du crochet jusqu'à ce que la deuxième remonte aussi, puis ce fut le tour de la troisième. May retint son souffle et fit lentement pivoter le rotor de la serrure, libérant enfin le tiroir du caisson.

Une partie tout aussi délicate restait à jouer, quand elle devrait refermer la serrure et retirer l'outil. May veilla à ne pas le faire bouger en ouvrant le tiroir.

Une paire de lunettes, une boîte à poudre, une brosse à cheveux, un tube de rouge à lèvres, un pot de crème pour les mains… où se trouvait ce fichu dossier ? Elle s'empara d'une pile de documents qu'elle posa sur le bureau et commença à les étudier un par un. La liste des invités apparut enfin et May sentit son cœur accélérer en songeant aux risques qu'elle prenait dans le seul but d'y ajouter deux noms.

— Reste calme, May, murmura-t-elle, tu y es presque.

Un coup d'œil à la pendule murale, elle avait encore quinze minutes devant elle pour rester dans la zone de sécurité. Et si Mlle Verdier avait joui plus tôt aujourd'hui ?

— Ne pense pas à ça, elle ne fait pas tout ce chemin pour se priver des préliminaires, si elle était pressée, elle se satisferait toute seule.

May regarda la machine à écrire qui trônait sur le bureau, une Underwood des plus classiques. Elle positionna la feuille sur le support, souleva le guide et tourna la roue d'interligne. Le papier s'enroula autour du cylindre avant de réapparaître.

May s'apprêta à taper les noms d'emprunt qu'elle souhaitait ajouter, un pour elle, un pour Sally-Anne, et à la suite des deux, l'adresse de la boîte postale qu'elles avaient ouverte la semaine précédente au bureau de la poste centrale. Nul doute qu'un jour, la police étudierait cette liste de près, y recherchant les coupables du crime. Mais ces faux noms sans domicile réel ne livreraient aucun indice. Elle dactylographia le premier, veillant à enfoncer doucement les touches du clavier pour étouffer le cliquetis des marteaux porte-caractères qui frappaient le ruban. Puis elle manipula avec mille précautions la tige du chariot, cherchant à éviter le tintement de la clochette qui accompagnait le retour à la ligne. Elle tinta quand même.

— Mademoiselle Verdier ? Vous êtes déjà rentrée ?

La voix était parvenue de la pièce voisine. May s'immobilisa, tétanisée. Elle se laissa glisser sur ses genoux et se recroquevilla en position fœtale sous le bureau. Un bruit de pas se rapprocha, la porte s'entrouvrit, M. Stanfield, main sur la poignée, passa la tête.

— Mademoiselle Verdier ?

Le bureau était en ordre, comme toujours, sa secrétaire était l'ordre incarné, et il ne prêta pas plus attention que cela à la machine à écrire. Heureusement, car Mlle Verdier ne se serait jamais absentée en laissant une feuille sur le chariot. Il haussa les épaules et referma la porte en grommelant qu'il avait dû rêver.

Il fallut plusieurs minutes à May avant que ses mains cessent de trembler. En réalité, c'était tout son corps qui tremblait, elle n'avait jamais eu aussi peur de sa vie.

Le tic-tac de la pendule murale la ramena à la raison. Au mieux lui restait-il encore une dizaine de minutes. Dix petites minutes pour dactylographier le second nom, l'adresse qui allait avec, remettre la feuille en place, verrouiller le caisson, ôter le crochet et quitter la demeure avant que la secrétaire ne soit de retour. May avait pris du retard, elle aurait déjà dû rejoindre Sally-Anne qui devait être morte d'inquiétude.

— Concentre-toi, bon sang, tu n'as plus une seconde à perdre.

Une touche, une deuxième, une troisième… si le vieux schnock entendait le cliquetis de la frappe, il ne se contenterait pas cette fois d'un regard furtif.

Ça y est, tourner le rouleau, libérer la feuille. La remettre exactement là où elle se trouvait dans la pile, bien tasser les documents en un bloc rectiligne, sur le tapis pour ne pas faire de bruit. Les ranger dans le tiroir et le repousser, retenir son souffle en tournant le crochet, entendre le déclic des goupilles, pas facile avec un cœur qui bat jusque sous les tempes, avec cette sueur qui perle sur le front… encore un millimètre.

— Reste calme, May, si le crochet se bloque tout sera fichu.

Et il était souvent resté coincé au cours des répétitions.

Elle le tenait enfin au creux de sa main moite, le rangea dans sa poche, attrapa au passage le mouchoir en papier, s'essuya la paume, puis le front. Si le majordome la voyait s'en aller dégoulinante, il se douterait de quelque chose.

Elle rejoignit le petit salon, réajusta son manteau et sortit. Elle remonta le long couloir, priant pour n'y croiser personne. Le grand escalier apparut devant elle, elle le descendit sans précipitation. Elle devait encore dire au majordome d'un ton posé qu'elle ne pouvait plus attendre et reviendrait une prochaine fois.

La chance lui sourit, le vestibule était désert. Elle posa sa main sur la porte de service et l'ouvrit. Sally-Anne la regardait du parking, assise sur sa moto. May avait l'impression que ses jambes ne la portaient plus, mais elle avança vers elle. Sally-Anne lui tendit son casque et d'un signe de tête lui indiqua d'enfourcher la Triumph. Un coup de kick, et le moteur vrombit.

Au lacet suivant, elles croisèrent la Ford noire qui remontait vers la demeure. Sally-Anne aperçut le visage de Mlle Verdier, elle avait l'air épanouie, un sourire malicieux aux lèvres. Sally-Anne affichait le même sourire, mais pas pour les mêmes raisons.

6

Eleanor-Rigby

Octobre 2016, Beckenham

Nous étions attablés depuis une demi-heure et Maggie n'avait toujours pas annoncé son mariage avec Fred, ce grand gaillard très sympathique qui tenait un gastro-pub[1] à Primrose Hill. Michel s'en réjouissait doublement. D'abord parce que notre père l'amusait beaucoup à ne pas tenir en place, il se tortillait sur sa chaise et n'avait presque pas touché à sa pizza. Pour que Papa ne dîne pas, c'est qu'il devait avoir l'esprit sacrément occupé, et Michel savait pertinemment par quoi. Mais ce qui le rendait encore plus heureux, à bien y penser, et il n'avait fait que cela depuis leur conversation dans la voiture, c'est qu'il ne trouvait pas Fred si sympathique que ça. La façon que celui-ci avait de le traiter, sa bienveillance hypocrite le mettaient mal à l'aise. À croire qu'il se croyait supérieur à lui. La cuisine de son pub était bonne, mais loin de le régaler autant que les livres qu'il dévorait à la bibliothèque. Michel en connaissait presque tous les titres

1. Bistrot gastronomique en Angleterre.

et les sections auxquelles ils appartenaient. Rien d'extraordinaire à cela, puisqu'il les rangeait à leur place dans les rayons. Michel affectionnait son travail. Le silence régnait dans la bibliothèque et peu de métiers pouvaient offrir pareil calme. Les lecteurs étaient pour la plupart assez aimables, leur trouver, dans les meilleurs délais, ce qu'ils recherchaient lui procurait la sensation d'être utile. La seule chose qui l'agaçait était de voir les ouvrages abandonnés sur les tables à la fin de la journée. D'un autre côté, si les lecteurs étaient ordonnés, il aurait moins de travail. Logique.

Avant qu'on lui confie cet emploi, Michel bossait dans un laboratoire. Il y était entré grâce aux notes obtenues à son examen de dernière année de faculté. Il avait un don pour la chimie, le tableau périodique des éléments était pour lui la source d'un langage évident. Mais son entrain à tester tous les possibles mit, au nom de la sécurité, un terme à une courte carrière qui s'avérait pourtant prometteuse. Papa avait crié à l'injustice et critiqué l'étroitesse des esprits qui l'employaient, rien n'y fit. Après une période où il vécut reclus chez lui, Michel retrouva sa joie de vivre au contact de Véra Morton, directrice de la bibliothèque municipale. Elle lui donna sa chance et il se fit un devoir de ne jamais la décevoir. La facilité avec laquelle on pouvait aujourd'hui effectuer des recherches sur Internet avait affecté la fréquentation de la bibliothèque, il arrivait qu'une journée passe sans qu'un lecteur vienne, Michel en profitait pour lire, principalement des traités de chimie ou, autre de ses passions, des biographies.

J'observais mon père en silence depuis le début du repas. Maggie, au contraire, ne cessait de parler, pour ne rien dire d'ailleurs, enfin rien qui justifie de monopoliser la parole. Et sa volubilité tracassait beaucoup Michel. Qu'elle soit aussi stressée présageait peut-être une annonce qu'il n'avait pas envie d'entendre. Quand Maggie s'assit en face de Papa et prit sa main dans la sienne, Michel dut penser qu'elle faisait ça probablement pour l'amadouer. Maggie n'était pas du genre tactile. Chaque fois qu'il la serrait dans ses bras, quand il lui disait bonjour ou au revoir, elle se plaignait, protestant qu'il l'étouffait. Pourtant, Michel prenait garde à ne jamais la serrer trop fort. Il en avait conclu qu'il s'agissait d'un stratagème pour abréger leurs étreintes, et si elle n'aimait pas étreindre son propre frère, cela prouvait le bien-fondé de sa théorie.

Papa, tout aussi surpris de cet accès de tendresse, retint son souffle, espérant que la grande nouvelle ne se ferait plus attendre. Que Maggie se marie était dans l'ordre des choses, mais ce qu'il voulait savoir, c'était quand.

— Bon, ma chérie, maintenant ça suffit ces bavardages, tu vas finir par me tuer. C'est pour quand ? Trois mois, ce serait idéal ; un par mois c'est déjà raisonnable ; tu comprends, on ne les perd pas comme ça à mon âge.

— Pardon, répondit Maggie, mais de quoi tu parles ?

— Des kilos que je dois perdre pour entrer dans mon smoking !

Je regardais ma sœur, nous étions toutes les deux perplexes. Michel soupira et vint à la rescousse générale.

— Pour le mariage. Le smoking, c'est pour le mariage, expliqua-t-il.

— C'est bien pour cela que tu nous as réunis, enchaîna Papa. Et il est où d'ailleurs ?

— Qui ?

— Le sympathique Fred, répondit laconiquement Michel.

— On va attendre un peu et si vous n'allez pas mieux dans une demi-heure, je vous emmène tous les deux à l'hôpital, répondit Maggie.

— Enfin, Maggie, je t'en prie, c'est toi que l'on va conduire aux urgences si tu continues. Qu'est-ce que c'est que ces manières ? Qu'à cela ne tienne, je mettrai mon costume. Il a toujours été un peu trop grand, alors en respirant le moins possible, je devrais pouvoir le fermer. Bon, il est marron, ça ne se fait pas de porter du marron en de telles circonstances, mais à circonstances exceptionnelles, mesures exceptionnelles… Après tout, nous sommes en Angleterre, pas à Las Vegas, alors si on ne dispose pas d'un délai raisonnable pour se préparer à un tel événement, eh bien on n'en dispose pas, un point c'est tout.

Nouvel échange de regards entre ma sœur et moi. Je partis la première dans un fou rire qui ne tarda pas à contaminer l'assemblée. Sauf Papa, mais un temps seulement : il n'avait jamais su résister à un fou rire et finit par se joindre au reste de la famille. Quand Maggie réussit enfin à reprendre son souffle, elle s'essuya les yeux et soupira un grand coup.

L'arrivée inopinée de Fred eut pour effet de plier tout le monde en deux et Fred ne comprit jamais la raison de ce fou rire général.

— Alors, si vous ne vous mariez pas, pourquoi ce dîner ? finit par lâcher mon père.

— T'inquiète pas, s'exclama aussitôt Maggie à l'intention de son petit ami qui ôtait son manteau.

— Pour le plaisir de se retrouver en famille, répondis-je.

— C'est une raison, intervint Michel, plus commune, donc tout à fait logique. D'un point de vue statistique, j'entends.

— On aurait pu faire ça à la maison, rétorqua Papa.

— Oui, mais nous n'aurions pas autant ri, argua Maggie. Je peux te poser une question ? Est-ce que Maman était riche quand vous vous êtes rencontrés ?

— Quand nous avions dix-sept ans ?

— Non, plus tard, lorsque vous vous êtes retrouvés.

— Ni à dix-sept, ni à trente, ni jamais d'ailleurs. Elle n'avait même pas assez d'argent pour prendre le bus de la gare où je suis allé la chercher… lorsque nous nous sommes retrouvés, ajouta-t-il pensif. Peut-être même ne m'aurait-elle pas appelé ce soir-là, si elle avait eu en poche plus que les quelques pièces qui lui restaient en descendant de ce train à la tombée de la nuit. Bon, je crois qu'il est temps que je vous fasse un aveu, mes enfants, et toi Fred, puisque tu n'es pas encore dans la famille, je te prierai de garder tout cela pour toi.

— Quel aveu ? demandai-je.

— Si tu te tais, je pourrai te le dire. Nous avons un peu enjolivé les circonstances dans lesquelles notre histoire a redémarré. Votre mère n'a pas réapparu miraculeusement, éperdue d'amour après s'être aperçue que j'étais le seul homme bien qu'elle ait rencontré dans sa vie, comme nous vous l'avons parfois raconté.

— *Chaque* fois…, reprit Michel.

— D'accord, chaque fois. En réalité, quand votre mère est rentrée au pays, elle n'avait aucun endroit où dormir. J'étais la seule personne qu'elle connaissait en ville. Elle a cherché mon nom dans l'annuaire d'une cabine téléphonique. À cette époque il n'y avait pas Internet, alors on retrouvait les gens aussi simplement que cela. Les Donovan ne courent pas les rues, nous n'étions que deux à Croydon. L'autre, âgé de soixante-dix ans, était célibataire et sans enfant. Vous imaginez ma surprise quand j'ai entendu sa voix. C'était la fin de l'automne et il faisait déjà un froid à vous glacer les os. Elle m'a dit, je m'en souviens comme si c'était hier : « Ray, tu aurais toutes les raisons de me raccrocher au nez. Mais je n'ai plus que toi et je ne sais pas où aller. » Qu'est-ce que vous voulez répondre à une femme qui vous dit « Je n'ai plus que toi » ? Moi, j'ai su à l'instant même que le destin nous avait réunis pour de bon. J'ai sauté dans mon Austin, oui, ne me regardez pas comme ça, celle qui est garée devant la porte et qui roule toujours, crétin de voisin, et je suis allé la chercher. Il faut croire que la vie m'a donné raison puisque trente-cinq ans plus tard, j'ai la chance d'avoir partagé ce soir une pizza infecte en compagnie de mes trois merveilleux enfants et de mon non-gendre.

Nous le fixions tous dans un silence qui frisait le recueillement, Papa se racla la gorge et ajouta :

— Il est peut-être temps que je raccompagne Michel.

— Pourquoi aurais-tu eu toutes les raisons de lui raccrocher au nez ? demandai-je.

— Une autre fois, ma chérie, si tu le veux bien. Raviver ces souvenirs m'aura demandé quelques efforts et pour ce soir, je préfère rester sur un bon fou rire plutôt que de me coucher avec un cafard noir.

— Alors dans la première partie de votre histoire, quand vous aviez entre dix-sept et vingt ans, c'est elle qui t'a quitté ?

— Il a dit une autre fois, intervint Maggie avant que notre père ne réponde.

— Exact, enchaîna Michel. Mais c'est bien plus complexe qu'il n'y paraît, ajouta-t-il en levant le doigt.

Michel a cette habitude de relever son index, comme pour freiner ses pensées lorsqu'elles se précipitent dans sa tête. Après quelques secondes où chacun retint son souffle, il poursuivit.

— En réalité, Papa exprimait son souhait de ne pas nous en dire plus ce soir. Je pense que « une autre fois » laisse envisager qu'il puisse changer d'avis… une autre fois justement.

— On avait compris l'idée, Michel, lâcha Maggie.

Les choses lui semblant claires, Michel repoussa sa chaise, enfila son trench-coat, m'embrassa, serra mollement la main de Fred et prit Maggie dans ses bras en la serrant bien fort. À circonstances exceptionnelles, moyens exceptionnels… et de fait, il en profita pour lui murmurer des félicitations à l'oreille.

— De quoi me félicites-tu ? chuchota ma sœur.

— De ne pas épouser Fred, lui répondit Michel.

*

Père et fils ne dirent mot sur le chemin du retour, tout du moins pas avant que la voiture s'arrête en bas du domicile de Michel. En se penchant pour lui ouvrir la portière, Ray le regarda fixement, et lui demanda avec beaucoup de tendresse :

— Tu ne leur diras rien, n'est-ce pas ? Tu comprends, c'est à moi qu'il appartient de leur raconter un jour.

À son tour, Michel posa ses yeux sur son père et répondit :

— Tu peux dormir tranquille, Papa, et surtout sans cafard noir… quoique je ne croie pas qu'il en existe de colorés, je vérifierai tout de même demain à la bibliothèque.

Sur ce, il l'embrassa sur la joue et descendit de l'Austin.

Papa attendit qu'il soit entré dans l'immeuble pour démarrer.

7

Eleanor-Rigby

Octobre 2016, Beckenham

Je quittai la table, résolue à laisser le couple à son intimité. Fred et Maggie s'étaient isolés dans la cuisine depuis dix bonnes minutes. J'y entrai pour les saluer.

Fred, torchon en main, essuyait des verres. Maggie, assise sur le comptoir, jambes croisées, fumait une cigarette, expirant la fumée par la fenêtre entrouverte. Elle proposa de m'appeler un taxi. Mais de Beckenham jusqu'à chez moi, j'en aurais eu pour une petite fortune. Je la remerciai, et préférai rentrer par le train.

— Je pensais que tu étais partie avec Papa, dit-elle avec une mauvaise foi flagrante. Tu ne dors pas chez lui ?

— Je crois qu'il avait envie d'être seul ce soir, et puis je dois me forcer à renouer avec ma vie londonienne.

— Et tu as bien raison, intervint Fred en faisant claquer ses gants. Beckenham, Croydon, ces banlieues sont bien trop lointaines.

— Ou alors, c'est Primrose Hill qui est trop loin de ma banlieue, et trop snob, rétorqua Maggie en jetant son mégot dans l'eau de vaisselle.

— Je vous laisse roucouler, soupirai-je en enfilant mon manteau.

— Fred se fera un plaisir de te déposer à la gare dans sa belle voiture. Il pourrait même te raccompagner à Londres et aller dormir dans son beau Primrose Hill.

Je fis les gros yeux à ma sœur. Comment se débrouillait-elle pour garder un homme dans sa vie en étant si peu aimable, alors que moi, qui étais l'amabilité incarnée, vivais un célibat qui n'en finissait pas ? Autre énigme…

— Tu veux que je te dépose, Elby ? proposa Fred en pliant son torchon.

Maggie le lui arracha des mains et le lança dans la corbeille à linge.

— Petit conseil de sœur, il n'y a que Michel qui peut s'autoriser à écorcher son prénom, elle a horreur de ça. Et puis j'ai besoin de prendre l'air, je vais faire quelques pas avec elle.

Maggie se rendit dans l'entrée, attrapa un pull et m'entraîna vers la rue en me prenant par le bras.

Les trottoirs luisant dans la lumière orangée des réverbères étaient bordés de modestes demeures victoriennes, pour la plupart d'un seul étage et jamais plus de deux, de HLM en brique aux façades décrépies, ou par endroits d'un terrain vague.

Au carrefour, le quartier reprenait vie. Maggie salua l'épicier syrien qui ne fermait jamais boutique. Son magasin marquait la frontière de la rue commerçante, plus éclairée. Une laverie automatique jouxtait l'échoppe d'un vendeur de kebabs, suivait un restaurant indien où n'étaient plus attablés que deux convives. La devanture d'un ancien vidéoclub était barrée de planches recouvertes d'affiches, la plupart déchirées. La nuit reprit ses droits alors que nous longions les grilles d'un parc. Bientôt, l'air s'imprégna de l'odeur du métal des rails et du gravier souillé. En approchant de la gare, je soupirai à nouveau.

— Quelque chose ne va pas ? me demanda Maggie.

— Pourquoi tu restes avec lui, tu passes ton temps à lui picorer le bec. Quel intérêt ?

— Par moments, je me demande où tu vas chercher tes expressions… Quel serait l'intérêt de supporter un mec, si je ne pouvais pas lui picorer le bec !

— Dans ce cas, je préfère rester célibataire.

— C'est exactement ce que tu fais, il me semble.

— Touché ! Mais tu es quand même une belle salope de me dire ça.

— Ne me flatte pas, veux-tu. En attendant, nous avons fait chou blanc avec Papa ce soir.

— On ne s'était pas donné beaucoup de mal en cuisine et nous avons bien rigolé. Quelle mouche l'a encore piqué avec son histoire de mariage ? Il a peut-être envie d'avoir des petits-enfants ? lui dis-je.

Maggie s'arrêta net et pointa son index sur mon torse avant de se mettre à fredonner :

Am, stram, gram,
Pic et pic et colégram,
Bour et bour et ratatam,
Am, stram, gram… pic !

Et elle conclut sa comptine en clamant :

— Désolée ma vieille, c'est toi qui t'y colles. Je n'ai pas du tout envie d'avoir d'enfant.

— Avec Fred ou en général ?

— Au moins, nous avons la réponse à la question du soir, Maman était fauchée quand elle a retrouvé Papa.

— Peut-être, mais la soirée a soulevé d'autres questions, repris-je.

— Oui, enfin, on ne va pas en faire un plat non plus. Maman avait plaqué Papa quand ils étaient jeunes et elle est revenue sans gloire dix ans plus tard.

— J'ai l'impression que la vérité est plus complexe que ça.

— Tu devrais renoncer aux voyages pour te consacrer au journalisme d'investigation sentimentale.

— Ça me laisse de marbre quand tu fais de l'ironie. Je te parle de Papa et de Maman, de cette lettre étrange que nous avons reçue, des zones d'ombre de leurs vies, des mensonges qu'ils nous ont racontés. Tu n'as pas envie d'en apprendre plus sur tes propres parents ? Tu ne t'intéresses qu'à toi !

— Touché, mais toi aussi tu es une belle salope de me dire ça.

— En attendant, contrairement à ce que tu penses, que Maman ait été sans le sou corrobore les accusations de la lettre.

— Parce que tous les gens qui sont fauchés ont forcément renoncé à une fortune ?

— Tu n'as jamais été fauchée puisque les parents ont toujours veillé sur toi.

— Tu veux qu'on la chante en chœur, Rigby, cette ritournelle que tu rumines depuis toujours ? Maggie, la petite dernière sur le berceau de laquelle la famille bienveillante n'a cessé de se pencher. En attendant, qui de nous deux a un studio à Londres et qui vit en banlieue à une heure de train ? Laquelle parcourt le monde à longueur d'année et qui reste là à s'occuper de Michel et de Papa ?

— Je n'ai pas envie que nous nous disputions, Maggie. Je voudrais juste que tu m'aides à y voir clair. Ce courrier ne nous a pas été envoyé de façon gratuite. Même si ce qu'il raconte est sans fondement, il y a nécessairement un motif derrière tout cela. Qui nous a écrit et pourquoi ?

— Qui *t'*a écrit ! Je te rappelle que tu ne devais même pas m'en parler.

— Et si l'auteur me connaissait assez pour savoir que je le ferais quand même ? Et s'il avait même cherché à m'y inciter ?

— Je te l'accorde, il n'aurait pas pu trouver meilleure façon de s'y prendre. Bon, je sens comme un petit appel au secours dans ta voix, alors d'accord, tu n'as qu'à inviter Papa dans les prochains jours à déjeuner du côté de Chelsea. Il va râler, mais il sera heureux d'avoir un prétexte pour prendre sa voiture. Tâche de choisir un endroit proche d'un parking, il refuse de la confier à un voiturier. N'ajoute rien, ça me fait rire chaque fois que j'y pense. J'ai un double de ses clés, j'irai fouiller chez lui dès que la voie sera libre.

Je n'aimais pas l'idée de manipuler mon père, mais à défaut d'un autre plan, j'acceptai la proposition de ma sœur.

La gare était déserte. À cette heure-ci, il n'y avait plus que nous à attendre le train. Le panneau d'affichage indiquait l'arrivée imminente du Southeastern en direction d'Orpington. Je devais changer de ligne à Bromley pour emprunter celle de Victoria Station, puis sauter dans un bus qui me laisserait à dix minutes à pied de mon studio.

— Tu sais de quoi je rêve à cet instant précis ? me demanda Maggie. De monter dans ce train avec ma sœur, d'aller dormir chez elle à Londres. Je me glisserais dans tes draps et nous papoterions toute la nuit.

— J'aimerais beaucoup moi aussi, mais… il faudrait que tu sois célibataire…

Le train de banlieue apparut au bout du quai, ses roues crissèrent lorsqu'il freina. Les portes s'ouvrirent, sans qu'aucun passager descende. Un long coup de sifflet annonça le départ.

— File, Rigby, tu vas le rater, enchaîna Maggie.

Nous échangeâmes un regard complice et je grimpai dans mon wagon.

*

Fred attendait Maggie dans son lit. À la télévision passait un vieil épisode de *Fawlty Towers*. L'humour de John Cleese eut raison de leur silence et ils finirent par rire ensemble des clowneries d'un lord absurde.

— À défaut de ne pas vouloir m'épouser, tu envisagerais de venir vivre à Primrose Hill ? questionna Fred.

— Je t'en prie, ne fais pas l'hypocrite, si tu avais vu ta tête quand mon père a évoqué l'idée d'un mariage.

— Tu l'as très vite rassuré sur ce point.

— Ici, il y a Papa et Michel, à Londres, je serais trop loin pour veiller sur eux.

— Ton frère est adulte, ton père a vécu sa vie, quand vas-tu te décider à vivre pleinement la tienne ?

Maggie attrapa la télécommande et éteignit la télévision. Elle ôta son tee-shirt, s'assit à califourchon sur Fred et l'observa.

— Pourquoi tu me regardes comme ça ? lui demanda-t-il.

— Parce que nous sommes ensemble depuis deux ans et il m'arrive de penser que je ne sais presque rien de ta vie, ni de ta famille, dont tu ne parles jamais et à laquelle tu ne m'as jamais présentée. Toi, tu sais presque tout de moi et tu connais les miens. J'ignore même où tu as grandi, où tu as fait tes études, si tu as étudié…

— Tu ne sais rien parce que tu ne me poses jamais de question.

— C'est faux, tu es toujours évasif quand je t'interroge sur ton passé.

— Tu comprendras, lui dit-il en embrassant ses seins, qu'un homme puisse avoir d'autres idées en tête que de raconter sa vie, mais puisque tu insistes, je suis né à Londres il y a trente-neuf ans…

Sa bouche descendit vers le ventre de Maggie…

— Surtout, ne parle plus, lui murmura-t-elle.

8

Keith

Octobre 1980, Baltimore

La lune versait sa clarté argentée sur les lucarnes, la lumière oblique révélait les flocons de poussière en suspension dans l'air. May dormait profondément, les plis des draps défaits épousaient les courbes de son corps. Assise au pied du lit, Sally-Anne l'observait, scrutant sa respiration. À cet instant, regarder May dormir était tout ce qui comptait pour elle. Comme si plus rien d'autre en ce monde n'existait, l'univers tout entier était retenu dans ce loft. Une heure plus tôt, des visions du passé l'avaient sortie de ses rêves. Des visages familiers, figés sans expression, la jugeaient. Elle était assise sur une chaise posée au milieu d'une estrade, fusillée par leurs regards. Sa manière d'être était le fruit d'une adolescence où tout avait été appris, sans que rien lui eût jamais été enseigné.

Est-ce que deux corps brisés peuvent se réparer lorsqu'ils sont réunis, est-ce que la douleur de deux êtres se soustrait ou s'ajoute ? se demandait-elle.

— Quelle heure est-il ? maugréa May.

— Quatre heures du matin, un peu plus peut-être.

— À quoi tu penses ?

— À nous.

— Et ce sont de bonnes ou de mauvaises pensées ?

— Rendors-toi.

— Pas tant que tu resteras là à me dévisager.

Sally-Anne alla enfiler ses bottes et attrapa son blouson sur le dossier d'une chaise.

— Je n'aime pas quand tu prends ta moto la nuit.

— Tu n'as pas à t'inquiéter, je serai prudente.

— Ce serait nouveau. Reste, je vais nous faire du thé, insista May.

Elle se leva, tirant le drap pour se couvrir, et traversa la pièce. Un réchaud à gaz, quelques assiettes, des verres disparates et deux tasses en porcelaine, sur une table à tréteaux auprès d'une vasque, faisaient office de cuisine. May posa la bouilloire dans l'évier, ôta le couvercle et tourna le robinet d'eau. Puis elle chercha la boîte à thé dans une ancienne armoire à pharmacie reconvertie, se hissa sur la pointe des pieds pour attraper deux sachets Lipton, deux morceaux de sucre dans un pot en terre cuite, craqua une allumette et régla la flamme bleutée du réchaud.

— Surtout, ne m'aide pas !

— J'attends de voir si tu vas y arriver d'une main, répondit Sally-Anne, un sourire narquois au bord des lèvres.

May haussa les épaules et laissa tomber le drap.

— Tu serais aimable de le remettre sur le lit, je n'aime pas dormir dans la poussière.

Elle servit le thé, tendit une tasse à Sally-Anne, prit la sienne et retourna s'asseoir en tailleur sur le matelas.

— Les invitations sont arrivées, finit par confier Sally-Anne.

— Quand ?

— Hier après-midi, je me suis arrêtée à la poste pour relever le courrier.

— Et tu n'as pas jugé utile de m'en informer plus tôt.

— La soirée était joyeuse, j'ai eu peur que tu ne penses plus qu'à ça.

— Je n'aime pas ces types avec qui nous sortons, leurs conversations politiques à deux balles m'ennuient, cette façon qu'ils ont de prétendre vouloir changer le monde, alors qu'ils passent la plupart de leur temps à fumer des joints. Alors désolée de te décevoir, mais je n'ai pas trouvé ce dîner particulièrement joyeux. Tu me les montres ?

Sally-Anne sortit deux enveloppes de sa poche et les jeta nonchalamment sur le lit. May décacheta celle qui lui était destinée. Elle passa son doigt sur le bristol, admira le relief des caractères estampés et s'arrêta sur la date. La soirée aurait lieu dans deux semaines. Les femmes parées de leurs plus beaux bijoux porteraient des tenues extravagantes, les hommes seraient vêtus aussi grotesquement, et quelques vieux grincheux refusant de se prêter au jeu se contenteraient d'un smoking et d'un simple loup pour masquer leur visage.

— Je n'ai jamais été aussi excitée de ma vie à l'idée d'aller à un bal costumé, ricana May.

— Tu ne cesses de me surprendre. Je pensais que la vue de ces invitations te ficherait la trouille.

— Eh bien non, plus maintenant. Pas après être retournée dans leur demeure. Lorsque nous en sommes parties, je me suis rendu compte à quel point il m'en avait coûté d'y remettre les pieds. Et je me suis juré que je n'aurai plus jamais peur d'eux.

— May…

— Va te promener dans la nuit ou viens te recoucher avec moi, mais décide-toi.

Sally-Anne ramassa le drap et l'étendit sur May. Elle se dévêtit à la hâte et s'allongea à côté d'elle, en souriant à nouveau.

— Qu'est-ce qu'il y a encore ? demanda May.

— Rien, j'aime quand tu es vindicative comme ça.

— Je veux que tu saches une chose qui n'engage que moi, mais je tiens à ce que tu sois au courant. Je ne me laisserai jamais prendre vivante.

— Qu'est-ce que tu racontes ?

— Tu as très bien compris. La vie est bien trop courte pour l'accabler de tristesses superflues.

— May, regarde-moi dans les yeux. Je crois que tu te trompes lourdement. Ne penser qu'à te venger serait leur accorder trop d'importance. Il s'agit juste de leur reprendre ce qu'ils ne méritent pas.

Sally-Anne connaissait son sujet. C'est son milieu qu'elle évoquait, ces gens à qui la vie avait tout donné. Ceux qui, de par leur rang, se servent là où les autres demandent, jouissent là où les autres espèrent. Ces clans, dont les membres, certains de leur supériorité, méprisent pour mieux susciter l'envie et l'admiration. Rejeter pour séduire et se faire désirer, quoi de plus malicieux ? C'était pour ne plus leur ressembler qu'elle avait changé de vie, de quartier, de look, jusqu'à sacrifier sa belle chevelure pour adopter une coupe à la garçonne. L'air du temps fleurait bon la liberté, Sally-Anne avait cessé d'embrasser les garçons pour embrasser de nobles causes. Son pays qui se targuait d'être celui des libertés avait pratiqué l'esclavage, auquel avait succédé la ségrégation, et seize ans après la promulgation des lois de 1964, les mentalités n'avaient guère évolué. Après les Noirs, c'était au tour des femmes de se battre pour leurs droits, et leur combat serait de longue haleine. Sally-Anne et May, employées par un grand quotidien, en étaient des soldats exemplaires. Recherchistes, elles avaient atteint le sommet de l'échelle hiérarchique pour des femmes travaillant dans ce milieu. Mais si elles n'étaient que recherchistes, payées en conséquence, pourquoi écrivaient-elles la plupart des articles que des hommes arrogants se contentaient de relire avant de les signer ? May était la plus douée des deux. Elle avait le don de flairer les sujets dérangeants. De ceux qui bousculaient les privilèges, dénonçaient la lenteur du pouvoir à mettre en œuvre les réformes promises. Deux mois plus tôt, elle s'était intéressée aux lobbys qui arrosaient des sénateurs pour freiner leurs ardeurs à promulguer des lois contre la corruption ou la toxicité dont les industries se moquaient afin d'optimiser leurs profits, contre le commerce des armes plus profitable que la scolarisation des enfants de familles démunies, contre la réforme d'une justice qui n'avait de justice que le nom. Pendant son temps libre, elle avait mené une enquête remarquable, se rendant dans une ville où une compagnie minière polluait allégrement le réservoir d'eau, déversant sans vergogne du plomb et du nitrate dans la rivière qui l'alimentait. Les dirigeants le savaient, le conseil d'administration de la compagnie le savait, le maire le savait, le gouverneur le savait aussi, mais tous étaient actionnaires ou bénéficiaient des faveurs de cette entreprise. May avait accumulé quantité de preuves sur les faits, leurs causes, leurs conséquences sur la santé publique, sur les manquements aux règles de sécurité les plus évidents, sur la corruption générale qui gangrenait les notables de la ville et de l'État. Mais son rédacteur en chef, après avoir lu son article, l'avait priée de se limiter à l'avenir aux recherches que le journal lui demandait d'effectuer. Il avait jeté son dossier dans une corbeille et l'avait priée d'aller lui servir un café, sans oublier le sucre.

May avait retenu ses larmes, refusant de se soumettre. Contrairement au dicton, la vengeance se savoure tiède. Froide, elle n'a plus aucun intérêt, lui avait dit Sally-Anne en la consolant un soir. Un soir à la fin du printemps, où, dans un restaurant italien bon marché, était né le projet qui allait changer le cours de leur vie.

— Nous allons créer un journal d'investigation qui ne connaîtra aucune censure, où toutes les vérités seront bonnes à écrire, avait lancé Sally-Anne à la cantonade.

Et comme les amis qui dînaient en leur compagnie n'avaient pas prêté plus d'attention que cela à son annonce, May, un peu plus qu'éméchée, n'avait pas hésité à grimper sur la table pour obtenir le silence escompté.

— Les rédactrices seront exclusivement des femmes, avait-elle ajouté en levant son verre. La gent masculine ne pourra accéder à d'autres fonctions que secrétaire, standardiste ou, au mieux, documentaliste.

— Cela reviendrait à entretenir le mal que nous voulons combattre, lui avait opposé Sally-Anne. Nous devrons employer les gens selon leurs compétences et sans a priori de sexe, de couleur de peau ou de religion.

— Tu as raison, on pourrait même proposer à Sammy Davis Jr. de siéger au conseil d'administration.

Et c'est dans ce restaurant, entourées d'une bande de copains tout aussi grisés, qu'elles avaient commencé à dessiner les plans de leur projet. En premier, sur la nappe en papier, ceux de la salle de rédaction. Rhonda, la plus âgée de la bande, dont on disait qu'elle avait fréquenté les Black Panthers avant de se ranger, travaillait comme assistante comptable chez Procter & Gamble. Elle offrit son expérience et commença d'établir les bases d'un compte d'exploitation. Elle rédigea une liste des postes à pourvoir, une grille de salaires, estima les budgets nécessaires en loyer, consommables et frais d'enquêtes. Elle promit de se renseigner au plus vite sur le coût du papier, de l'imprimerie, de l'acheminement, et sur la marge qu'il fallait concéder aux distributeurs et revendeurs. Pour ses services rendus, il était clair qu'elle obtiendrait le poste de directrice financière.

— En imaginant que vous réussissiez à réunir les capitaux nécessaires, ce dont je doute, personne ne voudra imprimer votre canard, lança Keith, et encore moins le vendre. Un journal à scandales rédigé par des femmes, je vous trouve bien optimistes.

Keith était un grand gaillard, bâti comme un ours, avec une gueule carrée, une mâchoire saillante et des yeux bleu ardent. Sally-Anne l'avait trouvé bel homme et avait flirté quelques semaines avec lui. Pour partager son lit, Keith lui aurait décroché la lune. Derrière cette carapace robuste se cachait un amant docile aux mains douces, comme elle les aimait. Mais aussi bons amants fussent-ils, Sally-Anne ne s'attachait pas aux hommes et six semaines avaient suffi à la lasser de leurs ébats.

May en pinçait pour Keith, ce qui n'avait pas échappé à Sally-Anne. Rivalité qui aurait pu menacer leur amitié, mais il lui arrivait de se demander si elle ne l'avait pas quitté justement pour le laisser à May. « Je te l'offre », avait-elle proclamé en rentrant le matin où elle lui avait fait ses adieux. May se refusait à passer après elle, mais Sally-Anne l'avait sermonnée. « Prends le plaisir où il se trouve et surtout quand il se présente. Tu réfléchiras ensuite. Crois-moi, ceux qui font le contraire sont aussi ennuyeux qu'ils s'ennuient », avait-elle conclu en allant se doucher. De son côté, May avait conclu qu'on ne se défaisait pas de son arrogance, même en s'autoproclamant rebelle.

Dès lors, chaque fois que son regard croisait celui de Keith, elle résistait au trouble qu'elle ressentait à la pensée des ébats dont Sally-Anne lui avait parfois fait le récit. Pourtant, ce soir-là, elle l'avait rembarré d'une remarque cinglante.

— Les capitaux, nous les trouverons, et lorsque tu liras notre journal, le cul dans ton fauteuil, tu feras moins le malin.

La phrase avait fait ricaner l'assemblée. Personne ne s'était encore aventuré à humilier le bellâtre en public. Sally-Anne en fut la première étonnée. À la surprise générale, Keith s'était levé, avait fait le tour de la table pour se pencher sur l'épaule de May, et lui avait présenté ses excuses.

— Tu peux compter sur moi pour faire partie de vos premiers abonnés.

Menuisier, Keith avait un salaire modeste qui lui permettait de vivre à la hauteur de ses besoins, mais rien de plus que le strict nécessaire. Il plongea la main dans la poche de son jean, sortit un billet de dix dollars, ce qui en 1980 représentait une somme, qu'il posa devant elle. « De quoi acheter quelques actions de votre journal », avait-il ajouté. Et il avait quitté le restaurant sous les regards ébahis de la bande de copains. Regards dont May se moquait bien quand elle lui courut après, avec les dix dollars en main. Elle avait crié son nom dans la rue.

— Parce que tu crois que tu peux devenir actionnaire avec ça ? C'est à peine de quoi t'offrir les premiers numéros.

— Alors, considère cela comme une avance sur mon abonnement.

Keith avait poursuivi son chemin. May l'avait regardé s'éloigner avant de retourner vers le restaurant, plus résolue que jamais. Elle prouverait à tous ce dont elle était capable. Plus important encore, elle allait se le prouver à elle-même. Sally-Anne était portée par les mêmes intentions, et si sa motivation était différente, leurs avenirs étaient désormais liés. Restait à réunir les capitaux suffisants pour faire vivre un journal dont aucun homme fortuné de l'État ne voudrait qu'il voie le jour. Ce soir-là, l'une et l'autre étaient à mille lieues d'imaginer que si le destin leur permettrait de concrétiser leur projet, ce serait à la faveur d'un crime.

May chassa de son esprit le souvenir de cette nuit d'ivresse où tout avait commencé. Elle tira le drap sur ses épaules et se retourna. Sally-Anne l'entoura de son bras et ferma les yeux.

9

Eleanor-Rigby

Octobre 2016, Croydon

Maggie tourna la clé et constata que le verrou n'était pas enclenché. Le premier cambrioleur en maraude serait entré en moins de temps qu'elle. Combien de fois avait-elle supplié notre père de fermer sa porte à double tour lorsqu'il s'en allait. Mais il lui répondait invariablement qu'il vivait là depuis toujours et qu'on ne lui avait jamais rien volé.

Elle suspendit son manteau à la patère et s'engagea dans le couloir. Inutile d'explorer la cuisine, Maman n'aurait jamais caché quoi que soit dans la pièce que son père affectionnait le plus. Sa paresse lui disait que la partie ne serait pas facile et qu'elle ferait mieux de renoncer : à quoi bon perdre son temps à mener des recherches qui n'avaient aucun sens ? L'esprit vagabond, elle pensa à la chambre à coucher, à la salle de bains, à la penderie – elle s'attaquerait à la penderie en premier, elle y découvrirait peut-être une trappe ou un double fond –, songea aussi qu'en repartant, elle devrait laisser la serrure comme elle l'avait trouvée si elle ne voulait pas qu'il sache qu'elle était venue chez lui en cachette. De toute façon, il lui tapoterait l'épaule avec son air affable en disant : « Maggie, tu vois le mal partout. »

Et quand une main se posa justement sur son épaule, elle poussa un hurlement et se retourna. Papa la regardait, les yeux écarquillés.

— Qu'est-ce que tu fais là, et pourquoi n'as-tu pas sonné ? lui demanda-t-il, étonné.

— Je…, bafouilla-t-elle.

— Tu ?

— Je pensais que tu déjeunais avec Elby.

— Je le pensais aussi et je le devais d'ailleurs, mais l'Austin m'a fait un caprice et a refusé de démarrer. Il va falloir que j'aille voir ce qui ne va pas sous son capot.

— Elle aurait pu me prévenir tout de même, râla Maggie.

— Mon Austin ?

— Elby !

— Tu aurais voulu qu'elle te prévienne que ma voiture était en panne ? rit-il de bon cœur. Cesse de chercher tout le temps des noises à ta sœur, je déteste quand vous vous chamaillez. Cela fait trente ans que j'attends le moment où vous vous déciderez enfin à devenir adultes. Et sois assurée que je lui dis la même chose chaque fois qu'elle…

— Qu'elle quoi ?

— Rien…, soupira Papa. Et maintenant tu vas me dire ce que tu fais ici ?

— Je… je cherchais des papiers.

— Viens, allons discuter dans la cuisine, j'allais me préparer un sandwich et tu vois, finalement, cette journée qui avait mal tourné se remet à tourner dans le bon sens puisque je vais tout de même déjeuner avec l'une de mes filles. Tu me feras d'ailleurs le plaisir de ne rien en dire à ta sœur, elle est capable d'aller imaginer que je lui ai menti au sujet de la voiture pour te voir à sa place et là… là…, répéta Papa en levant les bras au ciel comme si le plafond allait lui tomber dessus, nous aurions le drame de la semaine.

Il ouvrit la porte du réfrigérateur, sortit de quoi préparer un semblant de repas et pria Maggie de mettre le couvert.

— Alors, qu'est-ce qui t'arrive, ma chérie ? Si tu as besoin d'un peu d'argent, il faut me le dire. Tu es fauchée ?

— Rien, il ne m'arrive rien du tout, j'avais juste besoin de trouver… un extrait d'acte de naissance.

Elle se demanda comment ce mensonge lui était venu à l'esprit.

— Ah, ah ! s'exclama Papa, le visage irradiant de joie.

— Ah, ah, quoi ? demanda Maggie d'un ton posé.

— Réfléchissons, tu viens chercher un acte de naissance, sans que cela puisse attendre. Tu as dû calculer que je quitterais le restaurant où je devais déjeuner avec Elby vers quatorze heures trente, estimer le temps que je passerais sur la route avec ces fichus embouteillages. Avec tous les milliards que nos hommes politiques gaspillent depuis des décennies, ils n'ont pas encore trouvé le moyen de venir à bout des problèmes de circulation… au XXIe siècle ! Je te les mettrais tous au chômage, ces bons à rien.

— Papa, tu sais que tu radotes un peu quand même.

— Absolument pas, je ne radote pas, je réitère mon point de vue. Bref, ne détourne pas la conversation. Donc, tu en as déduit que je ne serais jamais rentré avant seize heures, et qu'il serait trop tard, et c'est pour ça que tu es venue.

Maggie, ne comprenant pas un traître mot au raisonnement de notre père, choisit de se taire.

— Ah, ah ! répéta-t-il.

Les coudes sur la table, elle enfouit sa tête dans ses mains.

— Par moments, quand je discute avec toi, j'ai l'impression d'être téléportée dans un épisode des Monthy Python, dit-elle.

— Alors là, ma chérie, si tu espérais me balancer une vacherie, c'est raté, je prends ça pour un compliment. Et si tu crois que je n'ai pas compris ce que tu cherches, tu me fais de la peine. La mairie ferme à seize heures, n'est-ce pas ? ajouta Papa en clignant de l'œil.

— C'est possible, et qu'est-ce que tu voudrais que j'aille faire à la mairie ?

— D'accord, imaginons que tu refasses la décoration de ton appartement et que tu sois tellement heureuse de ta vie, si reconnaissante d'avoir vu le jour que tu veuilles accrocher ton acte de naissance dans ton salon. Logique ! Bon, trêve de plaisanterie, je te l'accorde, j'ai été maladroit en évoquant ton mariage devant ton frère et ta sœur, je m'en excuse, mais maintenant que nous sommes seuls, tu peux bien me le dire. Parce que c'est à moi que tu es toujours venue te confier en premier, n'est-ce pas ?

— Mais je n'ai aucune envie de me marier, cela ne m'a même pas traversé l'esprit, je te le jure, Papa, sors-toi cette idée de la tête.

Papa observa sa fille d'un air circonspect et posa devant elle l'assiette de sandwichs qu'il avait préparée.

— Mange, tu as une mine de papier mâché en ce moment.

Maggie ne chercha pas à discuter et mordit dans le pain de mie. Papa ne la quittait pas des yeux, mais le silence lui était insupportable.

— Pourquoi est-ce si urgent de mettre la main sur ton acte de naissance ?

— Ma banque me demande de régulariser mon dossier, inventa-t-elle.

— Tu as demandé un prêt ? Tu vois que je ne m'étais pas trompé, j'ai encore du flair quand il s'agit de mes filles. Si tu as besoin d'argent, pourquoi n'es-tu pas venue me le demander ? Les banques vous saignent à blanc avec leurs taux d'intérêt, en revanche quand il s'agit de rémunérer ce que nous leur prêtons, allez comprendre pourquoi, l'argent ne vaut plus rien !

— Parce que tu prêtes de l'argent à ta banque ? demanda Maggie, espérant avoir mis le doigt sur ce qu'il aurait pu subsister de la fortune supposée de notre mère.

Son enthousiasme retomba quand Papa précisa qu'il évoquait son compte d'épargne retraite. Quelques milliers de livres sterling et qui ne rapportaient rien, précisa-t-il en soupirant.

— Et pourquoi veux-tu faire un emprunt ? Tu as des dettes ?

— Papa, oublions cela, j'ai juste voulu négocier un petit découvert, rien d'autre. Mais tu connais le système, pour un rien on te demande des tonnes de papiers. D'ailleurs, as-tu une idée de l'endroit où Maman rangeait les siens ?

— Plus qu'une idée, c'est toujours moi qui me suis occupé de la paperasse dans cette maison. Ta mère l'avait en horreur. Je vais aller te chercher ce dont tu as besoin.

— Ne te dérange pas, dis-moi juste où c'est et…

Un coup de sonnette mit fin à leur conversation. Papa se demanda qui cela pouvait bien être, il n'attendait personne et le facteur se présentait toujours le matin. Il alla ouvrir et me trouva sur son palier.

— Tu es venue jusqu'ici ? dit-il gêné.

— Comme tu peux le voir. Je suis passée au journal et je me suis fait prêter une voiture. Qu'est-ce que ça roule mal !

— Je sais, j'en parlais justement à ta sœur.

— Maggie est là ?

— Oui, mais ne va pas croire que j'ai inventé la panne de ma voiture ! Figure-toi, chuchota-t-il, qu'elle est venue en douce, espérant que je ne serais pas là pour…

— Pour quoi ? questionnai-je, fébrile.

— Si tu ne m'avais pas coupé la parole, j'allais justement te le dire. Pour chercher des papiers, elle veut faire un emprunt bancaire. Ta sœur est un vrai panier percé.

Maggie apparut dans le couloir et me lança un regard incendiaire.

— Avant de dire quoi que ce soit que tu viendrais à regretter, tu ferais bien de regarder ton portable, je t'ai laissé dix messages.

Maggie retourna dans la cuisine et plongea la main dans son sac. La sonnerie de son iPhone était coupée et elle put constater que j'avais tenté maintes fois de l'avertir que la voie n'était pas libre.

— Je pestais après mon Austin, mais je vais devoir la bénir pour cette double surprise. Il ne manquerait plus que Michel débarque. Je vais regarder ce qui me reste dans le frigo, si j'avais su, je serais allé faire des courses, dit Papa, soulagé que je ne le soupçonne pas d'un coup fourré.

Je m'installai à la table et tentai d'interroger Maggie qui me fit comprendre d'un regard que notre père ne soupçonnait rien. Alors qu'il s'éclipsait, Maggie reprit son portable et fixa l'écran en ricanant.

— Je n'avais pas rêvé, Rigby, tu m'as vraiment texté « *Abort Mission* » à trois reprises. En fait tu ne regardes pas la télé, tu la manges !

Papa réapparut, un document en main.

— Ce n'est pas à proprement parler ton acte de naissance, mais un extrait de notre arbre généalogique, et validé par un notaire mormon ! Ton banquier devrait s'en contenter.

Je m'emparai du document avant Maggie.

— Tiens, c'est étrange, dis-je.

Papa triturait l'interrupteur de la bouilloire électrique et jura dans sa barbe.

— Maman et toi vous êtes mariés après notre naissance ?

— C'est possible, grommela mon père.

— Comment ça, « c'est possible », c'est écrit noir sur blanc. Tu ne te souviens plus de la date de ton propre mariage ?

— Avant, après, qu'est-ce que ça change ! Nous nous sommes aimés jusqu'à sa mort que je sache, et attention, je l'aime encore.

— Mais vous nous avez toujours raconté que vous aviez décidé de vous unir aussitôt après vous être retrouvés.

— Notre histoire était un peu plus compliquée que celle que nous voulions raconter à nos enfants en les couchant le soir.

— Plus compliquée comment ?

— Et voilà l'interrogatoire qui recommence, je te l'ai dit, Elby, tu aurais dû faire carrière dans la police et non dans le journalisme, bougonna son père.

Papa tira sur le cordon électrique et l'enroula autour de la bouilloire.

— Elle aussi a rendu l'âme. Décidément, ma voiture ce matin, cette satanée bouilloire, ce n'est pas mon jour.

Il prit une casserole dans le buffet, la remplit d'eau et la posa sur la gazinière.

— Vous savez combien de temps il faut pour faire bouillir de l'eau froide ?

Ma sœur et moi fîmes non de la tête.

— Aucune idée non plus, mais nous allons bientôt le savoir, dit-il en rivant son regard sur la trotteuse de la pendule murale.

— Plus compliquée comment ? répétai-je, non sans faire soupirer mon père.

— Les premières semaines de son retour ne furent pas si simples. Il lui a fallu du temps pour s'ajuster à une nouvelle vie dans une banlieue qui, à l'époque, n'était pas l'endroit le plus joyeux du monde.

— Tu peux enlever le « à l'époque », siffla Maggie.

— Je ne crois pas que ton Beckenham ait quoi que ce soit à envier à ma ville ma chérie. Votre mère tournait un peu en rond dans cet appartement, elle n'avait pas encore trouvé de travail, j'avais mes horaires de bureau auxquels je ne pouvais déroger, elle se sentait très seule. Mais comme c'était une battante, elle s'est inscrite à des cours par correspondance. Elle a obtenu son diplôme, puis un poste de stagiaire, et enfin d'enseignante. Ajoutez à cela sa grossesse, votre naissance qui a fait notre bonheur, mais vous n'avez pas idée de ce que ça coûte d'élever des enfants, vous l'apprendrez un jour je l'espère. Bref, nous n'avions pas vraiment les moyens d'acheter une robe de mariée, une bague et tout le tralala qui va avec un mariage. Alors en effet, nous avons attendu un peu plus longtemps que nous ne le souhaitions pour passer devant le maire. Ta curiosité est satisfaite ?

— Maman est tombée enceinte combien de temps après la renaissance de votre histoire d'amour ?

— Jolie formule. Votre mère détestait que j'évoque notre premier flirt. Dix ans s'étaient écoulés, elle avait vécu, était devenue quelqu'un d'autre et n'avait pas la moindre empathie pour la jeune fille qu'elle avait été jadis. D'ailleurs, l'idée que je puisse avoir été amoureux de cette jeune fille la rendait presque jalouse. Elle ne comprenait pas qu'un homme ait pu s'enticher de deux caractères si différents. Parce que moi je n'avais pas eu le droit de changer ! Remarquez, elle n'avait pas tort, je n'avais pas changé tant que ça. Votre mère ne s'intéressait qu'au présent, se projetait rarement dans le futur et son passé n'existait plus. Les deux périodes de notre histoire étaient pour elle comme un Ancien et un Nouveau Testament. Deux récits qui ne se sont jamais accordés sur la venue du Messie.

— Parce que le Messie, dans sa vie, c'était toi, bien entendu, s'esclaffa Maggie.

— Une minute douze, répondit Papa, impassible, en regardant l'eau frémir.

Il tourna la molette du brûleur à gaz et servit le thé.

— Vous avez été rapides dis donc, une minute douze pour que Maman tombe enceinte, c'est un record, repris-je.

Papa laissa tomber délicatement un nuage de lait dans sa tasse et regarda ses filles tour à tour.

— Je vous aime, ça, vous n'en doutez pas. Je vous aime plus que tout au monde, avec votre frère bien sûr. Mais qu'est-ce que vous pouvez m'emmerder parfois. Nous vous avons eus très vite. Quelques mois après que nous nous sommes remis ensemble. Tu veux savoir combien ton frère et toi pesiez à la naissance ? Eh bien, tu étais plus grosse que lui, et toc !

Maggie ricana sans la moindre retenue, me regardant en gonflant les joues.

— Et toi, Maggie, plus grosse que les deux réunis. Maintenant, avec vos histoires, vous m'avez fichu le bourdon. Je vais aller me promener au cimetière, vous voulez m'accompagner ?

Maggie n'avait plus visité la terre où reposait notre mère depuis qu'on l'y avait portée. La vue de son nom gravé sur une pierre tombale lui était insupportable.

— En fait non, se reprit Papa, ne m'en veuillez pas, mais je préfère y aller seul.

Un père sait ce genre de choses.

Il but sa tasse, alla la déposer dans l'évier, revint nous embrasser sur le front avant de nous laisser.

Nous l'entendîmes crier de l'entrée :

— Tu penseras à bien fermer le verrou en t'en allant, Maggie.

Et Papa sortit de chez lui, un sourire aux lèvres.

10

Eleanor-Rigby

Octobre 2016, Croydon

Nous attendîmes d'être certaines que notre père ne ferait pas demi-tour avant de nous atteler à nos recherches. La salle de bains avait été écartée d'emblée, jugée trop improbable. Maggie fouilla la penderie et n'y trouva ni trappe ni double fond. Pendant que je m'occupais de la chambre à coucher, elle alla consulter l'arbre généalogique familial dans la cuisine.

— Surtout, ne viens pas me donner un coup de main, lui criai-je.

— Tu n'es pas venue m'aider, que je sache, me répondit-elle, tu n'as pas encore fini ?

Je la rejoignis, dépitée.

— Rien, j'ai même cogné sur les murs à la recherche d'un son creux, mais *nada*.

— Tu n'as rien trouvé parce qu'il n'y avait rien à trouver. Cette lettre est un tissu d'inepties ; on a bien rigolé, mais maintenant je te suggère que nous arrêtions là.

— Essayons de penser comme Maman. Si tu voulais cacher un pactole, où irais-tu le planquer ?

— Pourquoi irais-tu le planquer au lieu d'en faire profiter ta famille ?

— Et si ce n'était pas de l'argent, mais quelque chose dont elle ne pouvait rien faire ? Va savoir, elle était peut-être trafiquante de drogue dans sa jeunesse… tout le monde en consommait dans les années 1970-1980.

— C'est bien ce que je disais, Elby, tu regardes vraiment trop la télé, et au risque de t'infliger une désillusion majeure, je crois que pas mal de gens en consomment toujours. Si tu t'éternises à Londres, je vais peut-être m'y mettre aussi.

— De nous trois, c'est Michel dont elle était le plus proche.

— Je suppose que cette affirmation gratuite n'a d'autre intérêt que de vouloir me rendre jalouse. Tu es pathétique.

— Ce n'est pas pathétique, c'est une réalité, et je dis ça parce que si Maman avait eu un secret qu'elle ne voulait pas partager avec Papa, c'est à Michel qu'elle se serait confiée.

— Ne va pas le perturber avec ton entêtement rocambolesque.

— Je n'ai pas d'ordre à recevoir de toi et d'ailleurs, je vais aller lui rendre visite maintenant. Merde, c'est mon jumeau, pas le tien !

— Faux jumeau !

Je quittai la cuisine. Maggie claqua la porte et me rattrapa dans la cage d'escalier.

Les trottoirs étaient empourprés d'un tapis de feuilles rousses. Ravages d'un octobre où le vent avait soufflé plus que de coutume. J'aime le craquement des nervures desséchées sous mes pas, le parfum d'automne que brasse la pluie. Je m'installai au volant du break emprunté à un collègue du journal, attendis que Maggie referme sa portière, et démarrai.

Nous roulâmes sans échanger un mot, hormis une petite parenthèse, quand je fis remarquer à Maggie que si elle n'accordait vraiment aucun crédit à la lettre anonyme, elle ne serait pas montée à bord de la voiture, mais elle prétendit n'être là que pour protéger son frère de la démence qui s'était emparée de sa sœur.

Je rangeai la voiture sur le parking et filai d'un pas décidé vers la réception. Il n'y avait aucun employé derrière la banque d'accueil en merisier verni, reliquat d'une époque révolue. Le personnel de la bibliothèque municipale se résumait aux deux personnes y travaillant à temps plein, la directrice, Véra Morton, et Michel, ainsi qu'une femme de ménage qui venait épousseter les rayonnages deux fois par semaine.

Véra Morton reconnut Maggie dans le hall, son visage s'éclaira alors qu'elle venait à sa rencontre. Personnage plus complexe qu'il n'y paraissait à première vue, Véra aurait pu être ravissante si elle ne se donnait pas autant de mal pour devenir invisible. Ses yeux couleur lapis étaient cerclés de lunettes rondes aux verres tachés par des empreintes de doigt, sa chevelure était retenue par un élastique, et sa tenue vestimentaire plus sobre qu'un chameau. Son pull à col roulé, deux tailles trop grand, sa jupe large en velours côtelé, ses mocassins et ses chaussettes composaient une sorte d'uniforme beigeâtre.

— Tout va bien ? s'enquit-elle.

— Le mieux possible, répondis-je.

— Alors, vous m'en voyez ravie, j'ai eu peur un instant que vous ne soyez porteuses d'une mauvaise nouvelle. C'est tellement rare d'être gratifiée de votre présence.

Qui s'exprimait encore ainsi de nos jours ? me demandai-je en gardant mes pensées pour moi. Et pendant que Maggie expliquait que, se promenant dans le quartier, deux sœurs avaient eu l'idée de venir embrasser leur frère, je remarquai que les joues de Véra se coloraient d'une légère touche rosée chaque fois qu'elle prononçait le prénom de Michel. Je soupçonnai aussitôt une confusion des sentiments sous le pull à col roulé de Véra Morton. À sa décharge, plongez deux poissons dans le même bocal huit heures par jour avec pour seule distraction la visite d'une classe d'écoliers le mercredi, et vous aurez de fortes probabilités pour qu'ils finissent par voir chacun en l'autre ce que l'humanité tout entière a de mieux à leur offrir. Ces considérations mises à part, l'idée que Véra éprouve des sentiments à l'égard de mon frère me semblait possible. Mais la vraie question était de savoir si Michel en pinçait aussi pour Véra.

La jeune directrice de l'établissement en décrépitude se fit une joie de nous accompagner jusqu'à la salle de lecture où Michel était plongé dans un livre, seul à une table. Pourtant, elle chuchota comme si la salle était comble. J'en déduisis que les bibliothèques étaient comme les églises. Fidèle ou non, on ne pouvait y parler qu'à voix feutrée.

Michel releva la tête, étonné de voir ses sœurs, ferma son livre et alla le ranger à la bonne place avant de nous rejoindre.

— Nous passions par là et nous avons eu l'idée de venir t'embrasser, déclara Maggie.

— Ah, c'est étrange, tu ne m'embrasses jamais. Enfin, je ne veux pas te contrarier, dit-il en tendant la joue.

— C'est une façon de parler, précisa Maggie. Tu voudrais que nous allions prendre un thé quelque part ? Si tu peux t'absenter, bien sûr.

Véra répondit à sa place.

— Bien sûr que oui, nous n'avons pas grand monde aujourd'hui. Ne vous inquiétez pas, Michel (petite poussée de roséole aux joues). Je fermerai la bibliothèque.

— Ah. Mais j'ai encore quelques ouvrages à ranger.

— Je suis certaine qu'ils passeront une nuit très agréable sur les tables où ils se trouvent, affirma Véra (le rose s'intensifiait nettement).

Michel tendit le bras et lui serra la main en l'agitant comme s'il s'était agi d'une vieille pompe de vélo.

— Alors merci beaucoup, dit-il. Je travaillerai un peu plus tard demain.

— Ce ne sera pas nécessaire. Passez une bonne soirée, Michel (écarlate cette fois).

Et puisque le chuchotement était de mise en ces lieux, je me penchai à l'oreille de ma sœur pour lui faire une confidence. Maggie leva les yeux au ciel et entraîna Michel vers la voiture.

Nous fîmes halte dans un salon de thé. Derrière une baie vitrée recouverte d'affichettes publicitaires, l'établissement occupait le rez-de-chaussée d'un petit immeuble en brique jaune datant des années 1970, vestige de cette banlieue industrielle qui avait tardé à se moderniser. Le service étant minimaliste, Maggie alla commander trois Earl Grey au comptoir, autant de scones, et ne s'écarta que pour me laisser régler l'addition. Nous nous installâmes sur des chaises en plastique autour d'une table en Formica.

— Il est arrivé quelque chose à Papa ? demanda Michel d'une voix posée.

Je le rassurai tout de suite. Michel but une gorgée de son thé et fixa Maggie.

— Tu vas épouser Fred ?

— Mais pourquoi le fait que nous venions te voir impliquerait qu'il se soit passé un drame ? répondit-elle.

Michel réfléchit et trouva cette réponse amusante. Il se fendit d'un sourire pour le lui témoigner.

— Pour une fois que je reste un peu à Londres, j'avais envie de te voir et j'en ai profité pour inviter Maggie à se joindre à nous, ajoutai-je.

— Est-ce que Maman t'a confié un secret ? demanda Maggie sans détour.

— C'est une étrange question. Je n'ai pas vu Maman depuis longtemps, et toi non plus.

— Je voulais dire avant.

— Si elle m'avait confié un secret, je ne pourrais pas te le révéler. Logique, n'est-ce pas ?

— Je ne te demande pas de me dire de quoi il s'agit, mais seulement si elle t'en a confié un.

— Non.

— Tu vois bien, me balança Maggie.

— Un, non, mais plusieurs, oui, poursuivit Michel. Je peux reprendre un scone ?

Maggie poussa son assiette vers lui.

— Pourquoi à toi et pas à nous ? demanda-t-elle.

— Parce qu'elle savait que je ne dirais rien.

— Même à tes sœurs ?

— Surtout à mes sœurs. Quand vous vous disputez, vous êtes capables de tout dire, y compris des choses qui n'existent pas. Vous avez beaucoup de qualités, mais pas celle de savoir vous taire quand vous êtes en colère. Logique.

Je posai ma main sur l'avant-bras de Michel et le regardai les yeux pleins de tendresse.

— Mais tu sais qu'elle nous manque autant qu'à toi.

— Je ne crois pas qu'il existe d'instrument capable de mesurer le manque, alors j'en déduis que ta phrase est une façon de parler.

— Non, Michel, c'est une réalité, enchaînai-je. Elle était notre mère autant que la tienne.

— Évidemment, c'est logique.

— Si tu sais des choses que nous ignorons, ce serait injuste de les garder pour toi, tu comprends ? supplia Maggie.

Michel m'interrogea des yeux avant de prendre mon scone. Il le trempa dans le thé et n'en fit que deux bouchées.

— Qu'est-ce qu'elle t'a dit ? insistai-je.

— Rien.

— Et le secret ?

— Ce ne sont pas des mots qu'elle m'a confiés.

— Alors quoi ?

— Je ne crois pas que j'aie le droit de vous en parler.

— Michel, je ne crois pas non plus que Maman avait imaginé partir si vite, si brutalement. Je suis certaine qu'elle aurait souhaité que nous partagions tout d'elle après sa mort.

— C'est possible, il faudrait que je puisse le lui demander.

— Mais ça, c'est impossible, alors tu dois te fier à ton jugement et seulement à ton jugement.

Michel but sa tasse d'un trait et la reposa sur la soucoupe. Sa main tremblotait, il dodelinait de la tête, le regard perdu. Je caressai sa nuque et interrompit la crise d'une seule phrase.

— Tu n'as rien à nous dire maintenant. Je suis sûre que Maman aurait voulu que tu prennes ton temps pour réfléchir. Et je sais que c'est pour cela qu'elle t'a fait confiance. Tu veux un dernier scone ?

— Je ne crois pas que ce serait très raisonnable, mais pourquoi pas, pour une fois que nous sommes tous les trois ensemble.

J'étais bien décidée à ne pas me lever, Maggie se fendit d'un aller-retour au comptoir et paya la pâtisserie. Elle posa la soucoupe devant Michel et se rassit.

— Ne parlons plus de cela, dit Maggie d'une voix apaisante. Si tu nous racontais un peu tes journées au travail.

— Elles se ressemblent toutes.

— Alors choisis-en une particulière.

— Tu t'entends bien avec ta directrice ? intervins-je.

Michel releva les yeux.

— C'est encore l'une de vos façons de parler, je suppose ?

— Non, c'était juste une question, repris-je.

— Oui, nous nous entendons très bien, ce qui est normal, car nous ne sommes pas sourds. Heureusement, car le chuchotement est de rigueur à la bibliothèque.

— J'ai pu le constater.
— Alors tu sais que nous nous entendons bien.
— Je crois qu'elle t'apprécie beaucoup. Et, Maggie, cesse de me regarder comme ça, je peux parler avec mon frère sans que tu surveilles chacune de mes phrases.
— Vous allez vous disputer ? demanda Michel.
— Non, pas aujourd'hui, le rassura Maggie.
— Ce qui me fascine chez vous, reprit Michel en attrapant une petite serviette en papier pour s'essuyer le coin des lèvres, c'est que la plupart du temps, ce que vous vous dites n'a aucun sens. Et pourtant, quand vous ne vous disputez pas, vous vous comprenez mieux que la plupart des gens que j'observe. J'en déduis que vous aussi vous n'êtes pas sourdes. J'espère avoir répondu ainsi à la vraie question que tu me posais, Elby.
— Je le crois également. Si tu as besoin un jour de conseils de fille, tu sais que je suis là.
— Non, tu n'es plus là très souvent, Elby, mais à la différence de Maman, tu reviens tout de même de temps à autre, c'est rassurant.
— Cette fois, je crois que je vais rester plus longtemps.
— Jusqu'à ce que ton journal t'envoie étudier les girafes dans un pays lointain. Pourquoi les gens que tu ne connais pas t'intéressent-ils plus que ta famille ?
À un autre homme que mon frère, j'aurais peut-être dit la vérité. J'avais voulu partir à la découverte du monde pour y trouver l'espoir qui me manquait quand j'avais vingt ans, fuir la peur de voir ma vie toute tracée, une vie qui aurait ressemblé à celle de ma mère, à celle dont ma sœur s'accommodait. J'avais eu besoin

de quitter les miens pour les aimer encore. Parce que en dépit de tout l'amour reçu, j'étouffais dans cette banlieue de Londres.

— J'étais fascinée par la diversité de l'humanité, répondis-je. Je suis partie à la recherche de toutes ses différences. Tu comprends ?

— Non, ce n'est pas très logique. Puisque je ne suis pas comme les autres, pourquoi je n'ai pas suffi à t'offrir ce que tu cherchais.

— Tu n'es pas différent, Michel, nous sommes jumeaux et tu es la personne dont je me sens la plus proche.

— Si je vous dérange, vous me le dites, intervint Maggie.

Michel nous regarda tour à tour. Il inspira profondément et posa ses mains sur la table, prêt à se libérer d'un secret qui lui pesait.

— Je crois que je m'entends vraiment bien avec Véra, dit-il le souffle court.

11

L'Indépendant

Juin à septembre 1980, Baltimore

Depuis l'annonce faite un soir de beuverie, à la fin du printemps, May et Sally-Anne s'étaient dévouées corps et âme à la création de leur journal. Elles lui avaient dédié leur été et ne s'offrirent qu'un dimanche à la plage.

Mais avant tout, il fallait lui trouver un nom. May fut la première à dégainer. L'idée lui vint alors qu'elle regardait Robert Stack incarner Eliot Ness dans un épisode de *The Untouchables*[1] qui repassait à la télévision. La série qui avait pris un petit coup de vieux était régulièrement rediffusée sur les grilles tardives d'ABC.

Sally crut d'abord à une plaisanterie. La suggestion de May était d'une prétention ridicule, sans parler des jeux de mots douteux dont la gent masculine se délecterait. Un journal dirigé par des femmes ne pouvait pas s'appeler *Les Intouchables*.

1. *The Untouchables* « *Les Incorruptibles* ».

Un après-midi de juillet où il faisait particulièrement chaud, Sally-Anne admirait la musculature de Keith qui était venu leur prêter main-forte : elle avait déniché, dans un entrepôt abandonné des docks, un loft en piteux état qui ne demandait, selon elle, qu'un bon coup de peinture pour retrouver toute sa splendeur.

Après un examen approfondi des lieux, Keith l'avait assurée du contraire, et s'était étonné du peu de moyens dont elles disposaient pour mener à bien leur projet. La famille de Sally-Anne ne manquait pourtant pas d'argent.

Il ignorait que derrière ses airs de grande séductrice, Sally-Anne possédait une droiture incontestable. Elle n'avait pas attendu l'adolescence pour comprendre qu'elle était différente. Elle partagea avec Keith et May un souvenir d'enfance. À l'un de ses professeurs, elle avait déclaré être probablement une erreur de naissance, tant elle ne se trouvait rien de commun avec son père et encore moins avec sa mère. Le professeur avait sermonné cette jeune effrontée qui s'autorisait à juger des parents si souvent cités comme modèles de réussite. La seule réussite qu'elle leur accordait était d'avoir su entretenir ce dont ils avaient hérité, mais au prix de tant de mensonges et de compromissions.

En faisant ressurgir ce souvenir, Keith venait de mettre d'accord les deux filles. Elles ne devraient rien à personne, leur journal s'appellerait *L'Indépendant*.

— C'est bien beau, mais sans moyens, le travail sera titanesque ! s'exclama Keith. Les fenêtres sont rongées par le sel, le parquet est si ajouré qu'on pourrait passer la main au travers. Remettre en marche la chaudière est un travail herculéen et l'immeuble n'est plus alimenté en courant depuis des lustres.

— Je ne connais que deux types d'hommes, lui rétorqua Sally-Anne, ceux qui ont des problèmes et ceux qui les résolvent.

Sally-Anne avait appris à laisser sa droiture au vestiaire en cas de nécessité et les hommes n'étaient souvent pour elle qu'une nécessité. Keith était tombé dans un piège si grossier que May avait failli venir à sa rescousse. Elle n'en fit rien et il s'attela à la restauration du loft avec une ferveur admirable.

Keith n'avait pas eu une enfance dorée, mais elle lui avait appris à se débrouiller avec les moyens du bord. Le premier dimanche où il vint travailler, il s'évertua à tirer un câble du disjoncteur principal et dans la nuit réussit à le raccorder, au prix d'une escalade périlleuse, aux bornes du transformateur perché sur le poteau électrique qui s'élevait devant l'une des fenêtres. L'opération lui avait pris la journée, mais le courant était rétabli.

Les jours suivants, en sortant de son travail il accourait au loft, et son week-end y passa. En une semaine, ce chantier avait pris pour lui la tournure d'un défi. Il commença de remettre le parquet en état, pour qu'on y installe un jour des bureaux, de réparer les chambranles des fenêtres avec des chutes de bois qu'il récupérait à l'atelier et convoyait dans sa camionnette. Son manège ne passa pas inaperçu et s'il n'avait été aussi bon menuisier, son employeur l'aurait probablement viré. À la fin de la première semaine, il se rendit à la raison et finit par admettre devant l'ampleur de l'ouvrage qu'il n'en viendrait jamais à bout tout seul. En échange de quelques gueuletons en ville payés par les deux filles, il réussit à mobiliser plusieurs copains bossant dans le bâtiment. Apprentis plombiers, maçons, peintres et serruriers vinrent s'occuper de la chaudière, de la tuyauterie, des radiateurs en fonte qu'il fallait purger, des murs décrépis, et de la rouille qui courait sur tout ce qu'il y avait de métallique. May et Sally-Anne ne restaient pas les bras ballants. Elles aussi ponçaient, vissaient, peignaient, quand elles ne distribuaient pas boissons et nourriture à l'équipe constituée par Keith.

L'ambiance était effervescente, mais entre eux trois se jouait une subtile partie de séduction. L'une y était experte, l'autre sincère, et le dernier n'y comprenait plus rien.

May trouvait Keith attachant. Elle épiait ses faits et gestes, attendant qu'il ait besoin d'aide et s'arrangeant pour être près de lui au bon moment. Lorsqu'ils échangeaient quelques mots, lui, martelant des clous dans le parquet, elle, ponçant à ses côtés, elle découvrait que sa conversation était aussi intéressante que son physique. Mais les yeux de Keith revenaient toujours se poser sur Sally-Anne, qui, non sans calcul, se maintenait à distance. May finit par suspecter qu'il ne les aidait que pour la reconquérir et elle garda ses sentiments pour elle.

À la mi-temps du mois, le jeu prit une autre tournure. Keith avait vu clair dans celui de Sally-Anne et il invita May à dîner dans un restaurant indien sur Cold Spring Lane. Elle fut surprise qu'il ait des goûts si exotiques. À la fin du repas, il manifesta l'envie de retourner au loft, pour appliquer une deuxième couche de vernis sur la porte d'entrée.

— Il séchera pendant la nuit et demain, je pourrai passer à autre chose, lui dit-il.

May le remercia encore de tout le mal qu'il se donnait pour elle, et Keith, en attrapant ses clés sur la table avant de se lever, se demanda si son « elle » était au singulier ou au pluriel. Ils rentrèrent à bord de son pick-up.

— Tu veux écouter un peu de musique ? demanda Keith.

May profita de tourner le bouton du poste de radio pour remonter discrètement le pan de sa jupe à mi-cuisse. Sa peau laiteuse tachetée de rousseurs se révélait chaque fois que le pare-brise passait sous un réverbère. Keith y posa plusieurs fois son regard avant d'y abandonner sa main et May sentit une onde de chaleur parcourir sa chair.

Au bas de l'escalier, il l'invita à monter la première. Cent vingt marches en pente raide, que Keith gravit, sentant monter en lui le désir qu'il éprouvait de faire l'amour à May.

Elle poussa la porte du loft et appela Sally-Anne, espérant qu'elle soit, comme si souvent, à une soirée lointaine, entourée de jeunes hommes la dévorant des yeux et de jeunes femmes l'admirant ou la haïssant.

Keith n'essaya plus de prétendre et s'avança vers May. Elle recula jusqu'à la fenêtre en souriant. Il s'approcha, passa la main dans ses cheveux et l'embrassa. Ce baiser qu'elle avait attendu depuis plusieurs semaines était plus tendre qu'elle ne l'avait supposé. La nuque de Keith sentait le bois et la térébenthine, elle mordillait ses doigts agiles qui lui caressaient le visage, se sentait parcourue de frissons. Keith défit son chemisier, la prit par la taille, et embrassa ses seins pendant qu'elle défaisait les boutons de son jean. Il était tout à elle et sa vigueur le lui prouvait.

May se trompait. De la rue, Sally-Anne, assise sur sa moto, observait son dos nu collé à la vitre, épiait ses soubresauts, la cambrure de ses reins qui se creusait à chaque assaut de Keith. Sally-Anne connaissait le plaisir que prenait son amie. Elle aussi avait accueilli Keith en elle, goûté à la saveur salée de sa peau.

— Grimpe au ciel ma belle, tu ne l'as pas volé. Je te l'offre, mais je te l'emprunterai chaque fois que j'en aurai envie.

Elle ne remit pas son casque et repartit cheveux aux vents de la nuit chercher refuge dans la chaleur d'un autre.

*

À la mi-août, le plus gros de l'ouvrage était achevé. Sally-Anne avait « gagné son pari », et le loft retrouvé sinon sa splendeur, du moins une « sacrée belle gueule ». Paroles de Keith, lorsque les filles le serrèrent dans leurs bras, le couvrant de baisers pour le remercier.

Elles avaient profité de la réfection pour s'aménager un coin chambre.

Tout était bon pour économiser le peu d'argent qu'il leur restait. Si Keith et ses copains avaient fait de leur mieux pour se servir de matériaux de récupération, elles avaient dû investir une grande partie de leurs économies dans le chantier.

À la fin du mois, elles écumèrent les ventes aux enchères pour acquérir du mobilier et du matériel d'occasion. May dénicha un lot de six machines à écrire mises au rebut par une compagnie d'assurance qui venait de s'équiper d'IBM à boule. Sally-Anne fit un numéro de charme sans pareil et acheta, pour trois fois rien auprès d'un brocanteur, un lot qui comprenait une vieille Roneo, une paire de magnétophones, une table lumineuse pour le studio photo, six chaises et un canapé en velours. Trois fois rien, c'était ce qu'il leur restait en poche au début du mois de septembre.

*

C'était un de ces dimanches où May s'en était allée de bon matin pour se rendre à la messe. Elle s'était affranchie de tout, mais pas de sa foi. Pourtant, lorsqu'elle entrait dans l'église, elle se sentait coupable. May ne venait chercher ici ni Dieu ni son pardon, seulement le droit de se sentir, pendant une heure, à l'abri du monde. Elle s'abstenait de prier, parce que prier aurait été faire offense à ceux qui étaient là. Elle regardait les paroissiens, tentait d'imaginer la vie de ces familles unies, observait les enfants qui bâillaient en récitant leurs litanies, distinguait les couples qui s'aimaient de ceux qui ne faisaient plus que vivre ensemble. May s'enivrait d'être libre, mais sa liberté s'accompagnait de peurs, la solitude étant la pire de toutes.

Sally-Anne était rentrée tardivement d'une soirée caritative, où elle s'était ennuyée à mourir. Elle ne s'y était rendue que pour convaincre un jeune entrepreneur d'investir dans *L'Indépendant*. Il n'était pas assez séduisant pour que le terrain professionnel sur lequel elle l'avait attiré glisse vers des vallées plus profondes. Il l'avait écoutée poliment. Comment pouvait-on gagner de l'argent avec un journal qui ne serait pas d'envergure nationale ? Depuis que la télévision accaparait les budgets publicitaires, les grands titres étaient à peine rentables. Cette tendance irait en s'amplifiant et il se demandait si les jours de la presse écrite n'étaient pas comptés. Sally-Anne eut beau déployer toute son intelligence, elle échoua à le convaincre, son interlocuteur ne voyant pas de sources de profits suffisantes pour investir son argent. Sally-Anne lui parla d'un autre genre de profit, le pays avait besoin de journaux indépendants de tout pouvoir et précisément de celui de l'argent. Par politesse, il l'avait assurée que si, d'ici un an, *L'Indépendant* faisait ses preuves, il serait prêt à participer à un deuxième tour de table. Sally-Anne était rentrée furieuse au milieu de la nuit et en trouvant May et Keith endormis dans son lit son humeur ne s'était pas arrangée. Elle avait bien failli les rejoindre sous les draps, mais avait finalement choisi le canapé.

May l'avait réveillée en s'en allant de bonne heure. Keith dormait du sommeil du juste. Depuis la porte de la chambre, elle observait son souffle régulier, son corps abandonné sur le matelas. Même paisible, il rayonnait de force. Sa peau était une œuvre d'art, la toison sur son torse une invitation au plaisir. Elle se baissa pour prendre sa chemise qui traînait par terre et huma son odeur dans le coton. May ne rentrerait pas avant deux bonnes heures, elle n'en demandait pas tant. Elle ôta son tee-shirt, fit glisser sa culotte et s'allongea sur lui.

La nature a ses mystères et l'homme une humeur matinale qu'il ne peut contrôler. Keith ne résista pas longtemps aux lèvres caressantes qui se promenaient sur son ventre.

Leur plaisir partagé, Sally-Anne se leva en emportant ses sous-vêtements. Keith la rejoignit sous la douche. Alors qu'ils se rhabillaient, ils s'entendirent sur le fait que le moment qu'ils venaient de passer n'avait jamais existé.

*

Huit jours plus tard, un miracle se produisit, Rhonda, l'aide-comptable qui rêvait d'un poste de directrice financière – autant espérer escalader l'Olympe en tongs quand on était une femme employée dans une multinationale au début des années 1980 –, avait établi un compte d'exploitation rigoureux, des budgets détaillés jusqu'au moindre trombone, calculé les recettes publicitaires et la trésorerie nécessaires aux deux premières années de fonctionnement du journal, avant de relier le tout sous une couverture plastifiée du plus bel effet. Son mari, qui dirigeait une succursale de la Corporate Bank of Baltimore, les attendait.

*

M. Clark était un homme de petite taille, au regard pétillant et au sourire affable. Un homme à qui sa bonhomie conférait un certain charme, bien que tous les canons de la beauté eussent fait feu sans jamais le toucher. Il était marié à Rhonda depuis quinze ans. Une mauvaise langue aurait insinué que M. Clark ne pouvait douter du sérieux des états financiers que lui présentait Sally-Anne, sous peine de dormir à l'auberge du cul tourné pendant un certain temps.

— Permettez-moi une question, dit-il en ôtant ses lunettes qui avaient glissé au bout de son nez. Si notre établissement devenait votre prêteur, vous n'iriez jamais écrire un article portant atteinte à ses intérêts ?

May allait prendre la parole et se la vit couper net d'un coup de pied à la cheville que venait de lui administrer son associée.

— Permettez-moi une autre question, avant de répondre à la vôtre, déclara-t-elle. La banque qui nous aiderait à financer notre journal est forcément un établissement dont la probité ne souffre d'aucun écart, n'est-ce pas ?

— Cela va de soi, répondit M. Clark. Et puisque nous nous permettons d'être francs, sachez que j'admire votre culot depuis qu'une certaine personne que je ne peux nommer ici me parle de votre projet, et elle le fait tous les soirs. Je constate qu'elle n'avait rien exagéré.

Il ouvrit son tiroir, sortit un formulaire et le glissa sur le bureau.

— Bien, dit-il, je ne doute pas que cette demande de prêt sera remplie dans les meilleurs délais. Dès que ce sera chose faite, revenez me voir. Je présenterai votre dossier à la réunion du comité de crédit. Simple formalité, j'en ferai mon affaire. Nous vous ouvrirons une ligne de vingt-cinq mille dollars, remboursables en deux ans. Et à ce terme, quand votre journal aura rencontré le succès escompté par vos prévisions, j'espère en retour que vous placerez votre argent chez nous.

M. Clark les raccompagna à la porte de son bureau et leur tendit la main pour les saluer, Sally-Anne et May étaient si heureuses qu'elles l'embrassèrent chacune sur une joue en le remerciant.

En sortant de la banque, elles exultaient.

— On va vraiment le créer, ce journal ! s'exclama Sally-Anne qui n'arrivait pas encore à y croire.

— Oui, cette fois je crois que nous allons y arriver. Vingt-cinq mille dollars, tu te rends compte, c'est une fortune ! Nous allons pouvoir embaucher deux secrétaires, un télexiste, peut-être même un réceptionniste et bien sûr une maquettiste, une monteuse, une photographe, une journaliste politique, une journaliste culture, et une ou deux reporters…

— Je croyais que nous ne ferions pas de discrimination…

— Je sais, mais écoute deux secondes ces paroles euphorisantes : « Mon petit Frank, dépêchez-vous d'aller me chercher le dossier que je vous ai demandé – elle mima le geste de décrocher un téléphone. John, vous serez gentil de m'apporter un café – elle raccrocha et fit semblant de mater son assistant. J'aime beaucoup ce pantalon, Robert, il vous fait un joli derrière… »

— Assez jouissif, je l'avoue.

Une mauvaise langue aurait pu dire que si M. Clark n'avait pas été le mari de Rhonda, il n'aurait jamais accordé ce prêt, mais elle se serait trompée. Le responsable de la Corporate Bank of Baltimore savait pertinemment à qui il avait affaire. Les parents de Sally-Anne ne laisseraient jamais de dettes dans un établissement dont ils étaient actionnaires.

Une mauvaise langue aurait pu souffler au même M. Clark qu'il avait eu tort de s'engager ainsi sans la moindre réserve, et aux deux filles de s'être réjouies si vite.

Quelques jours plus tard, un administrateur de la banque appela Hanna Stanfield, la mère de Sally-Anne, pour l'informer de la nature d'un dossier qui serait bientôt présenté devant le comité de crédit.

12

George-Harrison

Octobre 2016, Cantons-de-l'Est, Québec

Je m'appelle George-Harrison Collins. À ceux qui s'amusent de mon prénom, je réponds m'être assez fait ridiculiser à l'école pour ne pas ignorer l'homonymie. Le plus étrange, c'est que nous n'écoutions même pas les Beatles à la maison, ma mère était plutôt Rolling Stones. Pourquoi ce choix, elle n'a jamais voulu me le dire. Ce n'est pas le seul de ses secrets que je n'ai jamais réussi à percer.

Je suis né à Magog, et depuis trente-cinq ans, ma vie se déroule dans les Cantons-de-l'Est au Québec. Les paysages y sont magnifiques, les hivers longs et rudes, mais la lumière au bout de ce tunnel éclaire des printemps où tout renaît, puis viennent des étés caniculaires qui font rougeoyer les bois et scintiller nos lacs.

Khalil Gibran écrivait que la mémoire est une feuille d'automne qui murmure dans le vent avant de s'effacer. Ma mère m'a donné mes plus beaux souvenirs, les siens s'étiolent au creux de son automne.

Lorsque j'avais vingt ans, elle n'avait de cesse de m'inciter à partir. « Cette province est trop petite pour toi, va visiter le monde », m'ordonnait-elle. Je ne lui ai pas obéi. Je n'aurais pu vivre ailleurs qu'ici. Les forêts canadiennes sont ma terre, elles foisonnent d'érables. Je suis ébéniste.

Quand sa tête était encore vaillante et son humour cinglant, elle me traitait de jeune vieux, chaque fois qu'elle me voyait grimper à bord de mon pick-up.

Je passe la plupart de mon temps dans mon atelier. Travailler le bois est un acte empreint de magie pour celui qui aime transformer la matière. C'est en lisant les aventures de Pinocchio que j'ai voulu devenir menuisier. Geppetto m'avait donné à réfléchir. Si de ses mains il avait pu s'inventer un fils, peut-être que des miennes je pourrais m'inventer le père que je n'ai pas connu. J'ai cessé de croire aux contes à la fin de mon enfance, mais jamais à la magie de mon métier. Je fabrique des objets qui entrent dans la vie des gens, les tables autour desquelles des familles dîneront et créeront elles aussi leurs souvenirs, les lits où s'aiment les parents, ceux où rêvent leurs enfants, des bibliothèques qui accueillent leurs livres. Je ne pourrais imaginer faire autre chose.

C'était un matin d'octobre, je travaillais sur le plateau d'une commode qui me donnait du fil à retordre. L'arbre duquel j'avais débité mes planches n'était pas assez sec, elles se fendaient à la première occasion. Vingt fois j'avais repris mon ouvrage, furieux qu'il se rebelle sous mon ciseau à bois. Le facteur était venu m'interrompre et je l'avais accueilli fraîchement. Il ne me rendait visite que pour m'apporter des factures ou des papiers de ces administrations qui vous pourrissent la vie. Mais ce jour-là, il me tendit une enveloppe manuscrite. L'écriture était belle. Impossible de savoir si les lettres avaient été formées par la main d'un homme ou d'une femme. Je l'ai décachetée et me suis assis pour la lire.

Cher George,
Vous me pardonnerez ce raccourci, les prénoms composés sont trop longs à mon goût, le vôtre en est un élégant d'ailleurs, mais là n'est pas le propos de cette lettre.
Je devine comme il est difficile de perdre sa mère, jour après jour, bien qu'elle soit encore là.
Il en est ainsi, on ne sait de nos parents que ce qu'ils veulent bien nous dire, ce que l'on veut bien voir d'eux, et l'on oublie, car c'est dans l'ordre des choses, qu'ils ont vécu avant nous. Je veux dire qu'ils ont eu une existence rien qu'à eux, connu les tourments de la jeunesse, ses mensonges. Eux aussi ont dû briser leurs chaînes, s'affranchir. La question est : comment ?
Votre mère, par exemple, vous a-t-elle dit la vérité concernant ce père que vous n'avez jamais connu ?
Qui était-il ? Dans quelles conditions l'avait-elle rencontré ? Et pourquoi vous a-t-il abandonné ? Autant de questions auxquelles il vous appartient de trouver les réponses, si cela vous intéresse. Et si cela vous intéresse, je vous suggère de mener vos recherches en usant d'habileté. Vous vous doutez bien qu'une femme aussi sensée que votre mère n'aurait pas enfoui ses secrets les plus intimes dans un endroit facile à trouver. Lorsque vous aurez découvert les preuves du bien-fondé de mes interrogations, car je sais que votre

première envie sera de ne pas me croire, il vous faudra partir à ma rencontre.
Quand le temps sera venu. Pour l'instant, je me dois de vous laisser réfléchir. Vous avez beaucoup à faire.
Pardonnez-moi encore cet anonymat, n'y voyez là aucune lâcheté, c'est pour votre bien que j'agis ainsi.
Je vous recommande de tout cœur de ne parler de cette lettre à personne et de la détruire aussitôt lue. La conserver ne vous serait d'aucune utilité.
Croyez à la sincérité de mon propos ; je vous souhaite le meilleur et vous adresse mes meilleures pensées.

J'ai froissé la feuille dans le creux de ma main et l'ai jetée au loin dans l'atelier. Qui avait pu m'écrire cela ? Dans quel but ? Qui connaissait l'état de santé de ma mère ? Autant de questions que je ressassais sans trouver de réponse. Je n'arrivais plus à me concentrer. Quand on manie la scie, le rabot et le ciseau à bois, c'est un manquement aux conséquences redoutables. J'ai posé mes outils, enfilé mon blouson et j'ai sauté dans mon pick-up.

Deux heures de route plus tard, je suis arrivé aux portes de la maison de santé où ma mère réside depuis deux ans. C'est une élégante bâtisse perchée sur une humble colline au milieu d'un grand parc. Un lierre grimpant court sur sa façade, ses larges feuilles lui prêtent vie quand le vent souffle, on dirait qu'elle frétille.

Le personnel est bienveillant. Les gens qui vivent là souffrent des mêmes maux, mais chacun les exprime à sa manière. M. Gauthier, le voisin de chambre de maman, relit depuis cinq ans la page 201 d'un livre qu'il ne quitte jamais. Chaque jour, il rit en parcourant le même passage, chaque fois, il reprend la page au début en s'exclamant « C'est extraordinaire, c'est tellement drôle ». Mme Lapique fait une réussite qu'elle ne réussira jamais, elle dispose les cartes devant elle et les contemple. Parfois elle en effleure une d'un doigt tremblant, murmure des paroles inaudibles, sourit, et renonce à la retourner. Puis elle en effleure une autre d'un doigt tremblant, murmure à nouveau des paroles inaudibles, sourit, et renonce à la retourner. Ils sont soixante-sept pensionnaires à occuper les chambres de la Résidence du nouvel âge.

C'est un bataillon de fantômes en habits d'êtres humains que la vie a quittés sans qu'ils s'en rendent compte.

Ma mère était une forte tête, et une éternelle amoureuse. Sa drogue était d'aimer et elle l'avait consommée à outrance. Combien de fois en rentrant de l'école ai-je croisé des hommes, l'air penaud, qui me tapaient gentiment sur l'épaule en me demandant comment j'allais.

J'allais comme un garçon épris de sa mère et qui les méprisait. Eux s'en iraient le soir même, au pire le lendemain, moi elle ne me quitterait jamais.

Je ne sais pas ce qui m'a pris ce jour-là. La lettre anonyme avait fait resurgir une colère enfouie depuis longtemps, si longtemps que j'avais presque oublié son existence. Est-il possible à un moment de faire fi de toute raison, comme si le quotidien n'existait plus, comme si la maladie allait gentiment disparaître pour vous faire plaisir, comme si M. Gauthier allait nous lire enfin la page 202 en la trouvant sinistre, comme si Mme Lapique allait retourner un roi de cœur, comme si maman pouvait encore répondre à l'une de mes questions.

Elle a souri en me voyant, c'est la seule chose rassurante qu'elle sait encore m'offrir. Le sujet que j'allais aborder était tabou. L'anniversaire de mes dix ans, j'avais refusé son cadeau et piqué une colère terrible pour qu'elle me dise enfin qui était mon père, s'il était vraiment parti comme un voleur juste avant ma naissance et pourquoi il n'avait pas voulu de moi ; maman en avait piqué une encore plus forte, me jurant que si je lui posais encore une fois la question, elle ne m'adresserait plus la parole avant longtemps.

L'orage avait duré toute une semaine, au cours de laquelle nous n'avions pas échangé un mot, et puis le dimanche matin, en sortant d'une épicerie, elle m'avait pris dans ses bras et m'avait embrassé comme du bon pain.

— Je te pardonne, m'avait-elle déclaré en soupirant.

Il n'y avait qu'elle pour montrer un tel aplomb, un culot de tous les diables en me faisant grâce de son pardon alors que c'était elle, la coupable. Coupable d'entretenir dans son silence un mystère dont je payais le prix. J'avais, jusqu'à mes dix-huit ans, fait quelques autres tentatives, elles s'étaient toujours soldées par le même résultat. Quand elle ne s'emportait pas, elle quittait la pièce en larmes, se plaignant que malgré tous les sacrifices qu'elle faisait pour moi, je ne cessais de vouloir lui prouver qu'elle ne me suffisait pas.

À dix-huit ans, j'ai donc fini par renoncer. Le constat était là et me servait de réponse. Si mon père avait souhaité me connaître, il aurait frappé à notre porte.

Je ne sais pas ce qui m'a pris ce jour-là, mais je l'ai regardée droit dans les yeux et je me suis lancé.

— Pourquoi est-il parti ? L'ai-je croisé au moins une fois parmi les hommes qui venaient te sauter pendant que j'étais sur les bancs de l'école ?

Je m'en suis tellement voulu après lui avoir parlé ainsi. Je m'étais souvent disputé avec elle, mais jamais je n'avais manqué de respect à ma mère. Si je m'y étais autorisé alors qu'elle avait toute sa tête, j'en aurais pris pour mon grade. De toute façon, l'idée ne m'aurait pas traversé l'esprit.

— Il va bientôt neiger, a-t-elle répondu en regardant l'infirmière ranger les cartes de Mme Lapique avant de pousser son fauteuil roulant dans l'allée. Ils ont raccourci nos promenades, alors tu comprends, la neige ne va plus tarder. Tu vas où à Noël ?

— Nous sommes au mois d'octobre, maman, Noël est dans deux mois et je le passerai avec toi.

— Non ! a-t-elle protesté. Je déteste la dinde, nous fêterons le printemps, tu m'emmèneras dans ce restaurant que j'aime bien, je ne me souviens pas de son nom, mais tu sais, celui qui est au bord de la rivière.

La rivière dont elle parle est un lac, le restaurant une buvette où l'on sert des croissants et des sandwichs au pastrami. J'ai acquiescé d'un mouvement de tête. Même si j'étais en colère, la contrarier n'était d'aucune utilité. Elle a regardé le pansement sur ma main. Je m'étais entaillé le pouce deux jours plus tôt, rien de bien grave.

— Tu t'es blessé ?

— Rien de bien grave, lui ai-je répondu.

— Tu ne travailles pas aujourd'hui ?

Maman vit à la périphérie de la pensée. Par instants, elle est capable d'un semblant de conversation, à condition que l'on s'en tienne à des banalités. Et puis sans prévenir, son esprit s'égare, et elle dit n'importe quoi.

— Mélanie n'est pas venue avec toi ?

Mélanie et moi sommes séparés depuis deux ans. Ma vie, loin de tout, l'avait d'abord séduite avant de finir par la lasser. Après cinq années de vie commune, plusieurs séparations et autant de réconciliations, elle avait pris ses affaires et avait disparu en me laissant un mot sur la table de la cuisine. Très court, le mot. Elle avait juste écrit : « Tu es un ours au fond des bois. » Les femmes sont capables de dire en une phrase ce qu'un homme ne saurait exprimer en un long discours.

— Il faudra que tu m'offres un parapluie, a poursuivi maman en levant les yeux au ciel.

Sur un banc non loin de nous, M. Gauthier partait dans un grand éclat de rire.

— Ce qu'il m'emmerde celui-là. Je le lui ai volé, son livre, et je n'y ai rien trouvé de drôle. D'ailleurs, je lui ai rendu. L'infirmière m'a promis qu'il allait mourir avant la fin de l'année. Bon débarras !

— Je ne pense pas que l'infirmière t'ait promis une chose pareille.

— Puisque je te le dis ! Tu n'as qu'à demander à Mélanie. Elle est où d'ailleurs ?

Le soir n'allait plus tarder à tomber. Je me sentais ridicule d'être venu la perturber pour une cause que je savais vaine. J'avais deux heures de route à faire pour rentrer chez moi et une commode à livrer avant la fin de la semaine. J'ai pris maman par le bras, je l'ai raccompagnée à l'intérieur de la résidence vers la salle à manger. Dans le couloir, nous croisâmes une infirmière qui me regarda avec un air plein de compassion.

Qu'est-ce qu'une fille aussi jolie pouvait bien faire dans un mouroir pareil ? Ses seins pointaient fièrement sous sa blouse et je n'ai pas pu m'empêcher de me demander ce qu'elle pouvait bien raconter de ses journées à celui qui lui faisait l'amour le soir. J'ai imaginé un instant être cet homme qui se couchait près d'elle. De quel parfum étaient habillées ses étreintes ?

— Si Mélanie te voyait ! Et puis tu perds ton temps, m'a murmuré ma mère, celle-là, c'est une peine-à-jouir. Ne me demande pas comment je le sais, je le sais, un point c'est tout.

Maman a perdu la tête, mais pas cette manie d'avoir toujours raison, parce qu'*un point c'est tout !* Son expression favorite.

Elle s'est assise à la table, a lorgné son assiette avec dédain et d'un geste de la main m'a fait comprendre que je pouvais partir. Je me suis penché pour l'embrasser. Elle a tendu la joue. Ses taches de rousseur ont disparu, avalées par les lentigos de la vieillesse.

C'était un soir d'octobre, la journée avait étrangement commencé, elle s'acheva sur une révélation choquante. Maman me retint contre elle, avec une force inhabituelle. Elle approcha ses lèvres de mon oreille et murmura :

— Il n'est pas parti, il n'a jamais su.

J'ai senti mon cœur accélérer, plus vite encore que le jour où ma main avait ripé sur l'établi avant de s'arrêter à quelques millimètres de la scie circulaire. J'ai voulu croire qu'elle était retournée à sa folie, mais ce n'était pas le cas.

— Il n'a jamais su quoi ?

— Que tu existais.

J'ai plongé mes yeux dans les siens, retenant mon souffle en attendant qu'elle poursuive.

— Va-t'en maintenant, il va bientôt neiger.

M. Gauthier s'est mis à rire. Maman a levé les yeux au ciel et ne les a plus baissés. Elle regardait le plafond avec le même émerveillement que lorsqu'on observe les étoiles un soir d'été.

Ma décision était prise, j'ignorais comment, mais j'allais retrouver mon père.

13

Eleanor-Rigby

Octobre 2016, Croydon

Si Maggie avait décidé de ne plus se soucier de la lettre anonyme, j'étais plus résolue que jamais à en comprendre le sens. Allongée sur mon lit, je la relisais à voix basse, m'adressant par moments à son auteur comme s'il s'était trouvé dans ma chambre.

C'était une femme remarquable, et d'une telle intelligence, capable du meilleur comme du pire, mais vous n'avez connu que le meilleur... Qu'est-ce que tu sous-entends par *capable du pire* ?

Je notai dans mon carnet : *le pire s'est produit avant ma naissance.*

Et tandis que je mordillais mon crayon, un drôle de sentiment s'empara de moi. Je ne connaissais absolument rien de la vie de Maman avant qu'elle ne devienne notre mère. J'avais entendu de l'un ou de l'autre de mes parents des bribes d'histoires concernant leur premier flirt, des versions divergentes sur les circonstances qui les avaient séparés, je savais que ma mère était revenue frapper à la porte de Papa des années plus tard, mais de ce qu'elle avait fait durant cet intervalle, j'ignorais tout. Je reposai la lettre sur le lit, songeuse. Trente-quatre ans, c'est tôt pour perdre sa mère, mais suffisant pour l'avoir mieux connue si j'avais voulu m'en donner la peine. Quelle excuse avais-je de n'avoir rien appris de l'adolescente ou de la jeune femme qu'elle avait été, d'avoir posé si peu de questions ? Avions-nous ressenti les mêmes choses aux mêmes âges ? Qu'avions-nous en commun au-delà du banal ? S'entendre dire qu'on a les yeux de sa mère, ses expressions, son tempérament ne signifie pas pour autant qu'on lui ressemble. Avant d'avoir reçu cette lettre, je ne doutais pas de notre complicité. Où que je sois dans le monde, je me débrouillais pour lui téléphoner, et depuis ce Noël où je lui avais offert un ordinateur portable, pas une semaine ne s'écoulait sans que nous nous voyions par écrans interposés. Mais de quoi parlions-nous ? Que me restait-il de nos conversations ? Maman m'interrogeait sur ma vie, mes voyages, et ses questions, parce que trop souvent teintées d'inquiétude, m'agaçaient. Alors mes réponses étaient évasives, souvent futiles, si anglaises quand nous perdions un temps précieux à deviser sur la météo.

Je repensai à Michel, lorsqu'il m'avait demandé en dévorant ses scones dans ce salon de thé sans charme pourquoi je m'intéressais tant à la vie de gens que je ne connaissais pas et si peu aux miens ? Et cela me fit l'effet d'un coup de poing dans le ventre.

Merde, Elby, comment as-tu pu passer à côté de ta propre mère ? Par pudeur, par peur, par lâcheté ou négligence ? Parce que tu ne te doutais pas une seconde que le temps pouvait s'arrêter brutalement ? Parce que tu réservais les confidences à plus tard ? Mais pour toi, plus tard, c'était hier.

J'ai senti les larmes me monter aux yeux et pourtant, je jure que je ne suis pas émotive. Enfin, pas à ce point.

Je n'ai connu que le meilleur et il faut qu'un salopard anonyme suscite ma curiosité en évoquant le pire pour que je m'intéresse enfin à toi ? C'est pour ça que tu as voulu garder tes secrets ? À cause de l'égoïsme de ta fille ? Je me vantais auprès de mes copines que tu étais ma meilleure amie, je les rendais folles de jalousie en leur racontant que je pouvais tout te dire, tout te confier, mais toi, tu n'as rien su me dire, parce que je n'ai jamais frappé à ta porte pour que tu te livres à moi, parce que je voulais que chacun de nos moments me soit réservé. Combien de matins où tu m'emmenais en cours, combien de soirs où tu venais me chercher, combien de fins d'après-midi où, de ma chambre, je t'entendais dans la maison, affairée à t'occuper de nos vies, autant d'occasions où j'aurais pu m'intéresser à toi. Si fière d'être plongée dans mes lectures, je n'ai jamais ouvert les pages du livre de ma mère, et il s'est effacé.

La porte s'entrouvrit. Je relevai la tête, mon père m'observait.

— Tu es là ? Je te croyais dans ton studio à Londres.

— Non, j'ai eu envie de… je ne sais pas de quoi j'ai eu envie.

Papa vint s'asseoir au bout du lit.

— De réconfort peut-être ? Qu'est-ce qui ne va pas ?

— Rien, tout va bien, je t'assure.

— Et ces yeux rougis… C'est un homme qui te rend malheureuse ?

— Un quoi ? repris-je en souriant timidement.

— Tu sais, je suis resté célibataire un long moment, moi aussi. Je me souviens de cette période comme de la plus horrible de ma vie. J'ai toujours eu peur de la solitude.

— Alors, comment tu fais maintenant ?

— Je suis veuf, pas seul. Ce n'est pas du tout la même chose. Et puis j'ai mes enfants.

— Maggie et Michel viennent te voir souvent quand je ne suis pas là ?

— Tu n'es pas souvent là. Je dîne avec ton frère chaque jeudi, Maggie me rend visite deux à trois fois par semaine, jamais très longtemps, elle est toujours si occupée ; à quoi, je me le demande, mais pour répondre à ta question, même lorsque tu es loin, tu es avec moi. Il suffit que je pense à ta mère ou à l'un d'entre vous pour que ma solitude file comme une voleuse.

— Je ne te crois pas.

— Tu as raison, je mentais. Bon, maintenant tu me dis ce qui ne va pas ?

— Qu'est-ce que Maman faisait avant de revenir en Angleterre ? Où était-elle ?

— Ah… je croyais que tu étais là parce que ton père te manquait terriblement, dit Papa l'air goguenard. Je n'en sais pas grand-chose, ma chérie. Elle n'aimait pas beaucoup parler de cette période. Tu connais ce dicton idiot, comme tous les dictons d'ailleurs, qui prétend que la pomme ne tombe jamais loin de l'arbre ? Eh bien, il n'est pas si stupide que ça en ce qui vous concerne. Comme sa fille, elle avait fait un brin de carrière dans le journalisme.

J'ouvris grand les yeux. Maman enseignait la chimie, je ne voyais pas le rapport avec le journalisme et le lui fis remarquer.

— Ta mère excellait en chimie quand elle était étudiante. Puis elle a tourné le dos à cette matière, en même temps qu'à moi d'ailleurs, pour devenir journaliste. Ne me demande ni pourquoi ni comment, je n'y ai jamais rien compris. Quand elle est rentrée, et qu'elle est tombée enceinte de ton frère et toi, nous étions conscients que mon salaire ne pourrait pas suffire. Elle a cherché pendant quelques semaines un emploi dans ses cordes, mais plus son ventre s'arrondissait et plus les portes se fermaient. Au mieux lui proposait-on un poste de secrétaire dans une rédaction, payé au lance-pierre. Ça la mettait dans une colère noire. Une femme, de surcroît enceinte, ne pouvait espérer décrocher un travail important. La colère, ce n'était pas très bon pour ses deux bébés. Lorsqu'elle est enfin convenue qu'il était temps de se calmer, elle est retournée à ses amours de jeunesse, dont je faisais partie, ajouta-t-il en clignant de l'œil. Pendant qu'elle se préparait à vous mettre au monde, elle a suivi des cours par correspondance, mais ça, tu le savais déjà, et elle a réussi par je ne sais quel miracle à passer ses examens. Dès que vous avez été sevrés, elle est devenue assistante de cours, puis enseignante stagiaire et enfin elle a été titularisée. Ta maman avait une passion pour les enfants, il n'y en avait jamais assez autour d'elle. J'aurais aimé avoir dix ans toute ma vie, elle m'aurait cajolé à longueur de journée.

Papa se tut et passa la main dans mes cheveux. C'est un tic chez lui, qui revient chaque fois qu'il accorde un peu de gravité à notre conversation.

— Elby, je te l'ai dit cent fois, ne sois pas triste quand tu penses à elle. Songe aux moments privilégiés que vous avez passés ensemble, à l'amour qu'elle te portait, à votre complicité dont je t'avoue avoir été souvent jaloux. Sa mort ne t'enlèvera jamais cela…

Et avant qu'il n'ait pu terminer sa phrase, je me lovai dans ses bras et sanglotai. Parce que je ne suis pas du tout émotive, bien sûr.

— Bon, j'ai brillamment réussi à te consoler, mais accorde-moi une deuxième chance. Je connais un remède à ce genre de chagrin. Allez viens, dit-il en me prenant par la main. L'Austin est réparée, allons faire une orgie de glaces en ville. Figure-toi qu'ils ont ouvert un Ben & Jerry's à Croydon, si ça ce n'est pas une bonne nouvelle ! Et puis maintenant que ta sœur ne se marie plus, on va se gêner !

*

— Quel journal ? lui demandai-je en léchant le dos de ma cuillère toute dégoulinante de chocolat.

— Je n'ai pas envie d'en parler, me répondit Papa les yeux rivés sur sa coupe de glace.

— Pourquoi ?

— Parce que je ne veux pas te mettre des idées en tête.

— Si tu crois que tu as une chance de t'en tirer comme ça, alors tu connais vraiment mal ta fille.

— Elby, je te préviens, si tu dis un mot de tout ça à ton frère ou à ta sœur, ça ira très mal entre nous.

— Si tu m'appelles Elby, c'est du lourd.

— *L'Indépendant*.

Je regardai mon père, dubitative, me demandant s'il se moquait de moi, pour le plaisir de voir jusqu'où il pourrait aller.

— *The Independent* ? Le quotidien qui a employé les plus grandes plumes de la presse écrite ? Dans quelle section ? Culture, économie, non, attends… la rubrique scientifique ! lâchai-je avec une pointe d'ironie.

— Société.

— Nous parlons bien de ma mère ?

— Elle était férue de politique, et une remarquable éditorialiste. Ne me regarde pas avec cet air goguenard, c'est la stricte vérité.

— Belle leçon d'humilité pour moi qui n'écris que des récits de voyage, au mieux des recommandations touristiques.

— Ah ne commence pas, veux-tu ! Il n'est pas de domaine plus important qu'un autre. Tu fais voyager tes lecteurs dans des contrées où ils ne pourront jamais se rendre, tu véhicules du rêve et chacun de tes articles est un appel à la tolérance, ce qui est rare par les temps qui courent. Ton travail est important, si tu en doutes, jette un œil à ce torchon ordurier qu'est le *Daily Mail.* Alors s'il te plaît, ne te dévalorise pas.

— Tu ne serais pas en train de me dire que tu es fier de moi ?

— Parce que tu en doutes, peut-être ?

— Tu ne me parles jamais de mon travail.

— Si je ne t'en parle jamais, c'est parce que… parce que ton fichu travail t'éloigne de moi. Tu veux une autre glace ?

— À mille calories la bouchée, ton antidépresseur est d'une efficacité redoutable. Mais je ne crois pas que ce serait très raisonnable, lui dis-je en passant mon doigt sur le rebord de ma coupe pour ne rien laisser de ce qui restait de chocolat.

— Qui te parle d'être raisonnable ? Tu es prête à prendre quelques risques ? Parce que le banana fudge est exceptionnel !

Papa revint avec deux immenses mazagrans, au travers desquels on pouvait voir des rondelles de banane emprisonnées dans une crème glacée nappée d'un caramel fondant.

— Tu as reçu un message ? me demanda-t-il en me voyant taper frénétiquement sur le clavier de mon smartphone.

— Non, je recherche les articles de Maman, mais je n'en trouve aucun. Je ne comprends pas, tous les grands journaux ont numérisé leurs archives, et il ne reste plus de *L'Indépendant* qu'une édition digitale.

Mon père racla sa gorge.

— Tu ne trouveras aucun papier de ta mère sur leur site.

— Elle ne les signait pas de son nom ?

— Si, mais pas dans cet *Indépendant*-là. Celui que j'évoquais existait avant et…

— Parce qu'il y avait un autre *Indépendant* ?

— C'était un hebdomadaire, et il ne fut pas publié bien longtemps. Ta mère l'avait créé avec une bande d'amis aussi fêlés qu'elle.

— Maman avait créé son propre journal ? répétai-je en m'emportant. Et vous n'avez jamais eu l'idée de nous en parler, pas même à moi qui suis devenue journaliste ?

— Non, répondit mon père, cette idée nous a échappé. Et qu'est-ce que ça peut bien faire ? Ce n'est pas très grave.

— Pas très grave ? Mais de toute façon, rien n'a jamais été grave chez nous, même quand je me suis cassé la jambe, ce n'était pas très grave. J'aurais pu me tuer en tombant du toit, mais je vous entends encore me dire « Ne t'inquiète pas, Elby, ce n'est pas très grave ! ».

— Tu avais six ans, tu aurais préféré que je te regarde dans le blanc des yeux et que je te dise qu'on allait t'amputer ?

— Et voilà, tu trouves encore le moyen de tout tourner en dérision. Pourquoi vous m'avez caché ça ?

— Parce que je redoutais que ça te donne des idées. À cause de ce dicton stupide que j'évoquais tout à l'heure et parce que tu t'appliquais tellement à vouloir surprendre ta mère. Si nous t'avions raconté qu'elle avait fondé un hebdomadaire, jusqu'où serais-tu allée pour l'épater ? Reporter en zones de guerre ? Ou alors, tu aurais voulu faire mieux qu'elle en créant toi aussi un journal ?

— Et alors, ce n'est pas un crime…

— Si ! Cette saleté de canard l'a anéantie, financièrement et moralement. Tu peux mettre un prix sur le rêve de ta vie ? Maintenant, fin de cette conversation ou je prends une troisième glace et tu seras obligée de me conduire aux urgences.

— Pour une fois que tu dramatises, permets-moi d'apprécier.

— Je ne dramatise pas, j'ai un peu de diabète.

— Depuis quand as-tu du diabète ?

— J'ai dit un peu.

Papa feignit de compter sur ses doigts avant de me répondre d'un air moqueur.

— Vingt ans.

Rageuse, je pris ma tête entre mes mains.

— Mais bon sang, c'est la maison des secrets, chez nous.

— Enfin, Elby, n'exagère pas tout de même. Tu aurais voulu que j'accroche mon bulletin de santé dans la cuisine ? Pourquoi crois-tu que ta mère me faisait la guerre dès que je m'approchais d'une boîte de biscuits ?

Je lui confisquai sa coupe de glace et lui demandai de me déposer à la gare, prétextant que je devais absolument rentrer travailler à Londres. Je n'aime pas mentir, surtout à mon père.

Dès que je fus à bord du train, j'appelai une recherchiste du magazine, j'avais besoin qu'elle me rende un immense service.

14

Eleanor-Rigby

Octobre 2016, Londres

J'avais réintégré mon studio. Assise en tailleur au pied du lit, je regardais un épisode d'*Absolutely Fabulous* en ouvrant un troisième paquet de chips.

Non seulement cette série est cultissime, mais elle est d'utilité publique.

Pour une femme qui se morfond chez elle un vendredi soir en culpabilisant d'avoir débouché une bouteille d'un vin douteux qu'elle boira seule, bouteille que des amis vous avaient apportée à l'époque où vous organisiez encore des dîners entre amis.

Pour une femme qui devant le miroir de sa salle de bains trouve anormal d'être célibataire et qui change d'avis après être restée trop longtemps devant ce satané miroir.

Pour cette femme et d'autres encore, Patsy et Edina sont deux héroïnes essentielles. Sur le moment, parce qu'elles se mettent dans un état bien pire que le vôtre, et le lendemain parce que votre gueule de bois vous rappelle que votre vie n'est pas un épisode de série télévisée.

Saffron s'engueulait avec sa mère, ce qui me fit aussitôt repenser à mes disputes avec la mienne. Sa grand-mère entra dans la pièce pour calmer le jeu. Je n'ai pas connu mes grands-parents, et ne les connaîtrai jamais puisque Maman avait grandi dans un orphelinat. Autre brouillard qui soudain m'apparaissait plus dense. Je me ruai sur mon sac et repris la lettre.

On ne sait de nos parents que ce qu'ils veulent bien nous dire...

Maman n'avait rien voulu nous dire.

Mon regard se fixa sur le timbre. J'aurais été une piètre détective ; comment n'y avais-je pas pensé plus tôt ? S'il était à l'effigie de la reine Élisabeth II, sa couleur différait de celle des timbres anglais. Il suffisait pourtant de l'observer de près, pour apercevoir juste en dessous du visage souriant de Notre Majesté le mot « Canada », imprimé en minuscule, certes, mais comment cela m'avait-il échappé ? Le cachet avait été apposé à Montréal. Qui pouvait être ce corbeau qui m'écrivait des Amériques ?

Je n'étais pas au bout de mes interrogations.

Le lendemain, alors que je feuilletais un magazine en regardant mon linge danser dans le tambour d'une machine à laver, je reçus un appel de mon amie documentaliste. Elle n'avait trouvé aucune trace d'un hebdomadaire intitulé *L'Indépendant* en Angleterre. Je lui demandai aussitôt d'étendre ses recherches outre-Atlantique.

Une heure plus tard, dans le hall de mon immeuble, j'ouvris ma boîte aux lettres. Parmi les prospectus publicitaires, je reconnus aussitôt la belle calligraphie.

Un voisin qui récupérait son courrier s'étonna de me voir si pâle.

Je montai fébrile jusqu'à mon studio où je décachetai précipitamment l'enveloppe.

Sur une feuille de bloc-notes était inscrit :

22 octobre, 19 h, Sailor's Café, Baltimore.

Nous étions le 19. Je devais avoir l'esprit en désordre, car j'ai d'abord fourré ma trousse de toilette et mes affaires froissées dans mon sac de voyage avant d'aller chercher un billet d'avion soldé sur Internet. Achat refusé, mon compte en banque n'était pas suffisamment provisionné. Le cœur battant, j'appelai Maggie pour lui taper de quoi m'avancer le voyage.

— Je ne mentais pas complètement quand j'ai dit à Papa que j'essayais de négocier une rallonge de mon découvert auprès de ma banque, me dit-elle.

Je connais par cœur tous les défauts de ma sœur, mais elle n'est pas radine, elle disait la vérité.

— Pourquoi as-tu besoin de deux mille livres ? me demanda-t-elle. Tu es dans la merde ?

Je lui parlai du nouveau courrier que j'avais découvert quelques heures plus tôt. Elle me passa un savon, me traitant de folle à lier. Et si j'avais tout simplement affaire à un détraqué, qui me violerait une fois sur place avant de jeter mon cadavre à la mer ? C'était sûrement pour ça qu'il m'avait donné rendez-vous de nuit dans un endroit baptisé Le Café des marins. Maggie ne manque pas d'imagination pour broder des histoires, mais malheureusement jamais les plus joyeuses. Je lui répondis que si un maniaque cherchait à attirer une proie dans ses filets, il pouvait probablement en trouver une plus près de chez lui, c'était plus simple que de lui faire traverser l'océan. Logique, aurait acquiescé Michel.

— Bien au contraire, s'emporta Maggie, qui s'apercevrait de ta disparition là-bas ?

— Le rendez-vous n'est pas au fond d'un bayou en Louisiane, lui fis-je remarquer. On parle de Baltimore !

Maggie resta silencieuse un instant. Elle me connaissait trop pour douter de ma détermination.

— Tu as songé à appeler ton journal pour leur demander une avance sur frais ? Les voyages font encore partie de ton métier ou je suis devenue idiote ?

C'était moi l'idiote, je n'y avais même pas pensé. Je lui raccrochai au nez pour appeler mon rédacteur en chef. Le temps qu'il prenne mon appel, j'inventai un sujet. Le magazine n'avait rien publié sur Baltimore depuis des lustres, la ville était en plein renouveau urbain, elle abritait l'un des plus grands ports de la côte Est américaine, la prestigieuse université Johns Hopkins (je débitais ma prose en temps réel alors qu'elle défilait sur l'écran de mon Mac, merci Wiki) et le Reginald F. Lewis Museum, ajoutai-je, sanctuaire de l'histoire afro-américaine.

— Hum, murmura mon rédac' chef, loin d'être convaincu. Baltimore n'est pas très sexy tout de même.

— Mais si, elle est sexy et injustement ignorée. Personne n'en parle.

— Admettons. Pourrais-je savoir pourquoi toi, tu voudrais soudainement en parler ?

— Pour réparer cette injustice.

Au bas de l'écran, je découvris une information providentielle, un dernier atout. Mon boss vouait un culte à Edgar Allan Poe. Je bénis l'illustre poète d'avoir bien voulu mourir à Baltimore, il serait le fil conducteur de mon article dont j'inventai le titre pompeux : « Baltimore ou les derniers jours de la vie d'Edgar Allan Poe ».

Mon rédacteur en chef pouffa de rire. Je ne pouvais pas lui en vouloir.

— Intéresse-toi plutôt à la renaissance économique de la ville, elle revient de loin. Parle de l'attrait qu'elle peut représenter pour des étudiants. Profites-en pour prendre le pouls de la population, nous sommes à quelques semaines des élections et je ne suis pas si convaincu que Trump prenne la raclée que nous prédisent les sondages. Je t'accorde une semaine sur place. La comptabilité te fera un virement demain. Et ramène-moi quand même une belle photo de la pierre tombale de Poe, on ne sait jamais.

D'ordinaire, quand je réussissais à convaincre ma rédaction de m'envoyer vers une destination de mon choix, je sautais littéralement de joie. Mais pas ce soir-là. Partir vers l'inconnu était l'essence même de mon métier, mais je sentais que ce voyage m'entraînerait vers des découvertes d'un autre genre. Et pour une fois, ma bravoure me faisait défaut.

Je ne pouvais pas quitter l'Angleterre sans dire au revoir aux miens. Je savais que Maggie me traiterait encore de folle et ferait tout pour que je renonce à ce voyage. Je devinais que Papa serait triste, moi qui lui avais promis de rester plus longtemps à Londres. Mais celui qui me préoccupait le plus, c'était Michel. Je l'appelai le premier et lui demandai si en dépit de l'heure tardive, je pouvais venir lui rendre visite.

— Tu veux venir chez moi ?

Et comme je restais silencieuse, il comprit.

— Quand pars-tu ?

— Demain, mon avion décolle en début d'après-midi.

— Tu t'absenteras longtemps ?

— Non, je te promets, une semaine, peut-être dix jours.

— Tu as faim ? Je peux aller à l'épicerie nous chercher de quoi dîner.

— C'est une bonne idée, cela fait bien longtemps que nous n'avons pas passé un moment en tête à tête.

Alors que je raccrochai, Michel se tourna vers Véra et lui annonça ma visite. Il ne me l'avoua que bien plus tard.

— Tu m'en voudrais beaucoup si je partageais avec ma sœur ce repas que tu nous as préparé ?

— Non, bien au contraire, c'est juste que moi je ne me suis pas préparée à ce qu'elle apprenne…

Si ce n'est pas la spontanéité de ses mots, ce sont ses yeux qui trahissent la pensée de mon frère. Véra comprit. Elle attrapa son manteau, jeta un regard au couvert qu'elle avait mis, revint ôter les verres à vin qu'elle rangea dans l'armoire, Michel n'aurait jamais pensé à les sortir, et s'en alla.

*

Et ma surprise fut grande en arrivant chez lui. Michel m'ouvrit la porte, il portait un tablier. Sans rien dire, il me conduisit à la salle à manger. Je n'aurais jamais imaginé qu'il se donne autant de mal pour me recevoir. Il s'éclipsa vers la cuisine et revint avec une cocotte qu'il déposa sur un dessous-de-plat. Je soulevai le couvercle et humai le fumet.

— Depuis quand as-tu appris à cuisiner ?

— Si je ne me trompe pas, c'est la première fois que tu me rends visite avant de partir. Enfin, je veux dire de façon aussi pressée. Alors, j'ai beaucoup réfléchi depuis ton appel et j'ai pensé que quelque chose n'allait pas, que tu ne voulais pas m'en parler au téléphone et que c'est pour cela que tu venais. Logique.

— Mais un raisonnement logique peut être faux. Surtout avec une sœur aussi compliquée que la tienne.

— Oui, c'est possible. Pourtant…

— Pourtant, repris-je, tout va bien, j'avais juste envie de ta compagnie.

Michel fixa le lustre au-dessus de nos têtes et inspira profondément.

— Alors tu ne veux pas que Papa et Maggie entendent ce que tu vas me dire. Logique.

— Je te propose d'oublier pour la soirée ce qui est logique, car plus rien ne l'est. Mais je ne veux pas que cela te perturbe. Je suis venue te confier un secret. Tu n'avais pas tout à fait tort, je ne pars pas vraiment pour le compte du journal, même si je me suis servie de lui pour financer ce voyage, ce qui n'est pas très honnête de ma part j'en conviens. Mais j'écrirai tout de même un article, enfin j'essaierai.

— Ce que tu dis n'a aucun sens. Où est-ce que tu ne vas pas pour ton journal ?

— À Baltimore.

— Cecilius Calvert, lord de Baltimore était le premier gouverneur de la province du Maryland.

Tu savais qu'une ville côtière dans le sud-ouest de l'Irlande porte aussi son nom ? Tu aurais pu y aller, c'est moins loin.

— Je l'ignorais, mais comment fais-tu pour connaître ce genre de choses ?

— Je lis.

— Alors j'aurais dû te demander comment tu fais pour mémoriser des trucs pareils.

— Comment les oublier si je les ai lus ?

— La plupart des gens oublient, mais tu n'es pas comme la plupart des gens.

— Et c'est une bonne chose ?

— Oui, je te le répète chaque fois que tu me poses cette question.

Michel me servit une aile du poulet qui refroidissait dans la cocotte, il choisit une cuisse et plongea ses yeux dans les miens.

— Je pars à la recherche de Maman, lui confiai-je.

— C'est génial, mais j'ai peur que tu perdes ton temps. Je ne pense pas qu'elle soit à Baltimore. Personne ne sait où sont les morts. Certainement pas au ciel, ça ne tient pas debout. Je pense plutôt à un monde parallèle. Tu as entendu parler de la théorie des mondes parallèles ?

Avant que Michel ne se lance dans une explication interminable, je posai ma main sur son avant-bras pour qu'il m'écoute.

— C'était une façon de parler. Je pars à la recherche de son passé.

— Pourquoi, elle l'a perdu ?

— Elle l'a égaré. Nous savons si peu de choses de la jeune femme qu'elle était.

— C'est probablement parce qu'elle voulait qu'il en soit ainsi. Je ne crois pas que ce soit une bonne idée de lui désobéir.

— Elle me manque autant qu'à toi, mais je suis une femme, et j'ai besoin de savoir qui était ma mère pour pouvoir enfin grandir, ou tout du moins comprendre qui je suis.

— Tu es ma sœur jumelle. Et quel rapport avec Baltimore ?

— Quelqu'un m'a donné rendez-vous là-bas.

— Quelqu'un qui la connaissait ?

— Je suppose.

— Et toi, tu le connais ce quelqu'un ?

— Non, j'ignore qui il est.

Je parlai de la lettre à Michel, sans lui en révéler le contenu précis, je ne voulais pas l'inquiéter. Son équilibre est si fragile. Alors j'ai inventé de belles choses. Embellir le décor est un art dont j'ai acquis la maîtrise dans mon métier.

— Donc, me dit-il en levant son index, si je comprends bien, tu vas te rendre dans une ville lointaine, pour rencontrer quelqu'un que tu ne connais pas, mais qui, selon toi, devrait te dire des choses que tu ignores sur notre mère et c'est comme cela que tu sauras qui tu es… Ma psy m'a souvent dit qu'elle serait très heureuse de te rencontrer un jour.

L'humour pince-sans-rire de mon frère me surprendra toujours. Il resta un instant silencieux, et je le vis se lever avec un air grave.

— Maman a travaillé à Baltimore, dit-il en rapportant nos assiettes à la cuisine.

Je quittai la table pour le rejoindre. Il était déjà en train de laver la vaisselle.

— Comment sais-tu ça ?

— Parce qu'elle m'a dit qu'elle y avait passé les plus belles années de sa vie.

— Sympa pour nous !

— Je le lui avais aussi fait remarquer, mais elle s'était empressée de préciser que c'était avant notre naissance.

— Michel, je t'en supplie, raconte-moi tout ce que Maman t'a confié.

— Elle aimait quelqu'un là-bas, répondit-il sur un ton laconique en me tendant un torchon. Elle ne me l'a pas dit, mais les rares fois où elle évoquait cette ville, elle semblait malheureuse. Comme elle y avait passé les plus belles années de sa vie, avant notre naissance, ce n'était pas logique. J'en ai déduit qu'elle éprouvait de la nostalgie, et dans tous les livres que j'ai lus, une telle contradiction repose toujours sur une histoire d'amour. Logique.

— Elle n'a jamais prononcé un nom ?

— Elle ne m'en a jamais parlé, si tu m'avais bien écouté, tu n'aurais pas eu besoin de me poser cette question.

Michel rangea la vaisselle et ôta son tablier.

— Il faut que j'aille dormir, sinon demain je serai fatigué et je ne travaillerai pas bien. Ne dis rien à Papa. Je t'ai confié un secret parce que tu m'en as confié un aussi. C'était équitable de le faire. Et puis le reste n'est que suppositions, même si je n'ai aucun doute, mais de toute façon, ça lui ferait de la peine. Les hommes souffrent toujours de savoir que leur femme a aimé quelqu'un d'autre avant eux, encore plus quand elles en font un secret. En tout cas, c'est majoritairement le cas dans les livres et je ne pense pas que les écrivains aient majoritairement autant d'imagination.

Sa tête dodelinait nerveusement, je renonçai à en apprendre plus. Il bâilla pour me faire comprendre qu'il avait vraiment envie que je parte. Je n'insistai pas. Michel alla chercher mon manteau, il tarda un peu avant de revenir, apaisé me sembla-t-il, et le posa sur mes épaules en me regardant pour savoir s'il pouvait m'embrasser. Je le pris dans mes bras et le serrai tendrement.

Je lui promis de lui téléphoner de Baltimore ; je lui décrirais la ville, et lui révélerais ce que j'aurai pu apprendre sur Maman. C'était un mensonge éhonté, car je n'avais pas la moindre idée de la façon dont j'allais m'y prendre. Tous mes espoirs reposaient sur un rendez-vous donné par un correspondant anonyme. Autant dire qu'ils étaient minces.

Le lendemain matin, j'appelai Papa pour lui demander une faveur : prévenir Maggie que je devais partir en voyage.

— Tu ne manques pas d'air !

Je l'avoue, parfois la lâcheté m'ouvre au génie. Je devinai son sourire triste en me disant cela. Lui aussi voulut savoir vers quelle destination je m'envolais et si je m'absenterais longtemps. Autant de questions auxquelles j'avais pris l'habitude de répondre à chacun de mes voyages. Je l'embrassai, m'excusai de ne pouvoir venir le faire en personne, mon avion partait bientôt, et je devais encore passer au journal récupérer mon billet. Autre mensonge. Depuis longtemps les billets d'avion étaient aussi virtuels que le courrier. Mais je ne trouvais pas le courage de croiser son regard, de devoir encore inventer une histoire quand il m'interrogerait sur les raisons de ce départ précipité.

En route vers Heathrow, je passai tout de même un coup de fil à Maggie, la menaçant de lui raccrocher au nez si elle me faisait le moindre reproche, mais je lui promis de la tenir au courant de mes découvertes.

Comme toujours, la circulation était dense. À quelques kilomètres de l'aéroport, elle devint si compacte que je finis par me demander si je n'allais pas rater mon avion. Et il s'en fallut de peu.

Je sautai du taxi, traversai le hall du terminal en courant, grimpai les marches de l'escalator, suppliai les passagers devant moi et me présentai aux contrôles alors que « Fin d'embarquement » clignotait en rouge sur les écrans à côté du numéro de mon vol.

En fouillant mon manteau pour déposer mes clés et mon iPhone sur le tapis roulant de la sécurité, je découvris une vieille pochette au cuir usé. Je ne l'avais jamais vue et j'ignorais comment elle avait pu se trouver là. J'avais couru bien trop vite pour qu'un passager indélicat ait pu la glisser dans ma poche. Mais je n'avais pas le temps de réfléchir. J'ôtai mes chaussures, et doublai tout le monde pour franchir le portique. Aussitôt mes affaires récupérées, je repris ma course, haletante, hurlant à l'hôtesse qui s'apprêtait à fermer la porte de m'attendre. En lui tendant ma carte d'embarquement, je lui offris un sourire pour m'excuser et déboulai comme une furie dans la passerelle. Le temps d'écraser mon sac dans le maigre espace qui restait dans le compartiment à bagages, et je m'affalai sur mon fauteuil.

La passerelle s'éloigna du hublot, j'attachai ma ceinture et posai sur mes genoux la mystérieuse pochette. Elle contenait une lettre au papier jauni et un petit mot que Michel avait griffonné.

Elby,
Cette pochette appartenait à Maman, à l'origine elle contenait un collier. Je l'ai enlevé pour y glisser cette vieille lettre. Elle se trouvait dans un coffret en bois, qui lui appartenait aussi. Tu te doutes qu'il était trop volumineux pour que je le glisse dans la poche de ton manteau. Maman m'avait confié ce coffret pour que Papa ne tombe pas dessus quand ils ont repeint leur appartement. Il y a plein d'autres lettres dans ce coffret, celle-ci est la première de la pile. Je ne les ai jamais lues, je le lui avais promis. Toi tu n'as rien promis, alors tu fais ce que tu veux. Quand tu rentreras, si tu n'as pas trouvé ce que tu cherches, je te donnerai les autres. Sois prudente, tu vas me manquer, je te l'écris parce que pour une raison que j'ignore, je n'arrive jamais à te le dire quand tu es en face de moi, mais tu me manques tout le temps.
Ton frère.

J'ai rangé le petit mot de Michel et j'ai examiné l'enveloppe. Elle aussi avait été postée de Montréal.

15

May

Septembre 1980, Baltimore

May avait passé la soirée à étudier des CV et les lettres de motivation qui les accompagnaient. Pour ne pas attirer l'attention sur un projet qu'elle voulait tenir secret le plus longtemps possible, les appels à candidature qui devaient susciter l'intérêt de journalistes, secrétaires de rédaction, documentalistes ou maquettistes avaient été diffusés sur différents supports.

Qu'à minuit passé Sally-Anne ne soit pas rentrée l'avait agacée, qu'elle voie depuis la fenêtre Keith la déposer en bas du loft à trois heures du matin l'avait mise hors d'elle. Pendant qu'elle travaillait, eux s'en étaient donné à cœur joie.

Sally-Anne avait rejoint la chambre pour se coucher près d'elle. May avait fait semblant de dormir, se retournant sans dire un mot quand Sally-Anne lui avait demandé ce qu'elle avait.

Au matin, le silence était toujours de mise. May continuait d'éplucher le courrier, ne prêtant aucune attention à Sally-Anne qui lui avait pourtant servi un petit déjeuner.

— Je t'en prie, May, c'est moi la fille de la haute et toi qui te comportes comme une petite-bourgeoise. Je t'aime plus que tout au monde, mais j'aime aussi les hommes. Est-ce que cela fait de moi quelqu'un de condamnable ? Keith est un magnifique tas de muscles et, étrangement, un océan de douceurs auxquels ni toi ni moi ne savons renoncer. Qu'est-ce que cela peut faire que nous nous le partagions ? Pour une fois que la débauche est femme. Tu crois peut-être qu'il se gêne de son côté ? Et puis qui, à nos âges, est encore monogame de nos jours ?

— Moi je le suis !

— Vraiment ?

May baissa les yeux, en proie à ses propres contradictions.

— Et ne me raconte pas que tu es amoureuse de lui, je ne te croirais pas, poursuivit Sally-Anne. Dis-moi plutôt qu'il te fait jouir…

— Tais-toi, Sally, je n'ai pas envie d'entendre tes leçons amorales. Je ne suis pas une sainte, je m'accommode des mœurs de notre époque, mais je n'y adhère pas pour autant, et de nous deux, c'est moi la plus progressiste, parce que je veux encore croire au grand amour.

— Mais rassure-moi, pas avec Keith ? Il est bon amant, attentif au plaisir de sa partenaire, et je te l'accorde, ça ne court pas les rues. Voilà ce qui te séduit chez lui, un point c'est tout, pour reprendre ton expression favorite. Maintenant, si nous arrêtions cette dispute qui n'en vaut pas la peine et allions déjeuner toutes les deux ? Je t'invite au Sailor's Café. C'est un bar à huîtres qui vient d'ouvrir sur le port, elles arrivent chaque matin du Maine et elles sont délicieuses.

— C'est là que vous êtes allés dîner hier soir ?

Sally-Anne fronça les sourcils en faisant la moue.

— Mince, j'avais oublié que j'avais rendez-vous avec mon frère. Si tu m'aimes encore, viens à mon secours et tiens-moi compagnie. Rien ne m'ennuie autant que la sienne.

— Alors pourquoi déjeunes-tu avec lui ?

— Il a demandé à me voir.

— Je veux bien que tu me déposes en ville avec ta moto, mais je t'abandonne à votre tête-à-tête.

*

Il était treize heures passées, les deux filles grimpèrent sur la Triumph. May s'était légèrement maquillée, ce qui n'avait pas manqué d'amuser Sally-Anne. Elle ne s'était pas arrêtée en ville et avait roulé à tombeau ouvert jusqu'au club house du golf de Baltimore.

Le voiturier admira autant la Bonneville que ses deux passagères. Le portier salua Sally-Anne avec une déférence qui n'échappa pas à May. Un maître d'hôtel les escortait, May fut fascinée par l'opulence des lieux. Dans de grands cadres d'or laminé, des portraits d'hommes de la haute société ornaient les murs du couloir qui menait à la salle à manger.

Les Stanfield y avaient leur table réservée à l'année. Édouard attendait sa sœur en lisant son journal.

— Tu ne seras donc jamais à l'heure, dit-il.

— Bonjour quand même, lui répondit-elle.

Édouard leva les yeux et remarqua May qui se tenait derrière elle.

— Tu ne me présentes pas à ton amie ?

— Elle peut se présenter toute seule, elle a une langue et elle sait très bien s'en servir, répondit Sally-Anne.

Édouard repoussa sa chaise, se leva devant May et lui fit un baisemain. May se demanda si elle devait en rire et se contenta d'un sourire. Une telle délicatesse contrastait avec la rudesse de l'accueil que cet homme avait réservé à sa sœur, mais en vérité, sa galanterie la touchait.

— Je vais vous laisser, dit-elle, gênée.

— Surtout pas, implora Édouard, restez. Avec un peu de chance, grâce à vous ce déjeuner ne se terminera pas en pugilat, répondit-il en lui rendant son sourire.

— Vous vous entendez si mal que cela ? questionna May en s'asseyant sur le fauteuil qu'Édouard lui avait présenté.

— Comme chien et chat, lâcha Sally-Anne.

— Vous êtes deux enfants trop gâtés. Appréciez la chance que vous avez, j'aurais tellement aimé avoir un frère.

— Pas celui-là, crois-moi !

— Tu peux poursuivre avec tes vacheries, mais tu vas mettre ton amie mal à l'aise. Alors, reprit Édouard d'un ton enjoué, qu'est-ce que vous fricotez ensemble toutes les deux ? Je n'avais encore jamais entendu parler de vous.

— De quoi as-tu entendu parler qui me concerne ? interrogea Sally-Anne. Ne me dis pas qu'il vous arrive d'évoquer mon sort à la maison ?

— Tu te trompes, ma chère sœur, et si tu daignais de temps à autre rendre visite à tes parents, tu le constaterais toi-même.

— Très peu pour moi, et je n'en crois pas un mot.

May toussota dans le creux de sa main.

— Nous sommes associées, dit-elle.

Et avant de pouvoir poursuivre, elle reçut un coup de pied de Sally-Anne sous la table.

— Associées ? répéta Édouard.

— C'est une façon de parler, nous travaillons dans le même service, reprit Sally-Anne.

— Tu bosses toujours au *Sun* ? s'étonna Édouard.

— Et où voudrais-tu que je bosse ?

— Nulle part, justement. On m'a dit que tu avais démissionné au début de l'été.

— Eh bien on vous a dit n'importe quoi, intervint May. Votre sœur est très appréciée de la rédaction. Et il n'est pas impossible qu'elle devienne bientôt journaliste.

— Rien que ça ! Pardon d'avoir écouté de mauvaises langues. Je suis impressionné. Et vous, que faites-vous au *Sun* ?

Le repas fut un long échange de questions et réponses entre May et Édouard qui faisaient connaissance. Sally-Anne n'en prit pas ombrage. Au moins, cette conversation accaparait son frère, lui évitant ainsi d'avoir à lui mentir. Elle n'était pas dupe. Les déjeuners trimestriels qu'il lui imposait n'avaient d'autre objet que de renseigner les siens. Édouard était un sale petit espion au service de leur mère, bien trop orgueilleuse pour venir en personne interroger sa fille sur la vie à ses yeux décadente qu'elle menait.

Pour preuve, Hanna, qui avait ses habitudes au club, ne s'y trouvait comme par hasard jamais quand Sally-Anne devait y déjeuner.

Alors qu'un serveur versait du café dans sa tasse, Édouard demanda à May si elle aimait le théâtre. La troupe qui avait remporté un succès phénoménal à New York dans la représentation de la pièce d'Harold Pinter se produisait le lendemain à Baltimore. *Trahisons* était un pur chef-d'œuvre, à ne manquer sous aucun prétexte, affirma-t-il. Un ami lui avait offert deux fauteuils magnifiquement situés et il avait besoin d'une cavalière.

— Tu ne sors plus avec cette blonde ravissante ? demanda innocemment Sally-Anne. Comment s'appelle-t-elle déjà ? Tu vois de qui je veux parler, la fille des Zimmer.

— Jennifer et moi avons décidé de prendre nos distances, le temps de faire le point, répondit Édouard le plus sérieusement du monde. Tout allait un peu trop vite.

— Fâcheux, voilà qui n'a pas dû plaire à notre mère. Un si beau parti.

— Ça suffit, Sally-Anne, tu deviens grossière.

Édouard demanda l'addition, la signa pour qu'on la porte sur le compte familial et quitta la table.

— Demain, dix-neuf heures dans le hall du grand théâtre, je vous attendrai près des guichets du contrôle. Je compte sur vous, dit-il en baisant à nouveau la main de May.

Il embrassa sa sœur sur la joue et s'en alla.

Sally-Anne fit signe au garçon et commanda deux liqueurs.

— N'y va pas ! conseilla-t-elle à May en faisant tournoyer le cognac dans son verre.

— À ton avis, combien d'années me faudra-t-il pour m'offrir une place d'orchestre à une pièce d'Harold Pinter ?

— Je l'ignore, mais le spectacle portera bien son titre.

— N'en fais pas tout un plat, ce n'est qu'une soirée.

— Ne le sous-estime pas, il te séduira. C'est son sport préféré et il y excelle. J'en ai connu des plus armées que toi, qui sont tombées au champ d'honneur.

— Mais qui te parle d'honneur ? répondit May en lui donnant du coude.

*

Le lendemain, alors que May se préparait, Sally-Anne entra dans la salle de bains une cigarette aux lèvres. Elle s'assit sur le rebord de la baignoire et la dévisagea longuement.

— Tu fais une de ces têtes ! Promis, je rentrerai aussitôt le spectacle terminé.

— J'en doute, mais je t'aurai prévenue. En revanche, ne dis rien de notre projet à Édouard.

— J'avais compris le message hier, merci pour le coup de pied. Qu'est-ce qui s'est passé entre ton frère et toi ? Tu ne parles jamais de lui. J'en avais presque oublié son existence, pourquoi…

— Parce que les membres de ma famille sont des imposteurs ; chez les Stanfield, tout n'est qu'apparences et mensonges. Ma mère règne sur le clan, mon père est un faible.

— Tu pousses un peu Sally, ton père est un héros de guerre.

— Je ne pense pas t'avoir jamais dit cela ?

— Toi non, mais on me l'a rapporté.

— Qui ?

— Je ne m'en souviens plus… D'accord, soupira May, lorsque nous sommes devenues intimes, je suis allée glaner quelques informations par-ci par-là. Ne m'en veux pas, déformation professionnelle ; et puis c'était une marque d'intérêt pour toi. En tout cas, je n'ai jamais entendu dire du mal de tes parents et encore moins de ton père dont la réussite suscite l'admiration.

— Il n'est pas l'homme que tu crois, et cette réussite est celle de ma mère et non la sienne. Mais à quel prix !

— De quoi tu parles ?

— Nous ne sommes pas encore assez intimes pour que je te le révèle, répondit Sally-Anne, du tac au tac.

May se redressa dans la baignoire, prit la main de Sally-Anne, la posa sur ses seins nus et l'embrassa.

— Et comme ça, nous sommes assez intimes ?

Sally-Anne la repoussa délicatement.

— Frère et sœur le même soir, ce serait d'assez mauvais goût.

Elle sortit de la salle de bains, attrapa son blouson et quitta le loft.

*

Sally-Anne ne s'était pas trompée.

La soirée fut délicieuse et envoûtante. La représentation avait tenu toutes ses promesses, la pièce était bouleversante, les acteurs remarquables. Loin du vaudeville sur les frasques d'une affaire extra-maritale, le texte plongeait le spectateur dans une réflexion profonde sur le poids des non-dits. May prit le texte en pleine figure, ne pouvant s'empêcher d'y trouver un écho à la vie dissolue qu'elle menait depuis plusieurs mois. Mais dans son trio infernal, si l'amant était Keith, qui d'elle ou de Sally-Anne était la femme trompée ?

Cette réflexion lui donna soudain envie d'un semblant de normalité, de passer une soirée en compagnie d'un homme dont la conversation lui plaisait, parce qu'il parlait sans jurer, parce que son costume témoignait d'une élégance qui n'avait rien de commun avec la vulgarité de ceux qu'elle côtoyait. Parce que, au lieu de lui taper une cigarette comme le faisaient les copains de sa bande, il lui avait offert l'une des siennes. Parce que, et aussi stupide que cela paraisse, il avait un beau briquet. Parce qu'elle avait aimé son geste quand il avait approché la flamme vers elle, parce qu'il lui avait demandé où elle aimerait dîner, au lieu d'en décider à sa place. Et elle avait choisi étrangement le Sailor's Café, parce que malgré tout cela, c'était Sally-Anne qu'elle aimait.

Avec son plancher, ses tables et ses chaises en bois brut, ses serveurs en tablier d'écailler, le Sailor's Café ne ressemblait en rien aux restaurants qu'Édouard avait coutume de fréquenter. Il s'en accommoda pour le plus grand plaisir de son invitée. Il était un peu trop maniéré pour manger ses huîtres autrement qu'après les avoir piquées avec une fourchette.

May prit une coquille pleine et la porta vers les lèvres d'Édouard.

— Aspirez, dit-elle en souriant. Vous verrez comme c'est bon, quand on les déguste dans leur eau de mer.

— Je dois avouer, concéda Édouard, c'est bien meilleur comme ça.

— Et maintenant, buvez ce vin blanc, le mariage des saveurs est divin.

— Comment avez-vous découvert cet endroit ? demanda Édouard.

— Je n'habite pas très loin d'ici.

— Alors c'est ainsi que vous passez vos soirées, comme je vous envie.

— En quoi un homme comme vous peut-il envier une fille comme moi ?

— De vivre ainsi, dit-il en balayant la salle du regard. De cette liberté, tout est si simple et si joyeux, ici.

— Vous passez vos soirées dans des mouroirs ? questionna May.

— Vous pouvez bien vous moquer, vous n'êtes pas si loin de la vérité. Les restaurants où je dîne sont sinistres, les gens qui les fréquentent si guindés.

— Comme vous ?

Édouard la dévisagea.

— Oui, comme moi, répondit-il calmement. Je peux vous demander quelque chose ?

— Allez-y, nous verrons bien ensuite.

— Vous voulez m'aider à changer ?

Cette fois, ce fut May qui l'observa attentivement, d'abord touchée, puis dubitative avant d'éclater de rire.

— Vous vous foutez de moi !

— Vous m'avez trouvé ridicule ?

— Sally-Anne m'avait mise en garde, mais vous êtes encore plus redoutable qu'elle me l'avait laissé penser.

— Ma sœur a des jugements définitifs. Je vais vous faire un aveu, à condition que vous me promettiez de ne rien lui dire.

— Je cracherais bien par terre, mais j'ai peur de vous embarrasser.

— Si nous nous entendons si mal, c'est entièrement ma faute, je la jalouse autant que je l'admire. Elle est bien plus courageuse que moi, elle a su s'affranchir.

— Sally-Anne n'a pas que des qualités.

— Et moi beaucoup de défauts.

— Vous avez dit *moi* ou *je* quatre fois en deux phrases.

— Celui-là en fait partie. Vous comprenez à quel point j'ai besoin de vous ?

— Et que pourrais-je bien faire pour aider un homme qui a l'air si malheureux ?

— Je ne peux pas être malheureux, je n'ai aucune idée de ce qu'est le bonheur.

Même le plus perfide des séducteurs n'aurait pas été capable d'inventer pareil aveu. L'infirmière de service qui sommeillait en May eut raison de ses dernières résistances. Elle emmena Édouard se promener sur les quais et ils s'embrassèrent au bout de la jetée.

Non, Sally-Anne ne s'était pas trompée quand elle avait dit à May : « Les membres de ma famille sont des imposteurs, chez les Stanfield tout n'est qu'apparences et mensonges. »

16

Robert Stanfield

Mars 1944, aérodrome de Hawkinge dans le Kent

Les étoiles scintillaient. La nuit offrirait juste assez de clarté pour voler à vue et le faible rayonnement d'une lune en croissant ne trahirait pas la carlingue noire du Lysander lorsqu'il s'enfoncerait au-dessus des lignes ennemies. Assis à l'arrière du biplace, Robert Stanfield vérifia les amarres de son harnais. Le moteur en étoile toussota et l'hélice tournoya dans un vrombissement qui devint régulier. Un mécanicien libéra les cales et l'appareil cahota jusqu'à la piste en terre.

La base de la Royal Air Force située à huit miles à l'ouest de Douvres avait connu des rotations incessantes lors du pont aérien mis en place pour assurer l'évacuation des soldats pris dans la débâcle de Dunkerque en 1940. Depuis que la 91e escadrille l'avait délaissée pour Westhampnett, elle ne servait que de point de ravitaillement en carburant aux appareils qui partaient pour effectuer de longs trajets au-dessus de la France.

L'agent spécial Stanfield avait débarqué en Angleterre deux mois plus tôt, après une traversée risquée de l'Atlantique. Les sous-marins allemands y rôdaient, tels des requins d'acier prêts à torpiller les proies qui passaient devant leur périscope.

Depuis son arrivée sur le sol de la belle Albion, Robert avait perfectionné son français. Il avait passé les soixante derniers jours à se roder à sa mission, mémorisant la topographie et la géographie de la zone où il serait largué, apprenant le nom des villages, les phrases clés qui lui serviraient de sésame, l'identité de ceux à qui l'on pouvait faire confiance, ceux dont il fallait se méfier. Autant de semaines au cours desquelles ses supérieurs avaient testé ses aptitudes.

À la tombée du jour, un officier était venu le chercher dans sa chambre. Robert avait emporté son paquetage, ses faux papiers, un revolver et une carte de la région de Montauban.

Le voyage pousserait le Lysander à la limite de son rayon d'action. En trois heures de vol, il parcourrait les neuf cents kilomètres prévus, à condition que la météo ne change pas en cours de route.

Robert n'avait pas été recruté pour faire la guerre, mais pour la préparer. Les forces alliées organisaient le débarquement dans le plus grand secret. Une condition de la victoire reposait sur l'approvisionnement en armes et munitions de ceux qui se joindraient au combat lorsque les troupes alliées avanceraient au cœur du territoire. Depuis des mois, les Anglais en parachutaient régulièrement dans des caissons que la Résistance récupérait avant de les mettre à l'abri.

Stanfield était agent de liaison. Sa mission consistait à rejoindre un chef de la Résistance et obtenir de lui des informations sur la localisation de ces dépôts, afin de les cartographier. Un mois après son infiltration, un Lysander viendrait le rechercher pour le ramener en Angleterre.

Son destin s'était joué un soir de l'hiver 1943, lors d'un dîner de gala à Washington, où ses parents étaient réunis autour de riches familles américaines sollicitées pour contribuer financièrement à l'effort de guerre. Au milieu de cette assemblée, les Stanfield tentaient de faire bonne figure. Leur fortune avait été dilapidée par les démons du jeu qui possédaient le père de Robert depuis longtemps. Mais ils continuaient de mener grand train, alors que les dettes s'accumulaient. À vingt-deux ans, Robert n'était dupe ni de l'état réel des finances familiales ni des travers de son père, avec lequel il entretenait des relations distantes. Le jeune homme nourrissait le rêve d'être celui qui rendrait un jour à sa famille sa puissance et sa fortune.

À leur table, entre autres convives, était assis un homme discret au visage émacié et au crâne dégarni. Une silhouette fragile. Edward Wood, comte d'Halifax, était l'ambassadeur du Royaume-Uni, et comme Churchill et Roosevelt aimaient communiquer directement, sa charge s'en voyait réduite. Depuis le début du repas, il n'avait pas quitté Robert des yeux, même pendant le discours qui avait inauguré ce dîner de gala. Tout était somptueux, la salle, la vaisselle, les tenues des femmes, la nourriture servie en abondance, même le discours avait été magnifique et pourtant, Wood n'avait d'yeux que pour le jeune Stanfield. Il y avait une raison à la fascination que Robert exerçait sur l'ambassadeur. Un an plus tôt, il avait perdu à la guerre son fils du même âge.

— Je ne vous parle pas d'une contribution financière, je veux donner de ma personne, avait chuchoté Robert à son voisin.

— Il suffit de vous engager, c'est ce que font les gens de votre âge si je ne me trompe, répondit Wood.

— Pas lorsqu'ils ont des parents aussi influents. J'ai été réformé, pour d'obscures raisons médicales. Je sais très bien que mon père se cache derrière tout ça.

— À supposer qu'il ait eu ce pouvoir, ne le blâmez pas, je suis certain qu'il ne l'a fait que par crainte de vous perdre. Comment supporter de voir ses enfants partir au combat ?

— Les condamner à la lâcheté, n'est-ce pas leur réserver un sort plus difficile ?

— Vous avez la fougue de votre âge, c'est louable, mais avez-vous la moindre idée de ce qu'est vraiment la guerre ? Je m'y suis opposé de toutes mes forces, j'ai nourri tant d'espoir, que je suis même allé rencontrer Hitler.

— En personne ?

— Si on peut appeler cet individu une personne, alors oui. J'ai failli être la cause d'un incident diplomatique majeur lorsque sur le perron de la demeure où il était venu m'accueillir je lui ai tendu mon manteau en le prenant pour un majordome, ricana le comte d'Halifax.

Wood était un homme complexe et ambigu. Il voyait dans le racisme et le nationalisme deux forces naturelles qui n'étaient pas nécessairement amorales. Jadis gouverneur de Sa Majesté en Inde, il avait fait arrêter tous les membres du Congrès et emprisonné Gandhi. Bigot, ultraconservateur, farouche partisan de Chamberlain, il avait néanmoins fini par refuser tout compromis avec le Reich et décliné le poste de Premier ministre, estimant Churchill plus compétent pour diriger le pays en temps de guerre.

— Si vous voulez poursuivre cette conversation en aparté, venez me rendre visite à mon bureau, je verrai ce que je peux faire pour vous, dit-il au jeune Stanfield à la fin du dîner.

Quelques jours plus tard, Robert se rendait à Washington. L'ambassadeur le reçut et le mit entre les mains d'un de ses amis travaillant pour les services secrets.

À la veille de Noël, Robert, à bord d'un cargo, voyait s'éloigner les lumières du port de Baltimore.

*

Le Lysander essuyait un sérieux grain en survolant le Limousin. Le pilote peinait à maintenir sa trajectoire. La voilure de l'appareil ne résisterait plus longtemps à la tourmente qui s'était formée dans la couche de nuages, mais descendre revenait à s'exposer à d'autres dangers. Stanfield n'en menait pas large, ses mains blanchies serraient les sangles du harnais, son estomac se soulevait à chaque trou d'air. Les bords d'attaque de l'aile souffraient et semblaient prêts à s'arracher à tout moment. Le pilote n'avait plus d'autre choix que de chercher un salut à basse altitude. Le Lysander descendit à mille pieds. La pluie tombait dru. L'aiguille de la jauge de carburant était au taquet. Soudain, le moteur toussota et cala. À trois cents mètres du sol, se poser en planant exigeait de décider en quelques secondes d'un endroit où se poser. Le pilote avisa un sentier à la lisière d'un bois, il vira sur l'aile, et poussa sur son palonnier pour éviter le décrochage. Les roues touchèrent la terre détrempée avant de s'y enfoncer. L'hélice tournoyait encore, elle éclata au contact du sol, la queue se souleva brusquement. Stanfield se sentit projeté en avant et écrasé sur son fauteuil, alors que l'avion s'aplatissait sur le dos. La verrière de la cellule éclata au moment de l'impact. Le pilote fut tué sur le coup. Avec une balafre au visage et des ecchymoses sur le corps là où passaient les lanières du harnais, Stanfield s'en tirait miraculeusement. Mais le peu d'essence que contenait le réservoir situé sous son siège ruisselait sur lui.

Sous une pluie diluvienne, il réussit à s'extraire de la carcasse et se traîna jusqu'au sous-bois avant de s'évanouir.

Le lendemain, des paysans découvrirent ce qui restait du Lysander. Ils enterrèrent la dépouille du pilote, mirent le feu à l'appareil et organisèrent une battue pour retrouver son passager.

Robert Stanfield fut découvert inanimé au pied d'un arbre et amené dans une ferme où il reprit connaissance. Un médecin de campagne vint panser ses blessures. La nuit suivante, on le conduisit en lieu sûr dans un relais de chasse au fond d'un bois où la Résistance avait abrité un dépôt d'armes. C'est dans le souterrain creusé sous ce relais de chasse que Stanfield fit la connaissance des Goldstein. Sam et sa fille s'y cachaient depuis six mois. Hanna avait seize ans, elle était rousse, elle avait la peau blanche, des yeux bleus foudroyants, un regard de battante et elle était belle à couper le souffle.

17

George-Harrison

Octobre 2016, Cantons-de-l'Est, Québec

La commode était emballée dans des couvertures. Je l'avais chargée à bord de mon pick-up et avais sanglé le piètement pour qu'elle ne souffre pas durant le transport. Magog est une petite ville pittoresque au nord du lac Memphrémagog. Tout le monde s'y connaît. La vie y est douce, rythmée par les saisons. L'été apporte son flot de touristes qui font vivre les commerçants pour le reste de l'année. Le lac s'étire en une longue frange d'eau qui, au sud, traverse la frontière américaine. Aux grandes heures de la prohibition, que de barques y naviguaient la nuit !

Pierre Tremblay est mon plus fidèle client. Il est propriétaire d'un magasin d'antiquités. Le mobilier rustique est sa spécialité. Les techniques ne manquent pas pour vieillir le bois, et avec quelques coups de ciseau bien placés, l'aide d'un chalumeau, les acides et vernis adéquats, une commode peut prendre cent ans en une journée.

Quand ses clients lui demandent si tel ou tel meuble est de l'ancien, Pierre répond invariablement « Début du siècle », sans jamais préciser lequel.

Il observa ma commode et me tapa sur l'épaule en me gratifiant de son habituel « George-Harrison, tu es le meilleur », sans toutefois ajouter « faussaire », ce dont je lui sus gré. Il m'est arrivé de me sentir mal à l'aise lorsque, dînant dans le restaurant de la mère Denise, je l'entendais se vanter de l'authenticité de l'encoignure qui ornait sa salle à manger. Elle l'avait achetée à Pierre et j'en étais l'auteur.

Pierre est un bon vivant, il vous jurera, sincère, que ses petites manigances bénéficient à tout le monde, à lui bien sûr, mais aussi à ses clients. « Je vends du rêve et le rêve n'a pas d'âge », répète-t-il dès que je rechigne à réaliser ses commandes. Il me connaît depuis toujours. Môme, je passais devant son magasin en rentrant de l'école. Je crois qu'il en pinçait pour ma mère, il ne manquait jamais une occasion de la complimenter sur ses tenues ou sa coiffure et sa femme lui faisait les gros yeux dès que nous les croisions en ville. Quand je suis devenu menuisier, il fut le premier à me faire confiance, c'est lui qui m'a mis le pied à l'étrier et je lui voue une reconnaissance éternelle.

— C'est quoi cet air de bœuf ? me demanda-t-il en me regardant.

— C'est la faute de ta commode, elle m'a tenu éveillé plusieurs nuits.

— Menteur ! Une chicane avec ta blonde ?

— J'aimerais bien, mais c'est le désert depuis que Mélanie est partie.

— Ne la regrette pas, ce n'était pas le crayon le plus affûté de la boîte. Alors, c'est les affaires. T'es dans le trou ? La saison n'a pas été florissante cette année. Si tu as besoin, je peux te commander une table et quelques chaises, je finirai bien par les vendre avant la fin de l'hiver. Attends ! Et si tu me fabriquais un ou deux vieux traîneaux, mais très anciens ? J'ai retrouvé des dessins du siècle dernier. Ça ferait fureur pour Noël.

Je me penchai sur le livre que Pierre s'était empressé d'aller chercher dans son bureau. Les traîneaux qu'il me montrait dataient du XIXe siècle. Les reproduire ne serait pas aussi simple que Pierre voulait l'entendre. J'emportai le livre et lui promis de les étudier.

— Tu sais que j't'ai connu bout d'chou. Alors, arrête de niaiser et dis-moi ce qui cloche.

Je me retournai sur le pas de sa porte. Je suis incapable de lui mentir.

— J'ai reçu une drôle de lettre, mon Pierre.

— À voir ta tête, elle ne devait pas être si marrante que ça. Viens, allons manger, on va jaser toi et moi.

Attablé chez la mère Denise, je dépliai la lettre et la fis lire à Pierre.

— C'est qui ce fouineur ?

— Je n'en sais rien, comme tu peux le constater, la lettre n'est pas signée.

— Mais elle t'a fourré des idées en tête.

— J'en ai assez des non-dits, je veux savoir qui était mon père.

— Depuis le temps, s'il avait voulu te connaître, tu ne crois pas qu'il serait venu ?

— Ce n'est peut-être pas si simple que cela. Je suis allé voir maman.

— Je ne te demande pas si elle va mieux.

— Elle va et vient dans son monde, ce n'est pas facile. Mais elle m'a avoué quelque chose et je ne cesse d'y penser.

Je fis part à Pierre des paroles de ma mère.

— Et elle avait sa tête à elle, quand elle t'a dit ça ?

— Je crois que oui.

Pierre me regarda et inspira profondément.

— Je me ferai taper sur les doigts si ma femme apprend que je t'en ai parlé, mais faut que je te confie quelque chose qui me pèse depuis longtemps. Quand ta mère est arrivée à Magog, elle avait du pain au four. Et le pain, c'était toi. Ça n'a pas été facile pour elle de se faire sa place. Elle n'était pas d'ici, et puis à l'époque, une femme qui a un marmot sans le père, disons que ce n'était pas courant comme aujourd'hui. Elle était belle et les gens la soupçonnaient de courir la galipote. Enfin surtout les femmes qui la jalousaient. Mais elle était courageuse, toujours aimable, et de mois en mois, elle a su se faire apprécier. Tu y étais pour beaucoup. Les gens voyaient bien qu'elle t'élevait comme il faut. Tu étais toujours poli et ce n'était pas le cas de tous les marmots qui couraient dans les rues. Tu allais sur tes un an quand un grand type a débarqué en ville. Il a demandé un peu partout où trouver ta mère. Il n'avait pas l'air méchant avec ses oreilles en portes de grange. Quelqu'un a fini par le renseigner et il s'est rendu chez vous. Quand j'ai appris ça, je me suis précipité pour m'assurer qu'il ne vous voulait pas de mal. Ma femme m'a dit de me mêler de mes affaires, mais je ne l'ai pas écoutée. Quand je suis arrivé, j'ai un peu épié à la fenêtre. Ta mère et lui étaient en pleine discussion. Tout était calme, alors je suis resté un peu avant de rentrer chez moi. Lui aussi s'en est allé au matin. Il a pris la route et on ne l'a jamais revu. Un homme ne fait pas autant de kilomètres pour venir passer une soirée et s'en aller en criant lapin. Ça a pas de bon sens. Il avait forcément une raison sérieuse pour parcourir tout ce chemin. Dans ta maison, à part quelques meubles que j'avais vendus à ta mère, de la vaisselle bon marché et une croûte au mur, y avait rien de grande valeur. Ça prend pas la tête à Papineau pour deviner la seule chose qui pouvait en avoir. Elle et toi. Alors je te raconte ça parce que tu vois, je me suis toujours demandé s'il n'était pas venu te trouver.

— Comment sais-tu qu'il venait de loin ?

— À cause de la plaque sur sa voiture. Je me rappelle plus du numéro, je l'avais noté dans mon livre de caisse, je pourrais peut-être mettre la main dessus, mais elle était immatriculée dans le Maryland, ça je m'en souviens. J'aimerais pouvoir t'en dire plus, mais c'est tout ce que je sais.

— Il était comment cet homme ?

— Un grand gaillard avec une bonne tête. Je ne l'ai aperçu qu'à travers la fenêtre. Il en pinçait pour ta mère, ça, j'en suis certain. Il avait les yeux dans la graisse de binnes. À un moment, il a voulu monter à l'étage, et elle s'est mise en travers de l'escalier. J'étais prêt à entrer au cas où… mais il avait des manières, et il est redescendu s'asseoir dans le fauteuil. À partir de ce moment, je n'ai plus vu que ses épaules et ses chaussures.

— Tu crois que tu pourrais le retrouver, ce numéro ?

— Je ferai de mon mieux, mais c'était il y a trente-quatre ans… de toute façon, je ne crois pas que ça servirait à grand-chose. Enfin, on ne sait jamais.

J'ai invité Pierre à dîner. Sur le perron du restaurant, il s'excusa de ne pas m'avoir fait cette confidence plus tôt. Il aurait dû m'en parler quand maman avait encore sa raison. Je lui ai promis de lui rendre son livre dès que j'aurai croqué les dessins des traîneaux. C'était une façon comme une autre de lui faire comprendre que nous nous séparions en paix.

En rentrant chez moi, j'ai trouvé une lettre sous ma porte. La calligraphie ne m'était plus étrangère.

Sur une feuille de bloc-notes, était inscrit :

22 octobre, 19 h, Sailor's Café, Baltimore.

Dans une heure nous serions le 21.

18

Robert Stanfield

Avril 1944, près de Montauban

Robert attendait toujours d'être présenté au chef du réseau. Chaque jour, les partisans invoquaient une nouvelle excuse : une mission se préparait et la brigade limitait les déplacements, des mouvements ennemis interdisaient de prendre des risques inutiles, le chef était occupé, d'autres agents de liaison requéraient son attention…

À Londres, il avait été témoin du manque de coordination entre les services français et les services anglais. Les directives des uns se trouvaient souvent contredites par les ordres des autres. Réussir à comprendre qui, sur le terrain, répondait de qui outre-Manche revenait à démêler un écheveau inextricable. Et sa mission s'avérait bien compliquée depuis son arrivée. Un soir, on le conduisit à travers bois pour lui montrer une caisse de mitraillettes Sten, un autre soir, on le présenta à des maquisards, trois fermiers qui se partageaient deux pistolets. On était loin du recensement qu'escomptaient ses supérieurs, et Robert en venait à se demander ce qu'il fichait là. Deux semaines étaient passées et il avait à peine réussi à positionner trois malheureuses croix sur sa carte. Une seule correspondait à un véritable dépôt, sur lequel il dormait depuis le premier soir, puisque les armes étaient enterrées dans un tunnel creusé au fond de la cave du relais de chasse.

Il ne trouvait de remède à son ennui qu'en la compagnie des Goldstein. Sam était un homme cultivé et passionnant, mais sa fille s'obstinait à ne pas lui adresser la parole. Après un temps d'observation, Robert et Sam devinrent inséparables, occupant leurs après-midi à converser sur leur passé et sur ce que l'avenir leur réservait. Le père d'Hanna se voulait optimiste, non par conviction, mais pour le moral de sa fille. Chaque soir, Radio Londres diffusait des messages codés qui prévenaient la population de l'imminence du débarquement. Bientôt la paix reviendrait, assurait-il.

Robert fut le premier des deux à se confier. Il parla à Sam de sa famille, de la manière dont il s'était engagé contre leur avis. De son départ sans même un au revoir.

Un jour, Robert tenta d'engager la conversation avec Hanna, elle lisait, assise sur une chaise, et ne lui répondit pas. Sam lui fit un signe discret pour l'inviter à fumer une cigarette dehors. Robert le suivit. Ils s'installèrent sur une souche d'arbre où ils avaient pris l'habitude de se retrouver et à son tour Sam se raconta.

— Hanna n'a rien contre vous, elle est murée dans son silence. Il faut que je vous explique pourquoi, non que je vous le doive, mais j'ai besoin d'en parler avec quelqu'un sinon je vais devenir fou. Nous avions de faux papiers. Je les avais payés une fortune. Au village, personne ne savait que nous étions juifs. Nous étions juste des Lyonnais qui avaient quitté la ville. Nous vivions discrètement, ni plus ni moins que nos voisins. Je disais toujours à Hanna, le meilleur moyen de passer inaperçu est de se montrer aux yeux de tous. C'était avant que des résistants dévalisent un bureau de poste, tandis que d'autres déboulonnaient des rails. Un convoi ennemi escorté de deux side-cars passait sur la route non loin du lieu du sabotage. Les maquisards en planque sur les talus ont lancé des grenades et ont tué tous les soldats. Les deux actions n'étaient pas coordonnées, mais elles s'étaient produites le même jour et le commandement allemand décida aussitôt de représailles sanglantes. Elles eurent lieu le lendemain. Une colonne de SS à laquelle s'étaient joints des miliciens est entrée dans le village. Ils ont arrêté les passants, abattant certains à bout portant, en fusillant d'autres dans la cour de l'école. Ma femme était allée chercher des œufs dans une ferme voisine. Ils l'ont pendue avec dix autres à un poteau télégraphique. Hanna et moi étions cloîtrés chez nous. Quand les Allemands sont partis, la milice nous a autorisés à récupérer les corps. Ces ordures ont été jusqu'à nous prêter main-forte pour les décrocher de leur potence. Nous avons enterré la mère d'Hanna. Les résistants craignaient d'autres représailles. À la tombée de la nuit, ils sont venus nous chercher et depuis, nous vivons cachés ici.

Sam tremblait de tout son corps.

— Parlez-moi de Baltimore, reprit-il en allumant une cigarette, c'est une ville que je ne connais pas. Dans les années 1930, nous nous rendions souvent à

New York. Hanna était fascinée par l'Empire State Building, elle avait trois ans lorsque nous avons été invités à son inauguration.

— Incroyable ! s'exclama Robert. J'accompagnais mes parents le jour de cette inauguration, j'avais tout juste dix ans, nous aurions pu nous croiser. Qu'est-ce qui vous amenait à New York ? Vous êtes dans l'immobilier ?

— Non, je suis marchand d'art, enfin je l'étais. Et j'avais dans ma clientèle de grands collectionneurs américains, pour la plupart new-yorkais, répondit fièrement Sam. La dépression de 1929 avait affecté mes affaires, mais j'avais la chance de fournir la galerie Findlay, tout comme les Wildenstein, ou encore les Perls. Lors de mon dernier voyage, à l'été 1937, j'ai vendu une toile de Monet à M. Rothschild. Wildenstein avait servi d'intermédiaire et j'avais réussi à lui acheter un Hopper qui m'avait coûté une fortune. Je suis tombé fou de ce tableau, dès que je l'ai vu. Il représente une jeune femme assise sur une chaise, qui regarde par la fenêtre. Elle ressemble tellement à Hanna. Lorsque je l'ai acquis, je me suis fait le serment de ne jamais le vendre. Le moment venu, je l'offrirai à ma fille, qui le transmettra un jour à ses enfants. Il restera toujours dans notre famille. Ce Hopper est mon éternité. Dire que j'étais si heureux de le ramener en France. Quel imbécile, si j'avais imaginé l'avenir qui nous attendait, nous serions tous restés à New York.

— Donc, vous étiez un riche marchand

— Étiez, en effet.

— Que sont devenus ces tableaux ? Vous les possédiez encore quand la guerre a commencé ?

— Nous en reparlerons un autre jour, Hanna n'aime pas rester seule trop longtemps.

*

Les semaines passèrent. Robert finit par se faire une place dans la brigade. Il lui arrivait de monter sur une bicyclette et de traverser la campagne pour convoyer un message. Une nuit où un maquisard manquait à l'appel, il prit le volant d'un camion et assura le transport de deux caisses de grenades. Une autre nuit, il se joignit à un groupe qui devait éclairer un terrain de fortune. Deux avions déposèrent un Anglais et un Américain. Serrer la main d'un compatriote lui donna le mal du pays, d'autant qu'ils purent à peine échanger quelques mots. Son compatriote fut emmené promptement par des hommes que Robert n'avait encore jamais croisés et il ne sut jamais rien de la mission qui lui avait été confiée.

Mais en dehors de l'action, il passait la plupart de son temps à faire les cent pas autour du relais de chasse. Chaque soir, il s'asseyait sur cette souche d'arbre et Sam le rejoignait. Le marchand d'art lui offrait une cigarette et l'interrogeait sur les opérations auxquelles il avait participé. Sam se sentait redevable à l'égard de ce jeune Américain engagé si loin de chez lui dans un combat qui lui était étranger.

Une amitié se noua entre eux. Robert trouvait en Sam l'écoute que son père ne lui avait jamais accordée.

— Quelqu'un vous attend à Baltimore ? lui demanda un jour Sam.

Robert avait compris le sous-entendu.

— Allons, vous devez plaire aux femmes !

— Je ne suis pas un homme à femmes, Sam. Je n'ai jamais été un grand séducteur et je n'en ai pas connu tant que ça.

— Parlons de celle du moment, vous avez une photo ?

Robert tira son portefeuille de sa poche. Une carte d'identité tomba à ses pieds. Sam la ramassa.

— Robert Marchand, rien que ça ! Eh bien avec votre accent, je vous recommande de ne jamais présenter ces papiers lors d'un contrôle, à défaut, faites croire que vous êtes sourd-muet.

— Il est si terrible que ça ?

— Pire encore. Cette photo, vous me la montrez ?

Robert récupéra sa carte d'identité et tendit une photo.

— Elle est drôlement jolie, comment se prénomme-t-elle ?

— Je n'en ai pas la moindre idée. Je l'ai trouvée par terre dans une coursive du bateau durant la traversée et je l'ai glissée dans mon portefeuille. Je ne sais pas pourquoi j'ai fait ça. J'aimais imaginer qu'une femme m'attendait au pays. C'est terriblement cliché, n'est-ce pas ?

Sam observa le visage souriant sur la photographie.

— Que diriez-vous de Lucy Tolliver, vingt-deux ans, infirmière volontaire dans l'armée, père électricien, mère au foyer, fille unique.

— Je crois qu'en matière de cliché, vous me battez.

— Ne vous attachez pas à ce visage, ce n'est pas anodin. Aucune tromperie ne l'est, et encore moins les mensonges que l'on se fait à soi-même. Quand j'étais écolier, pour me venger de mes parents auxquels je reprochais leur sévérité, je m'étais inventé un meilleur ami. Bien sûr, dans sa famille, tout lui était autorisé. Il avait le droit de parler à table, il pouvait lire tard dans son lit, et même faire ses devoirs quand bon lui plaisait. Je l'avais rendu catholique pour faire un peu plus enrager ma mère et, évidemment, lui n'avait pas à subir les restrictions du shabbat. Bref, tout ce qui m'était interdit, Max y avait droit. Et fort de ces libertés, il excellait en tout. Je ne voyais d'autre raison à mes échecs que l'autoritarisme familial. Maman ne fut pas dupe très longtemps, mais elle me laissa m'enferrer dans mon mensonge. Et pendant toute une année scolaire, l'ami imaginaire prit vie. Ma mère me demandait régulièrement de ses nouvelles. Un jour où je l'avais affecté d'une angine carabinée, elle me glissa des bonbons au miel dans mon cartable. Il lui arrivait de doubler ma ration de goûter pour que je la partage avec Max. Un autre jour, je ne me souviens plus de quoi je me plaignais, mais j'expliquais une fois encore combien chez les parents de Max tout était merveilleux, et ma mère m'obligea à l'inviter à déjeuner. Depuis le temps qu'elle entendait parler de lui, il était naturel qu'elle veuille rencontrer le meilleur ami de son fils, le si génial Max.

— Qu'avez-vous fait ?

— Max est passé sous les roues d'un tramway.

— C'est pour le moins radical, siffla Robert.

— Je vous l'accorde, mais je ne savais pas quoi inventer d'autre pour me sortir de ce mauvais pas. Et le plus ridicule dans tout cela, c'est que j'ai sincèrement perdu un ami ce jour-là et j'en ai porté le deuil pendant des mois. Et pendant des mois j'ai ressenti un vide immense. Il m'arrive encore de penser à lui. On ne se débarrasse jamais tout à fait d'un mensonge, quand on finit par y croire soi-même. Mais il est tard et nous continuerons notre conversation demain.

— Sam, je ne serai pas là demain, je pars en mission, et cette fois, ça me semble enfin sérieux.

— De quoi s'agit-il ?

— Je n'ai pas le droit de le dire, mais si je ne revenais pas, j'aimerais vous demander un service.

— Non, vous ne me demanderez aucun service et vous rentrerez sain et sauf.

— S'il vous plaît, Sam, s'il m'arrivait quelque chose, je tiens absolument à être enterré dans mon pays.

— Et comment ferai-je, moi, pour rendre une telle chose possible ? s'emporta le marchand d'art.

— Quand la paix reviendra, je suis sûr que vous trouverez bien le moyen.

— Et si je ne la voyais jamais, cette paix ?

— Alors vous seriez libéré de votre promesse.

— Je n'en ai fait aucune.

— Mais si, je le vois bien dans vos yeux.

— Attendez une minute, vous croyez que je ne vais rien obtenir en échange ? Vous n'avez encore jamais traité avec Sam Goldstein, mon garçon ! Mettons-nous d'accord, si c'est à moi qu'il arrive malheur, vous emmènerez Hanna avec vous à Baltimore. Et ne venez pas me dire que je suis rude en affaires parce que celle-ci vous est sacrément favorable. Embarquer sur un navire avec ma fille est bien plus réjouissant qu'avec votre cercueil !

Les deux hommes échangèrent une franche poignée de main.

Robert revint sain et sauf de sa mission. Mai 1944 passa, aucun Lysander n'était venu le rechercher.

Aux premiers jours de juin, les actions s'intensifièrent. Abandonné à lui-même, Robert s'engagea plus encore aux côtés des résistants.

Le débarquement annoncé, les maquis sortirent de l'ombre. De partout surgissaient des hommes en armes prêts à en découdre avec l'ennemi. Mais le Sud était loin des côtes normandes et l'avancée des Alliés loin d'amener la paix que Sam avait tant espérée. Les Allemands étaient aux abois, la répression allait en s'empirant. Les miliciens les plus fanatiques croyaient encore à leur ordre établi et redoublaient d'efforts pour traquer les résistants.

Une nuit, une de leurs patrouilles fut à deux doigts de découvrir le pavillon de chasse. Sam et Hanna se cachèrent dans la cave, tandis que les partisans se postaient aux fenêtres, les armes à la main.

Sam supplia Robert de lui venir en aide et l'entraîna au sous-sol. Empilées contre un mur, une vingtaine de caisses en bois masquaient l'entrée du souterrain où étaient cachées armes et munitions. Robert aida Sam à les déplacer. Quand le passage fut suffisant, le marchand d'art prit sa fille par la main et lui ordonna de s'y glisser. Le tunnel était profond d'une dizaine de mètres, assez pour qu'Hanna puisse s'y mettre à l'abri.

— Pas sans toi, je ne me terrerai pas là-dedans sans toi, supplia-t-elle.

— Fais ce que je te dis, Hanna, et ne discute pas, tu sais de quoi tu es responsable.

Sam embrassa sa fille et s'affaira à remettre les caisses en place. C'était la première fois que Robert entendait la voix d'Hanna et il n'en revenait pas.

— Eh bien, vous allez rester planté là, ou vous m'aidez ?

— Entrez dans ce tunnel avec votre fille, je refermerai le passage.

— Pas question, pas cette fois, voilà trop longtemps que je vis comme un animal apeuré. Si ceux qui nous ont sauvé la vie se battent, je me battrai avec eux.

Dès que les caisses furent en place, Sam et Robert regagnèrent le rez-de-chaussée. Chacun se posta à une fenêtre, avec une Sten en main.

— Vous savez comment vous en servir ? l'interrogea Robert.

— Je ne suis pas complètement idiot, je suppose qu'il faut appuyer sur la détente.

— Si vous la tenez par le chargeur, vous fausserez le canon et c'est le plafond que vous allez mitrailler, répondit un résistant de la fenêtre voisine. Tenez-la fermement, un rien suffit à faire partir une rafale.

Les miliciens étaient à l'affût. On pouvait entendre leur progression dans la forêt. Les maquisards retenaient leur souffle, résolus à ouvrir le feu, mais l'ennemi fit demi-tour avant d'atteindre le haut du sentier.

L'alerte passée, les deux hommes allèrent libérer Hanna de sa cachette. Dès qu'elle en fut sortie, elle regagna sa chambre. Sam demanda à son ami américain de rester à la cave avec lui.

Il l'entraîna dans la pénombre du tunnel, sortit un briquet de sa poche et l'alluma.

— C'est en voyant les maquisards creuser que l'idée m'est venue, chuchota Sam. Au fond ils ont planqué leurs caisses d'armes, mais là, derrière ce madrier, dit-il en passant la main sur l'une des poutres qui soutenaient la voûte, se trouve ma cachette à moi.

Il repoussa le madrier, juste assez pour dévoiler un trou qui s'enfonçait profondément dans la paroi. À l'intérieur, un tube en métal luisait à la lueur de la flamme du briquet.

— Je les ai mis à l'abri, enroulés à l'intérieur de ce cylindre. Quoi qu'il advienne de nous, il est hors de question que les nazis mettent la main dessus.

Robert, intrigué, observait Sam remettre le madrier à sa place.

— Manet, Cézanne, Delacroix, Fragonard, Renoir, Ingres, Degas, Corot, Rembrandt et surtout mon Hopper, les dix plus beaux de ma collection, le fruit de toute une vie de travail, des chefs-d'œuvre inestimables et qui me permettront, je l'espère, d'assurer l'avenir d'Hanna.

— Les maquisards sont au courant ?

— Non, mais désormais, vous l'êtes. N'oubliez pas notre petit pacte.

19

Eleanor-Rigby

Octobre 2016, en route vers Baltimore

L'avion survolait l'Écosse. Par le hublot, je voyais la côte rongée par l'océan et puis elle disparut sous l'aile. Depuis le décollage, j'avais gardé la pochette en cuir sur mes genoux, la serrant dans mes mains comme s'il s'était agi d'une relique précieuse. Le cuir était craquelé, la boucle décousue. Je l'avais tant détaillée que je me rendis à l'évidence : j'avais peur de lire la lettre qui s'y trouvait. Je repensais à Michel, à ce qu'il avait dû lui en coûter d'y joindre un petit mot, de glisser cette pochette dans mon manteau sans rien me dire. Et l'idée qu'il ait pu déroger à sa droiture impeccable me laissa penser qu'il allait mieux. C'est dingue de songer que son frère se rapproche de la normalité, parce qu'il est désormais capable d'une cachotterie ou d'un mensonge.

L'enveloppe était imprégnée du parfum de ma mère, combien de temps l'avait-elle conservée sur elle ? En fermant les yeux, je l'imaginais en train de l'ouvrir et de découvrir comme moi les mots qu'elle contenait.

Ma Chérie,
Avant toute chose, sache que ceci sera ma dernière lettre. Ne crois pas que j'ai perdu le goût ou l'envie de t'écrire, ce rendez-vous annuel aura été pour moi un moment d'évasion dans une solitude qui n'aura eu d'égale que celle que tu as vécue.
Deux vies peuvent-elles avoir été gâchées à ce point pour un instant d'égarement, aussi dramatique fût-il ? Crois-tu que pareille fatalité se transmette d'une génération à l'autre, comme une malédiction ?
Tu dois te dire que je divague et je te répondrai que tu es perspicace. Je perds la tête, ma chère. Le couperet est tombé hier dans le bureau de ce docteur qui étudiait le scanner de mon cerveau, l'air plein de compassion en fuyant mon regard. Fieffé connard qui ne sait pas me dire combien de temps je me rappellerai qui il est. Le plus grotesque dans tout cela, c'est que je ne vais même pas mourir de cette maladie, je vais juste oublier et je n'arrive pas à savoir si c'est un mal ou une bénédiction. Je fais la fière comme toujours, mais j'ai sacrément peur. Quoi qu'il m'advienne, je veux que tu gardes de moi le souvenir de celle que tu as connue et non d'une vieille folle qui t'écrirait des inepties. Voilà pourquoi tu tiens entre tes mains les derniers mots que je t'adresse.
Mais avant que ma mémoire s'efface, tant de souvenirs me reviennent. Nos virées sur ta moto, nos jours et soirs endiablés, notre journal et ce loft où j'ai vécu les plus beaux moments de ma jeunesse. Dieu sait combien je t'ai aimée. Tu fus la seule que j'ai chérie tout au long de ma vie. Peut-être que si nous avions fait route côte à côte, j'aurais fini par te détester, comme cela arrive dans tant de couples que le temps

n'a pas épargnés. Il faut accorder ce mérite au sort qui a été le nôtre.
Tu as fait le choix de tirer un trait sur le passé, je l'ai toujours respecté. Mais toi aussi un jour tu t'en iras. Et je repense à ce que nous avons volé. Je t'en supplie, ne laisse pas ce précieux trésor sombrer dans l'oubli. Quoi qu'il t'en coûte, rends-le à la lumière, transmets-le à qui il revient de droit, tu sais que Sam aurait voulu qu'il en soit ainsi.
Il est temps de pardonner aux morts, mon amour. Nourrir de la rancœur ne sert plus à rien. La vengeance nous aura tant coûté.
Demain, j'entrerai dans une maison dont je ne sortirai plus. J'aurais pu profiter encore un peu de la liberté qui m'est accordée, mais je ne veux pas gâcher l'existence de mon fils. Et pour qu'il ne se sente pas coupable, je vais jouer à être plus folle que je ne le suis vraiment. C'est un mince sacrifice au regard de celui que je lui ai imposé.
Nous avons engendré tant de souffrances. Jamais je n'aurais imaginé qu'aimer pouvait être si cruel. Et pourtant, je t'aime et t'ai toujours aimée.
Pense à moi de temps à autre, pas à celle qui signe cette lettre, mais à la jeune femme avec laquelle tu partageais tes rêves. Car nous avons rêvé, et touché du doigt l'impossible.
L'Indépendante et ta plus fidèle complice.
May

Je l'ai relue. Les premières pièces d'un étrange puzzle apparaissaient sous mes yeux. Maman avait bien participé à la création d'un hebdomadaire, mais pas en Angleterre.

Qui était cette femme qui lui écrivait et l'appelait « mon amour » ? Pourquoi Maman n'avait-elle jamais mentionné son existence ? De quelle solitude avait-elle pâti et en quoi Maman aurait-elle gâché sa vie ? Quel était ce trésor qu'elle mentionnait, qui était Sam, de quelles souffrances parlait-elle, quels étaient ce drame et cette vengeance qu'elle évoquait ? À quels morts fallait-il pardonner et, surtout, pardonner quoi ?

Où que cette inconnue soit aujourd'hui, je me promis de la retrouver, espérant égoïstement que sa maladie n'aurait pas trop progressé depuis… je retournai fébrilement l'enveloppe et me jurai de prêter à l'avenir attention au timbre. Il était identique à celui de la lettre anonyme. J'eus l'espoir un instant que ce soit elle qui m'ait écrit dans l'anonymat de sa folie, mais la calligraphie était différente.

Elle avait été postée trois ans plus tôt. Si sa mémoire s'était étiolée depuis, celle de son fils serait intacte, d'ailleurs quel sacrifice lui avait-elle imposé ? Avait-il, comme moi, été tenu à l'écart du passé de sa mère ? À quoi pouvait-il bien ressembler ? Quel âge avait-il ?

Je regardai ma montre, bouillant d'impatience que l'avion se pose à Baltimore, mais il restait encore six heures de vol.

*

L'officier de l'immigration m'interrogea sur la raison de mon séjour. J'exhibai ma carte de presse et expliquai être venue avec l'intention de mettre sa ville à l'honneur dans le prestigieux magazine qui m'employait. Natif de Charleston, l'officier en poste depuis deux ans ne trouvait rien de sensationnel à Baltimore.

Il tamponna néanmoins mon passeport et me souhaita bonne chance.

Une heure plus tard, je posai ma valise dans un petit hôtel bon marché à deux rues du Sailor's Café. Il était bien trop tard à Croydon pour appeler mon frère, mais il fallait que je mette d'urgence la main sur les autres lettres dont il m'avait parlé, j'y trouverais peut-être quelques-unes des réponses à la multitude de questions qui m'avait empêchée de fermer l'œil durant tout le voyage. En attendant, je décidai d'aller me promener sur le port.

En passant devant le Sailor's Café, j'observai la salle, le visage collé à la vitrine. Je n'y avais rendez-vous que le lendemain, mais je me sentais l'âme d'une espionne venue repérer les lieux avant de passer à l'action.

L'établissement avait un petit air désuet. Tables et sol en bois, de vieilles photos encadrées accrochées sur un mur, une grande ardoise au-dessus d'un comptoir séparant la salle de la cuisine, où l'on pouvait lire le menu : huîtres et crustacés accommodés à la sauce du jour.

La clientèle était plus moderne, pour la plupart, de jeunes citadins animés autour de grandes tablées. Je me décidai à entrer, je n'avais presque rien mangé depuis Londres, et mon estomac s'en plaignait. L'hôtesse m'installa contre un mur.

Dans tous les pays que j'ai visités, j'ai constaté que les restaurants n'aiment pas les gens qui dînent seuls. D'où le mur… Je relevai la tête pour y observer des photos, témoins d'un autre temps. On y voyait des gens de mon âge, trinquant lors d'un soir de fête, tous enivrés et joyeux d'une liberté que je leur enviais.

Et par pure jalousie, je décidai de les trouver ridicules dans leurs tenues démodées. Les pantalons à pattes d'éléphant donnaient aux hommes des silhouettes grotesques, et les coiffures des filles ne valaient pas mieux. En tout cas, à leur époque, la modération n'était pas de mise, chacun d'eux tenait un verre dans une main, une cigarette dans l'autre et à leurs airs hilares, je doutais que ce fût seulement du tabac. Mon regard voguait de cadre en cadre et s'arrêta soudain sur une photo. Je me levai pour l'étudier de près. Deux femmes s'embrassaient. Si le visage de l'une m'était étranger, celui de l'autre m'était familier.

Mon cœur se mit à battre à cent à l'heure, je n'avais encore jamais vu les traits de ma mère à trente ans.

20

Sally-Anne

Septembre 1980, Baltimore

La fête battait son plein. Sally-Anne arpentait le Sailor's Café, un magnum en main, remplissant les coupes à la volée. Du comptoir, May lui adressa un clin d'œil, elle lui souffla un baiser du creux de la main et traversa la salle pour venir la rejoindre.

— Tu devrais ralentir avec le champagne, cette soirée va nous coûter une fortune, lui conseilla May.

— La banque nous a accordé le prêt, nous avons largement les moyens de nous amuser ce soir.

Elles avaient enregistré les statuts de l'hebdomadaire, obtenu de leur propriétaire qu'il mette le bail du loft au nom de leur société de presse. Elles avaient embauché une belle équipe et la réunissaient pour célébrer le baptême de *L'Indépendant*. Joan, la maquettiste, avait dessiné une police de caractères qui les avait enthousiasmées. Le Caslon italique donnerait une connotation internationale au titre. Le premier numéro sortirait dans un mois, May aurait tout le temps d'actualiser l'enquête que son ancien patron n'avait pas daigné publier.

Sally-Anne avait en tête un autre scandale, l'histoire d'une supercherie à partir de laquelle une famille de notables avait rétabli sa fortune au lendemain de la guerre. En portant sa coupe à ses lèvres, elle savourait une vengeance mûrie depuis ses douze ans.

À la fin de la nuit, elles étaient bien trop saoules pour rentrer à moto. Keith les raccompagna au loft.

*

Le surlendemain, le personnel au grand complet déboula dans le loft dès huit heures du matin. Première conférence de rédaction. Chacun s'installa à son bureau et Keith, avant de partir à son atelier, admira le travail qu'il avait accompli.

Chacun proposait des idées que May recopiait sur un grand tableau visible de tous.

Une rumeur courait en ville. Des fonctionnaires auraient touché des pots-de-vin pour attribuer un marché à une entreprise de travaux publics d'un État voisin. Sally-Anne ne voulait pas d'une rumeur. Avant de publier, il fallait obtenir des preuves. *L'Indépendant* ne serait pas une feuille à scandales, mais un journal dont l'éthique serait irréprochable.

Un autre collaborateur proposa d'écrire un article sur l'iniquité des budgets alloués à l'éducation. Les établissements situés dans les quartiers défavorisés les voyaient rognés chaque année, tandis que ceux des quartiers habités par les Blancs augmentaient d'autant.

— Ce n'est pas vraiment un scoop, lâcha Sally-Anne. Tout le monde le sait, et ceux qui peuvent voter s'en foutent.

— Oui, mais pas ceux qui en font les frais, répliqua May. Le maire jouera sa prochaine campagne sur la sécurité de ses citoyens, il promet de mettre un terme à la violence qui gangrène la ville, mais il est le premier à créer de véritables ghettos.

— Alors, attaquons le sujet plutôt sous cet angle, dénonçons l'incohérence de sa politique et ses conséquences.

Le sujet fut inscrit au sommaire du premier numéro. La réunion se termina peu avant midi et il restait encore beaucoup à faire pour remplir les pages du journal. Sally-Anne enfourcha sa moto et se rendit à la banque. À la fin de la semaine, elle aurait des salaires à verser.

Le guichetier fouilla le casier à chéquiers, mais n'en trouva aucun au nom de *L'Indépendant*. Sally-Anne demanda à voir le directeur, mais l'employé lui répondit qu'il était en rendez-vous. Faisant fi de ses injonctions elle s'aventura dans l'agence et entra dans le bureau de M. Clark sans frapper.

Le mari de Rhonda avait perdu sa bonhomie ; l'air penaud, il annonça qu'il y avait un problème.

— Quel genre de problème ? demanda Sally-Anne.

— Je suis désolé, mademoiselle. Croyez bien que j'ai fait de mon mieux, mais le comité a refusé de vous accorder votre crédit.

— Nous parlons bien de l'argent que vous m'aviez promis !

— Je ne suis pas le seul décisionnaire. Nous avons des administrateurs et…

— Regardez-moi bien en face et dites-moi que ma famille n'a pas d'intérêts dans votre banque, car je vous jure que si c'est le cas, vous allez perdre des clients de taille.

M. Clark fit signe à Sally-Anne de fermer la porte et l'invita à prendre place sur la chaise en face de lui.

— Je compte sur votre discrétion, car je risque ma place. Et si mon épouse ne s'était pas autant investie dans votre projet, je n'aurais d'autre choix que de me taire. Mais de toute façon, ma femme apprendra que le prêt ne vous a pas été octroyé, et si je veux pouvoir rentrer dîner chez moi, il faudra bien que je lui dise pourquoi. Elle vous en parlera, alors autant le faire moi-même. Les membres de notre comité ne fâcheront en rien madame votre mère.

Sally-Anne se redressa sur sa chaise, ouvrant grand les yeux.

— Vous ne suggérez pas qu'elle serait intervenue pour que je n'obtienne pas les fonds dont j'ai besoin pour lancer mon journal ? Qui lui en aurait parlé ?

— Pas moi, je vous l'assure, mais il se pourrait bien que ce soit le même administrateur qui a pesé durant la réunion de comité afin que votre dossier soit refusé.

— Et le secret bancaire ? Il n'y a donc aucune moralité dans cette saleté de banque !

— N'élevez pas la voix, je vous en prie. Je suis vraiment désolé. Enfin, mademoiselle, vous connaissez votre mère mieux que moi. Ni vous ni moi ne sommes de taille à lutter.

— Vous peut-être pas, mais moi, je vous jure que je n'ai pas dit mon dernier mot.

Sally-Anne se leva et sortit du bureau sans saluer M. Clark

Quand elle arriva dans la rue, elle courut jusqu'à sa moto. Elle eut un haut-le-cœur, attendit que les spasmes se calment, enfourcha la selle et démarra en trombe.

Quinze minutes plus tard, elle se garait sur le parking du country club, parcourait le couloir au pas de charge et entrait dans la salle à manger.

Hanna Stanfield déjeunait en compagnie de deux amies. Sally-Anne avança vers sa table et foudroya sa mère du regard.

— Tu peux dire à tes deux perruches d'aller cancaner ailleurs, il faut qu'on parle et ça ne peut pas attendre.

Hanna Stanfield soupira, l'air désolée.

— Je vous prie d'excuser ma fille. Elle n'en a toujours pas fini avec sa crise d'adolescence et la grossièreté fait partie des armes de sa rébellion.

Les deux femmes se levèrent et saluèrent Hanna, indolentes et complices. L'ironie était préférable au scandale.

Le maître d'hôtel qui avait accouru derrière Sally-Anne les conduisit à une table voisine, gêné par cette situation qui avait fait converger vers eux tous les regards.

— Eh bien, assieds-toi, ordonna Hanna. Mais je t'invite à changer de ton, sinon je m'en vais.

— Comment as-tu pu me faire une chose pareille ! Mon exil ne t'avait pas suffi ?

— Tout de suite les grands mots ! Nous t'avons offert une éducation, et qu'en as-tu fait ? Maintenant que tu en parles, il me semblait que nous nous étions mises d'accord à ton retour, pour vivre l'une et l'autre en paix sans faire de vagues. C'était la condition pour que ton père et moi t'aidions. Si tu l'enfreins, ne te plains pas d'en subir les conséquences.

— En quoi m'avez-vous aidée ? En me tenant habilement à l'écart de la famille ?

— Parce que tu penses avoir obtenu cet emploi au *Sun* grâce à tes beaux yeux ? Tu es revenue de Londres sans même un diplôme en poche. Mademoiselle a passé huit années à brûler sa jeunesse en s'amusant aux frais de ses parents. Et qu'as-tu accompli depuis, à part traîner de soirée en soirée ou rôder en ville sur ta belle motocyclette dans cet accoutrement vulgaire ? Sans parler des propos qui me reviennent sur tes fréquentations. Si au moins tu faisais preuve d'un peu de discrétion. Ton frère m'a dit que tu avais eu le toupet de l'amener ici, au club !

— Elle s'appelle May, si tu veux parler de sa dernière conquête !

— Sa conquête ou la tienne ? Et pour ta gouverne, sache que j'étais enchantée qu'il te la prenne. Reconnais que si je t'avais demandé de mettre un terme à cette relation indécente, tu n'en aurais rien fait comme d'habitude.

— Je ne te crois pas, ne me dis pas qu'Édouard était en service commandé, il ne peut pas être à ce point…

— Responsable, contrairement à sa sœur ? Notre réputation devrait souffrir indéfiniment de tes outrages ? Voilà maintenant que tu voudrais nous mêler à un torchon à scandales… tu es folle !

— Et toi, tu penses que les gens sont des marionnettes dont tu peux tirer les fils à ta guise.

— Les gens font ce qu'ils veulent.

— Est ce qu'il reste en toi un semblant de la femme que tu étais à mon âge, ou tout n'est-il plus qu'amertume et rancœur ?

— À ton âge, j'étais une survivante, j'avais restauré la gloire de mon père et son héritage. Et toi, qu'as-tu fait du tien ? Qu'as-tu réussi, pour t'accorder le droit de me juger ? As-tu fait une seule fois le bien autour de toi ? Tu n'as semé que peine et désolation.

— Tu te trompes, j'aime et suis aimée pour ce que je suis et non pour ce que je représente.

— Tu aimes qui ? Un mari ? Des enfants que tu as élevés ? Une famille que tu aurais fondée ? Qu'aimes-tu donc qui ne tourne pas autour de ta personne ? Tu n'as décidément aucune moralité.

— Je t'en prie, ne viens pas me parler de morale, alors que toute ta vie repose sur un mensonge. Comment oses-tu invoquer mon grand-père ? Je suis la seule de son sang à ne pas avoir trahi sa mémoire.

Hanna partit dans un éclat de rire.

— Tu es bien loin de la vérité. Tu n'es pas comme nous, Sally-Anne, tu ne l'as jamais voulu et ne l'as jamais été. Je ne suis pas ton ennemie, tout du moins tant que tu ne seras pas la mienne. Mais n'espère pas de moi que je te laisse détruire ce que j'ai mis toute une vie à bâtir.

Hanna ouvrit son sac, prit un stylo et sortit son chéquier.

— Puisque c'est de l'argent que tu veux, inutile d'en emprunter à une banque, dit-elle en remplissant le chèque.

Elle le détacha de la souche et le tendit à sa fille.

— Ne t'avise pas de le dépenser pour cet odieux journal, ce serait peine perdue, il ne verra pas le jour. Je sais ce que tu avais en tête, mais pour une fois ne sois pas aussi égoïste. Ce n'est pas aux notables de la ville que tu ferais du tort en t'obstinant, mais à notre clientèle. Tu voulais vingt-cinq mille dollars, en voici la moitié, c'est largement suffisant. Maintenant, laisse-nous en paix. Tu devrais quitter le pays, ce serait une excellente idée. Pars voir le monde, un long voyage t'ouvrira les yeux et te fera le plus grand bien. Tu peux même retourner à Londres si tu le souhaites, mais ne viens pas interférer dans nos affaires. Ton père et moi préparons une vente importante, qui aura lieu dans deux mois, les bénéfices serviront à financer sa campagne. Au cas où tu ne serais pas au courant, puisque tu t'intéresses si peu à notre vie, les amis de ton père le poussent à briguer le poste de gouverneur de l'État. Je compte sur ta discrétion, jusqu'à ce qu'il en fasse l'annonce, et je ne veux pas que tu nous causes d'ennuis d'ici là, j'espère avoir été claire.

Sally-Anne s'empara du chèque et le rangea dans la poche de son blouson.

— Et pour l'amour de Dieu, commence par t'offrir des vêtements décents.

Sally-Anne repoussa sa chaise et se leva.

— Que penserait mon grand-père s'il te voyait aujourd'hui ? Je te repose la question, que reste-t-il en toi de la jeune femme que tu étais à mon âge. Dis-moi qu'un jour elle se réveillera, qu'on ne peut pas vivre toute une vie dans le mensonge.

21

George-Harrison

Octobre 2016, Baltimore

J'avais passé la nuit à rouler sous une pluie battante et j'étais arrivé à Baltimore épuisé. Je m'étais installé dans un hôtel près du port. De la fenêtre de ma chambre, je regardais la ruelle en contrebas, inquiet de ce que mon rendez-vous du soir m'apprendrait. Je profitai de la matinée pour dormir quelques heures.

En début d'après-midi, j'arpentai les rues de la ville. J'aurais voulu avoir quelqu'un à qui rapporter un souvenir. Il arrivait encore que Mélanie me manque, c'était le cas aujourd'hui et j'avais beaucoup trop pensé à elle… jusqu'à ce que je rentre à l'hôtel.

Une jeune femme demandait sa clé à la réceptionniste et sa voix éraillée attira mon attention. Son accent anglais n'était pas sans charme. En attendant mon tour, je m'adonnai à un petit jeu de suppositions dont je raffole. Elle était étrangère, qu'est-ce ce qui l'amenait à Baltimore ? La ville n'est pas une destination touristique, encore moins en octobre. Elle devait s'y trouver pour des raisons professionnelles. Rejoignait-elle un congrès en ville ? Le centre des conventions n'était pas loin, mais si c'était le cas, elle serait descendue dans un de ces hôtels pour clientèle d'affaires. Venait-elle visiter de la famille ?

— C'est normal que ça sonne occupé, lui expliqua la réceptionniste. Il faut composer le 9 pour sortir avant le 011 pour joindre l'étranger.

Elle voyageait seule et souhaitait probablement donner de ses nouvelles à son mari, ou plutôt son petit ami, car elle ne portait pas d'alliance. Elle demanda ce que lui coûterait une course en taxi pour se rendre à l'université Johns Hopkins. Bingo ! Elle devait être enseignante, je pariai pour professeur de littérature anglaise, et elle résidait ici en attendant que son logement de fonction se libère.

Soudain, elle se retourna et me regarda fixement.

— Désolée, je n'en ai plus que pour une minute.

— Je vous en prie, j'ai tout mon temps, lui répondis-je.

— Et c'est pour ça que vous m'observez ? Au cas où vous ne l'auriez pas remarqué, il y a un miroir derrière la réception et vous n'êtes pas invisible.

— Alors à mon tour d'être désolé. Ne m'en veuillez pas, c'est une vieille manie, je m'amuse à deviner ce que les gens font dans la vie.

— Et qu'est-ce que je fais dans la vie ?

— Vous êtes enseignante en lettres anglaises et vous venez de décrocher un poste à l'université de Baltimore.

— Vous avez tout faux. Eleanor-Rigby, reporter au magazine *National Geographic*, annonça-t-elle en me tendant la main.

— George-Harrison.

— Très drôle ! Enfin, au moins vous ne manquez pas de repartie.

— Je ne comprends pas.

— Eleanor-Rigby… George-Harrison… vous ne voyez toujours pas ?

— Non, enfin pas ce qu'il y a de drôle.

— Je suis le titre d'une de leurs chansons et vous le guitariste des Beatles !

— Je ne connais pas cette chanson, je n'ai jamais été très fan, ma mère non plus d'ailleurs, elle était folle des Rolling Stones.

— Vous avez eu de la chance. Bon, j'ai été enchantée d'avoir rencontré un George-Harrison, la mienne de mère en aurait fait une syncope, mais le devoir m'appelle.

Et sur ces mots, elle s'en alla.

Je récupérai ma clé, sous le regard amusé de l'hôtesse qui n'avait pas perdu un mot de notre échange, et remontai vers ma chambre, de bonne humeur, ce qui ne m'était pas arrivé depuis quelque temps.

*

Moi aussi je pouvais jouer à son petit jeu, j'avais un quart d'heure à tuer dans ce taxi.

Qu'est-ce qui l'amenait en ville ? Avec son jean, ses vieilles bottes en cuir et son pull un peu trop grand, il n'avait pas le look d'un homme d'affaires et notre hôtel ne semblait pas attirer ce genre de clientèle. Un musicien peut-être. George-Harrison, tout de même… il aurait changé de prénom. Vous imaginez un peintre contemporain s'appeler Rembrandt… ou alors, il s'était vraiment foutu de moi. Au moins, il n'aurait pas manqué d'humour. Un peintre ? Quel peintre viendrait exposer ses toiles à Baltimore ? Et puis il n'y avait pas la moindre trace de peinture sur ses vêtements. Il n'avait pas l'air assez tourmenté pour être cinéaste. Pourquoi voulais-je absolument qu'il soit artiste ?

S'il était journaliste, il aurait rebondi quand je me suis présentée. Reporter, j'avoue y être allée un peu fort. Oui, mais j'avais envie d'en imposer. Pourquoi d'ailleurs ? Ou alors, il est tout simplement venu rendre visite à sa mère, puisqu'il l'a évoquée. Ce qui ne me disait toujours pas ce qu'il faisait dans la vie. À quoi bon vouloir percer le mystère ? Pour le malin plaisir de lui clouer le bec si je le croisais à nouveau dans le hall de l'hôtel. OK, mais pourquoi vouloir lui clouer le bec ? Et pourquoi pas !

Je passai au secrétariat général de la faculté afin de récupérer de la documentation, fis quelques photos qui illustreraient mon article et comme la lumière était encore belle, je regagnai le centre-ville pour en faire d'autres. Autant m'avancer sur le travail que je devais fournir pour justifier ce voyage.

En rentrant à l'hôtel, j'étais nerveuse. Comment reconnaîtrais-je celui ou celle avec qui j'avais rendez-vous ? À supposer que ce soit un vrai rendez-vous et non une nouvelle étape d'un jeu de piste auquel j'avais bien voulu me prêter.

Qui sait si l'auteur de la lettre anonyme ne m'avait pas fait venir jusqu'ici pour que je découvre cette photo de ma mère et me prouver ainsi que ses allégations étaient fondées. Mais dans ce cas, pourquoi m'imposer une heure aussi précise – et pourquoi pousser le vice jusqu'à réserver une table sous cette photo ? Pour être certain que je ne la loupe pas ? Il aurait pu se contenter de m'en adresser un double… même si je l'avoue, la découvrir en situation en avait intensifié l'effet dramatique.

J'étais lasse de ressasser ces questions et plus encore d'entendre une petite voix en mon for intérieur me suggérer que j'avais peur.

Je décidai de me rendre au Sailor's Café avec un peu d'avance. Ainsi je pourrais surprendre celui ou celle qui pousserait la porte à l'heure du rendez-vous.

*

En entrant, j'annonçai dignement à l'hôtesse que nous serions deux à dîner.

— Vous avez réservé ?

Je me retiens de sourire chaque fois que l'on me demande si j'ai fait une réservation quand la moitié de la salle est vide.

— Non, pas que je sache, répondis-je prudemment.
— Votre nom ?
— Eleanor-Rigby.
— Votre table vous attend, me dit-elle.
Ce qui me glaça le sang.
Elle consulta son plan de salle et me conduisit à ma table. Je lui en préférai une autre dans l'axe de la porte. Au moins, j'avais contrecarré les plans de celui qui orchestrait un peu trop ma vie depuis quelque temps. Je n'avais plus qu'à guetter qui viendrait bientôt s'asseoir à la place qui m'avait été assignée. Je déciderais alors quoi faire.
Je m'installai et commandai un Pimm's. Où que je sois dans le monde, je reste anglaise.
Un couple entra à dix-huit heures cinquante-cinq. Ce devait être un premier rendez-vous, car ils avaient l'air aussi peu à l'aise l'un que l'autre. À dix-huit heures cinquante-sept, deux jeunes femmes qui n'avaient pas l'allure de conspiratrices s'installèrent au comptoir. Mais à dix-neuf heures, personne… À dix-neuf heures dix, l'homme croisé dans le hall de l'hôtel arriva hors d'haleine devant l'hôtesse. Plus élégant cette fois. Il remit le pan de sa chemise dans son pantalon, ajusta sa veste et passa la main dans ses cheveux ébouriffés. Il ne m'avait pas remarquée.
Étrangement, je trouvais sa présence rassurante. Probablement parce que j'avais l'impression de voir un visage familier dans ce lieu inconnu. Je le suivis du regard, et regrettai de ne pas avoir apporté un journal, je l'aurais déplié pour mieux l'espionner… ce qui aurait été ridicule… et Maggie m'aurait encore reproché de trop regarder la télé. Pourtant, l'hôtesse le

conduisit à la table qui m'était réservée. Et la petite voix m'ordonna de bien réfléchir avant d'agir.

Je ne voyais que deux solutions. La plus probable : il était le corbeau. Cela expliquait aussi qu'il ait choisi de résider dans mon hôtel, et faisait de lui un remarquable acteur, car dans ce hall, il n'avait pas eu du tout l'air de me connaître. J'aurais pu y penser pendant que je jouais aux devinettes dans mon taxi. Ou… poursuivit la petite voix : il avait choisi d'aller dîner dans le seul restaurant du quartier digne de ce nom et on l'avait installé à cette table puisqu'elle était restée libre. Et lorsque mon corbeau arriverait, l'hôtesse le conduirait jusqu'à moi. J'étais bien incapable de dire laquelle de ces deux options m'inquiétait le plus.

Je l'observai pendant dix minutes, au cours desquelles il ne cessa de vérifier sa montre en soupirant, sans jamais consulter le menu. Donc, il attendait quelqu'un, et ce quelqu'un, c'était moi !

Soudain, il se leva et s'avança vers moi.

— Cette fois, pas besoin de miroir. Vous m'épiez depuis que je suis entré, me dit-il.

Pour toute réponse, je grommelai un vague « hum hum ».

— Vous attendez quelqu'un ? me demanda-t-il.

Je restai silencieuse.

— Ce n'était pas une question piège…, reprit-il amusé.

— Tout dépend des circonstances, me hasardai-je à lui répondre, en restant sur mes gardes.

— Ah ! poursuivit-il en effaçant son sourire, je comprends.

— Vous comprenez quoi ?

— On vous a posé un lapin.

— Et vous, qui attendez-vous ?

— Je l'ignore, et j'ai bien peur que ce soit moi qu'on n'ait pas attendu, dit-il en regardant à nouveau l'heure.

Il se gratta le front. Les hommes font souvent cela quand quelque chose les tracasse. Moi, j'entortille mes cheveux autour de mon index, chacun son truc, je ne juge pas.

— J'ai roulé toute la nuit pour venir à ce rendez-vous. Seulement, je me suis assoupi sur mon lit et je suis arrivé en retard, soupira-t-il.

— Appelez-la, et excusez-vous.

— Je le ferais si je savais qui appeler.

— Je comprends.

— Vous comprenez quoi ?

— Arriver en retard à une blind date n'est pas très futé. Mais rassurez-vous, vous étiez le premier, je patiente ici depuis une demi-heure et je n'ai vu aucune femme seule entrer, à moins que vous ne les draguiez par paire, et dans ce cas, elles sont assises au comptoir. Pardon, je vous taquine et ce n'est pas très gentil de ma part. Votre rendez-vous galant n'est pas encore là, c'est elle qui est très en retard… ou qui vous a posé un lapin.

— Puisque je ne suis pas le seul que l'on néglige, puis-je m'asseoir et attendre encore un peu en votre compagnie ?

Je consultais ma montre, il était dix-neuf heures trente.

— Oui, je suppose que vous pouvez vous asseoir.

Il n'était pas plus à son aise que moi. Il se retourna pour héler la serveuse et voulut savoir ce qu'avait contenu mon verre.

— Un Pimm's.

— Et c'est bon ?
— Amer.
— Alors je vais choisir une bière, et vous ?
— La même chose.
— Une bière ?
— Non, un Pimm's.
— Qu'est-ce qui vous amène à Baltimore ?
— Posez-moi une question plus originale et dont vous ne connaîtriez pas la réponse.
— Vous me complimentiez sur ma repartie, mais là, vous avez gagné.
— J'ai gagné parce que vous ne vous appelez pas vraiment George-Harrison ? Dites-moi au moins que vous êtes comédien !
Il avait un beau rire, un point pour lui.
— Comédien ? Non, vraiment pas. Vous ne m'auriez pas piqué mon jeu favori ?
— Peut-être.
— Et qu'avez-vous imaginé d'autre à mon sujet ?
— Que vous étiez peintre, musicien et réalisateur !
— C'est beaucoup pour un seul homme. Mais vous avez tout faux, je suis menuisier. Et je m'appelle vraiment George-Harrison. On dirait que ça vous déçoit.
— Non, enfin, si vous vous prénommez vraiment George-Harrison, vous n'avez pas l'humour que j'espérais.
— Merci du compliment.
— Ce n'est pas ce que je voulais dire.
— Vous me laissez une autre chance ?
— Vous l'avez déjà loupée. Vous aviez un rendez-vous galant et vous être en train de flirter avec moi. Est-ce que j'ai l'air d'un plan B ?

— Qui vous dit que c'était un rendez-vous galant ?
— Vous récupérez un point.
— Je vous propose qu'on cesse ce petit jeu dès que nous serons à égalité. Et pour votre gouverne, je ne flirtais pas avec vous. Mais puisque les prénoms semblent avoir beaucoup d'importance, comment s'appelle votre lapin ? Entre plans B, on peut se confier ce genre de choses.
— Match nul.
— Reprenons au début, qu'est-ce qui vous amène à Baltimore ?
— Un article pour mon magazine. Et vous ?
— Mon père.
— C'est avec lui que vous aviez rendez-vous ?
— Je l'espérais.
— C'est moche. Un père ne devrait pas poser de lapin à son fils. Le mien ne ferait jamais ça. Mais le vôtre est peut-être juste très en retard ?
— De trente-cinq ans… je crois qu'on ne peut plus appeler cela du retard.
— Ah… alors je suis vraiment désolée.
— Pourquoi le seriez-vous ? Vous n'y êtes pour rien.
— Non, mais je le suis quand même. J'ai perdu ma mère l'an dernier et je connais le vide que provoque l'absence d'un parent.
— Changeons de sujet. La vie est bien trop courte pour l'accabler de tristesses inutiles.
— Joliment dit.
— C'est une expression de ma mère, mais assez parlé de moi. À votre tour maintenant. Qu'allez-vous écrire sur Baltimore ?

C'est le moment de vérité Elby, tu lui fais confiance ou pas ?

— Vos lèvres ont bougé, mais je n'ai pas entendu votre réponse.

— Vous disiez avoir roulé toute la nuit, d'où venez-vous ?

— De Magog, c'est une petite ville située à cent kilomètres de Montréal, dans les Cantons-de-l'Est.

— Je sais où se trouve Magog, répondis-je sèchement.

— Évidemment, votre magazine… vous avez dû faire le tour du monde, poursuivit-il sans remarquer à quel point mon visage s'était fermé. C'est une magnifique région, n'est-ce pas ? Je ne sais pas en quelle saison vous êtes venue, mais chacune révèle un paysage si différent qu'on se croirait vivre en plusieurs endroits.

— Mais tous au Canada !

Il me regarda comme si j'étais une parfaite imbécile.

— Oui, bafouilla-t-il. Sans aucun doute.

— Et la poste canadienne fonctionne bien ?

— Euh… je suppose, enfin, je ne reçois que des factures.

— Et le courrier que vous envoyez ?

— Je vous demande pardon, mais je ne comprends pas…

— Moi j'essaie de comprendre à quoi vous jouez. Et il serait temps que vous me l'expliquiez.

— J'ai dit quelque chose qui vous a blessée ? Je ne veux pas vous importuner, je vais retourner à ma table.

Soit c'était le meilleur acteur du monde, soit j'étais face à Machiavel.

— Très bonne idée, allons tous les deux nous installer à cette table, je voudrais vous montrer quelque chose.

Je me levai sans lui laisser le temps de réfléchir et allai m'asseoir à la place qu'il occupait tout à l'heure. Il me regarda bizarrement et vint me rejoindre.

— Votre petite histoire sur la désertion paternelle m'a beaucoup touchée, repris-je. Il faudrait avoir un cœur de pierre pour y être insensible, plus encore pour l'inventer. Maintenant, levez les yeux, regardez bien cette photo et dites-moi que notre rencontre à l'hôtel, puis ici, n'est que pur hasard. C'est ma mère que vous voyez là !

Il releva la tête et son visage devint blafard. Il s'approcha de la photo sans pouvoir prononcer un seul mot.

— Alors ! insistai-je en haussant le ton.

— À côté d'elle…, murmura-t-il, c'est la mienne… de mère.

Il se retourna pour me fixer, inquiet, suspicieux.

— Qui êtes-vous ? Qu'est-ce que vous me voulez ?

— J'allais vous poser la même question.

Il plongea la main dans la poche intérieure de son veston et en sortit une enveloppe qu'il posa devant moi. Je reconnus aussitôt l'écriture.

— Je ne sais pas de quoi vous m'accusez, mais lisez, elle m'est parvenue hier. Lisez et vous saurez pourquoi j'ai roulé toute la nuit.

Je dépliai la lettre, en retenant mon souffle. Quand j'eus fini de la lire, je sortis la mienne de mon sac et la lui tendis. Il fit la même tête que moi en la découvrant, et pire après l'avoir lue.

Nous nous observâmes, silencieux, jusqu'à ce que l'hôtesse vienne nous demander si nous dînions ensemble, et si nous avions enfin choisi une table.

— Quand avez-vous reçu la vôtre ? me demanda-t-il.

— Celle-ci est arrivée il y a une dizaine de jours, une autre qui me donnait rendez-vous ici, une semaine plus tard.

— À quelques jours près, pareil pour moi.

— J'ignore toujours qui vous êtes, George-Harrison.

— Mais moi je sais maintenant qui vous êtes, Eleanor-Rigby, sauf que ma mère ne vous appelait pas ainsi lorsqu'elle me parlait de vous.

— Votre mère vous parlait de moi ?

— De vous en particulier, non, mais de votre famille. Chaque fois qu'elle me faisait un reproche, elle me disait : « Mon amie anglaise a des enfants qui n'auraient jamais répondu comme ça à leur mère », ou qui se tiennent bien à table, ou qui rangent leur chambre, ou qui ne discutent pas quand leur mère leur ordonne quelque chose, ou encore qui travaillent bien à l'école… bref, durant mon enfance tout ce que je faisais de mal, vous le faisiez bien.

— Alors, votre mère ne nous connaissait pas du tout.

— Qui nous a joué ce sale tour, et dans quel but ?

— Qui me prouve que ce n'est pas vous ?

— Je pourrais vous dire la même chose.

— Question de point de vue, répondis-je. Mais vous ne pouvez pas savoir ce qui se passe dans ma tête et réciproquement, nous avons chacun nos raisons de nous méfier l'un de l'autre.

— Je crois que l'on nous a réunis ici pour que nous fassions tout le contraire.

— Expliquez-vous.

— Nos mères se connaissaient, je vous l'ai déjà dit, j'ai entendu parler de la vôtre à de nombreuses reprises…

— Pas moi.

— Dommage, mais là n'est pas la question. Cette photo montre qu'elles s'entendaient très bien, leur regard complice ne trompe personne, et c'est certainement cela que notre corbeau voulait que l'on découvre ensemble.

— Pour que nous nous fassions confiance ? Vous y allez un peu vite, mais admettons, dans quel but ?

— Gagner du temps, je suppose.

— Que vous soyez capable d'un raisonnement aussi tordu ne plaide pas pour votre innocence.

— Peut-être qu'il plaide en faveur de mon intelligence, répondit-il.

— Et de votre modestie.

— Quelqu'un nous manipule ; à quelle fin, je n'en sais rien. Mais en unissant nos efforts, nous aurons plus de chance de le démasquer.

— Et ça, il ne l'aurait pas prévu ?

— Si, certainement, et c'est un risque qu'il a choisi de courir.

— Pourquoi *il* et pas *elle* ?

— Exact, c'est une question que je peux me poser.

— Je croyais que nous devions nous faire confiance. Et c'est moi qui l'ai posée…

— Ce qui plaide en faveur de votre sincérité, à moins que vous ne soyez plus retorse…

— Que vous ?

Nous nous sommes observés un long moment, un serveur est venu nous demander si nous étions enfin prêts à commander. George-Harrison choisit un Lobster Roll et comme je n'arrivais pas à détacher mes yeux des siens, j'ai manqué terriblement de personnalité en prenant la même chose que lui.

22

May

Octobre 1980, Baltimore

Elle avait tenté de joindre Édouard à trois reprises. Ils avaient encore passé une merveilleuse soirée ensemble. N'en déplaise à Sally-Anne, May était en train de tomber amoureuse et la délicatesse avec laquelle il la traitait témoignait d'une réciprocité dans leurs sentiments. Elle l'entraînait dans son univers et il y prenait goût. C'était le monde à l'envers, lui si fortuné, et elle, sans moyens, devenue son pygmalion.

Peu importait que Sally-Anne lui en veuille. De toute façon, elle en voulait à la terre entière depuis plusieurs jours. À la conférence de rédaction, elle avait rembarré leurs collaborateurs, s'opposant à tous les sujets qu'ils proposaient et cherchant querelle à chacun. Tant et si bien que la réunion avait été écourtée.

De quoi pouvait-elle se plaindre ? Elle avait désiré Keith, elle l'avait désormais tout à elle. May n'était pas dupe, Sally ne supportait pas que son frère se soit entiché d'elle, et plus encore, qu'il fasse preuve de mille attentions à son égard alors qu'il n'avait cure de sa propre sœur. Et elle ne voyait aucune raison de s'en sentir coupable. Ce n'était pas elle qui avait cherché à le séduire, mais lui qui l'avait courtisée. Et Sally s'était bien trompée en prédisant qu'il la jetterait comme une vieille paire de bas usés quand il aurait obtenu ce qu'il voulait. Le soir de leur premier baiser, il s'était comporté en vrai gentleman, la raccompagnant en bas de chez elle et s'en tenant là. Deux jours plus tard, il l'avait invitée dans un élégant restaurant.

— Chacun son tour, avait-il dit alors qu'elle prenait place devant des couverts en argent.

Le lendemain, ils étaient allés chiner dans les boutiques. Édouard lui avait offert un ravissant foulard et elle, un portefeuille en cuir.

— Je le porterai sur mon cœur, avait-il dit en le rangeant dans la poche intérieure de sa veste.

Le week-end dernier, il l'avait conduite sur l'île de Kent. Ils avaient pris une suite dans un manoir, perché sur une dune face à la mer, où ils avaient passé leur temps à faire l'amour. Aucun homme ne l'avait si bien traitée, autant gâtée ; et elle regrettait de ne pas pouvoir partager sa joie avec son amie. Elle aurait pu lui reprocher un égoïsme qu'elle jugeait infantile, mais May avait du cœur et comprenait. Sally-Anne était bêtement jalouse. Ça ne durerait pas, car cet amour naissant ne serait ni vain ni égoïste. Elle allait les réconcilier. Un frère et une sœur étaient faits pour s'entendre. Elle, qui aurait tant voulu avoir un frère, ne pouvait concevoir qu'il en fût autrement.

Pour qu'Édouard lui accorde sa confiance, elle se devait de faire le premier pas. Au manoir de Kent, elle lui parla du journal.

Ils marchaient sur la plage, bras dessus, bras dessous.

— Ce n'est encore qu'un projet, mentit-elle, mais au *Sun*, notre carrière est sans avenir. Nous sommes dirigées par des phallocrates qui pensent qu'une femme n'est bonne qu'à faire des recherches et du café.

Édouard parut étonné et l'interrogea sur la ligne éditoriale de *L'Indépendant*. Elle lui en expliqua les grandes lignes. Il la félicita, et loua son courage de s'engager dans cette quête de vérité. Mais il la supplia de faire attention. Dénoncer la corruption, les abus de pouvoir ou les politiques partisanes n'était pas sans risque. Ceux qui s'y hasardaient finissaient tôt ou tard par s'attirer les foudres des puissants.

— J'ai grandi auprès d'eux, je sais ce dont ils sont capables, l'avait-il mise en garde.

Édouard connaissait du beau monde et May pensa qu'en s'y prenant avec doigté, il pourrait lui être utile. Il avait des qualités indéniables, mais une faiblesse commune à beaucoup d'hommes : il aimait paraître. Il suffirait de lui poser les bonnes questions, au bon moment.

— J'espère simplement que tu ne te fais pas manipuler par ma sœur. Ça ne m'étonne pas qu'elle veuille se lancer dans une telle entreprise.

— Que s'est-il passé entre vous ? demanda May.

— Elle me reproche de ne pas prendre parti pour elle. Depuis l'adolescence, elle entretient une hostilité sans limites à l'encontre de mes parents, et je trouve son comportement aussi injuste qu'insupportable. Je reconnais que maman n'est pas toujours facile. Elle est même parfois dure, mais elle a tant souffert durant sa jeunesse. Au risque de te paraître vieux jeu, j'ai beaucoup d'admiration pour mes parents. Et pas seulement parce qu'ils ont remarquablement réussi. Ils ont tous deux traversé de terribles épreuves. Maman n'a pas grandi avec une cuillère en argent dans la bouche. Quand elle est arrivée en Amérique, elle était orpheline et n'avait plus rien. Je n'ai pas connu mes grands-parents maternels, les Allemands les ont assassinés. Ils étaient juifs et se cachaient des nazis. Elle n'a dû son salut qu'à son courage et à l'héroïsme de mon père. Alors je ne peux pas accepter que Sally les juge comme elle le fait. J'ai toujours essayé d'arrondir les angles entre eux, de la protéger, le plus souvent d'elle-même, de ses excès, de ses colères, mais elle n'en a jamais fait qu'à sa tête et j'ai fini par renoncer.

— Mais elle t'aime profondément, inventa May.

— Permets-moi d'en douter.

— Elle parle toujours de son frère avec beaucoup d'admiration dans la voix.

— Tu es généreuse, mais je ne te crois pas. Sally est une égoïste qui ne s'intéresse qu'à elle. La haine qu'elle nourrit à l'égard des siens l'a rendue aigrie et pleine d'amertume.

— Tu ne peux pas dire ça, ou bien tu ne la connais pas vraiment. Si tu estimes que je suis généreuse, ta sœur l'est cent fois plus. Elle ne pense qu'aux autres ; à la différence de sa mère, elle est née fortunée, elle aurait pu se complaire dans cette vie aisée. Elle ne l'a pas fait. Oui, Sally-Anne est une révoltée, mais pour de nobles causes, parce qu'elle ne supporte pas l'injustice.

— Tu parles d'elle comme si tu en étais amoureuse.

— Je t'en prie, Édouard, ne joue pas à l'innocent.

— C'est bon, j'ai compris le message, ne pas critiquer ma sœur devant toi au risque de se faire mordre.

May prit Édouard par le bras et l'entraîna vers le manoir.

— Rentrons, dit-elle, j'ai soif, et j'ai envie de m'enivrer. Je n'aime pas les dimanches, je voudrais que ce week-end ne se termine jamais.

— Nous en passerons d'autres.

— Peut-être, mais n'allons pas trop vite, j'ai bien entendu ce que tu as dit au sujet de… comment s'appelle-t-elle déjà ? Ah oui, la fille Zimmer. Je ne la connais pas, mais je ne souhaite pas que notre histoire se termine ainsi. D'ailleurs, tu penses encore à elle de temps à autre ?

— Tu crois que je vais tomber dans ce piège si féminin ? Si je te réponds non, tu me traiteras de mufle, et si je te réponds oui, je serai vraiment un mufle. Mais tu as raison, profitons de ce que la vie nous offre sans nous poser de questions. Particulièrement sur notre passé sentimental. Bien que je ne connaisse rien du tien.

— Parce qu'il n'y a rien à connaître.

Ils rentrèrent au manoir et s'installèrent dans le fumoir. Un feu crépitait dans la cheminée. May commanda une coupe de champagne, Édouard préféra un bourbon.

Alors que le soleil déclinait, ils montèrent dans leur chambre pour faire leurs bagages. En rangeant ses affaires, May balaya la pièce du regard. Le grand lit à baldaquin où elle avait passé la nuit, les tentures soyeuses qu'elle avait admirées au petit matin tandis qu'Édouard dormait encore, les lourds rideaux qui couvraient les fenêtres et qu'elle avait ouverts, alors qu'on leur portait un petit déjeuner, le tapis persan qu'elle avait foulé pieds nus, tout ce luxe auquel elle n'était pas habituée et qui la fascinait. Elle se retourna et observa Édouard qui pliait soigneusement ses affaires.

— Nous ne pourrions pas rester jusqu'à demain ? Je n'ai pas du tout envie de rentrer au loft ce soir.

— Je dois travailler tôt demain, mais puisque nous arriverons tard, pourquoi ne pas aller dormir chez moi ?

— Sous le toit de tes parents ?

— C'est une grande demeure, j'y ai mes quartiers. Je te rassure, nous n'aurons pas à les croiser.

— Et demain ?

— Nous passerons par la porte de service, tu n'as aucune inquiétude à avoir.

L'Aston Martin roulait à vive allure. L'habitacle sentait le cuir, May écoutait rugir le moteur.

— Promets-moi quelque chose.

— Dis-moi d'abord de quoi il s'agit, je suis un homme de parole et je ne promets rien à la légère.

— Je veux que vous vous réconciliiez.

— Ma sœur et moi ? Nous avons du mal à nous entendre, mais nous ne sommes pas fâchés.

— Ta sœur et vous, les Stanfield. Toi seul peux ramener la paix, ni elle ni ta mère ne feront le premier pas.

Édouard ralentit et posa ses yeux sur May en souriant.

— Je ne peux pas te promettre de réussir, mais de faire mon possible, ça, je le peux.

May se pencha pour l'embrasser et lui ordonna de ne plus regarder que la route. Elle abaissa la vitre pour s'enivrer d'air. Les cheveux au vent, elle était heureuse.

23

Eleanor-Rigby

Octobre 2016, Baltimore

Nous nous étions souhaité bonne nuit dans le couloir, chacun devant la porte de sa chambre. Allongée sur mon lit, il me suffisait de fermer les yeux pour qu'apparaissent ceux de Maggie, m'interpellant :

Alors, ma vieille, qu'est-ce que tu fais maintenant ?

Et puisque j'étais incapable de lui répondre, autant prendre les devants. Le 9, suivi du 011, m'avait indiqué l'hôtesse, comme si je n'avais jamais voyagé.

— Tu sais l'heure qu'il est ici ! maugréa ma sœur de sa voix éraillée.

— Je n'en pouvais plus d'attendre. Pardon de vous avoir réveillés.

— Fred est resté à Primrose, répondit-elle dans un long bâillement, il avait beaucoup de monde hier soir, il a dû fermer trop tard pour venir me rejoindre.

— Tant mieux pour lui, c'est bien que son restaurant cartonne.

— Oui, c'est épatant, dormir seule quand mon petit ami est fou de joie parce qu'il affiche complet, et l'avoir tout à moi quand ses affaires ne marchent pas et qu'il tire une gueule de cent pieds de long. Cherchez l'erreur dans ma vie ! Mais tu ne me téléphones pas à cinq heures du mat' pour que je te parle de Fred.

Je n'allais pas prétendre le contraire, je la sortais du lit pour lui parler de notre famille, de la lettre que m'avait confiée Michel, de la photo au mur du Sailor's Café, de la femme qui se trouvait en compagnie de Maman il y a trente-cinq ans, et surtout, surtout, de la rencontre que j'avais faite et de ce que j'avais appris au cours de la soirée. Et pour une fois, Maggie m'écouta sans m'interrompre.

— Il est comment ?

— Ne me dis pas que c'est la première question qui te vienne à l'esprit.

— Non, mais ça ne t'empêche pas de me répondre.

Je lui décrivis vaguement l'homme avec qui j'avais passé la soirée.

— Donc, tu le trouves plutôt pas mal, et il s'appelle vraiment George-Harrison ?

— Je ne lui ai pas demandé de me montrer son permis de conduire, mais je le crois sur parole.

— Si nos mères se connaissaient si bien, tu crois que son prénom est une coïncidence ?

— Il a à peu près mon âge, alors il y a peut-être un lien.

— Ça me semble en effet probable. Au cas où tu ne l'aurais pas noté, elle appelait Maman « mon amour ». En même temps, elle avoue perdre la tête, ceci explique peut-être cela… J'ai un mal fou à imaginer Maman faisant des virées à moto, tu te souviens de la façon dont elle attachait sa ceinture dans l'Austin ? Franchement, tu la vois en bikeuse ?

— Franchement, ce n'est pas ce qui m'a le plus intriguée ce soir. J'ai davantage de mal à l'imaginer en braqueuse et je voudrais surtout savoir ce qu'elles ont volé et de quel événement dramatique il s'agit.

— Cela confirme les accusations de la lettre anonyme.

— C'est tout son contenu qui prend sens. Les zones d'ombre du passé de Maman, sa relation pour le moins étrange avec la mère de George-Harrison, la fortune dont elle n'avait pas hérité, et *L'Indépendant*.

— Qui est l'indépendant ?

— C'est le nom d'un journal que Maman avait fondé avec May. Papa t'expliquera plus en détail.

— Nous parlons bien de notre mère ?

— J'ai eu la même réaction que toi en l'apprenant.

— Ce précieux trésor, ton George-Harrison sait de quoi il s'agit ?

— Non, il en a découvert l'existence quand je lui ai remis la lettre écrite par sa mère. Et il en existe d'autres, Maman et elle ont entretenu une correspondance.

— Et s'il te manipulait depuis le début. Votre rencontre repose sur une sacrée série de coïncidences. Si c'était lui ton corbeau ?

— Pourquoi se donner tout ce mal ?

— Pour réunir les pièces du puzzle ! Tu parles d'une correspondance, il doit avoir en sa possession les lettres que Maman a écrites et il a besoin de nous pour obtenir celles de sa mère. Le corbeau ne nous invitait-il pas à chercher les preuves de ce qu'il avançait ? Voilà la manigance !

— Je te jure qu'il est resté sans voix en découvrant cette photo au Sailor's Café, et puis lui aussi a reçu une lettre anonyme.

— Qu'il aurait très bien pu écrire lui-même. Et pourquoi était-il étonné devant cette photo, s'il connaissait l'existence d'une correspondance entre nos mères ?

— Il ne la connaissait pas, c'est Michel qui m'en a parlé. Ne lui dis rien, Maggie. Je lui ai promis de garder le secret. Je l'ai appelé dix fois depuis que je suis arrivée à Baltimore pour qu'il m'envoie les autres lettres.

— Et il y a d'autres secrets dont je suis tenue à l'écart dans cette famille ? Papa te confie que Maman a créé un journal à Baltimore, Michel, une lettre dont il ne m'a jamais parlé… je suis pestiférée ou quoi ?

— Papa n'avait rien envie de me raconter, nous partagions une glace et au cours d'une conversation il s'est pris les pieds dans le tapis.

— Dis-moi qu'il t'a emmenée chez Ben & Jerry's et je raccroche.

— Quant à Michel, j'ai débarqué chez lui la veille de mon départ et je ne sais pas pourquoi il a glissé cette lettre dans la poche de mon manteau.

— Tu es allée voir Michel la veille de ton départ alors que tu m'as fait tes adieux par l'intermédiaire de Papa… formidable. Si je compte si peu, je ne vois pas en quoi je peux t'aider.

— Tu l'as déjà fait en me conseillant de rester sur mes gardes avec George-Harrison.

— Et pas qu'un peu. Si nos mères ont vraiment planqué un trésor quelque part, je compte sur toi pour le trouver avant lui. Mon banquier a refusé d'augmenter mon découvert.

— Tu pourrais travailler, c'est un moyen comme un autre de gagner sa vie.

— Je reprends mes études, je ne peux pas tout faire.

— À trente-cinq ans ?

— J'en ai trente-quatre et je t'emmerde. Tu vas le revoir ?

— Nous avons rendez-vous demain matin au petit déjeuner.

— Elby, ne tombe pas amoureuse de ce type !

— Un, il n'est pas du tout mon genre, et deux, je ne lui fais pas encore confiance.

— Un, je ne te crois pas, et deux, tu fais confiance à tout le monde alors je te le répète, ne va pas t'enticher de lui, en tout cas pas avant d'avoir tiré cette histoire au clair.

Maggie m'ordonna de la rappeler tous les jours pour la tenir au courant, elle promit de ne pas me trahir auprès de Michel et raccrocha. Je finis par m'endormir, mais bien plus tard dans la nuit.

*

Je retrouvai George-Harrison au matin dans le hall de l'hôtel. La salle à manger était sinistre et il m'emmena à bord de son pick-up prendre un petit déjeuner en ville.

— Quel genre de menuisier êtes-vous ? lui demandai-je pour briser la glace.

— Je ne crois pas qu'il en existe beaucoup de sortes.

— Si, il y a ceux qui construisent des maisons, ceux qui fabriquent des meubles et ceux qui…

— Les premiers sont des charpentiers… Je n'ai peut-être tout simplement pas de père.

— Quel rapport ?

— Avec votre question, aucun, mais j'ai repensé toute la nuit à la lettre de ma mère. Si elle appelait la vôtre « mon amour », elle a peut-être fait appel à un procréateur anonyme, et le fameux drame, ce serait moi.

— Le drame, j'en doute, mais que vous soyez pathétiquement dramatique, ça oui. Et puis, si vous n'êtes pas déplaisant à regarder, de là à parler d'un trésor qu'il faille rendre à la lumière…

Je n'aurais pas dû éclater de rire après avoir dit ça, je l'avais vexé. La voiture s'arrêta à un feu rouge, George-Harrison se tourna vers moi, le visage grave.

— Ça ne vous trouble pas plus que cela d'imaginer que nos mères se sont aimées ?

— Ce ne sont pas les sentiments qu'elles pouvaient éprouver qui vous gênent et vous le savez pertinemment, c'est le mot pour qualifier leur relation que vous n'arrivez pas à formuler. Et puisque cela vous perturbe autant, n'oubliez pas que votre mère au moment où elle écrivait…

— N'avait déjà plus toute sa tête ?

— C'est une manie chez vous de finir mes phrases. Avait un certain âge, et le vocabulaire qui va avec. Amour ou amitié, qu'est-ce que cela peut bien faire ? Maintenant, allons au bout de votre raisonnement, je vais vous montrer qu'il ne tient pas la route. Admettons que nos mères soient amoureuses, elles décident d'élever un enfant, font appel à un procréateur anonyme, ou pas d'ailleurs, et au moment où la vôtre tombe enceinte, la mienne l'abandonnerait ?

— Et en quoi ce raisonnement ne tient pas la route ?

— Démarrez ! Vous n'entendez pas les klaxons ? Je sais que les hommes ont du mal à faire plusieurs choses en même temps, mais vous devriez pouvoir m'écouter en conduisant, même mon père y arrive et il n'y a pas plus distrait que lui.

Le pick-up avança de quelques mètres et se rangea sur le bas-côté.

— Vous avez quel âge ? lui demandai-je.

— Trente-cinq ans.

— Votre date de naissance ?

— 4 juillet 1981.

— Bien, alors votre raisonnement ne tient pas la route, car ma mère était rentrée en Angleterre avant que la vôtre ne tombe enceinte.

— Incapable de faire deux choses à la fois ? Vraiment ? Vous avez d'autres préjugés sur les hommes ?

— Il me semble que vous avez dû vous garer, vous avez même coupé le moteur.

— Parce que nous sommes garés devant l'endroit où je vous emmène prendre votre petit déjeuner, et un café vous fera le plus grand bien.

*

George-Harrison commanda des œufs Bénédicte, du bacon, des toasts et un grand jus d'orange, sans même avoir consulté le menu. Et je ne saurais dire pourquoi cela m'a beaucoup plu. Je me contentai d'une tasse de thé, il était impossible qu'il avale tout ça, je lui chaparderais un toast.

— Puisque je ne suis pas le drame évoqué par ma mère, reprit-il un sourire au coin des lèvres, de quoi pouvait-elle parler ? La vôtre a-t-elle jamais mentionné…

— Elle ne parlait pas de cette période de sa vie et nous ne lui posions aucune question. Par pudeur, elle était orpheline et nous savions que son passé était douloureux. Pas par pudeur en fait, plutôt par peur.

— De quoi ?

— D'ouvrir le rideau sur une scène que nous voulions occuper tout entière.

— Quelle scène ?

— La scène où l'on grandit. Et vous, que savez-vous du passé de votre mère ?

— Elle est née en Oklahoma, son père était mécanicien, sa mère femme au foyer. Mon grand-père était un homme rude, avare de gestes d'affection. Maman me racontait qu'il ne voulait jamais la prendre dans ses bras ni l'embrasser, sous prétexte qu'il avait du cambouis sur les mains et ne voulait pas la salir. La vie en Oklahoma était encore plus dure que lui et puis je crois que c'était une époque où les parents ne savaient pas manifester leurs sentiments. Elle s'est enfuie très jeune. Elle est arrivée à New York, la tête pleine des lectures qui avaient occupé son enfance. Elle a trouvé un emploi de secrétaire dans une maison d'édition. Le soir, elle suivait des cours de journalisme à NYU. Elle a postulé dans tous les journaux de la côte Est et a trouvé un job de documentaliste. Elle a quitté les États-Unis pour venir s'installer à Montréal quand elle m'a eu.

— Vous saviez qu'elle avait vécu à Baltimore à la fin des années 1970 ?

— Non, je l'ignorais. Elle n'a jamais parlé que de New York. Mais dès que je m'intéressais à la période où elle m'attendait, elle se fermait comme une huître et nous nous disputions. Qu'est-ce que vous êtes venue chercher ici ?

— Je n'en sais rien, je suis partie sur un coup de tête.

— C'est ce trésor qui vous intéresse ?

— J'étais déjà à bord de l'avion quand j'ai appris son existence. Je sais que c'est difficile à croire, mais j'ai découvert la lettre de votre mère dans la poche de mon manteau alors que je passais la sécurité.

— Alors, faites demi-tour, car le corbeau, comme vous l'appelez, doit être en Angleterre s'il peut vous approcher de si près.

— Et vous, qu'est-ce que vous recherchez ?

— Mon père, je vous l'ai déjà dit.

— Où se trouve la correspondance de ma mère ?

— Je n'en sais rien, ni même si elle existe encore. Vous voulez bien me restituer celle de la mienne ?

— J'ignore où elle est, si elle existe encore, et je ne sais pas non plus ce que nous pouvons faire maintenant.

Il y eut un long silence. Chacun regardait son assiette. George-Harrison me demanda de bien vouloir l'attendre et s'éclipsa. Par la vitrine, je le vis ouvrir la portière de son pick-up. S'il n'avait pas laissé son blouson, j'aurais pu croire qu'il me faussait compagnie, mais il revint s'asseoir devant moi et posa sur la table la photo que nous avions découverte au Sailor's Café.

— Le propriétaire du restaurant ne connaît pas l'histoire des photos qui décorent ses murs. Elles s'y trouvaient quand il a repris l'affaire. Seules les cuisines ne sont pas d'époque, à part un coup de peinture, la salle est restée dans son jus.

— Nous voilà bien avancés.

George-Harrison posa deux autres photos devant moi.

— Elles ont été prises le même soir, et sur celles-ci, on aperçoit clairement les visages de deux autres personnes.

— Comment avez-vous fait pour les voler ? je n'ai rien vu.

— Vous avez vraiment mauvais esprit. J'y suis retourné hier soir. Vous, je ne sais pas, mais je n'arrivais pas à dormir. Le patron fermait son restaurant, je lui ai expliqué que c'était ma mère sur cette photo.

— Et il l'a décrochée et vous l'a offerte comme ça, avec deux autres en prime juste pour vos beaux yeux ?

— Merci du compliment. Je lui en ai proposé vingt dollars, ça ne le dérangeait pas de s'en séparer. Il va refaire la salle cet hiver. Comment s'appelait ce journal déjà ? me demanda-t-il.

— *L'Indépendant*.

— Alors nous avons peut-être un début de piste. Si ce canard a été publié à Baltimore, nous devrions en retrouver une trace quelque part.

— J'ai déjà mené des recherches sur le Web, et il n'y en a aucune.

— Il doit bien exister un endroit où l'on archivait les journaux publiés à cette époque, vous qui êtes reporter, vous devriez le savoir.

J'ai tout de suite pensé à Michel.

— La bibliothèque municipale ! S'il en reste un exemplaire, nous le trouverons là-bas. L'ours sera une mine d'informations.

— Quel ours ?

— C'est la page où sont répertoriés les noms des principaux collaborateurs d'un journal.

Nous sommes remontés dans son pick-up, George-Harrison attendait que je lui indique une direction.

— 400 Cathedral Street, lui dis-je après avoir consulté mon iPhone.

— Je peux savoir ce qui vous met de si bonne humeur soudainement ?

— La bibliothèque où nous allons possède une collection d'éditions originales offertes par la famille d'Edgar Poe.

— Et c'est une bonne nouvelle ?

— Pas pour vous, mais pour moi, oui. Roulez !

Nous nous présentâmes à la réceptionniste. Elle n'avait pas la moindre idée de la façon dont elle pouvait nous aiguiller dans ce dédale de livres et de documents. Je regardai ma montre, il était quinze heures à Croydon et je connaissais quelqu'un qui pourrait m'aider.

Fidèle au poste, Véra me répondit immédiatement. Elle prit de mes nouvelles et se proposa d'aller chercher Michel. Mais c'était à elle que je voulais parler. Elle se sentit flattée quand je lui demandai comment fonctionnaient les archives d'un établissement similaire au sien, en un peu plus grand, lui avouai-je. Et où retrouver un exemplaire d'un hebdomadaire paru à la fin des années 1970.

— Au département des microfiches, me répondit-elle. C'était ainsi que l'on conservait les journaux dans le temps.

Si elle avait été près de moi, je l'aurais serrée dans mes bras.

— Vous êtes certaine que vous ne voulez pas que j'appelle Michel, il serait heureux de vous parler. Je le vois justement passer devant moi, ne quittez pas.

J'entendis murmurer… mon frère saisit l'appareil.

— Tu ne m'as pas donné de tes nouvelles, mais je savais que tu étais bien arrivée. J'ai regardé les informations et aucun avion ne s'est écrasé depuis ton départ.

— C'est un moyen comme un autre de vérifier que je suis en vie, lui répondis-je. J'ai tenté de te joindre plusieurs fois, mais tu ne réponds jamais.

— Logique, les téléphones portables sont interdits ici. Et j'éteins le mien quand je suis à la maison.

Je voulais pouvoir m'entretenir en privé avec mon frère, et je m'éloignai suffisamment de George-Harrison pour qu'il ne puisse pas entendre ma conversation.

— Michel, j'ai lu la lettre qui était adressée à Maman.

— Je ne veux pas que tu m'en parles, c'était notre pacte.

— Et je compte bien le respecter, mais tu m'as parlé d'un coffret dans lequel il y en aurait d'autres.

— Trente en tout.

— Si tu ne veux pas me les lire, tu pourrais me les expédier ici ?

— Non, Maman m'a ordonné de les garder toujours auprès de moi.

— Bon sang, Michel, Maman est morte, et j'ai besoin de ces lettres.

— Pourquoi ?

— Tu m'as reproché de m'intéresser aux autres, mais pas aux miens, je suis en train de rectifier ça.

J'entendis son souffle saccadé. Par ma faute mon frère était plongé dans un grand désarroi. Son esprit a besoin de logique, elle lui est indispensable pour prendre une décision. Rien ne peut être irrationnel dans le cheminement de sa pensée, et ce que je lui demandais le mettait face à une contradiction majeure, trahir sa mère ou permettre à sa sœur de réparer ce qu'il considérait être une injustice.

J'étais terrorisée, alors que je me trouvais loin de lui, à l'idée de provoquer l'une de ces crises où il se mettrait à trembler, gémissant en prenant sa tête dans ses mains. Je n'avais pas le droit de faire ça, de surcroît sur son lieu de travail et plus encore devant la seule femme avec laquelle il s'entendait bien, pour reprendre son expression. J'aurais voulu faire marche arrière, m'excuser d'être allée si loin, mais c'était trop tard ; Véra avait repris le combiné.

— Vous ne m'en voulez pas d'interrompre votre conversation, j'espère, mais j'ai besoin que Michel aille chercher certains ouvrages dans la grande salle.

Elle faisait preuve de plus de bienveillance et de jugeote que moi et je me sentis honteuse. Je la remerciai et m'excusai.

— Soyez tranquille, tout ira bien, murmura-telle. Si je peux vous aider d'une quelconque manière, j'en serais ravie, surtout n'hésitez pas.

Je ne pouvais pas lui demander d'intervenir auprès de mon frère pour qu'il m'envoie les lettres, encore moins qu'elle me les lise. Je pensais confier cette sale besogne à Maggie, mais comment s'y prendre sans que Michel apprenne que je l'avais trahi ?

Je raccrochai et retournai auprès de George-Harrison. Il m'attendait dans le hall d'entrée.

— Pouvons-nous avoir accès à la salle des microfiches ? demandai-je à la réceptionniste.

— Il faut justifier d'une qualité professionnelle qui vous y autorise. Vous êtes enseignante, universitaire ou chercheuse ?

Je présentai ma carte de presse, espérant qu'elle conviendrait. La réceptionniste l'étudia, dubitative. George-Harrison la complimenta sur sa tenue et lui demanda avec un toupet de tous les diables si elle accepterait de prendre un verre avec lui à la fin de son service.

— Vous n'êtes pas ensemble ? questionna-t-elle en rougissant.

— Oh non, répondit George-Harrison.

Presque gênée pour moi, elle attrapa un carnet à souche, détacha deux laissez-passer et nous les tendit.

— La pièce que vous cherchez se trouve au sous-sol, prenez l'escalier au fond de la salle et ne faites pas de bruit. Vous donnerez ces tickets à la personne qui s'occupe de ce département.

Nous traversâmes la bibliothèque. Contrairement à celle de Croydon, elle était immense et la modernité de ses installations aurait fait pâlir de jalousie Véra et mis probablement mon frère au chômage. La plupart des chaises étaient occupées, par de simples lecteurs, des étudiants et des chercheurs compulsant les écrans des terminaux posés sur les tables. Les claviers cliquetaient, comme une armée de petits rongeurs.

On nous installa devant un appareil d'une autre époque. Son écran noir surplombait une tablette transparente. J'avais déjà vu des visionneuses de cette sorte dans des vieux films, mais jamais en vrai. Le préposé en charge des archives alla fouiller un casier, puis un autre et un troisième avant de revenir avec une pochette en cellophane où apparaissaient huit images, si petites qu'elles auraient pu tenir dans le creux de la main.

— Il n'a pas dû connaître un grand succès, seul un numéro a été publié, me déclara le préposé.

Il glissa la pochette sur la tablette de la machine qu'il alluma. Devant mes yeux apparut la belle typographie de *L'Indépendant*. Il était daté du 15 octobre 1980 et je retins mon souffle en faisant défiler ses huit feuillets.

L'hebdomadaire ouvrait ses colonnes sur la campagne électorale qui battait son plein. Depuis plusieurs semaines, le président sortant et son challenger s'affrontaient dans des joutes d'une violence verbale encore jamais vue. Reagan ridiculisait la vision pacifiste de Carter, et Carter accusait Reagan d'être un dangereux extrémiste de droite dont les discours encourageaient la haine et le racisme. Le slogan du gouverneur de la Californie « L'Amérique est de retour », les promesses faites au consortium militaire, l'intention de restituer aux États un pouvoir accaparé abusivement par Washington offriraient aux républicains la Maison-Blanche et le Congrès, du jamais-vu depuis trente ans.

— Si les mêmes recettes fonctionnent, on va tout droit vers une victoire de Trump, maugréai-je.

— Il n'a aucune chance, ce type n'est pas crédible, me corrigea George-Harrison.

Je continuai de parcourir les pages. Les articles polémiques se succédaient. L'un sur les conséquences de la baisse des aides sociales, qui ferait exploser la misère dans le pays où trente pour cent de la population vivait en dessous du seuil de pauvreté. Un autre dénonçait le comportement de l'US Air Force après qu'un village avait été contaminé par l'explosion d'un missile balistique dans son silo. Un troisième faisait état de l'arrestation d'une journaliste qui avait refusé de révéler ses sources dans une affaire controversée de garde parentale. La dernière page était consacrée à la culture, *Evita* était la comédie musicale de l'année, Coppola présentait un film de Godard à New York, Ken Follett était numéro un sur la liste des best-sellers, Elizabeth Taylor monterait pour la première fois, à quarante-sept ans, sur les planches de Broadway.

Mais au bout de ma lecture, je n'avais pas trouvé l'ours. Je repassai les fiches en arrière, regardant la numérotation des feuillets, pour vérifier qu'il n'en manquait aucun. Il n'y avait pas d'ours. Ceux qui avaient écrit ce journal n'avaient pas souhaité dévoiler leurs noms. Les articles n'étaient signés que par des initiales.

— Quel est votre nom de famille ?

— Collins, me répondit George-Harrison.

— Alors, lui dis-je le doigt pointé vers l'écran, ce papier sur une usine qui avait empoisonné une rivière et les réservoirs d'eau potable attenants a probablement été écrit par votre mère.

George s'approcha de l'écran et lut les initiales « M. C. ».

— Je ne vois aucun papier écrit par ma mère. À moins qu'elle n'ait eu l'humour, en qualité de rédactrice en chef, de signer « Son Altesse Sérénissime » cet article sur les déconvenues d'une famille de notables…

— Peut-être n'était-elle pas journaliste ? On peut diriger une clinique sans être médecin.

— Peut-être, répondis-je, perplexe.

Je photographiai chaque page avec mon iPhone. Je voulais pouvoir lire, dans la quiétude de ma chambre, le journal que ma mère avait créé. C'était étrange, je ressentais sa présence, comme si elle était venue me donner son assentiment à poursuivre mes recherches.

— Et maintenant, que faisons-nous ? demanda George-Harrison.

— Je n'en sais encore rien, mais nous avons la preuve que *L'Indépendant* a existé. Il faut prendre le temps d'y chercher la moindre information qui nous mènerait vers une personne qui les a connues, un collaborateur du journal par exemple.

— Mais si aucun article n'est signé, comment pourrions-nous identifier qui que ce soit ?

Une idée tordue me traversa l'esprit, et des idées tordues, j'en ai plein la tête, alors une de plus ne me ferait pas courir grand risque. À parcourir les pages de *L'Indépendant*, on comprenait vite sa ligne éditoriale. C'était un journal d'investigation engagé.

Je me retournai vers le préposé, remarquant au passage que de travailler en sous-sol lui avait collé le même teint blafard que ses microfiches, et lui demandai de me fournir les éditions du *Baltimore Sun* parues entre le 12 et le 19 octobre 1980.

— Que faites-vous ? me demanda George-Harrison.

— Vous connaissez le dicton, « À Rome fais comme les Romains » ?

Je ne pouvais pas pondre un article sans me rendre sur les lieux que je devais décrire. Je me mis dans la peau des journalistes de *L'Indépendant*. Où étaient-ils allés chercher leurs informations sinon auprès des notables de l'époque : politiciens, membres de la haute société, professeurs. Et de quoi raffolaient tous ces éminents personnages ? De cérémonies officielles et de mondanités. Les articles et les photos des cahiers mondains parus dans le *Baltimore Sun* à la même époque me livreraient peut-être des visages, et avec un peu de chance, l'identité de ceux qui s'étaient mêlés à ces événements pour écrire leurs articles. À leur place, je ne m'y serais pas prise autrement.

24

Michel et Véra

Octobre 2016, Croydon

Véra ouvrit la porte du réfrigérateur. Chaque chose était à sa place. Les légumes dans leur bac, les laitages sur la clayette supérieure et le morceau de filet sur celle du milieu. Elle soupira en se regardant dans la vitre du micro-ondes, ôta ses lunettes, défit sa queue-de-cheval et ressortit de la cuisine. Dans le salon, Michel mettait le couvert sur la table basse en face de la télévision.

— Quelque chose ne va pas ? demanda-t-il.

Véra s'assit sur l'accoudoir du fauteuil et soupira encore.

— À quoi bon cette lettre, si tu conserves les autres ?

— À l'aider, sans trahir.

— Dans ce cas, pourquoi maintenant ? Je sais bien que tu avais une idée en tête en agissant ainsi. Tu ne laisses jamais de place au hasard.

— Parce que je n'ai jamais trouvé de preuve que le hasard existe. Je ne voulais pas qu'elle renonce à son enquête. Je suis certain que Maggie a essayé de la décourager. Bien qu'Elby prétende le contraire, notre petite sœur a une influence sur elle.

— Il n'était pas plus simple de tout lui dire ?

— Ce ne serait pas logique. Admettons que je trouve le moyen de me dédire de ma promesse et cela reste une supposition si… hasardeuse… que je pourrais m'en tenir à cette seule raison, mais admettons… Tout ce que je lui raconterais serait biaisé.

— Je ne vois pas pourquoi, protesta Véra.

— Lorsque je lis une bibliographie et que des faits m'interpellent, je cherche d'autres sources pour les vérifier. C'est ainsi que je peux m'approprier l'histoire. Mais si quelqu'un me raconte la même histoire, avec ses mots, ses intonations, les sentiments qu'il y met, c'est lui qui l'interprète à ma place et quelle que soit la justesse de son récit, l'histoire restera sienne. Elby doit trouver sa vérité et non la mienne. Je veux lui laisser toutes les chances de la découvrir par elle-même. Et puis il faut du temps pour accepter ce genre de choses. En ayant l'impression d'être aux commandes, elle aura plus de chance de s'en accommoder.

— Tu le crois vraiment ?

— Ce n'est pas facile de découvrir qu'on vous a toujours menti.

— Mais toi, tu as pardonné.

— Non, j'ai accepté, ce n'est pas pareil.

25

Eleanor-Rigby

Octobre 2016, Baltimore

Nous avions passé la journée à la bibliothèque, j'en avais profité pour acheter un ouvrage réunissant des fac-similés des documents offerts par la famille d'Edgar Poe. Mon rédacteur en chef serait comblé.

George-Harrison m'avait aidée à éplucher les colonnes du *Baltimore Sun*. Nous étions tous deux à l'affût du moindre indice permettant de faire avancer notre enquête.

Un article vantait la politique du maire, on lui devait le projet de renaissance des docks qu'il voulait transformer en lieu de villégiature pour attirer plus de touristes, la construction d'un nouveau palais des congrès qui avait ouvert ses portes quelques mois plus tôt pour attirer une clientèle d'affaires, un débat entre les deux candidats à l'élection présidentielle s'y tiendrait le 21. Le *Sun* relatait la confrontation qui opposait le maire au propriétaire des Colts, furieux du peu de moyens accordés au stade, dont la vétusté était flagrante. Ce dernier avait menacé de transférer son équipe ailleurs. Le 17, un incendie s'était déclaré dans la vieille ville, ravageant un collège et une partie de l'église presbytérienne.

Je lisais les pages culturelles, m'amusant des photos d'un concert donné par les Who – mon père les appelait des « sous-Beatles ». Baltimore devenait une scène majeure de la musique punk, hard rock et metal. J'aurais aimé vivre à cette époque, tout m'y semblait respirer la liberté.

— Attendez, dis-je soudain à George-Harrison, revenez en arrière.

George-Harrison tourna la molette du lecteur de microfiches, je l'arrêtai sur une page où une photo occupait la moitié de l'espace. On y voyait des gens costumés à l'occasion d'un bal masqué. La légende avait attiré mon attention.

« Une magnifique soirée pour célébrer les fiançailles d'Édouard Stanfield. »

— Stanfield…, dis-je en pointant l'écran, j'ai vu ce nom apparaître dans *L'Indépendant*.

— Oui, je m'en souviens, mais je ne sais plus ce qu'il racontait, répondit-il en bâillant.

Le préposé nous avait abandonnés, sans nous dire où il avait rangé les archives de *L'Indépendant*. J'en avais photographié les pages, je les relirais le soir dans ma chambre. George-Harrison se frottait les yeux, aussi fatigué que moi d'avoir si longtemps fixé cet écran.

Lors de notre dîner dans un bistrot du port, il répondit aux questions que je lui posai sur sa vie. Il me parla de son atelier, me révéla son habileté à vieillir les meubles, ce qui, quoi qu'il en dise, faisait de lui un faussaire, mais sur sa mère, il resta très discret.

Je me suis demandé à plusieurs reprises s'il ne flirtait tout de même pas avec moi. Non seulement il buvait mes paroles, souriait au moindre de mes traits d'humour, mais il me confia trouver ma famille si joyeuse qu'il aurait bien aimé la rencontrer un jour… Ce genre de propos n'est jamais innocent… Il perdait son temps. Un, il n'était pas mon type d'homme, et deux, j'étais bien décidée à suivre les conseils de Maggie.

La fin de la soirée me donna raison.

*

J'avais le moral en berne et je n'en pouvais plus de l'entendre me parler de sa famille. J'avais eu le malheur de lui poser quelques questions, par politesse, elle m'en avait elle-même posé quelques-unes, et avec ses préjugés sur la gent masculine, si je n'avais pas rendu la pareille, elle m'aurait accusé d'être la preuve vivante de notre égocentrisme. J'aurais mieux fait de ne pas m'en soucier et plus encore de me taire, car elle était intarissable. J'eus droit à un récit détaillé de la vie de son père, son diabète, sa passion pour les Beatles, sa vieille voiture ; de celle de sa sœur et de son petit ami restaurateur qui ne cessaient de s'engueuler ; et de celle de son frère bibliothécaire, qu'elle soupçonnait d'entretenir une liaison secrète avec une collègue de travail. J'avais déjà perdu ma journée à la regarder lire de vieux journaux, et pour quel résultat ?

— Je ne vous ennuie pas avec mes histoires ? s'inquiéta-t-elle, enfin.

— Mais pas du tout, au contraire, lui répondis-je courtoisement. J'aurais beaucoup aimé connaître une famille aussi pleine de vie que la vôtre. Vous ne les louez jamais ?

— Je sais, je suis bavarde, mais ils me manquent.

— Alors, continuez autant que vous le voulez.

— Si vous venez un jour en Angleterre, je vous les présenterai.

Est-ce qu'elle était en train de flirter avec moi ? Parce que ce genre de proposition n'est jamais tout à fait innocente.

— Pourquoi pas, répondis-je. Qui sait où cette enquête nous mènera ?

— Au Canada peut-être, après tout, c'est de là que les lettres anonymes ont été postées.

— Les premières, oui, mais la seconde que j'ai reçue a été envoyée de Baltimore.

— Pourquoi leur auteur s'est-il donné cette peine ? Il aurait très bien pu toutes les poster du même endroit.

— Pour brouiller les pistes. Ou bien tout simplement parce que lui aussi voyage.

— Vous croyez qu'il est à Baltimore en ce moment ? Il y a quelque chose d'effrayant à cela, vous ne trouvez pas ?

— Tant que nous ne connaîtrons pas ses intentions, je ne vois pas pourquoi nous aurions peur, et peur de quoi d'ailleurs ?

— De ne pas connaître ses intentions.

Elle marquait un point.

— Il voulait nous réunir, et il a réussi son coup, repris-je.

— Il voulait que nous apprenions que nos mères se connaissaient, et il a réussi son coup, il voulait aussi que vous partiez à la recherche de votre père et là aussi, il a réussi son coup, me répondit-elle du tac au tac.

— Non, ça, je l'ai toujours voulu.

— Désolée de vous contredire, sa lettre vous a forcé à passer à l'acte. Mais nous passons à côté de l'essentiel. À quoi tout cela lui sert ?

— Vous me posez vraiment la question ou vous connaissez déjà la réponse ?

Elle se pencha sur la table et plongea ses yeux dans les miens. Aucun doute, elle flirtait. J'étais célibataire depuis le départ de Mélanie, je n'ai jamais eu l'aplomb d'un séducteur, mais qu'une femme prenne les devants, je l'avoue, me déconcertait.

— L'argent, lâcha-t-elle d'un ton sec. Il veut que nous retrouvions l'argent qu'elles ont volé.

— Qui vous dit que c'était de l'argent ?

— Vous me posez vraiment la question ou vous connaissez la réponse ?

— Et pourquoi je connaîtrais la réponse ?

— Justement, je vous le demande !

— Vous vous méfiez encore de moi ?

— Soyez honnête, l'idée que ce soit moi qui vous aie écrit cette lettre anonyme ne vous a pas traversé l'esprit une seule fois ?

— Mon esprit n'est pas assez tordu pour qu'une idée pareille le traverse. Je vais aller dormir, et si demain matin vous me soupçonnez toujours d'être une ordure, nous n'aurons qu'à nous séparer. Chacun mènera ses recherches de son côté.

— Très bonne idée, me répondit-elle en se levant la première

Apparemment, elle ne flirtait pas du tout. Je réglai l'addition et la laissai en plan.

De retour dans ma chambre, je me couchai, dépité, fatigué et en rogne. Une nuit de sommeil me permettrait sûrement d'y voir plus clair. Sur ce point aussi je me trompais.

*

Mufle et sans le moindre humour. Il m'avait plantée comme une vieille chaussette. D'accord, il avait réglé l'addition, ce qui était élégant de sa part… et je l'avais un peu malmené. Il n'empêche que j'étais folle de rage. Maggie m'aurait dit que s'il n'avait rien à se reprocher, il ne serait pas parti comme un voleur. D'ailleurs, sa petite combine avec ses meubles prouvait qu'il n'était pas l'honnêteté incarnée. À moins que ce soit le contraire : il était parti parce que je l'avais vexé, et si je l'avais vexé c'est qu'il était innocent de ce dont je l'avais soupçonné.

Je rentrai à l'hôtel, espérant qu'une nuit de sommeil me remettrait les idées en place. Assise en tailleur sur mon lit, j'allumai mon ordinateur portable après m'être e-mailé les photos prises à la bibliothèque. Je m'apprêtais à relire *L'Indépendant* quand je me souvins d'avoir noté un nom sur un bout de papier. Je le retrouvai dans la poche de mon manteau et me plongeai dans la lecture de l'article qui lui était consacré.

Le clan Stanfield, dirigé par Hanna, épouse de Robert Stanfield, est l'un des plus puissants de Baltimore.
Robert Stanfield, héros de la Seconde Guerre mondiale, doit à sa femme d'être aujourd'hui l'un des marchands d'art les plus en vogue du pays.
Dans quelques jours se tiendra sous leur égide une prestigieuse vente aux enchères où seront présentés aux acheteurs venus du monde entier un Fragonard

(estimation 300 000 dollars), un La Tour (estimation 600 000 dollars), un Degas (estimation 450 000 dollars), un Vermeer (estimation 1 000 000 dollars).

C'est en France, en 1944, que Robert Stanfield a rencontré Hanna.

Revenu au pays à bord d'un navire avec celle qu'il épousera deux ans plus tard, alors qu'il est en disgrâce auprès de son père, Stanfield s'installe d'abord à New York avec son épouse.

En 1948, la galerie Hanna Goldstein ouvre ses portes sur Madison Avenue. La famille Stanfield ayant à l'époque de nombreux créanciers à ses trousses, c'est sous le nom de jeune fille d'Hanna que la dispersion d'une collection de tableaux dont elle était l'héritière permettra au jeune couple de s'établir dans le marché de l'art. Hanna Goldstein n'est pas étrangère à ce milieu. Son père, victime du nazisme, fut dans l'entre-deux-guerres un riche et réputé marchand, qui avait entre autres clients les Rockefeller et les Wildenstein. La galerie Hanna Goldstein prospérera rapidement. En 1950, après avoir apuré les dettes laissées par les parents de Robert Stanfield, décédés tragiquement dans un accident de voiture, Robert et son épouse rentrent à Baltimore. Hanna rachètera aux banques les hypothèques de la propriété familiale dont elle reprendra les rênes.

En 1951, la galerie ouvre une succursale à Washington, puis à Boston en 1952.

Les ventes s'y succèdent et la fortune des Stanfield devient considérable.

Marchands d'art, les Stanfield sont aussi devenus des magnats de l'immobilier. Ils ont largement contribué à la construction de notre golf ; une aile de l'hôpital

municipal porte le nom de Sam Goldstein en remerciement de la donation faite par sa fille lors de sa modernisation. Le clan est partie prenante d'un vaste programme de rénovation des docks, souhaité par la mairie. On les sait investis dans la construction du nouveau palais des congrès qui fait la fierté de la ville. Mais revenons à leur histoire, car si la vie privée des gens pas plus que leurs mœurs n'intéressent les lecteurs de notre journal, nous sommes en droit de nous interroger sur le bien-fondé de leur réputation lorsqu'ils ambitionnent de briguer le poste de gouverneur de l'État. Par exemple, sur l'héroïsme de Robert Stanfield dont les faits d'armes n'ont pourtant jamais été établis par le département des affaires militaires, ou sur les conditions dans lesquelles Hanna a hérité des tableaux de son père.
Comment de si précieuses œuvres d'art sont-elles arrivées aux États-Unis ? Où étaient-elles entreposées durant les heures noires de la guerre ? Comment la collection de Sam Goldstein a-t-elle réussi à échapper aux nazis dont le vol systématique des biens ayant appartenu à des familles juives est bien connu ? Qui a caché ses tableaux ? Qui a servi d'intermédiaire ? Comment Hanna Stanfield se les est-elle réappropriés ? Autant de secrets bien gardés par une famille qui ambitionne d'étendre son influence de la ville à l'État.
S.A.S.

J'ignorais qui avait paraphé cet article, mais j'avais assez de métier pour ne pas douter que son auteur l'ait écrit avec l'intention de nuire. Si, de nos jours, les suspicions qu'il soulevait n'auraient pas fait ciller grand monde, j'imaginais qu'au début des années 1980, il devait en être autrement. Une recherche sur Internet me permit de mettre la main sur une brève reproduite par un site d'archives. Robert Stanfield avait retiré sa candidature aux élections des gouverneurs américains au lendemain du terrible accident qui avait frappé sa famille. Le papier n'en disait pas plus. Je notai de rechercher la nature de ce drame.

26

Robert

Juin 1944

Le soleil n'était pas encore levé, mais la noirceur de la nuit s'estompait peu à peu. Les deux maquisards qui montaient la garde luttaient contre le sommeil. Le bois était tranquille, pas âme qui vive autour du pavillon de chasse.

Le relais n'était pas bien grand, mais suffisamment confortable. Au rez-de-chaussée, il y avait une pièce à vivre, avec près de la cheminée en pierre un plan de travail qui servait de cuisine, et une trappe dans le plancher qui menait à la cave. À droite, une porte ouvrait sur la chambre de Sam et sa fille, à gauche sur celle qu'occupait Robert. À l'étage, cinq partisans ronflaient sous les combles aménagés en dortoir. Il était cinq heures du matin, Robert sortit de son lit, se rasa promptement face au petit miroir de la cuisine et rangea son paquetage.

— Ne prends pas ton revolver, lui dit Titon, l'Italien. Si nous sommes contrôlés, ils nous fouilleront, nous devons avoir l'air de paysans du coin.

— Avec son accent vous auriez l'air de drôles de paysans du coin, ricana Maurice, si vous êtes contrôlés, qu'il donne ses papiers et se taise.

— Dépêchez-vous, reprit un troisième camarade, les portes de l'usine ouvrent à six heures, vous les franchirez en même temps que les ouvriers, c'est le seul moyen de ne pas vous faire repérer.

Titon et Robert devaient s'infiltrer dans la cartoucherie.

— Présentez-vous à l'atelier, dites au chef que les colombes sont passées dans le ciel ce matin, il vous remettra une musette avec ce qu'il faut à l'intérieur.

— Et ensuite ? demanda Titon.

— Ensuite, vous vous mêlerez aux autres et vous placerez discrètement les engins sous les chaînes d'assemblage.

Les engins étaient des tronçons de gouttières volées à la sauvette. Un bouchon boulonné de chaque côté, un trou pour laisser passer une mèche en amadou qui plongeait dans des bâtons d'ablonite récupérés par des mineurs sympathisants employés dans l'usine des carrières.

— À midi, les ouvriers sortiront dans la cour pour la pause. Vous allumerez les mèches, comptez une seconde par centimètre qui rougeoie, deux minutes en tout pour vous barrer. Quand ça pétera, vous profiterez de la débandade pour vous sauver.

Un chaudron était suspendu dans l'âtre de la cheminée, au-dessus des braises encore chaudes, Robert et Titon se servirent un bol de soupe. Il fallait se nourrir un peu, car ils ne regagneraient le relais qu'une fois la nuit revenue.

Les Goldstein sortirent de leur chambre. Sam vint serrer la main de Robert. Et finalement, il le prit dans ses bras pour lui murmurer à l'oreille :

— Soyez prudent, je n'ai aucune envie de tenir ma promesse.

Adossée à la porte, Hanna les observait, murée dans son silence. Robert lui fit un petit signe de la main, il attrapa son paquetage et sortit avec Titon.

Ils descendirent le chemin qui traversait le bois et enfourchèrent un tandem qui les attendait couché au pied d'un arbre en lisière de la route.

Titon s'était installé devant et Robert à l'arrière. Il lui demanda s'il y avait quelque chose entre la petite juive et lui. Personne n'était dupe de la façon dont elle le regardait.

— Elle est un peu jeune, tout de même, répondit Robert.

— *Il cuore pien di dibolesses*, soupira Titon.

— Je ne comprends pas.

— C'est du patois de chez nous, en trévisan cela veut dire que c'est bien malheureux que cette enfant ait le cœur plein de tristesse. Mais toi l'Américain, pourquoi tu es venu te battre si loin de chez toi ? demanda Titon.

— Je n'en sais rien, par rébellion contre mon père, je crois. J'avais le cœur plein d'idéaux romantiques.

— Alors tu es un véritable couillon. La guerre n'a rien de romantique.

— Toi aussi tu es venu combattre loin de chez toi.

— Je suis né ici, mes parents sont arrivés en 1925. Mais pour les Français, je serai toujours un étranger. Ils ne nous apprécient pas beaucoup. Je les ai toujours trouvés bizarres, nos parents nous embrassaient comme du bon pain, mais les Français n'embrassent jamais les leurs. Quand j'étais gosse, je croyais qu'ils ne les aimaient pas, mais en vérité, ils ne savent pas manifester leurs sentiments.

— S'ils ont tant de défauts, pourquoi tu te bats pour eux ?

— Je combats les fascistes, où qu'ils soient, et si un autre copain t'interroge sur les raisons de ton engagement, réponds-lui la même chose, ça vaut mieux pour toi.

Dix kilomètres plus tard, des gendarmes postés à un carrefour les arrêtèrent.

Titon et Robert présentèrent leurs papiers. Comme convenu, Titon fut le seul à parler. Ils étaient ouvriers et se rendaient à la cartoucherie. Il supplia le brigadier de les laisser passer, s'ils arrivaient en retard leur contremaître leur en collerait pour leur grade.

L'un des gendarmes s'approcha de Robert et lui demanda s'il avait perdu sa langue.

— Il est sourd-muet, répondit Titon à sa place.

Le brigadier leur ordonna de descendre de leur selle. Il bouscula Robert et le juron que ce dernier lâcha trahit ses origines.

À deux contre quatre, la partie était inégale, mais pas forcément perdue. Titon se rua sur le brigadier et lui balança un crochet qui le fit tomber à terre, Robert s'attaqua à un autre gendarme et réussit à le plaquer au sol. Le troisième lui décocha un coup de pied dans les côtes, qui lui coupa le souffle, puis un autre au visage et une talonnade au menton qui l'étourdit. L'Italien se jeta sur lui et le sonna d'un uppercut en pleine face, mais le quatrième gendarme dégaina son arme et tira à trois reprises.

Titon fut tué sur le coup. Les gendarmes traînèrent sa dépouille sur le bas-côté, laissant une longue trace de sang rouge sur la route. Robert fut menotté et jeté à l'arrière de leur camionnette.

Arrivé au commissariat, il fut déshabillé avant d'être ligoté sur une chaise, nu comme un ver. Trois miliciens se tenaient dans la pièce. Une femme qui avait été torturée se tordait de douleur, recroquevillée sur le sol. Robert n'avait encore jamais vu ce que la violence peut engendrer de souffrance, il n'avait jamais côtoyé sa saleté, l'odeur du sang mêlée à celle de l'urine. Un milicien lui flanqua une paire de gifles qui fit tomber la chaise. Ses deux acolytes la redressèrent et le milicien recommença. Leur manège dura une heure, sans qu'on lui pose une seule question. Robert s'évanouit par deux fois et par deux fois on le ranima en lui jetant un seau d'eau glacée sur le corps.

Puis, on le poussa vers un cachot. Dans le couloir, un homme était recroquevillé sur une paillasse, le torse et les jambes recouverts de plaies. Robert le regarda longuement. Le milicien s'écria :

— Vous vous connaissez ?

D'un regard à la dérobée, le résistant fit comprendre à Robert de ne pas le reconnaître.

À midi, on le reconduisit dans la salle de torture et on le tabassa. Les volées de coups pleuvaient. Un policier entra, il ordonna aux miliciens de cesser sur-le-champ et de quitter la pièce.

— Inspecteur Vallier, je regrette le traitement qui vous a été réservé, dit-il. Nous avons cru que vous étiez anglais, mais vous êtes américain, n'est-ce pas ? Je n'ai rien contre vos compatriotes, au contraire. Gary Cooper, John Wayne, ce sont tous de chics types.

Ma femme raffole de Fred Astaire. Moi je le trouve un peu efféminé, mais je dois avouer qu'il sait y faire avec ses pieds.

Et Vallier se fendit d'un petit numéro de claquettes pour détendre l'atmosphère.

— Je suis d'une nature curieuse, déformation professionnelle. Alors je me demande ce qu'un Américain pouvait bien fricoter sur un tandem en compagnie d'un terroriste. Et avant que vous ne me répondiez, laissez-moi partager avec vous les deux suppositions qui me viennent en tête. L'une, qu'il vous ait pris en stop et que vous ignoriez à quelle engeance appartenait ce traître. L'autre, vous l'accompagniez. Évidemment, elles n'ont pas les mêmes conséquences. Laissez-moi réfléchir encore avant de me prononcer… S'il vous a pris en stop, alors pourquoi pédalait-il seul sur un tandem ? Vous voyez, ça ne colle pas et c'est fâcheux. Parce que si mes supérieurs en venaient à se poser la même question, je ne saurais comment faire pour vous tirer de leurs griffes. Alors, avant qu'ils ne reviennent de leur déjeuner, je vais vous confier un petit secret. Il y a deux portes pour sortir du commissariat. L'une ouvre sur la courette, c'est là qu'on vous fusillera. Nos tribunaux sont déjà trop occupés à juger les terroristes français, et puis de toute façon, un Américain venu se joindre à eux sur notre sol n'aurait pas droit à un procès. Les agents étrangers sont passés par les armes manu militari. Maintenant, à vous de bien réfléchir à ce que vous allez me dire. Vous êtes jeune, vous avez la vie devant vous, il serait vraiment regrettable qu'elle se termine dans l'heure. Ah oui, suis-je bête, j'oubliais de vous parler de la seconde porte. Imaginons que vous me donniez quelques noms ainsi que l'endroit où vous vous planquez avec vos copains d'infortune, je me ferais le plaisir de vous ôter vos menottes et de vous reconduire jusqu'à la rue. Je considérerais que vos papiers sont authentiques et le jeune Robert Marchand pourra rentrer chez lui. Songez au bonheur de vos parents en vous retrouvant, vous avez peut-être même une jolie fiancée ?

L'inspecteur Vallier se tourna vers la pendule murale.

— Écoutez ce tic-tac, susurra-t-il en se touchant l'oreille. Mes supérieurs ne tarderont plus. Les gendarmes vous ont tendu un guet-apens, des patrouilles étaient postées à chaque carrefour sur cette route. Nous savons que vous êtes planqués quelque part dans les bois. Cela fait des semaines que les miliciens les arpentent pour vous loger, alors avec ou sans votre aide, ce n'est plus que l'affaire de quelques jours avant qu'ils vous débusquent. Mourir pour retarder de si peu l'inévitable, quelle bêtise, quel gâchis ! Et puis en vous confiant à moi, vous épargnerez la vie de vos amis. Si nous savons où leur repaire se trouve, leur arrestation se fera sans violence. Cernés, ils se rendront. Mais si les miliciens les surprennent au cours d'une patrouille, il y aura échange de tirs et effusion de sang, tout ça pour le même résultat. Faites preuve d'intelligence, sauvez votre peau et celles de vos camarades. Appelez quand vous aurez pris votre décision. Il vous reste un quart d'heure tout au plus.

27

Eleanor-Rigby

Octobre 2016, Baltimore

Lorsque George-Harrison apparut au matin dans la salle à manger, je lui parlai des Stanfield. J'avais passé une partie de ma nuit à chercher une trace de leur présence en ville sans avoir rien trouvé, pas même l'adresse de leur fameuse demeure. Me souvenant de la façon dont Maman avait retrouvé mon père à Croydon, j'étais allée à la réception pour y demander un annuaire. Le concierge m'avait dévisagée comme si c'était un objet incongru.

Dès qu'il eut avalé son café, je lui demandai s'il accepterait de m'accompagner à la mairie.

— Pas avant que vous n'ayez mis un genou à terre et m'ayez correctement demandé ma main, me répondit-il, guilleret.

Je me fendis d'un rictus, en l'assurant que s'il faisait un petit effort, j'essaierais de rire à sa prochaine plaisanterie. Arrivés à l'hôtel de ville, nous nous partagerions les tâches. À moi l'état civil, où je tenterais d'apprendre si Hanna et Robert étaient toujours en vie, à lui le service du cadastre pour localiser leur maison.

— En même temps, s'ils sont morts, on les trouvera forcément au cimetière.

— Si vous continuez d'être aussi drôle, je crains que la journée ne soit longue…

*

Le 100 North Holiday Street est un édifice de style Second Empire, véritable renaissance de l'art baroque avec son toit Mansard surmonté d'un dôme imposant. Au cours de mes voyages aux États-Unis, j'avais visité plusieurs bâtiments officiels d'architecture similaire. Pourtant, à l'intérieur nous nous perdîmes dans un vrai labyrinthe. Chacun de notre côté, nous frappions de porte en porte, mais sans jamais trouver la bonne. Après nous être croisés à trois reprises sous la rotonde, place giratoire d'où partaient les coursives desservant les ailes, nous décidâmes de faire équipe. Nous arpentions la coursive au deuxième étage lorsqu'une femme, nous voyant revenir sur nos pas et devant nos mines dépitées, eut la bonté de nous orienter.

Elle semblait bien connaître les lieux. Elle s'approcha de la balustrade et désigna un couloir à l'étage inférieur.

— Cap au sud, s'exclama-t-elle en pointant la direction. Au bout, tournez à droite, puis à gauche et vous y serez.

— Nous serons où exactement ? demanda George-Harrison.

Eh bien à l'état civil, mais dépêchez-vous, il ferme à midi.

— Et comment atteindre l'escalier ?

— Pour cela, cap au nord, dit-elle, en se retournant. Vous descendez les marches et une fois arrivés au premier étage, vous repartez dans la direction opposée, contournez la rotonde et poursuivez tout droit.

— Et pour le cadastre ? demandai-je.

— Vous n'auriez pas entendu parler d'une vieille famille de Baltimore qui porte le nom de Stanfield ? intervint George-Harrison.

La femme releva un sourcil et nous invita à la suivre. Nous empruntâmes l'escalier, et atterrîmes au rez-de-chaussée, au beau milieu de la rotonde, notre point de départ. Six alcôves étaient creusées dans le mur circulaire, abritant six statues. La femme désigna celle d'un homme en redingote et haut-de-forme d'albâtre, se tenant fièrement, la main posée sur le pommeau d'une canne.

— Frederick Stanfield, 1842-1924, annonça-t-elle amusée. Si c'est lui que vous cherchez, cette plaque vous épargnera une visite à l'état civil. Il fut l'un des fondateurs de la ville et a contribué en sa qualité d'architecte à l'érection de ce bel édifice. Les premiers plans furent soumis juste avant la guerre civile, la construction démarra en 1867 et s'acheva huit années plus tard. Et tout cela pour la bagatelle de huit millions de dollars, de l'époque. Une véritable fortune. Pour avoir une idée de ce que cela représenterait aujourd'hui, il faudrait multiplier la somme par cent. Un quart suffirait à boucler mon budget.

— Pardonnez ma curiosité, dis-je, mais qui êtes-vous ?

— Stephanie Rawlings-Blake, répondit la maire de Baltimore, ravie de vous accueillir. Surtout, ne me croyez pas plus savante que je ne le suis, je passe devant ces statues à longueur de journée.

Nous l'avons remerciée chaudement, et avant de la laisser, je n'ai pas pu m'empêcher de lui demander si des Stanfield vivaient encore à Baltimore.

— Je n'en ai aucune idée, répondit-elle, mais je connais quelqu'un qui pourrait vous renseigner.

Elle prit son portable et s'assura que j'avais de quoi noter avant de me communiquer un numéro de téléphone.

— Le professeur Shylock est notre mémoire vivante, il connaît l'histoire de Baltimore comme personne et l'enseigne à l'université Johns Hopkins. C'est un homme très occupé, mais appelez-le de ma part, je suis certaine qu'il vous aidera. Il n'est plus à un service près, il écrit tous les discours barbants que je prononce aux diverses inaugurations. Mais, ça, ne le lui répétez pas. Maintenant, je vous quitte, un conseiller municipal m'attend.

Elle s'en alla aussi discrètement qu'elle était apparue.

— Surtout, ne me remerciez pas, bougonna George-Harrison.

— Vous remercier de quoi ?

— D'avoir eu la présence d'esprit d'interroger le maire et de nous avoir évité de perdre encore une journée.

— Parce que vous saviez qu'elle était maire, peut-être ? Non, mais qu'est-ce qu'il ne faut pas entendre. Et pour votre gouverne, notez que si nous n'étions pas allés à la bibliothèque, nous n'aurions jamais connu l'existence des Stanfield.

— Un, vous êtes d'une mauvaise foi incroyable, deux, pour votre gouverne, notez que dire merci n'a jamais arraché la langue de personne, et trois, qu'est-ce que nous en avons à faire de vos Stanfield ?

— Si vous m'aviez écoutée ce matin, vous ne me poseriez pas la question. Hanna et Robert Stanfield étaient de grands collectionneurs d'art, impliqués dans les affaires immobilières de la ville, dont ils furent également de généreux donateurs. Or, personne ne parle d'eux. Les seuls articles parus à leur sujet se trouvaient pour l'un dans *L'Indépendant* et l'autre dans le *Sun*. Un entrefilet pour annoncer que Robert Stanfield renonçait à se présenter au poste de gouverneur. M. Stanfield se prive d'une carrière de gouverneur en raison d'un drame qui aurait frappé sa famille, mais pas une ligne de plus qui en précise la nature. En politique, le silence est ce qu'il y a de plus cher à obtenir. Cela vous donne un aperçu du pouvoir dont ils jouissaient.

— D'accord, les Stanfield étaient des gens puissants, en quoi cela nous concerne-t-il ?

— Dans sa lettre, votre mère évoquait un drame… alors, reliez les points et dites-moi que vous ne trouvez pas cela suspect ? Mais si vous avez une meilleure piste, je vous écoute.

George-Harrison agita devant moi les clés de son pick-up.

— Alors, en route pour l'université Johns Hopkins. Vous appellerez le professeur Shmolek en route.

— Shylock ! Et admettre que je suis une bonne journaliste ne vous arrachera pas la langue !

*

Le professeur nous reçut en milieu d'après-midi. La recommandation du maire nous ouvrit la porte de son bureau, non sans mal. Sa secrétaire m'avait presque raccroché au nez, mais George-Harrison, après m'avoir confisqué mon portable, nous avait obtenu un rendez-vous.

À la fin du cours, Shylock ramassa ses notes ; les rares élèves présents dans l'amphithéâtre se levèrent sans bruit. Il se gratta la gorge et descendit de l'estrade en grimaçant. Ses cheveux blancs recouvraient l'arrière de son crâne, sa barbe grisonnante était drue, son costume n'avait plus d'âge, mais c'était malgré tout un vieil homme élégant. Lorsque nous nous présentâmes, il prit un air exaspéré, et promena ses lunettes dans les airs pour nous indiquer de le suivre.

Son bureau sentait la cire et la poussière, il nous désigna les deux fauteuils libres et s'installa dans le sien. Puis il ouvrit un tiroir, prit un tube d'antalgiques et en avala deux.

— Saloperie de sciatique, grommela-t-il. Si vous êtes là pour un conseil d'orientation concernant votre avenir, en voici un : mourez avant de vieillir !

— C'est très gentil de votre part, mais hélas, nous n'avons plus tout à fait l'âge d'être des étudiants, répondit George-Harrison.

— Parlez pour vous ! répondis-je.

Shylock posa ses lunettes sur son nez et nous observa tour à tour.

— Mouais, il n'a pas tort, conclut-il en se frottant le menton. Si ce n'est pas le professeur que vous êtes venus enquiquiner, que puis-je faire pour vous ?

— Nous renseigner sur les Stanfield.

— Je vois, dit-il en se redressant, et sa grimace fut effroyable. Le plus petit fragment d'histoire impose à l'historien de lui accorder le plus grand travail. Et ce travail commence dans les livres. Je ne cesse de le répéter à mes élèves. Si la vie de Frederick Stanfield vous intéresse, fréquentez la bibliothèque avant de me faire perdre mon temps.

— Hanna et Robert, les derniers de la lignée. Ce sont eux qui nous intéressent et je n'ai rien découvert à leur sujet. Ce n'est pas faute d'avoir mené des recherches sur Internet, j'y ai consacré une partie de ma nuit.

— Magnifique, j'ai en face de moi une future grande historienne. Elle a consacré une partie de la nuit à fouiller l'encyclopédie des âneries. Ce que vous pouvez être sotte ! N'importe qui écrit n'importe quoi dans votre fourre-tout atmosphérique. Le premier abruti déverse sa prose, publie ce qui lui passe par la tête sans la moindre probité, et l'on ne s'étonne même pas des tissus de mensonges et de contre-vérités qui foisonnent sur votre Toile. Allez-y, affirmez demain que George Washington dansait le tango comme personne et cent crétins reprendront cette information à leur compte. Bientôt, on ira demander à Google à quelle heure il faut aller pisser pour prévenir le cancer de la prostate. Enfin, vous êtes recommandés par quelqu'un à qui je suis redevable, ce qui fait de moi votre obligé, alors autant perdre le moins de temps possible. Que souhaitez-vous apprendre sur les Stanfield ?

— Ce qu'ils sont devenus.

— Eh bien comme tout le monde à partir d'un certain âge, ils sont morts, ça vous arrivera aussi.

— Il y a longtemps ? intervint George-Harrison.

— Robert Stanfield est décédé dans les années 1980, je ne connais plus l'année exacte, sa femme un peu plus tard. On a retrouvé sa voiture dans les eaux des docks. La douleur l'avait rendue désespérée, nul doute qu'elle s'est suicidée.

— Vous avez lu cela sur Internet ou vous en avez la preuve formelle ? demanda George-Harrison.

Pour son aplomb face à ce vieux ronchon mal embouché, il gagnait dix points dans mon estime.

Shylock releva la tête et posa sur lui un regard de procureur.

— Dites donc, vous ne manquez pas d'air de me parler sur ce ton.

— Et pourtant, l'air se fait rare depuis que nous sommes entrés dans votre bureau, enchaîna mon camarade…

Et dix points de plus.

— Certes, je n'ai pas fait preuve d'une grande civilité à votre égard. Le jour où votre hanche vous fera souffrir autant que la mienne, nous verrons bien de quelle humeur vous serez. Non, je n'en ai pas la preuve formelle, et personne n'a filmé le congrès de Philadelphie en 1774 et pourtant nous savons ce que les pères fondateurs y ont accompli. L'histoire s'écrit à partir de déductions, de recoupements de faits et de situations. Et pour revenir à celle de la femme qui vous occupe, ce que je sais, c'est qu'elle a réuni un matin son personnel, a réglé leur solde et quitté sa maison pour ne jamais y revenir. Croyez-vous que quelqu'un de son rang se soit offert une traversée du pays en stop ?

— Quel drame avait frappé les Stanfield ? demandai-je.

— Mettez drame au pluriel. La guerre pour commencer, avec ses traumatismes, la disparition de leur fille aînée, puis celle d'Édouard qui a éteint la dynastie des Stanfield. Hanna, comme bien des mères, vouait une passion à son fils. Il était tout pour elle. La splendeur des Stanfield s'est éteinte en quelques mois. Des accusations circulaient à voix feutrées : au sujet du vol dont ils avaient été victimes, on évoqua une tentative d'escroquerie aux assurances. Sur les circonstances de l'accident d'Édouard qui se produisit à quelques semaines de son mariage, on murmura que ce n'était pas un accident. Enfin, sur cette vente aux enchères annulée au dernier moment, on prétendit que le catalogue avait été gonflé. Cela fait beaucoup de rumeurs pour une ville de province. Les Stanfield menaient grand train, et soudain les gens de leur rang ne voulaient plus avoir affaire à eux. Leur fortune s'étiola et je suis convaincu qu'Hanna Stanfield préféra la mort à la solitude et au déshonneur. En peu de temps, elle avait tout perdu : sa famille et sa fortune. Robert, le premier, mort d'une attaque, et encore, de mauvaises langues racontaient qu'elle l'avait empoisonné. Une véritable ignominie quand on sait qu'il s'est écroulé dans les bras de sa maîtresse.

— Pourquoi la presse n'a jamais rien publié à leur sujet ?

— Je vous le répète, Baltimore est une ville de province. Mme Stanfield y avait des détracteurs, mais aussi des amis puissants. Je suppose que les rédacteurs en chef de notre presse locale ont eu la dignité de ne pas l'accabler plus encore. Elle les avait beaucoup gâtés au temps de sa splendeur.

— Qu'auraient-ils pu écrire ? demandai-je.

— Plus de trente années se sont écoulées depuis les faits que je vous ai rapportés. En quoi les Stanfield vous intéressent-ils ?

— C'est une longue histoire, soupirai-je. Vous avez dit que l'histoire s'écrivait à partir de déductions, de recoupements de faits et de témoignages, alors j'essaie de recouper des éléments.

Shylock se rendit à la fenêtre. Le regard tourné vers la rue, il avait l'air ailleurs, comme plongé dans un passé, pas si lointain.

— Je les ai croisés à quelques reprises dans des soirées mondaines, un professeur d'université qui veut faire carrière doit savoir se montrer de temps à autre. Mais je ne les ai rencontrés qu'une seule fois en privé. Je m'étais mis en tête de publier un ouvrage réunissant les biographies des figures fondatrices de Baltimore. Je ne l'ai jamais achevé. Robert était l'unique descendant de Frederick Stanfield. Je l'avais sollicité et il m'avait reçu chez lui. C'était un homme réservé, mais généreux de sa personne. Il m'avait fort bien accueilli, m'ouvrant sa bibliothèque et me servant un incroyable whisky. Un Macallan Fine de 1926. Même à cette époque, je doute qu'il en restât plus de dix bouteilles dans le monde. Alors avoir la chance d'y goûter rien qu'une fois dans une vie vous procure une sensation inoubliable. Nous avons beaucoup parlé et ma curiosité m'a poussé à l'interroger sur son propre passé. Je l'ai questionné sur son engagement durant la Seconde Guerre mondiale. Robert était parti combattre en France avant le débarquement, ce qui était assez rare pour être remarquable. La plupart de nos compatriotes envoyés en Europe début 1944 étaient stationnés en Angleterre. Je savais qu'il avait rencontré sa femme à ce moment-là et je rêvais secrètement de relater leur histoire dans mon livre, établissant par là une sorte de continuité temporelle entre le glorieux passé de son ancêtre et le sien. Alors que j'abordais le sujet, son épouse est entrée, Robert s'est tu aussitôt et a écourté notre entretien. J'ai recueilli pas mal de témoignages dans le cadre de mon métier, cuisiné des gens comme vous le faites en ce moment avec moi, mais je ne saurais vous dire pourquoi les Stanfield se voulaient si discrets. Ce dont je ne doute pas, c'est de l'influence qu'exerçait Hanna sur les siens. Il m'aura suffi de quelques instants dans ce bureau en leurs deux compagnies pour être renseigné sur son autorité. Elle était la régente et décidait de tout. C'est elle qui m'a raccompagné à la porte. De façon courtoise, mais assez ferme pour que je sente que je n'étais plus le bienvenu. Que pourrais-je vous dire d'autre ? Le reste relèverait de potins et ce n'est pas mon domaine.

— Puisque vous vous y êtes rendu, pouvez-vous me dire où se trouve cette maison ?

— Plus qu'une maison, c'était une demeure. Je suis membre de la haute société de préservation des sites historiques, mes collègues et moi avions vivement protesté quand l'un de ces promoteurs sans vergogne a obtenu le permis de la détruire, pour construire à sa place un luxueux condominium. Toutes ces magouilles réduisent à néant notre patrimoine historique et pour le seul bénéfice de quelques privilégiés. La corruption et la cupidité sont des fléaux dans cette ville. Le précédent maire s'y est brûlé les ailes, mais celle qui le remplace est une personne intègre. Sans cela, sa recommandation ne vous aurait pas permis de me voir en dehors de mes cours. D'ailleurs, l'heure tourne et je dois y retourner.

— Comment était cette demeure ? insistai-je.

— Cossue, richement meublée, remplie de toiles de maître, une splendeur qui n'est plus, hélas.

— Qu'est-il advenu de cette collection d'œuvres d'art ?

— Mme Stanfield s'en est séparée, par nécessité, je suppose. Non sans difficulté pour les raisons que j'évoquais précédemment. Je suis désolé de vous décevoir, mais il ne reste rien de leur existence, elle s'est dissoute dans le temps.

Shylock nous raccompagna à la porte de son bureau et nous souhaita bon vent.

Dans son pick-up, George-Harrison resta silencieux, avant de démarrer et de prendre la route. Dix minutes plus tard, ce fut mon tour de lui demander où nous allions.

— Je reconnais qu'en matière de drame, les Stanfield ont été servis, mais ils ne sont pas les seuls dans ce cas, de là à conclure…

— C'est bon, vous avez gagné, je pensais la même chose. Je me suis fourvoyée, et le pire, c'est que je ne sais plus dans quelle direction me tourner.

— Pourtant, reprit George-Harrison en se garant devant le commissariat, dans les propos de votre professeur Schmolek, une phrase a fait tilt.

— Le vol dont il a parlé ? J'y ai aussi songé. Mais comme pour les drames, il s'en produit plus que de jours dans une ville de cette taille et des escroqueries aux assurances aussi.

— Exact. C'est le whisky qu'il a cité, un Macallan Fine de 1926.

— Vous êtes amateur ?

— Non, ma mère non plus, et pourtant elle en possédait une bouteille. Toute mon enfance, je l'ai vue posée sur l'étagère du buffet. Chaque année, au mois d'octobre, elle s'en servait un minuscule fond de verre. Maintenant que j'en connais la valeur, je comprends mieux pourquoi. J'avais fini par lui demander à quoi rimait ce manège, elle n'a jamais voulu me répondre.

— Je vais me faire l'avocate du diable, mais il doit y avoir autant de bouteilles de ce whisky que de drames et de vols.

— Pas de 1926. Il n'en restait dans le monde qu'une dizaine tout au plus nous a confié le professeur, et il avait l'air de s'y connaître. Je ne crois pas à une coïncidence. Le Macallan que possédait ma mère provenait de la cave de Robert Stanfield.

— Vous pensez que c'est le trésor évoqué dans la lettre ?

— Nous pourrions nous renseigner sur le prix d'un tel cru, mais j'en doute. Remarquez, ce serait assez risible, car je peux vous assurer qu'elle l'a bu jusqu'à la dernière goutte. J'ai l'impression que nous suivons un chemin tout tracé, et j'aimerais savoir qui nous y promène pas à pas.

— Vous suggérez que notre rencontre à la mairie n'était pas fortuite ?

— Je n'irais pas jusque-là, mais celle avec Shmylek.

— Shylock !

— La mémoire vivante de cette ville selon les termes de Mme le maire. Des lettres anonymes nous réunissent devant une photo de nos mères. Cette photo nous conduit aux archives de *L'Indépendant*. *L'Indépendant* nous dirige vers les Stanfield. Tôt ou tard, nous aurions fini par découvrir l'existence de la statue. Autant d'indices qui nous menaient à votre professeur.

— Vous le soupçonnez ?

— Pourquoi pas. Qui mieux que lui pourrait savoir ce qu'il s'est vraiment passé dans la demeure des Stanfield ?

— Sa difficulté à marcher expliquerait qu'il ait choisi de nous mener jusqu'à lui. Mais comment aurait-il établi le lien avec nous, obtenu nos adresses ? Comment aurait-il su que vous recherchiez désespérément votre père, autant de choses sur nos vies, jusqu'à connaître le prénom de ma sœur ?

— Supposons qu'il en sache un peu plus qu'il ne le prétend sur ce vol. Supposons encore qu'il suspecte nos mères de l'avoir commis. Cela pourrait coller avec la teneur de la lettre, le voilà votre lien. Pour le reste, il n'est peut-être pas si réfractaire à Internet qu'il le prétend, et puis il s'est vanté d'avoir cuisiné pas mal de gens dans le cadre de son métier.

— Il en voudrait au trésor ? Il ne m'a pas donné l'impression d'être attiré par l'argent, son costume semblait aussi usé que son crâne.

— Pour quelqu'un animé d'une véritable passion, l'argent peut être secondaire. Le professeur s'est également targué d'être un membre éminent de la haute société de conservation du patrimoine. Ou quelque chose dans le genre. C'est peut-être un objet d'une grande valeur historique qui a été dérobé et il se sera donné pour mission de le retrouver.

— Bravo, vous auriez fait un remarquable journaliste d'investigation.

— Vous ne venez pas de me faire un compliment, par hasard ?

L'ironie dans son regard le rendait terriblement séduisant. Ce n'était pas la première fois pour être honnête. J'ai eu envie de l'embrasser, je ne l'ai pas fait.

L'ombre de Maggie rôdait, pourtant, ce n'était plus de George-Harrison dont je me méfiais, mais de moi. J'ignorais où cette aventure me mènerait, si tant est qu'elle aboutisse un jour. Et mes jours à Baltimore étaient comptés. Ma rédaction ne me laisserait pas y rester éternellement. Flirter avec George-Harrison ne ferait que compliquer les choses, même pour une passade.

— À quoi pensez-vous ? s'enquit-il.

— À rien, je me demandais pourquoi vous vous étiez garé devant le commissariat.

— Vous allez vous servir de votre carte de presse et faire un numéro de charme au flic qui nous recevra, pour qu'il nous ouvre les archives de la police. Avec un peu de chance, nous retrouverons le procès-verbal de la déclaration de ce vol et surtout la nature de ce qui a été dérobé.

— Et si le flic est une femme ?

— Alors je ferai de mon mieux.

— Je vous ai vu à l'œuvre, pour quelqu'un qui prétend ne pas être un séducteur, vous vous débrouillez très bien.

28

Sally-Anne

Octobre 1980, Baltimore

Sally-Anne fut stupéfaite en entrant dans le loft. Une vingtaine de photophores, simples bougies posées au fond d'un verre, dessinaient un chemin jusqu'à la chambre. Elle leva les yeux au ciel et soupira. May avait fait preuve d'un romantisme touchant, mais Sally-Anne voyait dans ce genre d'attentions une forme d'obligation au bonheur qu'elle trouvait dérangeante, un excès de sentiments qui la mettait en porte à faux. Elle n'avait pas le cœur à ça. Elle s'étonna de voir des débris de vaisselle joncher le sol. Elle fit attention où elle posait les pieds et toqua à la porte.

May avait des traînées de Rimmel sur les joues, elle était assise en tailleur sur le lit, un journal posé sur les genoux.

— J'avais placé tant de confiance en toi, comment as-tu pu me faire ça ? demanda-t-elle dans un mélange de défiance et de tristesse.

Sally-Anne devina que May avait fini par découvrir la volte-face de la banque et le pouvoir ignoble de sa mère. Elle avait tenu son désaveu secret, non par fierté ou par goût du mensonge, mais parce qu'elle voulait par vengeance publier au moins le premier numéro de *L'Indépendant*. Il serait alors temps d'informer son équipe que ce serait aussi le dernier et que tout le monde était au chômage. Prendre de court ses collaborateurs n'était pas très fair-play, mais avec la rage au ventre, on ne pense pas à ce genre de considération.

— Et c'est pour atténuer ta colère que tu as cassé notre vaisselle ?

— J'espérais que ça me calmerait, ce n'est pas le cas.

— Je suppose que c'est Édouard qui te l'a dit ?

— Ton frère est bien trop lâche, c'est une ordure.

— Tu ne m'apprends rien, répondit Sally-Anne en avançant jusqu'au lit.

Elle s'assit sur le rebord et regardant le tee-shirt de May qui épousait la forme de ses seins, elle ressentit du désir, peut-être aussi en raison de la tension qui flottait dans l'air.

— Pourquoi ne m'as-tu rien dit ? reprit May.

— Pour te protéger.

— D'être aussi humiliée… ou pour me prouver que tu avais raison de me mettre en garde ? Ta vanité te rend à ce point cruelle ? Tu le détestes, alors pourquoi as-tu choisi de le protéger à mes dépens ?

Prise d'un doute, Sally-Anne ôta le *Baltimore Sun* des genoux de May avant d'y poser sa main.

— De quoi parles-tu ?

— Oh, je t'en prie, arrête de mentir. Tu as fait assez de dégâts comme ça, ne me prends pas en plus pour une imbécile, soupira May.

— Tu veux la vérité ? Il nous reste juste de quoi payer le papier et l'imprimeur, nous ne pourrons pas régler le loyer et encore moins les salaires, c'est pour cela que je n'ai rien dit. Avec ton honnêteté, tu ne m'aurais jamais laissée faire et tu aurais congédié l'équipe. Et puis, tes ébats avec mon connard de frère te rendaient si heureuse, je ne voulais pas gâcher ton bonheur, même s'il m'exaspérait. J'ai eu tort, je te demande pardon, mais je t'en supplie, restons complices jusqu'au bout de cette aventure. Nous devons le publier et si tu n'arrives pas à me pardonner, nous nous séparerons ensuite.

May se redressa dans le lit, les yeux hagards.

— Maintenant c'est moi qui aimerais bien savoir de quoi tu parles.

Les deux femmes échangèrent un regard de défiance et d'incompréhension. Sally-Anne dégaina la première.

— Du dernier coup fourré de ma mère, qui s'est arrangée pour que le crédit nous soit refusé, de quoi veux-tu que je parle ? Nous sommes criblées de dettes, et ce n'est pas le chèque qu'elle m'a jeté au visage qui nous permettra de les rembourser. Tu n'aurais pas dû briser la vaisselle, nous n'avons même plus de quoi la remplacer. Je n'ai pas d'autre secret pour toi.

May se pencha pour ramasser le *Baltimore Sun* au pied du lit. Elle le tendit à Sally-Anne en lui montrant l'entrefilet qu'elle avait entouré.

C'est lors d'un bal masqué qui se tiendra dans la demeure de M. Robert Stanfield et de son épouse Hanna à la fin du mois que seront célébrées les fiançailles de leur fils Édouard avec Mlle Jennifer

Zimmer, fille de Fitzgerald et Carol Zimmer, héritière de la banque qui porte leur nom.

— Je n'ai pas été invitée, hoqueta Sally-Anne, ils m'ont tenue à l'écart des fiançailles de mon propre frère. Et toi tu as appris cela dans le journal ? soupira-t-elle, défaite.

Elle s'approcha de May et l'enlaça.

— Je te jure que je n'en savais rien.

May se laissa bercer dans ses bras, joue contre joue.

— Je ne sais pas laquelle de nous deux se sent la plus humiliée.

— Ils m'ont répudiée comme si j'étais une catin.

May se leva et invita Sally-Anne à la suivre. Depuis la porte de leur chambre, elles voyaient la lumière des photophores se refléter sur les éclats de porcelaine.

— J'avais préparé un dîner pour ton frère. Trois fois je l'ai appelé et trois fois, votre majordome m'a répondu que M. Édouard était en rendez-vous, me promettant de lui transmettre mon message. Je lisais le journal en l'attendant et c'est ainsi que j'ai compris qu'il ne viendrait pas. Tu peux imaginer plus cruel ? Je crois que sa lâcheté me rend plus furieuse encore que ses mensonges. Dire qu'il m'a emmenée sur son île en me jurant qu'il m'aimait. Quelle conne, et je t'en prie, ne me dis pas que tu m'avais avertie.

— C'est encore pire que tu l'imagines. Ce n'est pas de la lâcheté, c'est un complot que ma mère et mon frère ont ourdi ensemble. Pendant qu'il t'éloignait de moi, elle nous poignardait. Sa fille dans le dos, toi dans le cœur.

L'évocation du pouvoir maléfique d'Hanna Stanfield fit régner le silence dans le loft.

— Allons nous asseoir, finit par dire May. J'ai préparé un bon dîner, et un couvert nous attend sur mon bureau.

Elles prirent deux chaises et s'installèrent face à face.

— Nous n'allons pas en rester là, souffla Sally-Anne, rageuse.

— Nous sommes trahies, ruinées, alors que veux-tu que nous fassions ?

May repensait à son week-end sur l'île de Kent. Quelques jours plus tôt elle était heureuse, mais Édouard lui avait confisqué son bonheur. Sally-Anne observait la partie du loft que Keith avait aménagée en salle de rédaction. Quelques jours plus tôt *L'Indépendant* y naissait, mais sa mère le lui avait volé.

— Nous allons récupérer ce qui nous appartient, lâcha-t-elle.

— Tu peux garder ton salopard de frère.

— Je ne pensais pas à lui, mais au journal.

— Sans argent, comment comptes-tu t'y prendre ? demanda May en se rendant vers la gazinière.

Elle alluma le brûleur pour réchauffer sa soupe de cresson.

— Mon père conserve une petite fortune en bons du Trésor dans son coffre. C'est un moyen de paiement dont raffolent les amateurs d'œuvres d'art quand ils ne veulent pas rendre de comptes au fisc. Officiellement, on revend un tableau le prix qu'il vous a coûté et les plus-values imposables sont réglées ainsi. Ni vu ni connu. Les bons sont anonymes et s'échangent en espèces trébuchantes dans n'importe quelle banque, sans que l'on vous demande d'en justifier l'origine.

— Mais ils se trouvent dans le coffre de ton père et nous ne sommes pas des voleuses.

May posa la soupière sur la table en soupirant. Ce n'était pas le tête-à-tête auquel elle avait songé en s'affairant en cuisine.

— Qui parle de vol ? Les Stanfield ont rétabli leur fortune grâce à ce que mon grand-père leur avait laissé : des tableaux et sa réputation. Pourtant je suis la seule héritière de sa moralité. S'il voyait comment sa fille se comporte aujourd'hui, il serait révolté et le premier à vouloir m'aider.

— Très bien, dit May en remplissant les assiettes, si tu obtenais la part d'héritage qui te revient, ce ne serait pas du vol, mais je serais étonnée que tes parents te la remettent.

— C'est bien pour cela que nous allons nous servir nous-mêmes.

— Sally, si tes parents n'ont pas daigné te convier aux fiançailles de ton frère, je doute qu'ils t'ouvrent leur coffre-fort.

— La clé est dans une boîte à cigares, que mon père garde au frais dans le minibar de son bureau.

— Et tu comptes escalader les toits la nuit venue, t'introduire par une lucarne pour dérober des bons du Trésor pendant que tes parents et leur personnel dorment ? Nous ne sommes pas dans un film.

— De nuit oui, mais nous entrerons et sortirons par la grande porte, avec panache, au nez et à la barbe de tous.

May s'empara de la bouteille de vin devant elle. Un château-malartic-lagravière.

— 1970, tu ne t'étais pas moquée de lui, siffla Sally-Anne. Maigre satisfaction, mais au moins, je la boirai à sa place.

— Tu es suffisamment ivre comme ça, je me demande s'il est bien raisonnable d'en rajouter.

Sally-Anne versa le vin et leva son verre pour trinquer. May se contenta de vider le sien d'un trait.

— Bon, assez déliré, quand comptes-tu informer l'équipe que nous ne pouvons plus les payer ?

— Je n'aurai plus à le faire, nous verserons leurs salaires pour le premier numéro comme pour ceux qui suivront.

— Ça suffit, tu es grotesque, tu ne sortiras pas de cette maison avec les bons du Trésor de ton père ; encore faudrait-il qu'on t'y laisse entrer.

— Ils ignoreront qui nous sommes, n'est-ce pas là le principe d'un bal masqué ?

— Pardon d'insister, mais il me semble que tu n'y as pas été conviée !

— Non, mais je sais comment faire pour remédier à cela et nous irons toutes les deux.

Sally-Anne expliqua son plan. Un plan qui n'était pas sans risque pour May : elle aurait à charge de s'introduire dans la demeure des Stanfield pour falsifier la liste des invités.

May refusa catégoriquement de remettre les pieds dans la tanière d'Édouard. Elle aussi avait été traitée comme une putain, lorsqu'il l'en avait fait sortir au petit matin par la porte de service après une nuit où elle s'était donnée à lui.

Sally-Anne se montra d'une persuasion redoutable, égalant celle dont sa mère abusait.

Le dîner s'achevant, May vida le fond de bordeaux dans leurs verres et trinqua.

29

Eleanor-Rigby

Octobre 2016, Baltimore

Présenter ma carte de presse n'avait pas eu l'effet escompté. Le policier qui nous avait reçus ne voyait pas en quoi une affaire criminelle datant de 1980 pouvait intéresser un magazine de nature et découvertes. Et à sa décharge j'avais du mal à le justifier. Lassé de mes explications fumeuses, il m'indiqua que je n'avais qu'à déposer une requête en bonne et due forme auprès des services concernés. Mais combien de temps s'écoulerait-il avant qu'elle soit accordée ?

— Un certain temps, me répondit-il. Nous sommes en sous-effectif.

Et il se replongea dans le roman qu'il lisait lorsque nous nous étions présentés.

Me voyant fulminer, George-Harrison posa son bras sur mon épaule.

— Ne soyez pas si triste, nous trouverons un autre moyen, je vous le promets, me dit-il.

— La tristesse, marmonna le policier, c'est quand on n'est pas pressé d'arriver au travail le matin et qu'on l'est encore moins de rentrer chez soi le soir, je sais de quoi je parle.

— Pas faux, répondit George-Harrison, j'ai connu ça. Mais vous ne savez pas ce que c'est que d'être bloqué dans l'écriture d'un livre.

Le policier releva les yeux.

— Nous ne sommes pas là en tant que journalistes, poursuivit-il, mais en tant que romanciers, et cette affaire est au cœur de notre intrigue. Nous avons besoin de coller au plus près de la réalité, alors comprenez qu'un procès-verbal de l'époque nous apporterait la touche d'authenticité nécessaire à notre roman.

— Quel genre de roman ?

— Un polar.

— C'est bien la seule chose qui me distraie, les polars, ma femme ne lit que des histoires d'amour, et c'est un comble qu'avec toutes ses lectures, elle soit infoutue de m'en donner.

Le policier, perplexe, nous fit signe de nous approcher et se pencha sur son pupitre avant de chuchoter :

— Si vous donnez mon nom à l'un de vos personnages, je veux bien vous filer un coup de main. Pas forcément le héros de l'histoire, mais quelqu'un qui joue un vrai rôle, et un type bien ! J'imagine la tête de ma femme quand je lui lirai les passages où j'apparais.

Une franche poignée de main scella le marché entre George-Harrison et l'officier et il nous questionna sur la nature précise de ce que nous recherchions.

Une demi-heure plus tard, il revint avec un dossier de couleur beige à la couverture poussiéreuse. Il le lut sous nos yeux, comme s'il était déjà l'auteur du roman que nous allions écrire.

— Votre cambriolage a eu lieu le 21 octobre 1980, aux alentours de dix-neuf heures, nous dit-il en se grattant le menton. C'est un cold case, on n'a jamais retrouvé l'auteur du forfait. Ça s'est passé lors d'une soirée donnée par un certain Robert Stanfield et son épouse. Apparemment, le voleur se serait mêlé aux invités et aurait dérobé des bons du Trésor dans leur coffre. Cent cinquante mille dollars tout de même, ça doit représenter au moins un million et demi d'aujourd'hui. Il fallait être inconscient pour garder une telle somme chez soi. En même temps, les cartes de crédit n'étaient pas encore à la mode, mais enfin tout de même. Ah, je lis que la serrure n'a pas été forcée. À mon avis, et j'ai du métier, celui qui a fait le coup devait être bien renseigné. Probablement par un complice dans la maison. D'ailleurs, je vois que tout le personnel a été interrogé, y compris celui de la société qui avait organisé la réception et fourni les serveurs. Il y a une bonne trentaine de dépositions dans ce dossier. Et comme d'habitude, personne n'a rien vu ni rien entendu. Un vrai tour de passe-passe.

Le policier continua sa lecture, hochant de temps en temps la tête comme s'il était maintenant le limier en charge de résoudre cette affaire.

— Le vol a été découvert vers minuit, quand la propriétaire des lieux est allée ranger ses bijoux au coffre. Ils ont appelé nos services à minuit quarante-cinq. Probablement le temps de se remettre du choc et de faire l'inventaire de ce qui leur avait été dérobé.

— Elle ne devait pas porter tous ses bijoux sur elle, remarquai-je. Le voleur n'en a pris aucun ?

— Non, répondit le policier, appuyant sa réponse d'un mouvement de la tête. Pas de bijoux sur la déclaration, uniquement la somme d'argent.

— Et ça vous semble normal ? questionna George-Harrison.

— De la normalité, je n'en ai pas souvent croisé dans ma carrière, mais nous avons affaire à un professionnel, là-dessus je n'ai aucun doute. Il ne s'est pas embarrassé de ce qu'il n'aurait pas pu revendre. Je vais vous confier un truc de métier qui rendra votre récit plus vrai que nature, et je vous serais reconnaissant de mettre ça dans la bouche de mon personnage. Un bon flic procède par déduction. Sur les procès-verbaux d'interrogatoire, je peux compter quinze domestiques travaillant à plein temps chez ces gens. Femmes de ménage, cuisinières, maître d'hôtel, majordome, une secrétaire particulière et même une repasseuse à domicile. Incroyable, je ne savais même pas que ça pouvait exister. On peut conclure que les… comment s'appellent-ils déjà… voilà, les Stanfield. Et où en étais-je ? Ah oui… dire que les Stanfield avaient certains moyens est un euphémisme. Vous me suivez toujours ? Alors je continue. Chez des gens aussi riches, madame possède rarement des bijoux de pacotille. Et pour un cambrioleur, ça complique tout. Une Rolex, un collier de perles, même un solitaire de taille raisonnable se refourguent relativement facilement. Mais quand ce sont des bijoux dont la valeur atteint cinq ou six chiffres, c'est impossible. À moins de s'en débarrasser auprès d'un receleur qui dispose lui-même d'un réseau spécialisé. Les pierres sont démontées, le plus souvent retaillées pour qu'on ne les reconnaisse pas, et ensuite remises sur le marché. Mais si vous n'avez pas vos entrées dans ce milieu, vous ne pouvez rien en faire.

— Vous avez déjà enquêté sur des cas similaires ? demandai-je.

— Non, mais comme je vous le disais, je lis énormément de polars. Tout ça pour dire que si le voleur n'a pris que l'argent c'est parce qu'il n'aurait pas su quoi faire du reste.

— Qu'est-ce qu'un coffre de ce genre pouvait contenir d'autre ? interrogea George-Harrison.

— Une arme à feu, mais quand les propriétaires ne l'ont pas déclarée, ils se gardent bien de la mentionner, des montres de valeur, plus faciles à fourguer, mais je n'en vois aucune dans la déclaration de vol. Des lingots d'or, ça arrive aussi, mais c'est volumineux, un lingot, et puis ça pèse dans les dix kilos, alors pour repartir discrètement d'une soirée, c'est assez compliqué de s'en remplir les poches. Si les Stanfield avaient été plus jeunes, ou s'ils faisaient partie du showbiz, j'aurais ajouté de la drogue, mais je ne pense pas qu'ils étaient le genre à se poudrer le nez.

— À part des armes à feu et de la drogue, qu'est-ce que les gens rechignent à mentionner sur une déclaration de vol ?

— Rien, ce serait plutôt le contraire. Profitant d'un cambriolage, certains plaignants mettent quelques biens à l'abri des regards et se les font rembourser par leur compagnie d'assurance. Mais ça, ce n'est pas de notre ressort, les compagnies emploient des privés pour débusquer ces magouilles, et ce n'est généralement qu'une affaire de patience. Tôt ou tard, ceux qui ont voulu jouer aux malins commettent une erreur. Madame va dîner en ville portant un collier qu'on lui avait soi-disant volé, ou une photo, prise au téléobjectif, révèle un tableau accroché au mur d'un salon alors qu'il était censé avoir disparu.

— Mais ce ne fut pas le cas pour eux ?

— Impossible de vous répondre. Quand ils se font piquer, en général, ils négocient de gré à gré avec leur assureur, qu'ils remboursent en payant des dédommagements conséquents pour éviter la case prison. Chacun y trouve son compte, le gagnant devient perdant et le perdant devient gagnant. Et il arrive aussi que des plaignants s'abstiennent de déclarer ce qu'ils n'avaient pas assuré.

— Pourquoi ? m'étonnai-je.

— Pour des gens puissants, un cambriolage est une humiliation. Aussi bête que cela paraisse, certains y voient un aveu de faiblesse. Alors rogner leur prime d'assurance et en payer les conséquences les fait doublement passer pour des cons et ils préfèrent minimiser la casse.

— Donc, il n'est pas impossible que quelque chose d'autre ait été dérobé ce soir-là ? demanda George-Harrison.

— Si cela vous arrange pour votre roman, c'est crédible, mais quoi que vous inventiez, souvenez-vous que ce ne doit pas être difficile à transporter. En même temps, je vous dis ça, mais si le voleur avait un complice dans la place, il aurait pu disparaître avec le larcin en sortant par les cuisines ou par la porte de service, mais ça, c'est à vous de voir.

Nous avons remercié l'inspecteur. Nous nous apprêtions à partir quand il nous a rappelés à l'ordre.

— Une seconde, les écrivains, comment allez-vous tenir votre engagement si je ne vous donne pas mon nom ?

Je m'empressai de lui demander de quoi noter.

— Franck Galaggher, avec deux *g* et un *h*. Comment va s'appeler votre roman ?

— On pourrait l'appeler *L'Affaire Galaggher*, proposa George-Harrison.

— Sérieusement ? s'enquit le policier aux anges.

— On ne peut plus sérieusement, répondit mon comparse avec un aplomb qui me fit bégayer au moment de saluer l'officier.

*

J'étais assise sur la banquette de la voiture et j'observais George-Harrison conduire. Il avait le même tic que mon père : comme lui, il roulait vitre ouverte, une main sur le volant, l'autre accrochée au montant de la portière.

— Pourquoi me regardez-vous comme ça ?

— Comment pourriez-vous savoir que je vous regarde, vous n'avez pas quitté la route des yeux… Pour rien.

— Vous me dévisagez juste comme ça ?

— Comment une telle idée vous est venue ?

— Le roman ?

— Non, ma cousine Berthe !

— Il avait deux bouquins d'Ellroy sur son bureau, *Perfidia* et *LAPD '53*, j'ai tenté ma chance. Vous avez vraiment une cousine qui s'appelle Berthe ?

— Vous repérez deux polars sur un bureau et vous improvisez ce petit scénario, vous ne manquez pas d'imagination.

— C'est un défaut ?

— Non, au contraire.

— Alors c'est un compliment ?
— Si vous voulez.
— Je n'ai rien contre, ce serait le premier depuis que nous nous connaissons.
— Je ne crois pas que nous nous connaissions vraiment.
— Je sais que vous êtes anglaise, journaliste, que vous avez un frère jumeau et une sœur cadette, votre père est très attaché à sa vieille voiture, vous êtes assise dans la mienne et vous avez peut-être une cousine qui s'appelle Berthe, c'est déjà pas mal.
— Oui, c'est déjà pas mal. Je n'en sais pas autant sur vous. Comment avez-vous deviné que le flic mordrait à l'hameçon ?
— Une intuition… Bon, en vérité, je n'avais imaginé aucun scénario, juste un bobard pour sortir de ce commissariat la tête haute. Nous avons eu la chance de tomber sur un type qui s'ennuie à mourir.
— Vous avez fait de nous deux beaux menteurs et j'ai horreur de mentir. Ce pauvre homme va espérer apparaître dans un roman qui n'existera jamais, je suis certaine qu'il n'arrivera pas à tenir sa langue et s'en vantera dès ce soir à sa femme ; à cause de nous, il passera pour un imbécile.
— Ou au contraire, nous lui avons peut-être donné l'impulsion pour qu'il écrive son propre polar. Et puis lorsque vous prétendiez être en mission pour votre journal, ce n'était pas un mensonge ?
— Si, mais un petit.
Ah oui, parce qu'il y a les petits et les gros mensonges…
— Parfaitement.

— La femme avec laquelle je partageais ma vie depuis cinq ans est partie un matin en me laissant un mot d'à peine une ligne. La veille, elle n'a rien laissé paraître, elle s'est comportée comme si tout était normal. Vous croyez vraiment qu'elle a pris sa décision au cours de la nuit ? Alors, petit ou gros mensonge ?

— Que disait son mot ?

— Que j'étais un ours au fond des bois.

— Et c'était un mensonge ?

— J'espère que je ne suis pas que ça.

— Vous pourriez commencer par raser cette barbe. Qu'est-ce qu'elle vous reprochait ?

— Tout ce qu'elle avait aimé au début de notre histoire. Notre chambre était devenue trop petite et mon atelier trop vaste. Je la dérangeais quand j'entrais dans la cuisine, alors qu'avant elle me trouvait sexy quand j'enfilais un tablier. Ma tête, trop lourde sur son épaule, quand je m'endormais devant la télé, alors qu'avant elle aimait passer ses doigts dans mes cheveux.

— Je crois que c'est le silence qui s'est installé entre vous, devant cette télé, qu'elle devait détester. La monotonie aussi. Peut-être que c'était elle-même qu'elle détestait dans cette vie, et ça vous ne pouviez rien y faire.

— Elle me reprochait de passer trop de temps dans mon atelier.

— C'est qu'elle devait en souffrir.

— La porte était toujours ouverte, elle n'avait qu'à y entrer pour être avec moi. Je suis passionné par mon métier, comment fait-on pour vivre avec quelqu'un qui ne s'intéresse pas à ce que vous faites ?

— Vous n'avez pas compris qu'elle voulait que vous soyez passionné pour elle ?

— Si, je l'ai compris, trop tard.

— Vous la regrettez ?

— Vous avez quelqu'un dans votre vie ? me demanda George-Harrison.

— Nous faisons fausse route avec les Stanfield. Je ne peux pas imaginer que ma mère était une voleuse. Je ne la vois pas du tout, mais pas du tout aller forcer un coffre-fort.

— Nous sommes d'accord que vous n'avez pas répondu à ma question.

— Si vous étiez une femme, vous auriez compris ma réponse.

— Mais je suis un ours mal rasé, soupira George-Harrison.

— Non, je n'ai personne dans ma vie, puisqu'il faut vous mettre les points sur les *i*.

— Vous auriez imaginé une seconde que nos mères aient été ensemble ?

— Non plus.

— Alors, je crains que nous ne soyons sur la bonne piste, et qu'elles ont bien commis ce vol. Mais ce n'était peut-être pas la vôtre qui a forcé le coffre.

— Pourquoi dites-vous cela ?

— Maman n'a jamais vraiment travaillé, reprit Georges-Harrison. Tout du moins pas assez régulièrement pour élever un enfant. Nous n'étions pas riches, mais je n'ai manqué de rien.

— Elle avait peut-être mis de l'argent de côté avant de vous avoir.

— Il en aurait fallu pas mal pour tenir tout ce temps. Et puis le policier a dit quelque chose qui ne me laisse guère d'illusions. Il n'a pas parlé d'argent, mais de bons du Trésor. Et maman en possédait un sacré paquet. À chaque début d'été elle en vendait quelques-uns et d'autres, juste avant Noël.

Je n'ai rien ajouté, les faits parlaient d'eux-mêmes, ma mère n'était pas celle que je croyais, et je n'arrivais toujours pas à m'y résoudre. Quel autre mensonge allais-je découvrir ? George-Harrison me regarda, murée dans mon silence, attendant que je dise quelque chose.

— Vous ne lui avez jamais demandé d'où venaient ces bons du Trésor ?

— Ça ne me passionnait pas quand j'étais gosse, et je me souviens qu'elle m'avait dit un jour en avoir hérité.

— Nous, nous manquions du superflu, repris-je. Alors si Maman avait possédé des bons du Trésor, ça aurait passionné toute la famille.

— Donc elle est innocente, et la mienne coupable. Vous êtes soulagée ?

— En fait non. L'idée que ma mère, prof de chimie, si intransigeante sur les principes et l'éducation de ses enfants, ait pu être une rebelle déjantée au point de faire un casse ne me déplaisait pas finalement.

— Vous êtes quand même bourrée de contradictions.

— Les gens qui n'en ont pas sont d'un chiant ! Ces bons du Trésor, votre mère en possède encore ?

— J'ai cédé les derniers, lorsqu'elle est entrée dans cette maison de repos. Je suis désolé, si j'avais su, je me serais arrangé autrement et j'aurais partagé ce qui restait avec vous.

— Pourquoi, puisque ma mère n'a rien à voir avec ce vol ? C'est la vôtre qui a pris des risques.

— N'allez pas si vite. Le fait que vos parents avaient du mal à joindre les deux bouts peut laisser supposer que votre mère n'ait pas touché à sa part du butin, ça ne veut pas dire pour autant qu'elle n'avait pas participé au vol. N'oubliez pas les mots du corbeau.

— Il a écrit qu'elle avait renoncé à une fortune considérable. Peut-être parce que la vôtre a gardé tout le pactole. Ça arrive qu'un complice roule l'autre.

— C'est très délicat de votre part de penser ça, mais je vous arrête tout de suite, maman a toujours été d'une honnêteté irréprochable.

— Vous n'êtes pas sérieux, j'espère. Elle a piqué un million et demi de dollars dans un coffre-fort… Vous pourriez m'épeler *honnêteté* ?

— Cent cinquante mille dollars !

— De l'époque ! On croit rêver, votre mère fait un casse, garde la part qui revenait à la mienne et ce serait une sainte.

— Réfléchissez avant de redevenir désagréable. Vous croyez qu'elles s'appelleraient « Ma Chérie » s'il s'était passé un truc aussi dégueulasse ?

— C'est la vôtre qui appelait la mienne ainsi, je n'ai pas pu mettre la main sur les lettres de Maman.

— D'accord, j'ai peut-être employé un terme mal choisi, mais je vous jure qu'elle a toujours été d'une loyauté sans faille.

— Et pour autant, vous ne connaissez pas votre père !

George-Harrison me lança un regard glacial, il tourna le bouton du poste radio et riva les yeux sur son pare-brise.

J'attendis que la chanson se termine avant de couper le son.

— Je vous demande pardon, je n'aurais pas dû dire cela, je ne le pensais même pas.

— Si l'épicier lui reversait un dollar de trop sur sa monnaie, maman le lui rendait, s'emporta-t-il. Quand la femme de ménage s'est cassé la jambe, elle a continué de lui verser son salaire jusqu'à ce qu'elle reprenne son travail. Quand je me suis battu un jour à l'école, elle m'a d'abord demandé pourquoi et elle est allée voir le directeur en lui disant qu'elle donnait vingt-quatre heures aux parents de mon camarade pour me présenter ses excuses avant d'aller leur botter le cul. Je pourrais vous citer cent autres exemples, alors si je vous dis qu'elle aurait été incapable de piquer la part de sa complice, je vous prie de me croire.

— Pourquoi vous vous êtes battu ?

— Parce qu'à dix ans, quand on vous dit que si vous n'avez pas de père, c'est parce que votre mère est une traînée, vous n'avez pas assez de vocabulaire pour répondre autrement qu'avec vos poings.

— Je vois.

— Non, vous ne voyez rien du tout !

— D'accord, je suis débile. Maintenant, écoutez-moi bien, George-Harrison : je me fiche de l'argent que nos mères ont dérobé, même si je rêve de pouvoir offrir de belles vacances à mon père, mais je vous promets que je ne rentrerai pas à Londres avant que nous n'ayons découvert l'identité du vôtre.

Il ralentit et se tourna vers moi. Son visage avait changé et j'avais soudain l'impression d'être à côté de ce petit garçon qui, un jour, en avait dérouillé un autre à l'école.

— Pourquoi feriez-vous ça pour moi, je croyais qu'on se connaissait à peine ?

Je repensai à la tendresse de mon père, à ses paroles réconfortantes chaque fois que je n'allais pas bien, à sa douceur et son intelligence quand il m'aidait à me tirer d'un mauvais pas, à la complicité dont il avait nourri mon enfance, à sa patience comme à sa bienveillance, à tout ce temps qu'il m'avait consacré, et je ne pouvais imaginer le manque et les souffrances que George-Harrison avait dû endurer. Mais je n'ai pas trouvé les mots pour le lui dire.

— C'est vrai que nous ne nous connaissons pas bien. Et vous n'avez toujours pas répondu à ma question : elle vous manque ?

— Qui me manque ?

— Rien, oubliez ce que je viens de dire et concentrez-vous sur la route.

Les pensées se bousculaient dans ma tête et je devinais qu'il en était de même pour lui. Soudain, comme pris d'une fulgurance, George-Harrison s'écria : « C'est évident ! » Il appuya sur la pédale de frein et se rangea sur le bas-côté.

— Elles se sont partagé le butin, maman a pris les bons du Trésor et votre mère autre chose.

— Pourquoi tenez-vous absolument à ce qu'elles aient piqué autre chose que de l'argent ?

— La supplique de ma mère, « Ne laisse pas sombrer ce précieux trésor dans l'oubli », suffit à m'en persuader.

— J'y ai pensé tout à l'heure, quand vous m'avez priée de ne pas redevenir désagréable ; à ce sujet, rappelez-moi de vous demander à quelle occasion j'ai été désagréable. Admettons qu'il y ait eu partage. Telle que je la connais, Maman aura choisi de renoncer à sa part, parce que c'était de l'argent sale.

— Oui, on a compris, votre mère est la vertu incarnée, mais si vous aviez raison, le corbeau serait d'une naïveté consternante en espérant faire ressurgir un pactole qui a toutes les raisons d'avoir été dépensé depuis trente-cinq ans. Sauf si, comme nous l'a indiqué ce policier, une partie de ce pactole n'était pas monnayable !

30

Robert

Juin 1944, près de Montauban

C'était la fin du jour. Robert pédalait depuis des heures et la douleur était insoutenable. Dix kilomètres plus tôt, il avait dû s'arrêter à nouveau sur le bord de la route pour vomir. Assis sur un talus, il avait ouvert sa chemise et constaté les ecchymoses qui marbraient son torse et ses bras. Ses lèvres avaient doublé de volume, ses paupières étaient tuméfiées, son nez saignait de façon sporadique, sa lèvre supérieure était fendue et sa bouche avait le goût du métal. Seules ses mains avaient conservé une apparence normale. Attachées dans son dos, elles avaient été protégées des coups qu'il avait reçus pendant des heures.

De cet épisode de torture, il ne gardait que les souvenirs des moments où il avait repris connaissance. Peu lui importait, Robert n'avait pas le temps de se lamenter sur son sort ni le cœur à çà, il n'avait qu'une idée en tête, atteindre le relais.

Au pied du sentier, il jeta le tandem dans le fossé et courut à travers bois, usant de ses dernières forces pour gravir la colline. Ses pieds ripaient sur la terre meuble, mais il s'accrochait aux branchages et se redressait chaque fois.

Le relais de chasse apparut enfin au sommet du coteau, un filet de fumée s'échappait de la mitre, tout était calme, trop calme.

Il entendit un craquement et s'agenouilla pour avancer prudemment. Voyant le cadavre d'Antoine à quelques mètres du perron, Robert comprit qu'il était arrivé trop tard.

Les fenêtres avaient éclaté sous l'impact des balles, la façade en était criblée. De la porte, il ne restait qu'une planche de bois pendant à une paumelle.

À l'intérieur, c'était un carnage. Les meubles avaient été hachés par la mitraille, trois partisans gisaient dans un état effroyable. L'un avait les boyaux hors du ventre, à l'autre il manquait les deux jambes, déchiquetées par l'explosion d'une grenade, le troisième n'était reconnaissable qu'à sa carrure épaisse. Son visage avait disparu sous la terre et le sang.

Robert eut un haut-le-cœur, et si son estomac ne s'était pas épuisé sur la route, il se serait encore soulevé. Le cœur tambourinant, il fit un tour d'horizon et cria :

— Sam ! Hanna !

Mais ses appels n'obtinrent que le silence. Il se précipita vers la chambre et trouva le vieil homme affalé au pied du lit, le regard fixe, un bras ballant et un pistolet à la main. Une longue traînée rouge s'écoulait de sa tempe.

Robert s'agenouilla devant lui et se mit à pleurer en lui fermant les yeux. Il récupéra l'arme et la passa sous sa ceinture.

Il retourna sur le perron pour observer les alentours, en priant le ciel pour qu'Hanna ait pu se cacher dans les bois, même si l'espoir était mince.

— Hanna !

Un piaillement de moineau fut la seule réponse qu'il obtint. Il était terrifié à l'idée que les miliciens l'aient emmenée, n'osant imaginer ce qu'il adviendrait d'elle. Il resta là un moment, immobile, sanglotant à la vue de la souche d'arbre où il s'était assis si souvent pour partager une cigarette avec Sam. Le marchand d'art lui parlait de sa vie, de la façon dont il avait rencontré sa femme, de l'amour qu'il portait à leur fille, de sa passion pour son métier, de sa fierté d'avoir acquis son Hopper.

Le soir tomba, enveloppant le pavillon de chasse dans son obscurité.

Robert était désormais seul et il se demanda combien de nuits il lui restait à vivre. Dans quelques heures le jour se lèverait sur Baltimore. Il eut une pensée pour ses parents, se souvint du confort de sa chambre dans leur grande demeure, des fabuleux dîners qui s'y donnaient, du salon de lecture, où son père dilapidait sa fortune dans des parties de poker qu'il ne cessait de perdre. Il se rappela l'avoir trouvé un matin dans son bureau, ivre et pleurant de rage. Il n'oublierait jamais les regards qu'ils avaient échangés, l'un de honte, l'autre de désespoir. Et il songea qu'il allait crever à des milliers de kilomètres de chez lui à cause d'une partie de poker.

La colère lui redonna de la force. Sam s'était donné la mort pour ne pas l'offrir à ses ennemis, et cet acte de bravoure lui rappela sa promesse. S'il y avait une chance, même infime, qu'Hanna soit encore vivante, il la retrouverait. Avec l'aide de ses camarades, il la sortirait de sa geôle, même s'il devait y passer.

— Quels camarades ? murmura-t-il. Ceux que tu connaissais sont morts, les autres voudront ta peau.

Mais dans la fougue de sa jeunesse, il se jura de rester en vie, de respecter ce pacte qui l'avait lié au vieux marchand d'art. Il rentrerait au pays en héros, redorerait son blason, deviendrait quelqu'un d'important, comme tous les hommes de sa lignée, hormis son père. Il repensa aux tableaux cachés dans un trou au fond de la cave. S'il réussissait à regagner Baltimore, avec ou sans la fille de Sam, ces œuvres inestimables ne devaient pas rester là.

La lune s'était hissée dans le ciel. Sa clarté franchissait la cime des arbres. Robert n'avait pas encore trouvé la force de revenir sur ses pas. À l'intérieur du relais, le corps de Sam gisait dans sa chambre, ceux des copains dans la pièce principale. Il inspira profondément et se résolut à y entrer.

Il aperçut au sol une lampe à pétrole en piteux état et alluma la mèche en se gardant de poser les yeux ailleurs que sur la trappe de la cave. Il la souleva et descendit.

Il accrocha la lampe à un barreau de l'échelle, et commença de déplacer les caisses qui masquaient l'entrée du tunnel. Dès que le passage fut assez grand pour s'y faufiler, il reprit la lampe et s'y engouffra.

Alors qu'il avançait vers le madrier que Sam lui avait montré, un bruissement attira son attention. C'était un souffle irrégulier au bout du tunnel, à l'endroit où les caissons d'armes étaient disposés. Robert posa une main sur la crosse du revolver et de l'autre souleva la lanterne. Une forme apparut dans la lumière jaunâtre de la flamme. Un corps de femme recroquevillé. Hanna releva la tête et le regarda, hagarde.

Elle se mit à hurler et se débattit comme une furie lorsqu'il voulut la prendre dans ses bras. Avec son visage tuméfié, il était méconnaissable, mais lorsqu'il l'implora de se calmer, elle comprit qu'il n'était pas un milicien revenu pour la violer. Elle se blottit contre lui, tremblante, et raconta, dans un état second, ce qui s'était passé…

À la fin de l'après-midi, un camion de miliciens en armes s'était arrêté en bas du sentier. Raoul, celui qui montait la garde, devina que cette fois, ils ne s'étaient pas déplacés pour une reconnaissance dans les bois. Il courut jusqu'au relais pour prévenir les autres, s'empara d'une Sten et redescendit en disant qu'il ferait de son mieux pour retarder l'assaut, le temps que tout le monde prenne la fuite. Sam refusa de partir, ses jambes n'étaient pas assez vigoureuses. Il supplia les résistants d'emmener Hanna avec eux, mais Antoine venait de tomber sous les balles et le relais était déjà encerclé. Les résistants firent feu. Alberto, celui qui avait la carrure d'un ours, ordonna à Sam d'aller se réfugier dans la cave. C'étaient des FTP que les miliciens traquaient, avec un peu de chance, ils épargneraient un vieil homme et sa fille.

Sam fit entrer Hanna la première dans l'étroit conduit et en condamna aussitôt l'accès en repoussant une caisse, puis une autre. Hanna avait tendu la main en le suppliant de ne pas la laisser seule, mais son père lui avait répondu :

— Il faut que tu vives, pour moi, pour ta mère, pour tous ceux qui, comme nous, sont persécutés. Fais de cette vie une réussite éclatante, n'oublie jamais que tu es la fille de Sam Goldstein. Souviens-toi quand nous refaisions le monde ensemble, de nos voyages, de tout ce que je t'ai appris. Tu reprendras la flamme que te transmet ton père et tu en feras mille flambeaux, de quoi éclairer le ciel. Quand tu auras des enfants, tu leur parleras de tes parents et tu leur diras que ta mère et moi les aimons. Où que j'aille, je veillerai sur eux comme j'ai veillé sur toi.

Et tandis qu'il l'emmurait, il ne cessa de lui répéter qu'il l'aimait.

Bientôt sa voix fut recouverte par les salves. Il posa la dernière caisse et Hanna se retrouva plongée dans l'obscurité.

Le feu du combat s'éteignit. Des voix aboyèrent à l'étage. Un homme ouvrit la trappe et descendit. Hanna alla se terrer au fond du tunnel et l'entendit s'écrier :

— Bon, les gars, il n'y a plus personne, c'est un véritable foutoir ici. J'aimerais bien rentrer chez moi avant la nuit.

— Qu'est-ce qu'on fait des corps ? questionna un autre de la pièce principale.

— On récupère leurs papiers d'identité, répondit un troisième. On préviendra les familles, ils viendront les chercher. On ne va pas se taper le sale boulot tout de même.

Il y eut des ricanements, l'homme remonta l'échelle, referma la trappe, et ce fut le silence.

Le récit d'Hanna s'acheva dans une longue plainte qui emplit sa tanière, sa tête se balançait d'avant en arrière, elle ne cessait d'appeler son père en gémissant, comme un animal à l'agonie. Robert devina que la folie la menaçait, il fallait la sortir de cet endroit au plus vite. Il la prit par la main et l'entraîna, mais avant de grimper à l'échelle, il éteignit la lampe.

— On ne sait jamais, dit-il, si un milicien traînait dans les bois.

Pieux mensonge, Robert ne voulait pas qu'Hanna voie les corps mutilés de ceux qui s'étaient sacrifiés dans l'espoir de la sauver.

Ils traversèrent la pièce. Hanna se retourna sur le perron, suppliant Robert de la conduire auprès de son père. Il refusa.

— Je vous en prie, dit-il d'une voix étranglée, ce que vous verriez ne s'effacerait jamais de votre esprit.

Ils s'enfoncèrent dans les bois, longeant le sentier. Robert se demanda si Hanna serait capable de monter sur le tandem, et il n'avait pas la moindre idée où aller.

Il se souvint qu'Alberto avait évoqué des passeurs qui aidaient les réfugiés à traverser les Pyrénées. L'Espagne n'était qu'à une centaine de kilomètres. À vélo, ils pourraient gagner la frontière en trois jours, peut-être même deux.

À cinq cents mètres du relais, Robert fit asseoir Hanna au pied d'un arbre.

— Je dois retourner là-haut prendre des vêtements. Les miens sont tachés de sang, si on me voit dans cet état nous nous ferons arrêter au premier contrôle, et puis il nous faut des vivres et surtout que je récupère vos papiers.

— Je me fiche de vos vêtements et de ces faux papiers, hurla Hanna, je vous interdis de me quitter.

Robert lui posa la main sur la bouche pour la faire taire. La route n'était plus très loin, une patrouille allemande pouvait y circuler.

— Je n'ai pas le choix, j'ai une mission à accomplir et je dois récupérer la carte des dépôts d'armes. J'ai promis à votre père de veiller sur vous s'il lui arrivait malheur, et je compte bien m'y tenir. Hanna, je vous jure que je ne vous abandonnerai pas, vous devez me faire confiance. Je serai de retour dans une demi-heure au plus. D'ici là, tâchez de reprendre des forces, une longue route nous attend. Et surtout, ne faites aucun bruit.

Hanna n'eut d'autre choix que de le laisser partir. Robert remonta le chemin. Arrivé au relais, il se rendit dans sa chambre pour se changer et alla ensuite inspecter la cuisine. Tous les bocaux de conserve étaient brisés, sauf un qui avait roulé sous la table. Robert le récupéra et le rangea dans une grande besace qui pendait à un clou près de la cheminée. Puis il redescendit l'échelle qui menait à la cave et s'engouffra dans le tunnel.

*

Ils avaient pédalé jusqu'au lever du jour, mais Hanna était trop épuisée pour continuer. Robert aussi luttait contre la fatigue. Le soleil irisait la brume versée sur la plaine. Au loin, on apercevait une grange et un corps de ferme. Aux commandes du tandem, Robert quitta la route pour emprunter le chemin de traverse qui y menait. Ils s'y reposeraient quelques heures et, avec un peu de chance, y trouveraient de quoi boire et se nourrir.

*

Il était midi passé quand Hanna ouvrit les yeux. Le fermier, fusil à l'épaule, tenait Robert en joue.

— Vous êtes qui ? demanda-t-il.

Robert se redressa d'un bond.

— Nous ne sommes ni des voleurs ni des gens qui vous veulent du mal, répondit Hanna. Je vous en supplie, baissez cette arme.

— Qu'est-ce que vous foutez dans ma grange ?

— Nous prenions juste un peu de repos, nous avons voyagé toute la nuit, poursuivit Hanna.

— Et lui, il a perdu sa langue ? Pourquoi il ne cause pas ?

— Qu'est-ce que ça peut bien faire, du moment que je vous réponds ?

— Si vous voyagez la nuit, c'est que vous êtes en fuite. C'est un étranger, c'est ça ?

— Non, assura Hanna, il est muet.

— Attends que je lui mette un coup de botte au cul et on verra s'il est muet ! Mais à la façon dont on lui a déjà arrangé la figure, pas besoin d'être bien futé pour savoir ce que vous êtes tous les deux. Moi, je veux pas d'histoires, ni avec les gendarmes ni avec la Résistance. Alors vous prenez vos affaires et vous vous barrez d'ici.

— Vu la façon dont on m'a arrangé la figure, ce serait beaucoup trop dangereux tant qu'il fait jour, intervint Robert. Laissez-nous rester jusqu'à la nuit, ensuite nous partirons.

— Américain ou Anglais ? demanda le fermier.

— Étranger, comme vous le disiez, et puisque vous ne voulez pas avoir de problèmes avec la Résistance, je vous conseille de ne pas nous en créer.

— Il ne manque pas de culot, votre copain, répondit le fermier en s'adressant à Hanna.

— On vous demande juste de nous laisser tranquilles pendant quelques heures, dit-elle, ça ne vous coûte rien.

— C'est moi qui tiens le fusil, alors c'est moi qui décide. Et pour commencer, on ne vient pas me menacer sur mes terres. Si vous voulez à boire et à manger, vous n'avez qu'à le demander poliment.

Le fermier baissa son arme et les toisa un instant.

— Vous n'avez pas l'air d'être bien dangereux. Suivez-moi, ma femme a préparé le déjeuner, mais allez d'abord vous débarbouiller au puits, vous avez l'air de deux souillons.

L'eau à la pompe était si fraîche que Robert en sentit la morsure sur ses plaies. Sa blessure au menton se remit à saigner, Hanna prit un mouchoir dans sa poche et appuya dessus.

— Ne soyez pas si douillet, lui dit-elle en le voyant grimacer.

Le couple d'agriculteurs leur offrit des vêtements propres. Hanna passa un pantalon et une chemise, elle avait l'air d'un vrai garçon manqué. À table, les fermiers s'avérèrent être de bons bougres. Robert avala le contenu de son assiette sans se faire prier, Hanna toucha à peine au ragoût qu'on lui avait servi.

— Mangez, même si vous n'avez pas faim, insista le fermier. Vous allez où ?

— Vers l'Espagne, répondit Robert.

— Eh ben vous n'êtes pas prêts d'y arriver sur votre drôle de bicyclette.

— Comment sont les routes dans le coin ?

— Très encombrées ces derniers temps. Entre ceux qui foutent le camp vers l'est, ceux qui remontent au nord-ouest pour en découdre avec les forces alliées, et vous qui voulez vous rendre au sud, beaucoup de monde comme vous voyez.

— Quelles forces alliées ? demanda Robert stupéfait.

— Mais ma parole vous sortez d'où ? Le débarquement a eu lieu il y a quatre jours sur les plages de Normandie, la radio ne parle que de ça. Les Allemands ne se laissent pas faire, mais il paraît que les Anglais sont déjà à Bayeux, les Canadiens avancent vers Caen ; certains disent que ce sera bientôt la fin de cette fichue guerre.

À l'annonce de cette nouvelle, Robert se leva d'un bond pour serrer le fermier dans ses bras, mais Hanna était restée sur sa chaise et ses yeux s'étaient emplis de larmes ; il s'agenouilla devant elle et lui prit la main.

— Ils sont morts si près du but, se lamenta-t-elle. Et Papa ne verra jamais la libération.

— Je suis là, Hanna. Vous allez rentrer au pays avec moi, lui répondit Robert.

La fermière fit signe à son mari d'aller chercher une bouteille d'alcool. Le fermier alla jusqu'au buffet et revint remplir les verres.

— Buvez, c'est de la poire qui requinque. Je suis désolé, ma petite dame.

Hanna aida à débarrasser le repas. Le fermier demanda à Robert de venir lui donner un coup de main, le fanage était terminé et il fallait mettre le foin en bottes.

Il passa l'après-midi aux champs. Un peu gauche au début, Robert acquit vite les bons gestes et il se vit complimenté d'un « Tu te débrouilles pas trop mal pour un Ricain ».

Et aux champs, Robert raconta les événements qui s'étaient déroulés la veille, il parla de la situation d'Hanna et de la promesse qu'il avait faite à Sam. À la fin de son récit, le fermier soupira et, pris de compassion, lui proposa son aide.

— J'ai un camion à gazogène. Cette nuit, nous chargerons votre vélo sous de la paille et je vous avancerai le plus près possible de votre destination. Le temps que j'aille et revienne, disons que nous pourrions aller jusqu'à Aurignac, vous ne serez plus qu'à soixante-dix kilomètres de la frontière. Mais je vous préviens, traverser les Pyrénées n'est pas une promenade de tout repos, même en cette saison. Enfin, j'aurai fait ce qu'il fallait, la suite c'est votre problème.

D'abord l'annonce du débarquement, puis cette proposition, deux lueurs d'espoir dans la journée, et Robert en avait bien besoin. Il rentra à la ferme, alla se laver le visage au puits et se précipita pour annoncer la nouvelle à Hanna. Il la trouva seule dans la cuisine.

— La fermière n'est pas avec toi ?

— Elle s'appelle Germaine et lui Germain, c'est un peu ridicule, n'est-ce pas ?

Robert essaya de trouver une équivalence en américain, mais son esprit était trop occupé et il renonça.

— Tu vois un couple s'appeler Jess et Jessie, s'amusa-t-elle.

— Pourquoi pas, s'ils s'aiment.

Je n'ai pas l'impression qu'il y a beaucoup d'amour dans cette maison.

— Je crois que vous vous trompez.

— Peut-être, mais je suis certaine qu'ils seront ravis qu'on déguerpisse au plus vite. Germaine avait l'air indisposée par ma présence. Elle est partie sans même essayer de me faire la conversation.

— Probablement parce qu'elle est perspicace, il faut reconnaître que vous n'êtes pas très bavarde.

— J'ai d'autres qualités, si tant est qu'être bavarde en soit une. À quelle heure, le départ ? Cet endroit me fiche des frissons.

— Dès que le soir arrivera. Germain a proposé de nous conduire à bord de son camion jusqu'à Aurignac, cela nous fera gagner une nuit à pédaler.

*

Le départ se fit en l'absence de Germaine. Elle avait une migraine terrible et était montée dans sa chambre. Son mari l'excusa, en vérité elle était en pétard contre lui qu'il prenne autant de risques pour des inconnus.

Ils chargèrent le tandem à l'arrière du camion, et grimpèrent dans la cabine. Les phares équipés de couvercles n'éclairaient pas grand-chose, mais ils avaient le mérite de restreindre la visibilité du véhicule dans la nuit. Le Berliet s'ébranla, cahota sur le chemin et s'engagea sur la route.

Le fermier, les deux mains sur le volant, se mit à siffloter.

— Votre femme a raison de nous en vouloir. Ce doit être dangereux de circuler par les temps qui courent. Je ne sais comment vous remercier, dit Hanna.

— En principe c'est même strictement interdit, mais les Allemands et les miliciens sont gourmands, ils veulent être livrés en lait et en œufs, quand ils ne me réclament pas de la volaille. Alors si on est un bon fermier on obtient un Ausweis. Rassurez-vous, mes papiers sont en ordre. Si nous sommes contrôlés, faites semblant de dormir et tout ira bien.

— Vous remercierez votre femme de notre part, insista Robert.

— Je n'y manquerai pas.

Le moteur faisait un bruit terrible. À la hauteur de L'Isle-Jourdain, Hanna avait fini par s'endormir. Ils passèrent Saint-Lys, Sainte-Foy-de-Peyrolières et Rieumes sans le moindre incident. Robert aussi s'était assoupi, bercé par les mouvements de la cabine.

Près de Savères, le craquement de la boîte de vitesses le sortit de sa torpeur. Le camion ralentissait.

— Qu'est-ce qu'il y a ? s'inquiéta-t-il.

— Je crois bien qu'il y a une patrouille au prochain carrefour, c'est encore loin, mais j'ai aperçu des lumières et à cette heure, les volets des fermes sont clos. Faites comme on a dit, tout se passera bien. Votre amie roupille et c'est mieux comme ça.

Robert la regarda, elle avait la tête posée contre la vitre et les yeux clos. Et pourtant, il sentit la main d'Hanna glisser dans son dos, et soustraire le revolver à sa ceinture. Germain débraya et rétrograda en seconde, lorsque Hanna se redressa et braqua l'arme sur lui.

— Éteignez vos phares et garez-vous sur le bas-côté, ordonna-t-elle d'une voix qui ne laissait aucun doute quant à sa détermination.

— À quoi vous jouez, ma petite dame ?

— Et vous, quel est le prix de votre petit jeu, combien valons-nous ? Vingt francs ? Cinquante ?

Peut-être cent, pour vendre un Américain ? s'emporta Hanna en lui collant le canon du revolver sur la joue.

— Elle est complètement folle, protesta Germain en appuyant sur la pédale de frein.

Il se rangea sur le côté et leva les bras, apeuré.

— Elle avait bien raison ma Germaine, je n'aurais jamais dû aider des métèques, voilà comment je suis remercié. Vous n'avez qu'à descendre. Allez, prenez votre besace et foutez le camp !

— Tu saurais conduire cet engin ? demanda Hanna à Robert qui assistait à la scène en spectateur ébahi.

— Oui… enfin je crois, j'ai appris à manier des camions lors de mon entraînement en Angleterre.

— Alors c'est toi qui descends, ordonna Hanna au fermier.

Elle avança son doigt sur la gâchette.

— Mon père est mort hier à cause d'un salopard dans ton genre qui nous a balancés, rien ne me ferait plus plaisir que de te faire sauter la cervelle. Je te donne dix secondes pour prendre tes jambes à ton cou.

Germain balbutia un juron et ouvrit sa portière. Robert s'installa à sa place et démarra sans attendre. Alors que le Berliet s'éloignait, ils entendirent Germain hurler : « Sales voleurs ! Mon camion, rendez-moi mon camion ! »

— Prends par là, dit Hanna en désignant une route secondaire qui filait sur leur gauche, et laisse les phares éteints.

— Qu'est-ce qui t'a pris ? Ce type nous a offert son aide et…

— Ce type n'est pas ce qu'il prétend, c'est un collabo. Et toi, pour un agent en mission, tu n'es pas très observateur. Il n'y avait ni poules ni vaches dans sa ferme, seulement du blé et des cochons, alors comment crois-tu qu'il a acheté son véhicule et obtenu son Ausweis ? En faisant du marché noir, bien sûr, et à ton avis qui sont ses clients ?

— Comment as-tu deviné tout ça ?

— Je me cache depuis bien plus longtemps que toi. Survivre est une question d'observation, tu le comprendras très vite. Nous allons rester sur la route jusqu'aux premières lueurs de l'aube. De nuit, il est facile de repérer les convois allemands, de jour, c'est impossible avant qu'il ne soit trop tard. Ensuite nous poursuivrons à vélo. À quelle vitesse tu peux rouler ?

— Pas plus de cinquante kilomètres à l'heure.

Hanna lui prit le poignet pour regarder l'heure à sa montre.

— Nous avons assez de temps pour en parcourir au moins cent cinquante. La frontière ne sera plus très loin. Ils t'ont laissé ta montre ?

— Qui ?

— Ceux qui t'ont passé à tabac, il faudra que tu me racontes un jour comment tu as fait pour leur échapper.

— Tu veux que je descende moi aussi ? De quoi me soupçonnes-tu ?

— Je n'ai pas dit ça, ma question était sincère, je m'intéresse à ce qui t'est arrivé.

— Des miliciens nous ont interceptés, ils nous ont conduits dans une maison. Titon et moi avons été séparés. Ils nous ont battus comme des chiens pour nous faire parler, je n'ai rien dit, sinon je me serais épargné ça.

Il releva sa manche et découvrit son avant-bras marqué par des brûlures de cigarette.

— Comme je suis américain, ils ont décidé de me livrer aux Allemands. Ils m'ont jeté à l'arrière d'une voiture. J'étais évanoui, alors ils m'ont confié à un seul homme. J'ai repris conscience sur une route de campagne, le type avait les mains sur son volant, je me trouvais juste derrière lui, je lui ai serré la gorge en lui jurant que foutu pour foutu je lui briserais la nuque s'il ne s'arrêtait pas. Il a obéi.

— Qu'as-tu fait ensuite ?

— Je lui ai brisé la nuque.

— Un salaud de moins ! Je n'aurais pas dû laisser la vie sauve à ce fermier. D'ici peu, il aura rejoint le poste de contrôle et donnera notre signalement. Maintenant, assez parlé, concentrons-nous, ordonna Hanna.

Ils roulèrent dans la nuit en silence. Hanna se demanda comment Robert avait pu récupérer le tandem, elle était certaine d'avoir entendu les résistants en parler. Mais des tandems, il n'y en avait pas qu'un, et elle ne voulait pas risquer d'offenser le seul homme qui pouvait lui sauver la vie en l'emmenant en Amérique.

*

Ils se perdirent plusieurs fois en chemin et dépassèrent Aurignac sans s'en rendre compte. Hanna avait trouvé une carte avec les papiers du camion et également un sauf-conduit de la milice qui confirma tous ses soupçons. De temps à autre elle allumait brièvement le plafonnier pour la consulter. Les noms des patelins qu'ils croisaient lui étaient inconnus, mais tant qu'ils se dirigeaient vers le sud et qu'ils ne rencontraient personne, tout allait bien.

À trois heures du matin, ils traversèrent Saint-Girons. Un side-car était rangé sur le bas-côté à l'entrée du village, mais les Allemands qui montaient la garde eurent à peine le temps de sortir de leur torpeur pour apercevoir des feux arrière disparaître au loin. Ils ne s'inquiétèrent pas plus que cela, seul un convoi autorisé pouvait circuler à cette heure tardive.

Le camion s'accrocha à la route qui grimpait au flan d'une montagne, l'embrayage souffrait à chaque lacet, et le moteur finit par rendre l'âme alors qu'ils approchaient de Seix. Robert récupéra sa besace, et renonça à prendre le tandem. Sur cette côte, mieux valait marcher que pédaler. Ils poussèrent le Berliet de Germain et le regardèrent s'enfoncer dans les gorges de Ribaute.

Ils arrivèrent à Seix aux premières heures du matin, après une longue marche. Hanna repéra une pension de famille.

— Tu as de l'argent ? demanda-t-elle.

— Non.

Elle souleva la jambe de son pantalon, découvrant une bandelette qui entourait son mollet.

— Tu es blessée ?

— Papa était un homme prévoyant.

Elle souleva la bandelette et tendit deux billets de cent francs à Robert.

— Prends-les et va demander s'ils ont une chambre.

— Avec mon accent, tu ne crois pas que c'est risqué ?

Si c'est une femme qui parle pour son mari, je crains que le risque ne soit encore plus grand, mais tu as peut-être raison. Alors nous n'avons plus qu'à nous jeter ensemble dans la gueule du loup en espérant cette fois que nous tomberons sur des gens honnêtes.

Mme Broué était bien plus qu'une honnête aubergiste. Depuis le début de la guerre, elle en avait caché, des évadés qui attendaient un passeur. Elle hébergeait tous ceux qui se présentaient chez elle. Comme la loi l'obligeait, elle tenait un registre, mais oubliait d'y noter les pensionnaires clandestins. Son courage était d'autant plus grand que les gendarmes passaient régulièrement à l'heure de l'apéritif pour consulter ce registre. Lorsque Hanna et Robert entrèrent dans son auberge, avec leurs mines défaites et une besace pour tout bagage, il lui suffit d'un regard pour deviner leur situation. Elle ne leur posa aucune question, prit une clé au tableau et les conduisit à l'étage. Elle leur ouvrit la porte d'une chambre, où se trouvaient un grand lit et un lavabo.

— Les toilettes et la douche sont au bout du palier. Vous devriez en profiter maintenant, vous en avez tous les deux grand besoin. Les prochains jours, évitez de vous promener dans les couloirs le matin avant neuf heures et ne descendez jamais en fin d'après-midi. Si vous m'entendez tousser derrière mon comptoir, remontez dans vos appartements. Les repas sont servis à midi et à dix-neuf heures trente.

— Je vais vous régler quelques jours d'avance, proposa Hanna. En demi-pension, nous nous abstiendrons de dîner.

— Vous déjeunerez et vous dînerez. Quand vous franchirez les montagnes, vous n'aurez pas d'autre choix que de jeûner, alors d'ici là, nourrissez-vous bien. Et pour l'argent, nous verrons cela plus tard.

Elle referma la porte derrière elle. Hanna s'approcha du lit, caressa la couverture et s'allongea sur le matelas en poussant un soupir.

— Je ne sais plus à quand remonte la dernière fois où j'ai dormi dans des draps en coton, touchez comme ils sont doux.

Elle enfouit sa tête dans l'oreiller et inspira à pleins poumons.

— Et cette odeur de propreté, j'avais oublié comme cela pouvait être divin.

— Je m'installerai par terre, proposa Robert en parfait gentleman.

— Vous avez autant besoin de repos que moi, nous pouvons dormir côte à côte, cela ne me gêne pas.

— Et si moi, ça me gênait ? répondit-il d'un ton narquois.

Hanna s'amusa à lui jeter l'oreiller à la figure. C'était la première fois que Robert la voyait sourire.

— Mais nous allons d'abord écouter notre aubergiste et aller nous laver, il est hors de question de salir cette literie, dit-elle d'un ton autoritaire.

Hanna se rendit à la salle de bains la première, l'eau était glacée, mais elle éprouva un soulagement inouï sous la douche. Au cours des dernières vingt-quatre heures, son corps aussi avait souffert. Elle contempla ses pieds meurtris par la marche, et la maigreur de ses jambes lui fit peur. Elle était encore loin du but, perdue dans une France hostile, et pourtant, cette auberge lui semblait être un havre de paix, un refuge momentané où elle se sentait presque en sécurité. L'idée d'un vrai lit qui l'attendait acheva de la réconcilier avec la vie, elle commençait à espérer. La traversée des montagnes ne l'effrayait pas, la liberté se trouvait au bout de ce périple et avec elle un départ vers l'Amérique. Elle y avait laissé ses plus beaux souvenirs : les voyages qu'elle avait faits avec ses parents. Le chagrin revint et elle retint ses larmes. On toqua à la porte.

— Tout va bien ? entendit-elle.

— Oui, très bien.

— Je m'inquiétais, chuchota Robert de l'autre côté de la porte, j'ai cru que vous aviez fait un malaise, cela fait un temps fou que vous êtes là-dedans.

— Cela faisait un temps fou que je n'avais pas pris une vraie douche alors j'en profitais, je vous laisse la place.

Elle sortit de la salle de bains, le corps drapé d'une serviette qui épousait ses formes. Ses seins ronds apparaissaient sous le linge et Robert ne put s'empêcher d'y poser les yeux. Elle surprit son regard et se sentit troublée. La seule fois qu'elle avait suscité du désir, c'était à la sortie du lycée, auprès d'un garçon de son âge dont la cour éperdue l'avait laissée de marbre – mais Robert était un homme.

— Qu'est-ce qu'il y a ? demanda-t-il.

— Rien, le couloir est étroit et vous bloquez le passage.

Il s'écarta pour la laisser passer et leurs corps se frôlèrent.

Lorsqu'il revint dans la chambre, Hanna dormait profondément, il l'observa un long moment avant de se coucher près d'elle. Elle poussa un soupir, se retourna et posa sa main sur son torse, les paupières closes.

— Vous avez déjà fait l'amour ? chuchota-t-il.

— Non, répondit-elle à voix basse. Et vous ?

— Vous me laisseriez vous embrasser ?

Hanna ouvrit les yeux et accepta son baiser. Elle avait craint sa fougue, mais il fut délicat. La chaleur de sa peau et l'envie d'être femme eurent raison de sa peur, elle l'étreignit de toutes ses forces. La vie ne manque pas d'humour, car c'est à Seix qu'Hanna fit l'amour pour la première fois.

*

La salle à manger de l'auberge était rustique. Huit tables en bois y accueillaient les pensionnaires, des rideaux en dentelle pendaient aux fenêtres et une pendule murale venait troubler le silence de son tic-tac régulier. Mme Broué se donnait toutes les peines du monde pour nourrir ses hôtes. Une jeune fille du village assurait le service. À midi on servait de la piperade, le soir une tortilla aux pommes de terre et un gâteau sablé. Quatre jours et quatre nuits remirent Hanna et Robert sur pied, faire l'amour aussi. Hanna avait découvert le plaisir et en redemandait. Et bien que les lèvres de Robert le fissent encore souffrir, il n'économisait pas ses baisers. Chaque fois qu'il l'étreignait, Hanna sentait entrer en elle le souffle de la vie, et ses ardeurs venir chasser la mort.

Une semaine s'était écoulée quand Mme Broué vint frapper à la porte de la chambre pour les prier de descendre. Un homme les attendait dans la salle à manger. C'était un passeur.

Un convoi partirait le soir même. Ils seraient dix en tout. Principalement des étudiants parisiens voulant gagner Alger pour y rejoindre l'armée du Comité français de libération nationale. Le passeur s'étonna que Robert n'ait pas été pris en charge par le réseau Comète qui s'occupait des aviateurs étrangers. Robert expliqua qu'il n'avait plus aucun contact avec son commandement depuis son arrivée.

— Les conditions sont plutôt favorables, expliqua le passeur. La météo est bonne, et en montagne elle peut s'avérer plus dangereuse que les boches. Depuis que les Alliés ont débarqué, les patrouilles allemandes commencent à se réduire. Ils ont peur d'un autre débarquement au sud et de se retrouver pris en étau, alors ils foutent le camp. L'an dernier, il y en avait plus de trois mille à traquer ceux qui veulent s'évader par la montagne, maintenant ils sont bien moins nombreux, mais il faudra tout de même être prudents. Vous avez tous à peu près le même âge, ce qui nous permettra de maintenir une allure régulière. Le départ se fera à vingt-trois heures, tenez-vous prêts.

Mme Broué leur remit des vêtements chauds. Quand Hanna voulut la régler, elle refusa son argent.

— Gardez vos sous pour acquitter votre passage ; normalement c'est deux mille francs par personne, mais j'ai obtenu que vous ne payiez que la moitié chacun. José est un bon passeur, vous pouvez lui faire confiance, il vous mènera jusqu'à Alós d'Isil. Quand vous verrez la petite église romane avec sa statue d'Ève, vous serez libres. Enfin presque, faites attention à vous en Espagne, les Français qui se font arrêter finissent au camp de Miranda.

Ce soir-là, le dîner se déroula dans une solennité étrange. Aux tables, on murmurait à peine et quand Mme Broué servit son gâteau, les hommes entonnèrent un chant basque qui fit monter les larmes aux yeux de ceux qui s'apprêtaient à partir.

*

La traversée des Pyrénées fut plus pénible que le guide ne l'avait laissé entendre. Les *évadés* marchaient jusqu'au bord de l'épuisement et ce n'était que lorsqu'un d'entre eux s'écroulait que l'équipage s'arrêtait le temps de reprendre des forces. Bien que l'on fût en été, les passages de cols les plongeaient dans des températures glaciales que le vent amplifiait. Au pic d'Aneto, il leur fallut marcher à travers les neiges éternelles, Hanna avait les pieds gelés, mais elle fit preuve d'un courage admirable. Les étudiants qui les accompagnaient étaient déjà épuisés par une longue traversée de la France, mal nourris au cours de leur voyage. L'entraide fut exemplaire et le guide les forçait à avancer. Les pentes étaient raides, mais dès que l'un chutait un autre l'aidait à se relever. Au matin, le lever du jour sur les montagnes fut un spectacle dont la splendeur impressionna tout le groupe. C'était un moment de paix inoubliable qui marquerait les esprits à jamais.

Enfin, ils aperçurent la petite église romane. Le guide indiqua un sentier qui descendait vers la vallée.

— Nous sommes en Espagne, je vous souhaite à tous bonne route et longue vie.

Puis il ôta son béret et le fit passer pour se faire payer. Les poches se vidèrent, et il récolta bien moins que les sommes demandées, mais il s'en contenta et repartit vers la France.

Quatre heures de marche plus tard, un couple de bergers vit arriver cet étrange équipage. Pourtant ils ne semblèrent pas s'en étonner. Ils les firent entrer chez eux, leur servirent une polenta et du lait de brebis et ne posèrent aucune question.

Ravivé par ce repas et une nuit de repos, le groupe se sépara au matin suivant. Hanna et Robert longèrent une route goudronnée. Des ouvriers espagnols les firent monter à bord de leur camion et les déposèrent dans une auberge tenue par des gens de confiance.

Il y avait un téléphone, Robert réussit à joindre le consulat américain. Ils dormirent le restant de la journée, une voiture vint les chercher à la tombée du soir. Ils roulèrent une bonne partie de la nuit et arrivèrent à Madrid.

Ils passèrent une semaine au consulat américain. Robert fut débriefé par un agent de liaison. Son identité vérifiée, on lui offrit de l'emmener à Gibraltar. De là, un bateau le conduirait à Tanger où il pourrait embarquer sur un cargo et rentrer au pays. Le consul lui rappela qu'Hanna n'étant pas américaine, elle ne pourrait pas faire partie du voyage. Robert entra dans une colère noire, et refusa de partir sans elle. Le consul était désolé, il ne pouvait rien faire.

Le lendemain, il les maria et Hanna devint citoyenne des États-Unis d'Amérique.

Dix jours plus tard, accoudée à la balustrade d'un navire, elle regardait la côte s'éloigner. Blottie contre son mari, elle le remercia de lui avoir sauvé la vie.

— C'est à toi que je dois d'être vivant, répondit Robert, ému. Nous avons surmonté ensemble ce cauchemar, sans toi, j'aurais renoncé depuis longtemps.

L'un rentrait au pays, l'autre quittait le sien pour l'inconnu, tous deux avec pour seul bagage une besace que Robert n'avait jamais quittée.

31

Eleanor-Rigby

Octobre 2016, Baltimore

La clientèle du bistrot était assez hétéroclite : un homme d'affaires les yeux rivés sur son portable, des étudiants plongés dans les méandres d'un jeu en ligne face à leurs écrans d'ordinateur, trois femmes enceintes devisant sur des vêtements de bébé et des marques de poussette, un jeune couple sans grand-chose à se dire, un autre de personnes âgées dévorant une pâtisserie avec une gourmandise espiègle.

George-Harrison nous avait choisi deux places au comptoir. J'avais opté pour une salade composée et un verre de Coca zéro.

— Vous n'arrêtez pas de tourner sur ce tabouret, qu'est-ce qu'il y a de si passionnant dans cette salle ?

— Des gens, répondis-je.

— Quand vous débarquez dans une ville qui vous est inconnue, où vous rendez-vous en premier pour trouver un angle ? me demanda-t-il.

— Un angle… quel angle ?

— Je parlais de l'écriture de vos articles.

— Les marchés à ciel ouvert, c'est à peu près le seul endroit où toutes les couches d'une société se côtoient et vous n'imaginez pas ce que l'on apprend en regardant les étals des marchands, ce qu'ils mettent en valeur, ce que leurs clients achètent.

— Si, j'imagine assez bien, dit-il en reposant son verre.

Il avait bu sa bière presque d'un trait et dévoré son sandwich en trois bouchées. Chez la plupart des hommes, j'aurais trouvé cet empressement vulgaire, peut-être même repoussant, mais pas chez lui.

Il émanait de George-Harrison une élégance à l'état brut, sans le moindre calcul, une sérénité apaisante et, plus troublant peut-être, une sincérité déconcertante. Même quand il s'était énervé un peu plus tôt, sa voix était restée calme. Mon journaliste du *Washington Post* n'avait pas ces qualités, il ne m'avait jamais posé de question sur ma façon d'écrire, jugeant son travail plus important que le mien et je me rendais compte que j'avais été aveugle et perdu beaucoup de temps. Mais c'était peut-être ce que je cherchais finalement, perdre du temps dans une relation vouée à l'échec. Ma liberté m'a toujours éloignée des réalités.

Une fille en jean et pull moulant entra dans le bar et les trois étudiants abandonnèrent un instant leurs dragons et vikings pour la mater. Elle était ravissante et le savait, elle avait dix ans de moins que moi et j'enviai son assurance et sa désinvolture. C'était stupide, car pour rien au monde je n'aurais voulu revenir dix ans en arrière. Grandir n'est pas une mince affaire, même si je regrettais l'époque où, au saut du lit, je pouvais enfiler n'importe quoi, et sortir en ayant l'air impeccable. Elle alla s'installer à une table et je ne pus m'empêcher de vérifier si George-Harrison poserait les yeux sur elle. Il n'en fit rien et je m'étonnai que cela me fasse si plaisir.

— Et vous, comment attaquez-vous la fabrication d'un meuble ?

George-Harrison sourit malicieusement.

— Avec mes outils. Mais vous n'étiez pas obligée de me poser cette question, juste par politesse.

C'est ce qui s'appelle se faire prendre la main dans le sac et ma mine coupable ne lui échappa pas.

— Je vous taquine, je commence par le dessiner.

— Dessinez-moi un mouton, s'il vous plaît.

— J'en fabrique rarement. Mais je peux vous dessiner sa caisse, si vous voulez, je ferai en sorte de ne pas oublier les trous pour qu'il respire.

— C'est le premier livre qui m'a marquée, lui confiai-je.

— Je crois que vous n'êtes pas la seule.

— Je sais, je manque terriblement d'originalité. Et vous ?

— *Charlie et la chocolaterie*, et comme vous allez me demander pourquoi, autant vous le dire tout de suite, j'avais un faible pour Willy Wonka. Mais je crois que c'est *If* de Kipling qui a marqué mon adolescence.

Évidemment que ce poème avait marqué son adolescence. Qui n'aurait pas rêvé d'un père qui lui lise ces mots. J'avais promis à George-Harrison de l'aider dans sa quête, mais j'avais en tête d'autres priorités.

— Je suis désolé, dit-il. Vous vous étiez enfin décidée à ce que l'on fasse connaissance et je ne vous ai pas facilité la tâche.

— Ce n'était pas mon intention, mentis-je.

— Dommage, soupira-t-il. Depuis notre rencontre, nous ne parlons que d'histoires qui appartiennent au passé, mais vous avez l'esprit ailleurs et j'aurais tort d'insister. Vous n'auriez pas envie d'aller faire quelques pas ? Ce sandwich m'est tombé sur l'estomac.

Je lui aurais bien conseillé de moins bâfrer la prochaine fois, mais je me suis abstenue, et ça ne me ressemblait pas. Je n'étais plus moi-même en sa compagnie, alors j'ai pris mon sac et je me suis levée.

Nous avons arpenté les rues en silence. Nous sommes entrés dans une boutique de souvenirs, je cherchais un cadeau pour Michel, mais je n'ai rien trouvé qui lui aurait plu. J'ai bien failli pousser la porte d'un magasin qui vendait des tee-shirts, histoire de voir ce qu'il me restait de mes vingt ans. George-Harrison a deviné mon envie et m'y a entraînée. Il a balayé les portants, fouillé les étagères et a choisi deux tee-shirts qu'il m'a tendus. Je n'ai pas voulu le contrarier et je les ai passés à tour de rôle sur le petit haut que je portais. Il a fait non de la tête, et il est allé en chercher deux autres. Nous avions l'air d'un couple en train de faire des courses, sauf que nous n'étions pas un couple. Un peu plus tard, dans la rue, j'ai cru qu'il allait me prendre la main. Je pense que ça ne m'aurait pas déplu. Je n'avais pas marché main dans la main avec un homme depuis très longtemps. En soi, ça n'a pas grande importance, mais quand on fait ce genre de constat on finit bêtement par se dire que quelque chose cloche dans votre vie. Et puis au détour d'un carrefour, il a lâché :

— Je passe un très bon moment, c'est peut-être idiot, mais j'avais envie de vous le dire.

— Non, ce serait plutôt idiot de ne pas le dire, moi aussi je passe un très bon moment.

Une chance sur dix qu'il se retourne, plante ses yeux dans les miens et qu'il essaie de m'embrasser.

Ce n'était pas mon jour de chance et il était grand temps que je cesse ce petit manège.

J'avais pourtant acheté l'un des tee-shirts qu'il m'avait choisis. Je le mettrais de retour à Londres, devant la télé, un verre de vin en main, trinquant avec ma fichue liberté.

Pensées pour Londres et aussitôt pour mon père. L'heure était venue que je l'interroge. Il en savait forcement plus que ce qu'il avait bien voulu nous dire. Je me suis isolée sur un banc, il n'était que vingt heures chez lui, je ne risquais pas de le réveiller.

Après cinq sonneries je commençai à m'inquiéter. Lorsqu'il a décroché, j'ai entendu des éclats de voix autour de lui.

— Ray Donovan, à l'appareil, à qui ai-je le plaisir ? demanda-t-il en se raclant la gorge.

— Tu regardes la télé ? Il y a un bruit dingue autour de toi.

— Je reçois, ma chérie, me répondit papa. Maggie et Fred sont venus me rendre visite avec un couple d'amis, je reconnais que c'est assez animé, ils ont apporté un excellent vin et pas qu'une seule bouteille, si tu vois ce que je veux dire.

— Quels amis ?

— Très sympathiques, lui est aussi dans la restauration et elle travaille pour une agence de publicité. Je ne crois pas que tu les connaisses. Tu veux dire un mot à ta sœur ?

Depuis mon arrivée à Baltimore, Maggie n'avait pas cherché à prendre de mes nouvelles, et elle semblait se désintéresser de mes recherches, comme si un appel à l'étranger avait été au-dessus de ses moyens. Alors non, je n'avais aucune envie de lui faire la conversation, d'autant que je me sentis soudain tenue à l'écart de sa vie. Je n'avais jamais entendu parler de ce couple. Étaient-ce des copains de Fred ? La vérité est que j'étais jalouse, jalouse que ma sœur ait une vie sociale alors que je n'en avais pas. Jalouse et honteuse de l'être, car elle n'était en rien responsable de mes choix et il n'appartenait qu'à moi d'en assumer les conséquences. Un jour, je lui présenterais mes excuses, pour avoir été parfois mesquine et injuste avec elle. Je m'en fichais bien que Papa l'aide financièrement. L'argent n'a jamais compté pour moi et je jure devant sainte Edina et sainte Patsy qu'il n'y a pas plus désintéressé que moi.

— Elby ? Tu es toujours là ?

— C'est à toi que je veux parler et à toi seul, repris-je. Tu pourrais aller t'isoler quelque part ?

— Ne quitte pas, je vais aller dans ma chambre.

Mon père grogna en s'asseyant sur son lit. Ses genoux le faisaient souffrir chaque fois qu'il les pliait.

— Voilà, j'y suis. Tu as un problème ?

— Non, tout va bien.

— Quel temps fait-il là bas ?

— Je t'appelle de loin alors oublions la météo. Papa, je voudrais que tu me dises la vérité. Qu'est-ce que Maman faisait à Baltimore ?

Il y eut un silence, j'entendis le souffle de mon père.

— Ce n'est pas pour ton journal que tu es partie si précipitamment, n'est-ce pas ?

Même au téléphone, je ne sais pas mentir, alors je lui ai parlé de la lettre anonyme, des accusations qu'elle contenait, mais je n'ai rien dit de la photo où ma mère embrassait celle de George-Harrison. Papa s'est de nouveau tu quelques instants, il a poussé un grand soupir et il s'est enfin décidé à parler.

— Quand je t'ai dit que ta mère était revenue au pays, j'ai un peu déformé la réalité. Son pays, c'étaient les États-Unis. Ta mère est née à Baltimore, reprit mon père. Elle y a grandi jusqu'à ce qu'on l'envoie en pension en Angleterre. Elle y a beaucoup souffert de solitude. Jusqu'au jour où nous nous sommes rencontrés dans un pub. La suite, tu la connais, nous avons flirté quelques années et puis elle a voulu renouer avec les siens, elle est rentrée chez elle, pour revenir dix ans plus tard.

— Maman n'avait pas de parents, vous nous avez toujours dit qu'elle avait grandi dans un orphelinat.

— Lorsqu'on vous expédie dans un pensionnat à quatorze ans, si loin de chez vous et contre votre gré, c'est un peu la même chose qu'un orphelinat.

— Pourquoi tous ces non-dits ?

— C'est à elle qu'il aurait fallu que tu poses la question, hélas, il est trop tard. Elby, je t'en prie, ne va pas remuer le passé de ta maman, tu ne peux pas douter une seconde de l'amour qu'elle te portait, à toi encore plus qu'à ton frère et ta sœur. Laisse-la en paix, et sa jeunesse avec, garde en toi la mère qu'elle a été.

— Tu n'as pas bronché quand je t'ai dit qu'elle avait commis un vol, j'en déduis qu'elle te l'avait avoué.

— Je t'interdis de penser qu'elle était une voleuse. C'est absolument faux ! s'insurgea mon père.

— Papa, j'en ai la preuve. J'ai passé la matinée dans un commissariat, j'ai eu accès au dossier de l'époque. Il y a trente-cinq ans, Maman a commis un casse retentissant dans la propriété d'une riche famille. Je t'en prie, ne mens plus. Il n'y a plus de Père Noël ni de prince charmant dans ma vie, tu es le seul en qui je peux croire.

— Ce n'était pas seulement la maison d'une famille de notables, ma chérie, c'était surtout la sienne. Puisque tu as réussi à mettre la main sur les archives de la police, je suppose que tu ne mettras plus longtemps à comprendre la suite. Son nom de jeune fille, celui que tu as connu, c'était celui de son grand-père, un certain Sam Goldstein. Elle l'a emprunté au moment où nous nous sommes mariés.

— Pourquoi a-t-elle changé d'identité ?

— Parce qu'elle avait tiré un trait sur tout un pan de sa vie, et refusait obstinément que vous appreniez un jour la vérité.

— Pourquoi ?

— Pour rompre la malédiction. Elle voulait que ses enfants soient des Donovan et jamais des Stanfield.

J'étais abasourdie – cette fois, c'est moi qui restai sans voix.

— Alors Maman était la fille d'Hanna et Robert Stanfield ? soupirai-je.

— En quelque sorte, oui.

— De quelle malédiction parles-tu ?

— Les trahisons, les mensonges, le désamour et les drames qui ont frappé les siens comme leurs conjoints.

— Que sont devenus ces grands-parents que je n'ai jamais connus ?

— Ce ne sont pas tes grands-parents, ils avaient renié leur fille, hurla mon père. Ils sont morts et je t'en supplie, Elby, ne vas pas chercher leur tombe, ta mère se retournerait dans la sienne. Tu m'as bien compris ?!

Je n'avais jamais entendu Papa se mettre en colère, et le ton de sa voix me stupéfia. Du haut de mes trente-cinq ans, je me suis sentie soudain rapetisser dans le corps d'une gamine. Et les larmes me sont montées aux yeux quand il m'a raccroché au nez.

George-Harrison s'est approché de moi, il m'a vue sangloter et m'a prise dans ses bras.

— Que s'est-il passé pour que vous soyez dans un tel état ?

Il a posé sa main sur ma nuque et je me suis blottie dans ses bras. J'étais incapable d'arrêter de pleurer. Et quand j'y suis finalement arrivée, entre deux derniers sanglots je me suis confiée à lui.

Un monde s'était écroulé en une conversation téléphonique. Toute sa vie, Maman m'avait menti sur son passé, et aussi sur le mien. J'avais eu des grands-parents détestables à ses yeux, mais que j'aurais pu connaître si elle n'en avait pas décidé autrement à ma place. Je n'étais plus uniquement anglaise, mais à moitié américaine. Mais surtout, je venais de découvrir dans la colère de mon père que je n'étais pas seulement l'aînée des Donovan, mais aussi la dernière des Stanfield.

George-Harrison a essuyé mes larmes du revers de sa main et m'a regardée fixement.

— Je reconnais que cela fait beaucoup d'informations à digérer, mais j'ai l'impression que ce qui vous bouleverse le plus c'est que votre père vous ait raccroché au nez. Vous devriez le rappeler.

— Jamais de la vie !

— Il est aussi malheureux que vous, mais c'est à vous de faire le premier pas. Il a dû lui en coûter beaucoup de vous raconter tout ça.

Je fis non de la tête, et il me sermonna.

— Vous avez la chance de l'avoir, ne faites pas l'enfant gâtée, même si cet air de sale gosse vous va drôlement bien. Je n'aurais pas aimé vous fréquenter sur les bancs de l'école.

— Qu'est-ce que ça veut dire cette petite remarque ?

— Rien, enfin si, je pense que les garçons à qui vous plaisiez ont dû en baver.

— N'importe quoi !

Mon portable se mit à vibrer. George-Harrison me sourit et il eut l'élégance de s'éloigner vers son pick-up. Je me décidai à décrocher.

— Qu'est-ce que tu as raconté à Papa pour le mettre dans cet état ? cria Maggie. Je m'inquiétais de ne pas le voir revenir, je suis entrée dans sa chambre et je l'ai trouvé bouleversé sur son lit. Même à l'autre bout du monde, tu te débrouilles pour foutre une belle soirée en l'air !

Je n'avais pas du tout envie de me disputer avec elle. Et puis c'était le moment ou jamais de mettre mes résolutions à l'épreuve, alors je suis restée calme et je lui ai tout révélé. Chaque fois que je terminais une phrase, elle soufflait dans le combiné et disait « Oh merde ». J'en ai entendu au moins dix de ses « Oh merde ». Quand j'en suis arrivée au fait que nous étions, Michel, elle et moi, descendants de l'illustre Frederick Stanfield et d'une grande famille américaine, je l'ai entendue s'exclamer « Oh putain, de putain, de putain de merde ». Du Maggie tout craché.

— Bon, voilà ce que nous allons faire, a-t-elle repris tout excitée. Moi je m'occupe de Papa, ça ne va pas vraiment me changer de l'ordinaire, mais je vais arranger les choses entre vous. Laisse-lui la nuit pour se calmer et rappelle-le demain matin pour t'excuser.

— Mais de quoi devrais-je m'excuser ? Ce sont eux qui nous ont menti sur toute la ligne. Sans cette foutue lettre, et si je n'étais pas venue jusqu'ici, nous serions restés toute notre vie dans l'ignorance.

— En attendant, ils nous ont aimés comme personne. Tu vas t'excuser parce que tu as le père le plus génial du monde, celui que toutes nos copines nous enviaient, parce qu'il est l'homme le plus généreux qui soit, et que je ne lui connais aucun défaut à part sa gourmandise et son attachement ridicule à sa vieille voiture pourrie. Alors quand on a la chance d'avoir un paternel comme ça, on ravale son orgueil !

J'étais censée être l'aînée, mais ce n'était pas ma première régression de la journée, alors je me suis tue.

— Et pendant que je m'occupe d'apaiser Papa, toi, ma vieille, tu vas aller dégoter ce trésor, quel qu'il soit. Je ne peux pas croire que Maman ait été assez conne pour abandonner sa part. Moi aussi je rêve de m'installer à Londres, et pas nécessairement chez Fred, si tu vois ce que je veux dire. Alors je compte sur toi, au boulot et n'oublie pas de me tenir au courant.

— *S'il te plaît*, n'oublie pas d'appeler pour me tenir au courant, *s'il te plaît*, Elby ! précisai-je.

— Tu en es où avec ton Beatles ? se contenta-t-elle de répondre.

— Nulle part, dis-je d'une voix laconique.

— Eh bien surtout, tu restes nulle part, il est peut-être là pour te le piquer, ce trésor. Et rien ne nous prouve que ce n'est pas lui qui a tout orchestré pour mettre la main dessus.

— Maggie, tu ne sais pas de quoi tu parles.

— S'il y a un domaine où je sais de quoi je parle, c'est les hommes. À demain.

Et elle raccrocha.

Je savais désormais appartenir à une famille dont j'ignorais presque tout et que je ne connaîtrais jamais. Par respect pour ma mère, je n'entreprendrais rien pour retrouver leur sépulture. M'y recueillir n'aurait eu aucun sens, hormis celui d'une trahison. Mais si maman avait changé son nom de jeune fille pour emprunter celui de Sam Goldstein, c'est qu'il devait être quelqu'un de bien, et je ressentis le profond désir d'en apprendre plus à son sujet. Sur l'histoire des Stanfield également, pour être tout à fait honnête.

George-Harrison m'attendait dans son pick-up. J'allai le rejoindre. Il leva le pouce en l'air, l'air interrogatif, voulant savoir si Papa et moi nous étions rabibochés. Quoi qu'en pensât Maggie, je n'imaginais pas une seconde qu'il puisse être le corbeau.

— Tout va bien ? me demanda-t-il en se penchant pour m'ouvrir la portière.

— Disons que tout ira mieux demain.

— Parfait, et maintenant, où allons-nous ?

Je me sentais coupable, car si de mon côté l'enquête avançait à grands pas, du sien, elle était au point mort. Je m'en excusai auprès de lui.

Ne vous en faites pas. J'attends depuis si longtemps que je n'en suis plus à une semaine près, ou un mois, ou un an, peut-être même jamais.

— Ne dites pas ça, je vous promets que nous le trouverons.

— Nous verrons, en attendant, je ne vois qu'une personne qui puisse nous en dire plus, alors demain matin, nous retournerons questionner le professeur Shylock.

Un vieux pick-up garé dans une rue de Baltimore est probablement l'un des endroits les moins romantiques au monde, et pourtant, sûrement à cause d'un trop-plein d'émotions, c'est celui que j'ai choisi pour embrasser George-Harrison.

Ce fut un long et fougueux baiser, au point d'en oublier où nous nous trouvions ; un baiser volé d'une tendresse inoubliable qui, étrangement, n'avait rien d'un premier baiser. Si complice et si spontané qu'il me laissa l'impression que nous nous connaissions depuis toujours.

— Je ne sais pas ce qui m'a pris, bafouillai-je, rouge de confusion.

George-Harrison démarra et nous roulâmes un long moment, main dans la main, et en silence.

32

Eleanor-Rigby

Octobre 2016, Baltimore

La fin d'après-midi avait été une étrange parenthèse. George-Harrison se comportait comme si rien ne s'était passé entre nous. À table, j'étais si peu diserte qu'il se sentit obligé de faire la conversation pour deux. À court de sujets, il avait fini par me parler de sa mère. Il lui vouait une admiration sans réserve. Elle avait été une femme libre, qui jamais n'avait renié ses valeurs.

— Son truc, c'était d'embrasser toutes les causes, surtout les plus désespérées, me dit-il amusé. J'avoue que parfois, elle poussait le bouchon un peu loin. Quand j'ai ouvert mon atelier, elle m'a forcé à mettre de l'argent de côté pour replanter les arbres que j'allais sacrifier. Ce qui est une accusation éhontée, nettoyer les forêts est essentiel à leur préservation, mais chaque fois que je le lui expliquais, elle me sortait un dépliant sur les ravages des scieries amazoniennes. La défense de la planète, la protection de l'enfance, la lutte contre les inégalités sociales, l'autoritarisme et la bigoterie, les combats pour la liberté et la tolérance… je crois que tout y est passé, mais son cheval de bataille, c'était la corruption. Elle vouait une haine féroce à tous ceux qui par soif de pouvoir et d'argent ont sacrifié leur humanité. Combien de fois l'ai-je vue s'emporter en lisant son journal. Je me souviens de sa dernière indignation avant qu'elle ne divague… « Des enfants meurent tous les jours sous des bombes, ou de faim, ou d'épuisement à force de travailler dans des conditions innommables et des gens vont manifester contre ceux qui s'aiment parce qu'ils sont du même sexe ! Quels hypocrites ! » Enfin, c'est à peu de chose près ce qu'elle disait. La justice à deux vitesses était aussi l'un de ses sujets favoris. « Amuse-toi à ne pas payer une amende et ils viendront t'enlever ta voiture, mais eux se servent allègrement dans les caisses de l'État, se font payer des salaires à ne rien foutre, truquent les marchés publics pour s'en mettre plein les poches, et quand ils se font prendre, on leur tapote gentiment sur la main et tout le monde s'en fiche. » Parfois, je me demande si ce n'est pas d'avoir nourri autant de colères qui lui a fait perdre la raison.

Ce n'était pas que sa conversation m'ennuyait, mais jamais une soirée ne m'avait paru durer une telle éternité. J'espérais qu'il ne prendrait pas de dessert, pas de chance, il avait un appétit d'ogre. J'avais regardé la serveuse qui allait de table en table, voulant changer de peau avec elle. J'ai prétexté devoir aller aux toilettes pour lui fausser compagnie. Quand je suis revenue, il avait réglé l'addition et m'attendait, prêt à partir.

Nous avons marché jusqu'à l'hôtel et en sortant de l'ascenseur, il m'a dit :

— J'ai passé une très bonne soirée, vous pas. Je suis désolé, je crois que j'ai beaucoup trop parlé. À demain.

Il m'a laissée en plan dans le couloir. J'étais un volcan en fusion, j'aurais pu traverser le plancher et me retrouver à l'étage inférieur. J'ai eu envie de foncer jusqu'à sa chambre pour tambouriner à sa porte et lui demander s'il s'était aperçu que sa langue s'était aventurée dans ma bouche. Au moins, le message était clair. Dès le lendemain, j'adopterais le même comportement et agirais comme si rien ne s'était passé.

Je dormis peu, ne cessant de ressasser la conversation avec mon père. Au petit matin, un cauchemar me projeta dans la demeure des Stanfield. Elle était somptueuse, avec ses murs en boiseries, rehaussées à la feuille d'or, ses sols en marbre et ses lustres en cristal. En passant devant un miroir, je m'étais vue en livrée de domestique. Je portais une blouse à rayures, cintrée à la taille, une collerette en dentelle retenait mes cheveux roux, je tenais dans mes mains un plateau bien trop lourd et entrais maladroite dans la salle à manger. Hanna et Robert Stanfield présidaient aux deux extrémités d'une immense table en acajou où se dressaient chandeliers et couverts en argent. Ma mère avait l'apparence d'une enfant et se tenait droite sur sa chaise. En face d'elle, un vieil homme lui souriait d'un air bienveillant. Alors que je servais la maîtresse des lieux, elle me fit remarquer que mon plateau penchait et que si je tachais son tapis persan, elle retiendrait le prix du nettoyage sur ma solde. D'un geste autoritaire, elle m'envoya servir les autres. Le grand-père m'adressa un clin d'œil au passage et lorsque je m'approchai de ma mère, elle me fit un croche-patte. Je m'étalai de tout mon long et la tablée éclata de rire.

Je me réveillai en sueur. J'ouvris la fenêtre de ma chambre d'hôtel et contemplai le jour se lever sur les anciens docks de Baltimore.

*

— Bien dormi ? me demanda George-Harrison à la table du petit déjeuner.

— Comme un loir, lui répondis-je, en me plongeant dans le menu.

Un peu plus tard, à bord de son pick-up, nous fîmes route vers l'université.

Shylock nous laissa patienter plus d'une heure. Sa secrétaire nous informa qu'il corrigeait des copies et nous recevrait quand il aurait fini.

Nous entrâmes dans son bureau, il avait l'air de bonne humeur.

— Que puis-je faire pour vous ? me demanda-t-il.

Je décidai que cette fois, ce serait moi qui poserais les questions.

— Qui était Sam Goldstein ?

— Un grand marchand d'art, et le père d'Hanna Stanfield. Mais quelque chose me dit que vous le saviez déjà.

— Alors, dites-moi ce que nous ignorons.

— C'est la deuxième fois que je vous reçois, et au cas où cela vous aurait échappé, j'ai d'autres obligations que de jouer aux devinettes avec des étrangers. Si vous commenciez par me dire ce qui vous amène vraiment ici, et pourquoi vous vous intéressez tant à cette famille ?

George-Harrison posa sa main sur mon genou. Je compris qu'il m'incitait à bien réfléchir avant de répondre. Si le professeur était le corbeau, je risquais de nous jeter dans la gueule du loup.

— Je vous écoute ! insista-t-il.

— Je suis la petite-fille d'Hanna Stanfield, Sally-Anne était ma mère.

Shylock me regarda avec stupéfaction, il ouvrit grand les yeux et repoussa son fauteuil. Il se leva sans la moindre grimace, comme si sa sciatique n'était plus qu'un lointain souvenir. Puis il alla jusqu'à la fenêtre, observa le campus et se frotta la barbe.

— Si ce que vous me dites est vrai, voilà qui pourrait tout changer, grommela-t-il.

— Changer quoi ? intervint George-Harrison.

— Pour commencer, l'absence totale d'intérêt que je vous portais jusque-là. Si vous êtes une Stanfield, c'est différent, nous pourrions trouver un terrain d'entente.

— C'est l'argent qui vous intéresse ? demandai-je.

— Soit vous êtes sotte, soit vous êtes grossière. Je préférerais que vous soyez grossière, sinon, la suite risque d'être une perte de temps considérable. Vous n'avez pas l'air très fortunés, ni l'un ni l'autre, et si vous espériez mettre la main sur un héritage familial, vous allez être déçue, car il n'en reste rien.

— Soit vous êtes sot, soit vous êtes grossier, répondis-je, mais je suis incapable de vous dire ce que je préférerais.

— Vous ne manquez pas de toupet de me parler sur ce ton !

— C'est vous qui avez commencé, lui fis-je remarquer.

— Bon, tâchons de repartir sur de bonnes bases. J'ai un petit marché à vous proposer.

Shylock admit avoir menti quand il nous avait dit qu'après qu'Hanna l'avait congédié, il n'avait plus jamais revu Robert. Un mensonge par omission précisa-t-il, car il n'avait jusque-là aucune raison de nous en dévoiler plus.

— Si Hanna vouait une passion à son fils, son mari n'avait d'yeux que pour sa fille. De fait, lorsque Sally-Anne s'est mise à le détester, ce fut pour lui une terrible épreuve. Son exil dans une pension anglaise ne fit qu'aggraver les choses et plongea Robert dans une solitude effroyable dont il se sentait responsable. Il aurait tout sacrifié pour récupérer sa confiance et restaurer les liens qui les unissaient jusque-là. Je suis certain que si son épouse ne l'en avait empêché, il serait allé jusqu'au bout. Mais c'était elle qui menait la danse, et elle avait une poigne de fer.

— Pourquoi Maman s'est-elle mise à détester son père ? Il avait porté la main sur elle ?

— Robert ? Avoir un geste déplacé envers sa fille ? Jamais de la vie ! Elle avait surpris une conversation qu'elle n'aurait pas dû entendre, tout du moins pas à douze ans.

— Vous l'appelez par son prénom, comme si vous étiez intimes.

— Nous le sommes devenus. Quelques mois après notre rencontre dans son bureau, il est venu me voir. Il était assis sur cette chaise que vous occupez. Puisque je m'intéressais tant à la dynastie des Stanfield, il s'offrit à m'ouvrir ses archives, à condition que j'écrive également un chapitre sur son histoire. Robert avait besoin de se confier à quelqu'un qui n'était pas partie prenante et dont la crédibilité ne souffrirait aucun doute.

— Se confier à propos de quoi et dans quel but ?

— Rétablir sa vérité. Pour que sa fille en prenne un jour connaissance, lui pardonne et revienne. J'ai vu là l'occasion de mener à bien mon projet et j'ai accepté. Moi aussi j'avais posé mes conditions. Ce serait donnant-donnant, je ne lui ferais aucune concession et raconterais les faits tels qu'ils s'étaient déroulés. Robert s'est plié à ces règles. Nous nous sommes rencontrés chaque mercredi, dans ce bureau. Il m'apportait des documents précieux pour mon travail, petit à petit afin que sa femme ne s'aperçoive de rien. Nos rendez-vous ont duré des mois, et oui, nous sommes devenus amis. Malgré son insistance pour que je mène au plus vite mes travaux, entre mes occupations à l'université et les recherches qu'un historien de ma trempe se devait d'effectuer, j'ai tardé à me mettre à l'écriture. J'avais pourtant presque achevé mon manuscrit quand Hanna a mis fin au projet. Je ne sais de quoi elle l'a menacé, mais Robert m'a supplié de tout arrêter. Notre lien d'amitié m'obligeait à respecter sa volonté.

— Pourquoi ne pas avoir poursuivi après sa mort ?

— Vu les circonstances dans lesquelles il est parti, je dois reconnaître que c'était une belle mort pour un homme. Mais hormis le chagrin que sa disparition me causait, je ne pouvais rien publier. Une clause de notre pacte lui octroyait un droit de relecture. Je ne pouvais me passer de sa caution, non que la valeur de ma bibliographie des Stanfield en aurait pâti, mais je n'ai qu'une parole.

— Quelle conversation ma mère n'aurait jamais dû surprendre ? demandai-je à nouveau.

Shylock me regarda fixement, il sembla hésiter un instant avant de poursuivre.

— À notre tour d'établir un pacte, dit-il d'un ton grave. Je vous donne les moyens de tout apprendre, à la condition d'obtenir votre assentiment pour publier. Puisqu'il reste désormais une Stanfield, votre caution me libérera de ma promesse.

Shylock sortit de la poche de son gilet une chaînette au bout de laquelle, en lieu et place d'une montre à gousset, pendait une clé. Il se rendit vers un compartiment à casiers et l'ouvrit pour en sortir un épais dossier qu'il posa devant nous.

— Tout est là, dans ces pages. La partie qui vous intéresse est consignée dans les chapitres intitulés « 1944 » et « 1947 », consultez-les et revenez me voir. Je vous raconterai alors la suite.

Il nous raccompagna à la porte et nous souhaita bon vent.

*

Je passai le reste de ma journée dans la bibliothèque de l'université à lire assidûment le chapitre intitulé « 1944 ». Chaque fois que je terminais une page, je la confiais à George-Harrison qui la lisait à son tour.

Et c'est ainsi que je découvris l'histoire qui avait conduit Robert Stanfield de Baltimore jusqu'à un relais de chasse perdu au fond des bois en France. L'amitié qu'il noua avec Sam Goldstein, les combats qu'il mena dans la clandestinité, la torture qu'il endura, son évasion, le courage avec lequel il protégea celle qu'il épouserait, après une traversée périlleuse des Pyrénées.

En fin d'après-midi, je ne comprenais toujours pas pourquoi Maman s'était fâchée avec un homme de cette trempe, un homme qui s'était marié dans une ambassade à Madrid pour sauver la fille de Sam Goldstein. Un homme qui avait tenu parole et l'avait ramenée avec lui aux États-Unis.

Il me restait encore un chapitre à lire pour apprendre ce qu'il était advenu de mes grands-parents à la descente du bateau.

33

Robert et Hanna

Juillet 1944 à mars 1946, New York

La guerre était loin d'être finie quand, depuis le pont du navire, Hanna et Robert aperçurent le bras dressé de la statue de la Liberté émerger dans la brume du matin. Ce n'était, ni pour l'un ni pour l'autre, une première fois, mais en des temps pareils, ce qu'elle symbolisait suscita en eux une vive émotion et scella leur union bien plus que le jour de leur mariage.

Une fois l'immigration franchie, ils grimpèrent dans un taxi. Robert indiqua au chauffeur de les conduire au Carlyle, un palace respectable dont les fenêtres des derniers étages offraient une vue imprenable sur Central Park.

En attendant qu'on prépare leur suite, ils se rendirent au bar de l'hôtel. Robert commanda deux petits déjeuners et laissa son épouse pour aller téléphoner à ses parents. À Madrid, il n'avait pas réussi à les joindre et leur avait envoyé un télégramme pour leur faire savoir qu'il était en vie. De là à leur annoncer qu'ils avaient désormais une belle-fille, il y avait un pas qu'il n'avait pas encore franchi. Il fallait pourtant bien les avertir qu'il ne rentrait pas seul, et il avait besoin qu'ils lui virent de quoi payer son hébergement et subvenir à ses besoins le temps de regagner Baltimore.

En apprenant le retour imminent de Robert, le majordome n'eut d'autre choix que de lui avouer la vérité. Monsieur son père avait dilapidé au jeu ce qui restait de la fortune des Stanfield avant de s'enfuir à Miami. La demeure familiale avait été hypothéquée par ses créanciers. Du personnel, il ne restait que lui et une femme de ménage pour entretenir les lieux.

Robert en ressentit une humiliation terrible. Hanna avait encore un peu d'argent, trop peu pour s'accorder le moindre luxe. Ils renoncèrent au Carlyle et trouvèrent une petite chambre au coin de la 37e Rue et de la 8e Avenue dans le quartier irlandais d'Hell's Kitchen. L'immeuble avait tout d'un taudis, il était impossible d'en sortir après la tombée de la nuit tant les rues étaient dangereuses. Hanna refusa d'y rester. Elle passa sa première semaine à New York à éplucher les annonces pour les loger dans un endroit modeste, mais plus convenable. Une communauté de Juifs européens ayant fui l'Allemagne dans les années 1930 occupait le quartier de l'Upper West Side. Le propriétaire d'un hôtel particulier converti en appartements accepta de leur louer le studio du rez-de-chaussée à un prix raisonnable et sans caution. Cet emménagement fut pour Hanna source d'un soulagement temporaire. Au moins ici, elle pouvait se promener sans trop de craintes, et lorsque le temps le permettait elle marchait jusqu'au parc. En passant devant les portiers en uniforme des immeubles cossus de Central Park West elle se remémorait ses voyages d'antan. Le Dakota Building était son préféré. Il lui arrivait de lever les yeux vers l'une des fenêtres, imaginant l'existence facile de ceux qui vivaient là.

Robert se fit démobiliser et enchaîna les petits boulots en ravalant son amour-propre. Il s'en allait tôt le matin et se rendait d'un bureau d'embauche à un autre. Les offres qu'il acceptait étaient toujours précaires. Il fut à tour de rôle débardeur, commis dans un magasin de chemises, puis dénicha un poste stable de chauffeur dans une entreprise de distribution de boissons. Son patron était un homme affable, exigeant sur les horaires, mais respectueux de ses employés. À la fin de l'automne, un collègue de travail l'embringua dans un trafic de livraisons en marge de la loi. À la fin de son service, Robert gardait les clés de son camion. Le job consistait à traverser l'Hudson River, se rendre dans le New Jersey et charger sur les docks des caisses d'alcool et de cigarettes de contrebande.

Il n'y avait pas mort d'homme, mais il risquait gros s'il se faisait piquer. Le dédommagement était en conséquence. Deux cents dollars par chargement. Robert effectuait quatre vacations par week-end, et cet argent lui permit d'améliorer leur train de vie.

Désormais, il emmenait Hanna dîner au restaurant le mercredi et le samedi, ils allaient danser dans un club de jazz du West Village.

Un soir, en rentrant, il la trouva en pleurs devant la gazinière. Elle était silencieuse, le visage penché au-dessus de la vapeur d'une soupe de légumes qu'elle avait préparée. Robert ne dit rien et s'installa à table. Hanna posa la soupière, le servit et alla se coucher.

Robert la rejoignit dans la chambre et s'allongea près d'elle.

— Je sais que tu fais beaucoup d'efforts, je ne te reproche rien, au contraire, je te suis redevable de tout le mal que tu te donnes. Mais ce n'est pas la vie que j'avais imaginée, dit-elle.

— On va s'en sortir, ce n'est qu'une question de patience. Si nous ne faisons qu'un, nous y arriverons.

— Qu'un ? soupira-t-elle, tu ne pouvais pas trouver de terme mieux choisi. Je suis seule à longueur de temps. Tous les jours de la semaine, y compris le week-end. Et le week-end, je sais bien que tu t'en vas faire des choses malhonnêtes. Il m'a suffi de voir de la fenêtre celui avec qui tu t'en vas au milieu de la nuit, je ne suis pas idiote. Ce n'est pas avec un salaire de livreur que nous pouvons nous payer le restaurant, ni la glacière que tu as achetée le mois dernier, ni cette robe que tu m'as offerte.

— Je te l'ai achetée parce que rien n'est trop beau pour toi.

— Je ne veux pas la porter, je ne veux pas d'argent sale et je ne veux plus vivre de cette façon.

Hanna passait bien trop de temps à se promener dans les quartiers huppés. Elle n'avait qu'à regarder autour d'elle pour voir des gens séduisants, portant de beaux habits, ou circulant dans de belles voitures. Des gens qu'elle observait derrière les vitrines des restaurants ou des magasins qui lui étaient interdits, des gens semblables à ceux qu'elle avait côtoyés tout au long de son enfance. La guerre et la mort de son père l'avaient chassée de son milieu et elle occupait ses journées telle une Alice au pays des merveilles cherchant la porte dérobée pour y retourner.

— Tu ne comprends pas que nous n'y arriverons jamais avec ton travail, et je ne veux pas que tu finisses en prison, ou alors pour quelque chose qui en vaille la peine.

— Tu es sérieuse ? s'étonna Robert.

— Non, si tu te mêlais à la pègre, je te quitterais. Si seulement nous pouvions rentrer en France.

— Qu'est-ce que cela changerait ?

— Un jour je t'expliquerai.

Hanna ne pouvait soupçonner que la teneur de sa conversation serait décisive pour leur avenir et entraînerait Robert dans le mensonge. Le plus absurde, c'est que tout ce qu'il fit par la suite, ce fut par amour pour elle.

À la fin du mois de décembre 1944, l'arrivée de l'hiver recouvrit la ville d'un manteau neigeux.

C'était le soir du 31, Robert avait promis à Hanna d'être de retour avant le dîner. Elle avait puisé dans leurs économies pour organiser un repas de fête. Elle s'était rendue chez Schwartz, une épicerie renommée de l'Upper West et y avait acheté du white fish fumé, du pastrami, des œufs de saumon et une brioche au sucre. Puis elle était rentrée chez elle, avait dressé le couvert et passé la robe que son mari lui avait offerte et qu'elle n'avait encore jamais portée.

La nuit tombait, Robert effectuait son dernier chargement de l'année. Les docks étaient plongés dans le noir. Aucun risque qu'une patrouille de police vienne marauder en ces lieux un soir de réveillon. Le transbordement des cartons de cigarettes et des caisses d'alcool se fit sans encombre. Les deux dockers qui lui avaient prêté main-forte lui souhaitèrent bonne année et s'en allèrent. Robert noua la bâche, grimpa dans la cabine et démarra. En passant entre deux grues, il vit un éclat rouge scintiller dans son rétroviseur. Une voiture de flics, gyrophare allumé et sirène hurlante, le talonnait. Il aurait pu choisir de s'arrêter, prétendre qu'il ignorait le contenu de sa cargaison, qu'il n'était qu'un simple chauffeur faisant des heures supplémentaires. Il aurait probablement dormi au poste, serait passé devant un juge, mais avec ses états de service et un casier vierge… Les pensées se bousculaient lorsque lui revint en mémoire le souvenir de la seule fois où il s'était retrouvé dans un commissariat. Il en portait encore les cicatrices. Alors Robert accéléra, tourna le volant et fonça vers le fleuve. Pas de preuve, pas de crime. Il eut tout juste le temps de sauter de la cabine et de faire un roulé-boulé avant de voir son camion plonger dans les eaux troubles de l'Hudson River.

Son poursuivant faillit connaître le même sort et lorsque le policier réussit enfin à s'arrêter, le pare-chocs avant de sa voiture avait dépassé le parapet.

Robert n'attendit pas que le flic se remette de sa frayeur. Il détala à toute vitesse et disparut dans le labyrinthe des piles de containers.

*

1945

New York était déjà en 1945 quand il arriva chez lui, le dos meurtri, les coudes et les genoux ensanglantés.

Hanna le soigna sans lui poser de question, sans dire un mot d'ailleurs. Il guettait ses reproches, il s'était préparé durant les deux heures de marche dans cette nuit glaciale à une sérieuse engueulade, mais Hanna restait d'un calme étrange.

Lorsqu'elle eut nettoyé et pansé ses plaies, elle s'assit en face de lui, prit sa main et le regarda avec une tendresse surprenante.

— Je devrais être folle de rage contre toi. Je l'étais à vingt et une heures, plus encore à vingt-deux, mais ma colère a cessé à vingt-trois heures. J'étais prise de panique tellement je m'inquiétais. Et à minuit, alors que nous changions d'année, j'ai promis au ciel que si tu me revenais, je ne te ferais aucun reproche. À deux heures du matin, j'ai cru que tu étais mort, mais tu es là. Alors rien de ce que tu vas me raconter ne pourrait être pire que ce que je m'étais imaginé. Écoute-moi bien, Robert, car deux lendemains possibles nous attendent. L'un, où je ferai ma valise et m'en irai. Tu ne me reverras plus jamais. L'autre, où tu m'avoueras sans rien omettre ce qui t'est arrivé, où tu me promettras que tu n'as tué personne, et que quoi que tu aies fait, c'était la dernière fois.

Robert livra la vérité à son épouse et jura de renoncer à tout travail hors la loi. Hanna lui pardonna.

Le surlendemain, il se rendit au dépôt, espérant convaincre son employeur de ne pas le dénoncer aux autorités contre la promesse de le dédommager. Son patron avait une mine des mauvais jours et ne lui laissa pas le temps de parler.

— Des voyous nous ont volé ton camion pour transporter de la marchandise de contrebande. Les choses ont mal tourné pour eux et voulant échapper aux flics, ils l'ont balancé dans la rivière. On l'a repêché hier, je me suis rendu sur place, il est foutu. Je n'ai pas les moyens d'en racheter un autre, j'ai eu la main légère du côté des assurances. Il n'y a plus de travail pour toi, mon gars, et je ne peux pas te payer à ne rien faire. Je suis vraiment désolé.

Son patron lui régla néanmoins sa journée et le congédia.

Si Robert était tiré d'affaire, il lui restait à rembourser la valeur de la marchandise qu'il avait engloutie dans l'Hudson. Et ses commanditaires n'auraient ni la candeur ni la grandeur d'âme de son employeur. Il n'avait plus de boulot ni de véhicule pour s'acquitter de ses dettes, et il comptait tenir la promesse faite à sa femme. Fidèle à cet engagement, aussitôt rentré chez lui, il l'affranchit de sa situation. Hanna décida de prendre en main la destinée du couple. Puisque Robert était irresponsable, ce serait désormais à elle d'assurer leur avenir. Et quand bien même il trouverait un travail honnête, un seul salaire ne suffirait pas à les sortir de leur condition. Robert refusa qu'elle travaille, mais elle l'envoya au diable, avec son amour-propre et ses conventions. Avant la guerre, son père avait à New York de riches clients, elle les avait tous connus quand elle l'accompagnait en voyage et nombre d'entre eux s'étaient pâmés d'admiration devant ses connaissances alors qu'elle n'était encore qu'une enfant. Elle était la fille de Sam Goldstein, avait grandi dans ce milieu, elle y trouverait sa place.

Au cours de la semaine qui suivit, elle fit le tour des galeries de la ville. Les anciens clients de son père qui acceptaient de la recevoir se lamentaient devant une tasse de thé et une assiette de biscuits sur le sort tragique qu'avait connu Sam… *un homme si merveilleux, c'était terrible, mais quel soulagement qu'Hanna ait survécu alors que tant d'innocents étaient morts*… et puis ils se lamentaient sur leur propre sort, sur la difficulté des affaires depuis le début de la guerre, pour justifier de ne pouvoir l'aider.

John Glover était un galeriste anglais qui avait bien connu Sam. En 1935 il avait eu la chance d'ouvrir une succursale à New York, où il s'était installé en 1939. Il espérait retourner à Londres lorsque l'armistice serait signé. Les nazis en déroute perdaient combat après combat, ils reculaient sur tous les fronts, ce n'était plus qu'une question de mois avant qu'Hitler ne capitule. En attendant, Hanna pouvait compter sur lui et si elle faisait ses preuves, elle pourrait s'occuper de ses affaires aux États-Unis lorsqu'il rentrerait en Angleterre. Le salaire qu'il lui offrit n'était pas mirobolant, mais au moins, à ses côtés, elle apprendrait le métier.

Hanna n'oublierait jamais ce que John Glover fit pour elle. On ne rencontre que peu de justes au cours d'une vie, de gens exceptionnels dont l'âme n'a d'égale que leur humilité. Glover était un homme de cette trempe. Petit par la taille, derrière ses lunettes rondes, son bouc et sa moustache, mais avec un cœur immense.

Quand il venait, deux fois par mois, dîner dans le studio que Robert et elle occupaient au rez-de-chaussée d'une Brownstone de la 67e Rue, jamais Hanna ne se sentit gênée de la modestie de sa salle à manger. Robert se lia d'amitié avec le galeriste anglais qui, pour aider le couple, lui confiait de temps à autre la livraison d'un tableau, d'un vase, ou d'une sculpture aux quatre coins du pays.

L'Allemagne nazie signa sa reddition le 8 mai 1945 et même s'il fallut attendre le deuxième jour de septembre pour que le Japon capitule à son tour et que s'achève enfin la Seconde Guerre mondiale, l'Europe retrouvait la paix.

Leur existence s'était un peu améliorée depuis qu'Hanna œuvrait à la galerie. Grâce à elle, Robert avait pu s'acquitter de ses dettes. Hanna s'était investie dans son travail comme une forcenée et prenait souvent la route pour aller à la rencontre des clients auxquels elle vendait ou achetait des œuvres d'une valeur relative, sous l'œil attentif, mais confiant, de son employeur. Elle ne comptait pas ses heures, se donnait sans relâche et finit par toucher un petit intéressement sur ses résultats. Mais chaque jour, en rentrant de son travail, Hanna longeait la 59e Rue vers Colombus Circle et aspirait à une autre vie en admirant les façades des immeubles dont les fenêtres donnaient sur le parc.

Robert avait conscience du désarroi de sa femme et même s'il ne disait rien, il rêvait souvent aux splendeurs d'un passé que son père avait dilapidées au jeu, souffrant de ne pas être ce chef de famille qu'il avait espéré devenir. Lui vint alors l'idée de faire légalement ce qui lui avait permis un temps de subvenir aux besoins du couple. Pour les avoir livrés pendant des mois, il connaissait les clients et fournisseurs de l'entreprise pour laquelle il avait travaillé. La fin de la guerre avait fait renaître le goût de la fête. En ville, l'alcool coulait à profusion, et il n'y en avait jamais assez. Il décida d'ouvrir un commerce de liqueurs et de le faire prospérer. Pour gagner de l'argent à hauteur de ses ambitions, il se spécialiserait dans les spiritueux les plus chers. Bourbon, whisky, brandy, champagne et vins rares. Mais pour créer son affaire, il lui fallait d'abord emprunter. Il fit le tour des banques et n'essuya que des refus. La réputation des Stanfield n'avait jamais dépassé les frontières du Maryland. À New York, Robert n'était qu'un jeune homme sans bagage et il ne connaissait qu'une seule personne pouvant lui faire confiance et lui venir en aide.

*

Robert se jeta corps et âme dans son projet. Il trouva sur la 91e Rue un local qui lui convenait parfaitement, avec une boutique sur rue, une cour intérieure où garer une fourgonnette et une ancienne remise pour entreposer son stock. De son côté, Hanna ne vivait plus que pour la galerie. La jeune femme réservée qui était descendue d'un navire avec quelques billets cachés dans le pli de sa chaussette n'était plus. À sa place était née une femme décidée, enivrée par son travail et le monde qu'elle côtoyait. Elle enchaînait les déplacements, de Boston à Washington, de Dallas à Los Angeles et San Francisco, et chaque fois qu'elle regagnait son petit appartement elle y puisait la rage de se battre pour le quitter au plus vite.

À la fin de l'automne 1945, les affaires de Robert commencèrent à devenir profitables. Il fallait reconnaître qu'il ne ménageait pas sa peine. Hanna et lui ne se côtoyaient plus que le dimanche et passaient leur journée à dormir et faire l'amour.

*

1946

Le 2 mars, Robert reçut un appel de l'ancien majordome de ses parents qui lui apprit une terrible nouvelle. Ces derniers avaient péri dans un accident de voiture dans la banlieue de Miami et il n'y avait pas le moindre argent pour leur offrir une sépulture en Floride.

Hanna insista pour qu'ils se chargent de leurs obsèques. Quels que soient les griefs que Robert avait contre ses parents, il se devait d'être présent à leur enterrement. Ils ne s'étaient jamais parlé depuis leur retour, ils étaient morts sans savoir que leur fils avait une femme et elle se sentit coupable de ne pas avoir obligé son mari à faire les premiers pas d'une réconciliation. Elle avait été si occupée à survivre depuis bientôt deux ans qu'elle en avait oublié des devoirs essentiels, et désormais, il était trop tard. Elle fit le nécessaire pour que leurs corps soient rapatriés à Baltimore. Il ne restait plus de la splendeur des Stanfield qu'un caveau familial.

Ils prirent la route le surlendemain. Il n'y avait pas grand monde dans la petite chapelle qui jouxtait le cimetière. Le majordome, assis au premier rang, semblait de loin le plus affecté. La gouvernante, Hanna et Robert occupaient les bancs de la deuxième rangée, et au fond se tenait un homme ventru en costume trois-pièces et redingote. La cérémonie fut brève, le prêtre qui officiait conclut son homélie en présentant ses condoléances à tous ceux qui, ici présents, avaient perdu des êtres chers. Au regard des cinq personnes qui se trouvaient là, sa phrase résonna dans la chapelle comme un trait d'humour noir.

La cérémonie s'acheva alors que les cercueils entraient dans le caveau. Hanna ne put s'empêcher de pleurer en pensant à son père et ressentit plus que jamais le besoin d'aller se recueillir un jour sur sa tombe. Au cours de leur fuite vers l'Espagne, Robert l'avait assurée maintes fois que les familles des résistants l'auraient enterré dans le cimetière d'un village voisin.

Alors qu'ils regagnaient leur voiture, l'homme ventru s'approcha d'eux, présenta ses condoléances et leur annonça une autre mauvaise nouvelle qui sembla bien plus affecter Robert que la mort de ses parents. La demeure des Stanfield serait vendue aux enchères afin de payer les dettes qu'ils avaient laissées. Robert avait un délai de trois mois pour renoncer à ses droits sur un héritage qui n'était constitué que d'un lourd passif. Hanna demanda à combien s'élevait ce passif et le banquier en habit de croque-mort lui répondit qu'il faudrait réunir cinq cent mille dollars pour le solder.

Pendant la première moitié du voyage qui les ramenait vers New York, Hanna resta perdue dans ses pensées. En dépassant Philadelphie, elle prit la main de Robert et lui confia qu'elle avait peut-être une solution pour reprendre possession de la maison de son enfance.

— Comment veux-tu que nous réunissions une telle somme en si peu de temps, lui demanda-t-il ? Rembourser des dettes en créant d'autres dettes dont nous serions responsables ? Tu travailles comme une dingue et moi aussi. Même si ça me crève le cœur d'imaginer cette demeure dans des mains étrangères, il faut que je me fasse une raison et renonce à mes rêves.

— Ne renonce pas si vite, je ne pensais pas emprunter de l'argent. Mais il faudra que je retourne en France et que la chance soit de notre côté.

Robert crut deviner ce qu'Hanna avait en tête, mais il se garda bien de lui poser la question.

Ils arrivèrent en ville avec l'ombre du soir. Après un rapide dîner, Hanna vint se blottir sous les draps auprès de son mari. Il n'avait cessé de penser à sa proposition, mais, craignant qu'une chose ne mène à une autre, il ne pouvait se résoudre à l'accepter.

— Tu n'as pas à faire cela, dit-il en éteignant la lumière. Nous finirons par réussir et nos enfants seront fiers que leurs parents leur aient bâti un avenir à la force de leur travail.

Hanna se redressa dans le lit et lui confia un secret qui lui pesait sur la conscience depuis déjà plusieurs mois.

— Je ne crois pas pouvoir te donner d'enfant. Depuis le temps que nous partageons un lit, rien de ce qu'attend ou redoute une femme ne m'est arrivé.

*

Deux semaines plus tard, l'annonce de l'arrivée à New York d'un important client californien permit à Hanna de mettre à exécution son projet, plus tôt qu'elle ne l'avait espéré. Glover devait rejoindre Londres sans délai pour y conclure une autre affaire de taille. Hanna proposa d'y aller à sa place. Le client californien était d'une susceptibilité rare et le galeriste décida de l'honorer de sa présence.

Hanna effectua la traversée en avion. C'était la première fois qu'elle prenait un repas au-dessus des nuages, et si elle eut un peu peur au moment du décollage, ce voyage fut pour elle un véritable émerveillement.

En trois jours à Londres, elle accomplit tout ce qu'elle devait faire, et demanda à son employeur de lui accorder quelques jours de congés. Elle lui confia vouloir profiter de son séjour en Europe pour aller en France retrouver la tombe de son père. Grâce à elle, Glover venait de réaliser deux superbes ventes dans le même mois, et si elle lui avait demandé la lune il ne la lui aurait pas refusée. Il lui offrit le voyage, et de quoi se loger et se nourrir. Il fit même modifier son billet pour qu'elle puisse revenir directement depuis Paris.

Hanna prit le train, traversa la Manche à bord d'un ferry, puis emprunta un autre train jusqu'à Paris où elle loua une chambre d'hôtel près de la gare de Lyon, et enfin un troisième train pour arriver à Montauban. Après un trajet en car, elle alla frapper aux portes des mairies des deux villages avoisinants le relais de chasse.

Deux ans seulement s'étaient écoulés et les mémoires étaient encore fraîches. Elle obtint l'adresse d'un maréchal-ferrant dont le frère avait perdu la vie dans les bois près du relais de chasse.

En entrant dans sa forge, elle le reconnut aussitôt. En la voyant, le maréchal-ferrant eut les larmes aux yeux. Il lâcha son boutoir et se précipita vers elle pour la serrer dans ses bras.

— Bon Dieu de bon Dieu vous avez survécu, hoqueta-t-il. Nous vous avons cherchée partout.

— Oui, j'ai survécu, répondit-elle d'une voix calme en résistant au chagrin qui la gagnait aussi.

— Je suis désolé pour votre père.

— Et moi pour votre frère. Je lui dois comme aux autres d'être en vie.

Pour la deuxième fois, Hanna raconta ce qui s'était passé non loin de là, par un après-midi de juin 1944.

Quand elle eut fini son récit, Jorge la fit monter sur sa moto et prit la route. Ce ne fut qu'au cimetière, après qu'elle se fut recueillie sur la sépulture de son père, qu'il parla à son tour.

— Ils nous ont prévenus le lendemain. Il était presque midi quand un gendarme est venu nous dire d'aller récupérer les corps. Raoul, Javier, le petit Marcel et mon frère Alberto, ils sont tous là, dit le maréchal-ferrant en désignant leurs tombes.

— Et mon père, ajouta Hanna.

— Ils m'ont soupçonné, vous savez. Parce que j'étais le seul à être encore en vie. Des mauvaises langues ont fait peser sur moi de graves accusations. Si mon frère n'y était pas resté, je n'aurais pas eu le temps de clamer mon innocence. Et l'Américain, qu'est-ce qu'il est devenu ?

— Mon mari, quand nous avons rejoint l'Espagne, répondit Hanna. Celui qui se faisait appeler Titon, vous l'avez revu ?

— Non, jamais. C'est peut-être lui qui a donné les autres.

— Ce n'est peut-être personne, reprit Hanna. Les miliciens n'en étaient pas à leur première battue dans ces bois.

— Possible, répondit le maréchal-ferrant.

— Qu'est-il advenu du relais ?

— Il est à l'abandon. Depuis qu'on a enlevé les armes, plus personne n'y a remis les pieds. Même moi je n'ai pas trouvé le courage d'y retourner. Et pourtant, je passe souvent au pied du sentier qui y mène. Mais là-haut, la terre est encore noire de leur sang, cet endroit, c'est comme un deuxième cimetière.

Hanna demanda à Jorge un ultime service qui, de toute évidence, allait lui en coûter. Elle voulait revoir le pavillon de chasse, se rendre dans la pièce où son père était mort, pour pouvoir faire enfin son deuil.

— Peut-être que ça me ferait du bien à moi aussi, répondit-il. Qui sait si à deux, ce ne sera pas moins dur ?

Ils reprirent la moto et roulèrent jusqu'à l'orée du sentier. Ensemble, ils gravirent ce chemin qu'Hanna avait dévalé au cœur de la nuit avec Robert quelques années plus tôt. Elle dut s'arrêter plusieurs fois. Parce que ses jambes vacillaient, parce que son corps se remettait à trembler, parce qu'elle avait le souffle court. Mais après avoir longuement inspiré, elle poursuivait sa marche.

Le pavillon de chasse apparut enfin au sommet du coteau. Aucune fumée ne fuyait par la mitre, tout était calme, si calme.

Jorge entra le premier. Il se rendit à l'endroit où son frère était tombé et s'y agenouilla en faisant un signe de croix. Hanna pénétra dans la chambre qu'elle avait occupée. L'armoire n'était plus qu'un amas de planches putréfiées, du lit, il ne restait qu'un sommier aux ressorts rouillés. Mais étrangement, la chaise où elle s'était assise tant de fois avait, comme elle, survécu. Elle alla y prendre place, les mains posées sur les genoux, et laissa son regard se perdre par la fenêtre vers les bois.

— Ça va, vous tenez le coup ? s'inquiéta Jorge, en passant la tête.

— Je voudrais me rendre à la cave, murmura Hanna.

— Vous êtes certaine ?

Elle fit oui de la tête et Jorge souleva la trappe. Il alluma son briquet et descendit l'échelle en premier. Il voulait s'assurer que les barreaux ne céderaient pas sous leur poids. La cave creusée dans la roche était restée sèche, et l'échelle n'avait pas souffert. Hanna le rejoignit.

— Alors c'est là que vous étiez pendant…

— Oui, l'interrompit-elle, j'étais cachée au fond du tunnel. Suivez-moi, ajouta-t-elle en lui empruntant son briquet.

Cette fois, elle pénétra la première et s'arrêta devant le madrier.

— Poussez-le de côté, s'il vous plaît, quelques centimètres suffiront.

Jorge s'étonna, mais elle était si belle dans la lueur de la flamme qu'il ne lui aurait rien refusé.

— Vous savez, quand je venais vous porter de la nourriture ou du linge propre, je ne ratais jamais une occasion de vous admirer. C'était l'espoir de vous voir qui me donnait la force de grimper ce foutu sentier.

— Je savais, répondit Hanna, je vous regardais aussi, mais je suis mariée maintenant.

Jorge haussa les épaules et repoussa le madrier, découvrant le trou creusé dans la paroi. Hanna le pria de se pousser et lui rendit son briquet.

— Éclairez-moi, s'il vous plaît.

Elle y plongea la main et sentit sous ses doigts la rondeur du cylindre en métal. Elle le sortit de sa cache et indiqua à Jorge qu'ils pouvaient remonter.

Jorge était un taiseux, mais en redescendant le sentier il ne put s'empêcher de la questionner.

— C'est pour cela que vous avez voulu revenir ici ?

— Pour faire mon deuil, ceci en fait partie, répondit-elle en posant les yeux sur le tube qu'elle tenait fermement.

Ils retrouvèrent la moto et grimpèrent sur la selle.

— Où est-ce que je vous dépose ?

— À la gare, si vous voulez bien.

Ils roulaient à vive allure. Hanna tenait le rouleau d'une main et de l'autre, s'accrochait à la taille de Jorge. Le vent griffait son visage et elle se sentit enfin libre, plus libre que jamais.

Jorge l'accompagna jusqu'au quai et attendit le train avec elle. Lorsqu'elle monta sur le marchepied du wagon, il la retint par la main.

— Qu'est-ce qu'il y a dans ce tube ?

— Les effets personnels de mon père.

— Alors, je suis content qu'ils soient restés cachés dans ce trou tout ce temps et que vous les ayez retrouvés.

— Merci, Jorge, merci pour tout.

— Vous ne reviendrez plus, n'est-ce pas ?

— Non, plus jamais.

— Je m'en doutais, j'avais remarqué que vous n'aviez pas de bagage, même pas un sac. Alors bonne route, Hanna.

Jorge regarda le convoi s'ébranler. Hanna passa la tête par la fenêtre de son compartiment et lui envoya un baiser.

*

De retour à Paris, dans sa chambre d'hôtel, elle ouvrit le cylindre et déroula les toiles de maître sur le lit. Sam avait été prévoyant, l'étanchéité du tube les avait protégées, elles n'avaient souffert d'aucun dommage. Elle les examina une à une et n'en compta que neuf. Un tableau manquait. *La Jeune Fille à la fenêtre* peint par Hopper avait disparu.

*

Le lendemain, Hanna régla sa note et s'envola vers New York à bord d'un Constellation d'Air France…

34

Eleanor-Rigby

Octobre 2016, Baltimore

Le chapitre s'achevait ainsi. George-Harrison en lut la dernière page et me proposa d'aller prendre un café. Je n'en avais aucune envie, tout ce que je voulais, c'était connaître la suite de l'histoire et comprendre pourquoi Shylock ne l'avait pas écrite. Il était presque dix-huit heures, j'avais encore une chance de le coincer à son bureau.

— Suivez-moi, ordonnai-je à George-Harrison.

Il me regarda en haussant les sourcils.

— Vous n'êtes pas sa petite-fille pour rien, dit-il d'un ton pince-sans-rire.

Nous sortîmes de la bibliothèque en courant et entamâmes un sprint à travers les allées. Sans nos tenues de ville, nous aurions pu passer pour deux joggeurs en train de se disputer la ligne d'arrivée, ce que nous fîmes d'ailleurs. Je repérai un raccourci et bifurquai sans le prévenir. Je l'entendis crier au loin que j'étais une tricheuse. Nous arrivâmes hors d'haleine devant la porte de Shylock, oubliant même de frapper. Le professeur sursauta et nous toisa, nous étions ruisselants.

— Ce n'est quand même pas mon manuscrit qui vous a mis dans cet état ? demanda-t-il dubitatif.

— Non, plutôt ce qui n'y est pas écrit. Comment avez-vous pu vous interrompre au milieu de ce chapitre ? protestai-je.

— La question n'est pas comment, mais pourquoi. Et je vous l'ai déjà expliqué. Hanna a interdit à Robert de poursuivre notre projet. Mais notre amitié ne s'est pas tue pour autant.

Shylock regarda sa montre et soupira.

— J'ai faim, et dîner tard, c'est très mauvais pour les brûlures d'estomac.

— Choisissez votre restaurant et nous vous y invitons, suggéra George-Harrison.

— Ma foi, répondit Shylock, le Charleston est une excellente table ; puisque votre curiosité ne peut attendre demain, j'accepte.

*

En découvrant les prix affichés à la carte, je crus faire un malaise. Sauf à ramener le fémur d'Edgar Poe à mon rédacteur en chef, il n'accepterait jamais de passer ce repas en note de frais. Mais j'étais là pour que Shylock se mette à table – et pas seulement devant le homard qu'il avait commandé.

— Qu'est-il arrivé au tableau manquant et qu'a fait Hanna en rentrant à New York ? demandai-je, dès que le serveur se retira.

— Une question à la fois, je vous prie, répondit le professeur en nouant sa serviette autour du cou.

Shylock dévora la moitié de son homard. Le regarder décortiquer la carcasse et se sucer les doigts me coupa l'appétit. Visiblement, ce n'était pas le cas de George-Harrison qui se délectait d'un steak, avec un sérieux coup de fourchette.

— En rentrant à New York, reprit le professeur. Hanna ne parla à personne des tableaux. Ni à son mari auquel elle omit même de mentionner son court séjour en France, ni à son employeur. Elle avait de bonnes raisons de s'en tenir au silence. Mais pour mettre à exécution l'idée qu'elle avait en tête, il lui fallait accepter de se séparer d'une des neuf toiles restantes. Elle choisit *Les Heureux Hasards de l'escarpolette*, une œuvre de Fragonard, de quatre-vingts centimètres de haut par soixante centimètres de large, qu'elle rebaptisa plus simplement *La Balançoire*. De tous les tableaux de son père, c'était celui qu'elle aimait le moins. Elle lui trouvait un air frivole qui frisait avec le rococo. Elle n'en dit mot à Glover, de peur de se sentir obligée de le lui proposer en premier. Il aurait voulu qu'elle le lui cède au prix que s'accordaient entre eux les marchands. Or, en le vendant à un collectionneur, elle pourrait en obtenir le double, et il lui fallait réunir plus de cinq cent mille dollars. Pour des raisons d'éthique, elle s'interdit d'aller voir l'un ou l'autre des clients de la galerie, elle aurait trouvé cela déloyal et se sentait bien trop redevable envers le marchand anglais pour lui faire la moindre entourloupe. Mais Sam aussi avait eu de riches acheteurs à New York, et elle ne devait qu'à son père de les avoir connus. Elle prit rendez-vous avec la famille Perl et profita que Robert consacre son dimanche à faire son inventaire pour aller leur présenter le Fragonard. Elle accepta de le leur laisser en dépôt quelques jours, et la semaine suivante, elle ouvrit un compte en banque, imitant la signature de Robert, car en ces temps, une femme mariée ne pouvait en posséder un sans l'aval de son époux. Elle y déposa le chèque des six cent soixante mille dollars qu'elle avait âprement négociés contre le Fragonard et mit à l'abri d'un coffre le rouleau contenant les huit autres toiles.

— Qu'a-t-elle fait ensuite ? demandai-je.

— Peu après, elle loua les services d'un chauffeur et se fit conduire à Baltimore. Elle y racheta la demeure des Stanfield en remboursant les créances de la banque qui l'avait saisie. Elle l'offrirait un jour à Robert, mais pas tout de suite, car il aurait certainement voulu s'y installer sur-le-champ. Hanna rêvait d'un appartement avec vue sur Central Park et non d'aller s'enterrer dans une ville de province, alors qu'une nouvelle vie s'offrait à elle.

Début 1948, Glover souhaita retourner vivre en Angleterre. Il se mit en quête d'un associé qui voudrait bien lui racheter sa succursale américaine. Par souci d'honnêteté, il en avisa Hanna. Elle lui proposa aussitôt d'en acquérir les parts. Glover ne pouvait rêver mieux, car il avait toute confiance en elle, mais il aurait fallu pour cela qu'il lui avance la somme et se rembourse au fil des ans sur les ventes à venir. Néanmoins, il lui promit d'y réfléchir. Hanna, craignant que l'affaire ne lui échappe, se proposa de lui verser cent cinquante mille dollars au comptant et le reste dans les deux prochaines années. Glover s'étonna qu'elle dispose d'une telle somme, mais se garda de tout commentaire.

Le jour de la signature des actes de cession, il l'invita à dîner pour célébrer leur association. Au cours du repas, il lui demanda si c'était bien elle qui avait cédé un Fragonard surgi de nulle part à la famille Perl. Et sans attendre sa réponse, il lui rappela, non sans humour, une règle essentielle de son métier : le marché de l'art est un petit milieu où tout se sait.

Glover fit ses bagages pour Londres. Quelques mois passèrent. Un jour, et pas n'importe lequel, Hanna conduisit Robert à la galerie. En s'y rendant il découvrit qu'une bâche recouvrait la devanture. « Je ne savais pas que vous étiez en travaux, tu ne me dis vraiment rien », lui reprocha-t-il. Mais Hanna semblait si heureuse et si enjouée qu'il s'en tint là. Hanna tendit la cordelette qui pendait au bout de cette bâche et pria son mari de bien vouloir tirer de toutes ses forces. Le drap tomba au sol, révélant l'identité des nouveaux propriétaires des lieux. La galerie avait été rebaptisée « Stanfield & Glover ».

— Comment a réagi Robert ? demanda George-Harrison.

— Bien que le métier de sa femme lui fût étranger, voir le nom des Stanfield inscrit en lettres d'or sur cette vitrine, imaginer ce qu'Hanna avait dû accomplir pour l'honorer de la sorte le bouleversa et ce dimanche fut un des plus beaux moments de sa vie… Quatre ans s'étaient écoulés jour pour jour depuis qu'ils avaient débarqué tous deux d'un cargo en provenance de Tanger.

— Il aurait pu lui proposer que la galerie porte le nom de jeune fille de sa femme, arguai-je. C'était grâce à l'héritage de Sam qu'elle avait pu en acheter les parts.

— Oui, mais cela, Robert l'ignorait. Et puis la générosité consiste aussi à savoir apprécier ce qu'on vous offre. Cela étant, il le lui proposa et Hanna lui rétorqua qu'elle voulait exister par elle-même et mériter sa propre réussite. Goldstein appartenait au passé, Stanfield serait son futur.

— Que s'est-il passé ensuite ?

— Je vais d'abord consulter la carte des desserts, on m'a dit le plus grand bien d'un soufflé au chocolat, et pour l'accompagner, un vin doux de qualité serait parfait. Si je n'abuse pas bien sûr. Mais à tant parler, j'ai la bouche sèche.

George-Harrison appela le sommelier et moi le serveur. Ses exigences assouvies, Shylock accepta de poursuivre son récit.

— La galerie Stanfield & Glover prospéra à New York plus qu'elle ne le fit à Londres. L'économie anglaise tardait à se remettre de la guerre. Fin 1948, Hanna et Robert s'installèrent au dernier étage d'un immeuble à l'angle de la 77e Rue et de la 5e Avenue. Hanna voulait une vue sur Central Park, elle l'avait non seulement obtenue, mais du côté le plus prisé du parc. L'Upper East Side est plus considéré que l'Upper West, allez comprendre où va se loger le snobisme des gens. Hanna aurait dû être la plus heureuse des femmes, mais la ville ne tarda pas à l'étouffer. Les affaires de Robert prospéraient elles aussi à grande vitesse. Il avait ouvert un bureau à Washington, un autre à Boston et s'apprêtait à en inaugurer un troisième à Los Angeles. Hanna ne voyait presque plus son mari, et elle passait la plupart de ses soirées seule dans ce grand appartement. La vue dont elle avait tant rêvé se révélait être un océan de noirceur dès la tombée du jour. Son couple était en danger, et elle aimait sincèrement Robert. Elle devina que seul un changement de vie pourrait sauver son mariage et la venue d'un enfant en faisait partie.

— Je croyais qu'elle ne pouvait pas en avoir ?

— Elle le pensait aussi, mais il y a des moyens pour remédier à l'infertilité quand on a de l'argent. En juillet 1949, à l'occasion du cinquième anniversaire de leur arrivée à New York, Hanna remit à Robert le titre de la propriété de Baltimore et lui proposa de s'y installer. Il aurait pu s'offenser qu'elle l'ait rachetée en secret, mais Hanna venait de lui offrir les clés de la demeure des Stanfield, un rêve auquel il avait renoncé, meurtri, et il ne vit dans son geste qu'un immense témoignage d'amour. Pendant que les travaux de remise en état avançaient, tous deux s'attelèrent à organiser leurs affaires pour pouvoir les mener de Baltimore. New York ne se trouvait qu'à deux heures et demie de voiture, Hanna avait embauché suffisamment de personnel à la galerie pour s'en tenir à distance tout en assurant les principales transactions qui, depuis quelque temps, se signaient hors des murs de la ville ou lors de grandes ventes aux enchères. En 1950, alors que votre mère, Sally-Anne, entrait dans cette demeure, Glover tomba malade. Un cancer du pancréas qui lui laissait peu de temps. Il appela Hanna et la pria de lui rendre visite dans les plus brefs délais, sans rien lui révéler de sa condition. Dès qu'elle arriva à Londres, il l'informa qu'il avait décidé de prendre sa retraite et il lui proposa qu'elle rachète la totalité de ses parts. Le prix qu'il lui en demandait était si faible qu'Hanna refusa dans un premier temps. À elle seule, la collection d'art de Glover en valait le double. Mais le marchand lui rappela une deuxième règle essentielle du métier : une œuvre n'a pour valeur marchande que celle qu'un acheteur est prêt à la payer. Il comprenait qu'une succursale de l'autre côté de l'océan soit pour Hanna une source de tracas inutiles, d'autant plus qu'elle avait maintenant un enfant et résidait à Baltimore. Les murs de sa galerie n'avaient que peu d'importance, d'ailleurs il n'en était que locataire. Alors, il lui proposa de descendre au coffre et qu'elle lui fasse une offre pour chacun des tableaux qui s'y trouvaient. Et comme ils étaient associés, il lui fit remarquer qu'elle en était déjà propriétaire pour moitié.

Shylock venait d'engloutir la dernière bouchée de son soufflé au chocolat et je redoutais que la soirée ne s'achève avant qu'il ait abordé la partie du récit que je guettais depuis le début de ce repas.

— Tout cela est passionnant, l'interrompis-je, mais que s'est-il passé entre ma mère et ses parents pour qu'ils se brouillent à jamais ?

— Patience, vous allez bientôt comprendre. Glover laissa Hanna faire l'inventaire de sa collection. Elle aurait pu s'en dispenser, car méthodique comme elle l'était, elle en connaissait chaque pièce. Toutes étaient répertoriées dans les livres de comptes qu'elle tenait. Leur association n'ayant jamais connu la moindre zone d'ombre, dès que Glover achetait ou vendait quelque chose, il l'en informait aussitôt et réciproquement. Aucune zone d'ombre donc, jusqu'à ce que les yeux d'Hanna se posent sur une toile qui la bouleversa.

— Le Hopper ? s'exclama George-Harrison en me prenant de court.

— *La Jeune Fille à la fenêtre*, exactement ! Vous imaginez le trouble d'Hanna en découvrant dans le coffre de son associé le tableau préféré de son père. Si

Glover l'avait acquis légitimement, pourquoi le lui avait-il caché ? Ce ne pouvait être une coïncidence ni le fruit du hasard que le seul secret qu'il y ait eu entre eux ait pour objet cette œuvre si particulière. Elle remonta en courant jusqu'à son bureau et y entra comme une furie. Glover l'avait déjà vue de mauvaise humeur, mais jamais dans un tel état. Lui-même n'étant pas au mieux, il eut un mal fou à en comprendre la raison et encore moins qu'elle lui ordonne de se justifier sur-le-champ. Vexé qu'elle le soupçonne d'une quelconque malhonnêteté, il était bien trop las pour l'envoyer paître. Il usa de son flegme britannique en lui posant à son tour une question. Comment pouvait-elle s'étonner de la présence de ce tableau dans sa galerie, alors que c'était son mari qui le lui avait confié ? Il suffit d'un échange de regards pour que Glover devine que la réponse à sa question était bien plus complexe qu'il ne l'avait supposé. Se sentant soudain injustement coupable, il s'expliqua sans délai. Quelques années plus tôt, Robert était venu lui demander un service. Il avait besoin d'argent pour lancer son commerce de spiritueux. Glover s'était fait un devoir de lui venir en aide, mais Robert avait tenu à lui remettre en gage un bien de valeur. Et ce bien n'était autre que *La Jeune Fille à la fenêtre*. Quand Robert le remboursa, le galeriste voulut la lui restituer, mais pour des raisons qui lui appartenaient – et Glover en profita pour énoncer la troisième règle essentielle de son métier : la discrétion –, Robert le pria de bien vouloir conserver le Hopper en sécurité dans son coffre. Glover lui demanda s'il souhaitait le vendre, car il aurait tout de suite trouvé un client, pour ne pas dire plusieurs, mais Robert l'assura que quel que soit le prix qu'on leur en propose, son épouse et lui ne le vendraient jamais. Lui et son épouse ! insista Glover pour bien faire entendre à Hanna qu'il n'avait jamais douté un instant qu'elle soit au courant. Hanna se confondit en excuses, l'émotion d'avoir revu ce tableau lui avait fait perdre la raison. Ils en restèrent là. Glover n'eut pas la force de supporter un autre non-dit et il avoua sa maladie. Il était inutile qu'Hanna acquière sa collection, il avait fait d'elle son héritière, l'argent qu'elle aurait pu lui verser lui serait revenu dès sa mort qui approchait à grands pas. Et de l'argent, il en avait assez pour subvenir à ses besoins en attendant la fin. Cette nouvelle affecta tant Hanna qu'elle fit passer au second plan les questions suscitées par la réapparition de *La Jeune Fille à la fenêtre*. Elle revint voir Glover plusieurs fois au cours des mois suivants et ne quitta plus son chevet lorsqu'il entra à l'hôpital. Il y mourut six jours plus tard. Hanna s'occupa de ses obsèques. Elle avait perdu un deuxième père et elle eut toutes les peines du monde à en faire le deuil. La collection de Glover rapatriée aux États-Unis, l'enseigne de la galerie new-yorkaise fut repeinte, car telles étaient les dernières volontés qu'il lui avait communiquées dans une lettre :

Seules comptent les œuvres d'art, car elles sont éternelles, ceux qui les détiennent n'ont que peu d'importance, ils s'en iront un jour. N'est-ce pas là la délicieuse humilité qu'elles nous apprennent ? Si je vous ai tant aimée et admirée, c'est parce que je n'ai jamais vu en vous le moindre orgueil à les posséder. Comme moi, vous n'avez pour elles que de l'amour et du respect, aussi est-il temps que le travail que vous accomplissez vous revienne entièrement. Ne vous sentez redevable de rien, vous avez été une source de lumière et de joie, et de beaucoup d'amusement, car vos humeurs m'ont bien souvent réjoui. Les bonnes et les mauvaises, vos fous rires comme vos emportements. Au cours d'une vie qui m'aura souvent gâté, j'ai rencontré grand nombre de marchands, mais aucun de votre trempe. Je voudrais que désormais notre galerie porte votre seul nom, car la fierté que j'ai pour mon élève est encore plus grande que celle d'avoir été son maître. Je vous souhaite, ma très chère Hanna, la belle vie que vous méritez. Votre dévoué, John Glover.

Croyez-moi, il n'y a qu'un Anglais pour écrire un texte aussi digne et modeste. Et ne soyez pas impressionnés par ma mémoire, je suis historien, c'est mon métier de retenir les textes. Mais l'heure avance et je n'ai pas encore répondu à toutes vos interrogations. Après qu'Hanna eut porté Glover en terre et réglé ses affaires, vous vous doutez bien que la réapparition du tableau de Hopper ne resta pas sans conséquence. Hanna ne doutait pas de l'honnêteté de son époux, Robert aurait eu maintes fois la possibilité de le vendre et s'il avait formellement interdit à Glover de s'en séparer, c'était la preuve qu'il n'en avait jamais eu l'intention. Ce qui préoccupait Hanna était bien plus grave. Elle se remémora le soir où ils avaient pris la fuite, le besoin que Robert avait exprimé de retourner chercher des vêtements tout comme cette prétendue carte des emplacements de dépôts d'armes. Or, c'était le Hopper qu'il était allé récupérer, et elle se souvint aussi de cette besace qu'il n'avait jamais quittée durant leur exode vers l'Espagne ni à bord du navire. Ceci l'amena inévitablement à comprendre que Sam lui avait révélé l'existence de la cachette et que Robert lui avait menti depuis le début. Et ce n'est pas tout. Lorsque au cimetière, Jorge lui avait appris les soupçons qui avaient pesé sur lui d'avoir dénoncé les résistants aux miliciens, elle lui avait demandé ce qu'il était advenu de Titon, le compagnon d'infortune parti en mission avec Robert sur le tandem, parce qu'elle avait été saisie d'un doute terrible. Rappelez-vous les premiers instants de leur fuite, un détail l'avait interpellée en sortant des bois. Comment Robert, qui, selon ses propres dires, avait étranglé l'homme qui le conduisait aux Allemands avant de s'échapper de sa voiture au beau milieu d'une route de campagne, avait récupéré ce fameux tandem ?

— Je n'avais pas pensé à cela, avouai-je.

— Moi non plus, dit George-Harrison.

— Elle si, enchaîna Shylock. Et la réponse à cette question fut pour Hanna la source d'un terrible dilemme, car il devenait évident que son mari lui avait aussi menti sur ce point. Et s'il avait menti, ce ne pouvait être que pour une raison. Son évasion ne s'était pas déroulée telle qu'il l'avait racontée, si tant est qu'il se soit vraiment évadé.

— Elle ne l'a pas confronté à cette incohérence en lui demandant ce qui s'était vraiment passé ?

— Pas sur le moment, et elle avait ses raisons. Mais sa vie a basculé de façon irréversible et à compter de ce jour Hanna n'a plus jamais été la même.

— Enfin, pourquoi ne lui a-t-elle rien dit ?

— Parce que les liens qui nous unissent sont parfois tels qu'on préfère les non-dits et les mensonges à certaines vérités. En se rendant au chevet de Glover, Hanna avait eu plusieurs épisodes de nausées. Elle en tenait pour responsable le chagrin qui l'accablait, mais elle ne tarda pas à comprendre que la nature lui avait enfin offert le seul rêve qu'elle n'avait pu réaliser jusque-là.

— Hanna avait déjà ma mère, vous nous l'avez dit tout à l'heure.

— Non, je vous ai dit qu'elle était entrée dans leur maison, Sally-Anne avait été adoptée. Hanna était convaincue de son infertilité. Mais voilà qu'elle était enceinte. Hélas, bonheur et malheur se conjuguaient, car le fils qu'elle portait avait pour père l'homme coupable de la mort du sien. Hanna ne se faisait guère d'illusions, Robert avait révélé l'emplacement du relais de chasse en échange de sa liberté, Sam et les résistants en avaient payé le prix. Vous imaginez la situation cornélienne dans laquelle elle se trouva. Cependant, Hanna n'oublia pas les règles que Glover lui avait enseignées : le marché de l'art est un milieu où tout se sait, et la discrétion y est essentielle. Si la vérité éclatait au grand jour, non seulement son couple ne survivrait pas, mais leurs réputations seraient entachées à jamais. Adieu la prospérité de sa galerie… Qui voudrait faire affaire avec elle après un tel scandale ? Hanna plaça le Hopper dans un carton à dessin qu'elle scella d'un cachet de cire avant de le ranger dans le coffre de son mari. Elle lui expliqua qu'il contenait une œuvre à laquelle elle tenait particulièrement et lui fit promettre sur la vie de leurs enfants de ne jamais l'ouvrir. C'était une revanche cruelle et subtile. Chaque fois que Robert ouvrirait son coffre, il verrait le carton à dessin, et se demanderait si Hanna avait ou non découvert la preuve de sa culpabilité. Bien qu'en apparence intenable, le statu quo dura pourtant onze ans au cours desquels Hanna ne fut plus jamais l'épouse complice que Robert avait connue. Elle voua tout son amour à son fils. Robert n'eut plus que sa fille à chérir, et Sally-Anne, qui ne s'entendait pas avec sa mère, lui rendait son amour sans compter. Jusqu'au jour…

— De ses douze ans ?

— En effet, elle avait à peu près cet âge quand elle surprit une terrible dispute dans le bureau de son père. Hanna avait appris que son mari entretenait une liaison. C'était sa première maîtresse, mais ce ne serait pas la dernière. À sa décharge, Robert était bel homme, et sa femme, incapable de lui pardonner, le délaissait depuis des années. Il avait, c'est humain, besoin d'aimer et de se sentir aimé. Les reproches fusèrent des deux côtés, la dispute s'envenima. Hanna finit par révéler à son mari que la jeune femme assise devant une fenêtre, qu'il avait enlevée dans un relais de chasse en France, était enfermée depuis onze ans dans son coffre, subtile analogie, avant de détailler toute la vérité qu'elle savait. Ce soir-là, Sally-Anne, entendit que son père était infidèle, et qu'il n'était pas le héros qu'elle avait imaginé, mais un homme qui, pour sauver sa peau, avait commis l'irréparable. Sa réaction fut celle d'une jeune fille qui n'avait pas besoin d'un tel esclandre pour que s'embrasent les feux de l'adolescence. Ce fut une explosion de haine. À l'égard de sa mère qui avait entretenu ce mensonge en se soumettant à la raison du pire, à l'égard de son père devenu soudain un salaud, mais aussi contre son frère, le fils chéri de la famille, alors qu'elle n'était qu'une enfant adoptée. Hanna redouta que sa fille, par soif de vengeance, n'aille se répandre auprès de qui voudrait l'entendre et trahisse le secret qui pesait sur les siens. Pour l'en empêcher, elle l'envoya faire sa scolarité dans une pension en Angleterre. Sally-Anne y resta jusqu'à sa majorité.

Il but son verre d'un trait et le posa délicatement sur la nappe.

— Eh bien, je crois avoir honoré cet excellent repas. Je vous laisse en régler l'addition. Nous remettons cela quand vous le voudrez, car j'ai repéré sur le menu un filet de bar à la truffe que je goûterais volontiers. Revisiter cette histoire a fait renaître mon envie d'achever l'écriture du livre. J'espère que vous tiendrez parole et me donnerez votre accord au moment de le publier. J'ai été enchanté de rencontrer la dernière des Stanfield.

Le professeur se leva, nous serra la main et s'en alla.

*

De retour dans ma chambre d'hôtel, allongée sur mon lit, je ressassais tout ce que le professeur nous avait révélé au cours de ce dîner.

Étrangement, je me sentais plus proche de ma mère que je ne l'avais peut-être jamais été de son vivant. Je comprenais désormais ce qu'elle avait enduré au cours de cet exil forcé. Ce sentiment d'avoir été abandonnée deux fois, d'abord par ses vrais parents puis par ceux qui l'avaient adoptée. Sur ce point, elle nous avait presque dit la vérité, mais au cours de cette nuit, où j'avais bien du mal à m'endormir, je finissais par entrevoir les raisons de son silence, et de celui de mon père, tout ce dont ils avaient voulu nous protéger. Pour autant je regrettais qu'elle ne nous ait rien confié. J'aurais voulu lui avoir donné encore plus d'amour, elle qui en avait tant manqué. Devais-je partager son passé avec Maggie et Michel, et pouvais-je le faire sans la trahir ?

D'autres questions m'empêchaient de trouver le sommeil. Est-ce que le professeur Shylock avait tout manigancé pour obtenir la caution morale dont il avait besoin ? Savait-il qui j'étais avant que nous nous rencontrions ? Car si ce n'était pas lui, qui était le corbeau, et quel but voulait-il atteindre ?

Demain, je devrais tenir une promesse : aider George-Harrison à retrouver la trace de son père.

35

Eleanor-Rigby

Octobre 2016, Baltimore

C'était un matin froid, si pâle que la ville était grise. Je déteste ces journées de fin d'automne où les rues battues par le vent semblent avoir vieilli. Des flaques de pluie sales remontaient sur les trottoirs. George-Harrison m'attendait devant son pick-up, il portait une vieille chemise en jean, une veste en peau et une casquette qui lui donnait un air de joueur de baseball sur le retour. Surtout, il avait l'air de mauvaise humeur. Il m'examina longuement, soupira et grimpa derrière son volant.

Je m'installai à côté de lui et n'attendit pas qu'il démarre pour lui demander notre destination.

— Vous allez où vous voulez, moi, je rentre chez moi. L'argent ne pousse pas sur les arbres, et parlant d'arbres, j'ai du travail qui m'attend.

— Vous voulez renoncer maintenant, alors que nous approchons du but ?

— Quel but, et renoncer à quoi ? J'ai quitté mon atelier dans l'espoir de savoir qui est mon père et depuis que je suis ici, depuis que nous nous sommes rencontrés, je n'ai entendu parler que des déboires de votre mère et de vos histoires de famille. C'est passionnant, surtout pour vous, mais je n'ai ni les moyens ni l'envie de rester dans cette ville où de toute évidence je n'ai rien à faire et rien à apprendre de plus.

— Vous ne pouvez pas penser ça. C'est vrai, nous avons plus progressé de mon côté que du vôtre, mais je vous promets que je me suis endormie hier en pensant qu'il fallait y remédier et orienter nos recherches dans ce sens.

— Et vous voulez les orienter dans quel sens exactement ? me demanda-t-il en s'emportant.

Et comme je n'en avais pas la moindre idée, et que je ne sais pas mentir, j'ai lamentablement bafouillé.

— Nous sommes bien d'accord, a poursuivi George-Harrison en m'évitant ainsi de m'enfoncer plus longtemps. Vous n'en savez rien et moi non plus. Alors, restons-en là. J'ai été vraiment heureux de vous rencontrer. Ne croyez pas que je sois totalement imbécile ou goujat, je n'oublie pas ce qui s'est passé dans ce pick-up, même si ce fut bref, et je ne dis pas que je n'aurais pas aimé vous embrasser à mon tour, enfin je veux dire de prendre l'initiative, mais vous vivez à Londres et moi dans un petit patelin à des milliers de kilomètres de votre belle et grande capitale. Alors, dites-moi à quoi un autre baiser aurait pu aboutir ? Non, ne le dites pas parce que vous n'en savez rien non plus. Je vais retourner à ma vie et à mon travail. Pour mon père, je m'étais fait une raison depuis longtemps. Alors au diable cette lettre anonyme et plus encore celui qui me l'a écrite. Et pour tout vous dire, ça ne m'intéresse plus de savoir qui est le corbeau, ce serait lui accorder trop d'importance.

Et quand bien même il s'agirait de ce professeur, qui mange comme un cochon malgré sa belle érudition, s'il a fait tout ça pour écrire son livre, qu'il aille au diable lui aussi. Et si je peux vous donner un conseil avant qu'on ne se quitte, écrivez votre article et rentrez chez vous. C'est ce que nous avons de mieux à faire tous les deux.

J'ai eu un moment de panique absolue, de celles qui vous foudroient, qui vous tordent le ventre et vous laissent l'impression que vous allez vous dissoudre. Et j'ai découvert au même moment que j'étais enfin capable de mentir. Parce que j'ai fait semblant d'être entièrement d'accord avec lui, comme si descendre de son pick-up n'allait rien me coûter, comme si peu m'importait de ne plus le voir. J'ai hoché la tête, fait une petite moue de circonstance, je n'ai pas dit un mot parce que je n'allais quand même pas pousser les démons du mensonge pour voir jusqu'où je pourrais jouer la comédie, et je suis descendue de sa putain de camionnette, fière et résolue. Si fière que je n'ai même pas claqué la portière. Edina et Patsy m'auraient applaudie, ou elles se seraient moquées de moi et de mon amour-propre mal placé.

Le pick-up s'est éloigné, et quand je l'ai vu tourner au carrefour, j'ai eu les larmes aux yeux. Non parce que cet imbécile m'avait plantée comme une vieille chaussette, mais parce que je me suis sentie soudain plus seule que je ne l'avais jamais été au cours de mes voyages. Dans une solitude telle que j'en avais oublié que j'avais un père génial, une sœur et un frère tout aussi formidables, même Véra s'est mise à me manquer au milieu de cette ville pourrie qui n'était bonne qu'au malheur.

J'ai fait demi-tour pour rentrer à l'hôtel, où aller sinon ? J'ai entendu deux petits coups de klaxon dans mon dos. Quand je me suis retournée, George-Harrison, toujours d'aussi mauvais poil, se penchait pour ouvrir la vitre.

— Allez chercher vos affaires, je vous attends.

— S'il vous plaît ! Allez chercher vos affaires, *s'il vous plaît* ! ai-je rectifié.

— Dépêchez-vous, s'il vous plaît !

Je me suis tellement dépêchée que j'ai tout balancé en vrac dans mon sac de voyage, mes pulls, mes pantalons, ma lingerie, ma deuxième paire de chaussures, mon MacBook et son chargeur, ma trousse de toilette et le minuscule nécessaire à maquillage que j'emporte avec moi quand je voyage. J'ai réglé ma note aussi vite. George-Harrison m'attendait devant l'hôtel, il s'est emparé de mon baluchon et l'a posé à l'arrière du pick-up.

— Où allons-nous ? ai-je demandé.

— Là où tout a commencé pour moi, là où j'aurais dû faire preuve de plus de persévérance.

— C'est-à-dire ?

— La maison de repos où vit ma mère. Il lui arrive encore d'avoir des moments de lucidité. Ils sont rares et brefs, mais je ne vois pas pourquoi la chance ne sourirait qu'à vous. Vous n'êtes pas obligée de m'accompagner, je comprendrais très bien, surtout après ce je vous ai dit tout à l'heure.

— Si vous m'avez fait tout ce numéro pour me présenter à votre mère, soupirai-je, fallait pas vous donner tant de mal, il suffisait de me le proposer. Je suis ravie de rencontrer enfin la femme dont ma mère était amoureuse !

George-Harrison me dévisagea, se demandant si j'étais en train de me foutre ouvertement de lui, et je lui répondis du regard que c'était quelque chose comme ça.

— Installez-vous confortablement, grommela-t-il, parce que nous avons dix heures de route devant nous. Enfin, faites au mieux, ce pick-up n'est pas très confortable.

*

Nous avons traversé le Maryland, le New Jersey, et alors que nous contournions New York, en apercevant les gratte-ciel de Manhattan se découper dans le lointain, je n'ai pas pu m'empêcher de songer à un appartement de l'Upper East Side dont les fenêtres s'ouvraient sur Central Park, à mes grands-parents que je n'avais pas connus et ne connaîtrais jamais.

Au tourbillon de la ville succédèrent les forêts du Connecticut. Les chênes blancs étaient déjà nus, mais le paysage n'en était pas moins magnifique. George-Harrison bifurqua à la hauteur de Westport. Nous déjeunâmes dans un petit restaurant au bord de la rivière Saugatuck. L'océan y remonte et en remplit le lit à chaque marée. Des oies bernaches se reposaient sur la berge, elles s'envolèrent alors que nous finissions notre repas. Leur escadron forma un grand V dans le ciel qui pointait vers le sud.

— Elles viennent de chez moi, me dit George-Harrison. Ce sont des oies canadiennes. Quand j'étais gosse, ma mère me faisait croire qu'en s'en allant, elles crayonnaient de leurs plumes des rideaux de neige, puis qu'elles allaient puiser de la couleur bleue dans les eaux chaudes de l'hémisphère Sud, en avalaient des litres et revenaient pour peindre les couleurs du printemps. Ce n'était pas tout à fait un mensonge, chaque année leur départ annonce l'arrivée de l'hiver et leur retour, celui de la belle saison.

Je les ai regardées rapetisser, devenir des points minuscules, jusqu'à disparaître complètement. J'avais envie de voler avec elles, de me poser sur le sable chaud d'une plage du Sud et de ne plus penser à rien.

Au cours d'une halte dans une station-service du Massachusetts, après que nous avons refait le plein, George-Harrison m'a proposé de prendre le volant.

— Vous savez conduire ?

— Oui, enfin, chez nous, on roule à gauche.

— Sur l'autoroute, cela ne devrait pas poser trop de problèmes. Il faut que je me repose, c'est plus prudent si nous alternons de temps à autre. La route est encore longue, nous ne sommes qu'à mi-chemin.

Et il s'est assoupi alors que nous franchissions les frontières du Vermont.

Un œil sur la route, je le regardais de temps à autre dormir. Il avait l'air tellement paisible. Je me suis demandé comment il faisait pour être si serein. La sérénité est une qualité qui m'a souvent fait défaut, j'ai toujours besoin d'être en mouvement, et j'ai tant côtoyé le silence qu'il m'arrive de parler pour ne rien dire. Et pourtant, ce n'était plus le cas en sa compagnie, comme si son calme déteignait sur moi, comme s'il me faisait du bien sans rien me faire ; comme s'il m'avait donné le goût d'apprivoiser le silence.

Nous avons dépassé la ville de Glover et cela m'a fait comme un pincement au cœur. Un galeriste anglais voulait, par humilité, que son nom s'efface avec lui, il aurait fait une drôle de tête en passant par ici.

J'aimais bien être au volant de ce pick-up, la direction était dure, mais le ronronnement puissant du moteur me donnait l'impression de vraiment conduire. Et puis au contraire de l'Austin de papa qui vous assied au ras de l'asphalte, ici, j'avais de la hauteur. Je me suis regardée dans le rétroviseur et je me suis bêtement souri, pour une fois, je ne me trouvais pas si moche que ça. C'était peut-être pas mal la vie dans le Grand Nord. Les lacs, les forêts, les grands espaces, les animaux, une existence saine en quelque sorte. Oui, je sais, je regarde trop la télé, m'aurait dit Maggie.

Les derniers moments du jour s'étiolaient dans un ciel de traîne. Le soir n'allait pas tarder à tomber, les cimes des arbres avaient noirci au fur et à mesure que nous remontions au nord. J'entrouvris la vitre et humai l'air, sa pureté enivrante. Je cherchais comment allumer les phares. George-Harrison tourna une molette sur le tableau de bord.

— Pas trop fatiguée ? questionna-t-il en ouvrant les yeux.

— Non, je pourrais continuer toute la nuit, j'adore ça.

— Heureusement, nous n'aurons pas à rouler si longtemps. La frontière n'est plus très loin, nous la franchirons à Stanstead. À cette heure-ci, il ne devrait pas y avoir d'attente au poste de contrôle et après il nous restera une quarantaine de kilomètres à parcourir.

Les douaniers vérifièrent nos papiers, nous n'avions rien à déclarer et mon sac à l'arrière du pick-up ne les intéressa pas plus que la petite valise de George-Harrison. Deux coups de tampon et une barrière franchie, nous étions désormais au Québec.

George-Harrison m'indiqua la route à emprunter.

— Passons chez le dépanneur, dit-il en regardant la montre du tableau de bord.

— Un problème avec le pick-up ? demandai-je.

— Non, ricana-t-il. Chez nous, le dépanneur est une épicerie qui reste ouverte tard le soir. Il n'y a rien à manger à la maison.

— Je croyais que nous allions chez votre mère ?

— Nous irons demain, nous avons fait un petit détour. Nous n'aurions pas pu lui rendre visite si tard et j'en ai assez de l'hôtel, il y a toute la place du monde chez moi.

— Il me semblait vous avoir entendu dire que votre chambre était minuscule.

— Et mon atelier bien trop grand… je sais écouter les reproches que l'on m'adresse. Depuis le départ de Mélanie, j'ai fait quelques travaux d'aménagement. Ne craignez rien, même si je suis un ours, je ne vous emmène pas dans une caverne au fond des bois.

— Je n'avais pas peur, protestai-je.

— Un peu quand même, reprit George-Harrison amusé.

Nous nous sommes arrêtés chez le dépanneur. Une bicoque en ciment éclairée d'un lampadaire sur le bord de la route. Ce ne devait pas être la première fois que George-Harrison s'y rendait, car l'épicier l'accueillit par une franche poignée de main et nous aida à charger notre carton de victuailles dans le pick-up. J'avais une faim de loup et je n'y étais pas allée de main morte en faisant les courses. Pendant que je me promenais dans les rayons de son magasin, il n'avait cessé de me regarder, avec un petit sourire en coin qui en disait long sur ce qu'il pensait.

Il faisait nuit noire quand nous avons quitté la route pour emprunter un chemin en terre battue. Je ne savais pas si j'allais passer la nuit dans une caverne, mais en tout cas, nous entrions dans les bois.

Au bout du chemin nous arrivâmes dans une clairière. La clarté de lune éclairait l'atelier de George-Harrison, très différent de ce que je m'étais imaginé. Il fallait rendre justice à son ex, il n'était pas « trop grand », en fait, il était immense. Un gigantesque hangar, percé de larges fenêtres aux encadrements en métal et surplombé d'une haute toiture en pente. George-Harrison attrapa une télécommande dans la boîte à gants et appuya sur un bouton. Le bâtiment s'éclaira soudain et une porte de garage se souleva.

— Moderne, n'est-ce pas ? me dit-il en m'invitant à garer le pick-up à l'intérieur.

Je pensais être arrivée au bout de mes surprises, j'en étais loin ; à l'intérieur de ce hangar se dressait la maison de George-Harrison. Un assez joli chalet posé sur des pilotis dont la façade en bois était peinte en bleu. Elle était entourée d'une terrasse où, derrière une balustrade, j'apercevais une table et deux chaises.

— Ma chambre était sur la mezzanine, dit-il. Après son départ, j'ai démonté la mezzanine et j'ai construit cette maison.

— Quand vous dites « quelques travaux d'aménagement », vous n'avez pas le sens de l'exagération au moins.

— Oui, j'y suis allé un peu fort, mais chaque été qui passait, ne la voyant pas revenir, je ne cessais de l'agrandir.

— Pour vous venger d'elle ?

— Quelque chose comme ça. Ce qui est stupide parce qu'elle ne la verra jamais.

— Si vous l'aviez construite à l'extérieur, elle aurait eu plus de chance de l'apercevoir. Vous auriez dû lui envoyer une photo, enfin à votre place, je ne m'en serais pas privée.

— Vous êtes sérieuse ?

— Je peux même faire un selfie sur le perron, si vous voulez.

George-Harrison éclata de rire.

— C'est bizarre tout de même.

— Qu'est-ce qui est bizarre ?

— D'ordinaire, on construit plutôt les maisons à l'extérieur, qu'à l'intérieur d'un hangar.

— Au moins, quand je sors de chez moi en hiver, je n'ai pas à déneiger.

— Et pour promener le chien, comment vous faites ?

— Je n'en ai pas.

— OK, mais vous êtes quand même sacrément barré.

— Ça vous plaît ?

— Que vous soyez dingue ?

— Ma maison !

— Les deux ne me déplaisent pas.

Il prit mon sac de voyage et entra dans le chalet. Puis il revint mettre la table et nous servit à dîner sur la terrasse. Impossible de voir les étoiles, mais au moins, il faisait doux. L'atelier sentait le bois et moi je me sentais au milieu de nulle part, mais plutôt bien.

La route nous avait épuisés et nous ne tardâmes pas à aller nous coucher. George-Harrison m'avait installée dans sa chambre d'amis. La décoration était sobre, mais ravissante, bien plus belle que celle de mon studio à Londres. Mélanie devait être une sacrée conne, un homme capable de ce raffinement ne pouvait pas être un ours.

*

Le lendemain, alors que nous allions reprendre la route, je m'installai au volant, sans laisser le choix à George-Harrison. Je lui fis remarquer qu'à Baltimore, il avait conduit tout le temps et il me rappela que nous étions dans son pick-up, mais je crois que mes enfantillages l'amusaient.

Deux heures plus tard, il me montra une grille en fer forgé et nous nous engageâmes sur un chemin de gravier qui montait vers une élégante bâtisse perchée sur une colline. Le parc qu'elle surplombait était désert, il faisait bien trop froid pour que les pensionnaires s'y aventurent.

— On est loin de Hyde Park, n'est-ce pas ? dit-il.

— Vous êtes déjà venu à Londres ?

— Non, je ne la connais qu'au travers des films, mais pendant que nous étions à Baltimore, je suis allé regarder quelques photos sur Internet.

— Ah oui ? Et pourquoi ?

— Par curiosité.

Je me suis rangée sous la marquise en fer forgé et nous sommes entrés.

*

Je reconnus la femme assise dans ce salon de lecture qui observait d'un œil agacé sa voisine faire une réussite, comme si elle attendait depuis toujours qu'elle lui propose de jouer avec elle. Sa peau était marquée par le temps, mais son regard pétillant était identique à celui de la photographie du Sailor's Café. Rencontrer May me procura une émotion à laquelle je ne m'étais pas préparée. Elle avait aimé ma mère et ma mère l'avait aimée. Elle savait tant de choses à son sujet que j'ignorais. Un vieillard qui meurt, c'est une bibliothèque qui brûle, a dit un poète africain, je voulais découvrir tous les livres qui étaient en elle, même si elle les avait oubliés.

— Tu es venue avec ton amie ! Je suis bien contente que vous vous soyez rabibochés, s'écria-t-elle en se levant. Je savais bien que votre dispute ne durerait pas. Je ne me souviens d'ailleurs pas pourquoi vous vous étiez fâchés, c'est que ça ne devait pas être bien grave.

George-Harrison me donna l'impression qu'il allait se liquéfier et j'attendis un peu avant de venir à sa rescousse. Mais alors que je tendais la main, sa mère me prit dans ses bras et colla sa joue contre la mienne.

— Dis donc, avant tu m'embrassais, ce n'est pas de ma faute si mon fils est insupportable avec toi.

Son étreinte était aussi ferme que sa peau était douce. Elle sentait l'ambre gris et je reconnus aussitôt cet accord oriental dont Maman se parfumait le dimanche.

— Ce parfum, c'est *Jicky*, n'est-ce pas ? lui demandai-je.

Elle plongea son regard dans le mien et m'observa avec étonnement.

— Puisque tu le sais, pourquoi me poses-tu la question ?

Elle se détourna de moi et n'eut plus d'yeux que pour son fils. Je décidai de les laisser à leur intimité et annonçai que j'allais faire un tour dans le parc.

— Si tu vas fumer en cachette, ne te fais pas prendre, ces salauds te confisqueront tes cigarettes. Pas pour ta santé, tu parles, mais pour les fumer à ta place. Alors comment ça se passe à l'école ? demanda-t-elle à son fils, tu as fait tous tes devoirs ?

Je suis sortie marcher, mais le froid était intenable, et je ne fume pas. Alors je suis rentrée peu après et me suis installée à une table près d'un homme qui lisait. Sa lecture semblait beaucoup l'amuser, car il riait souvent en parcourant les lignes. Et puis j'ai remarqué qu'il ne tournait jamais la page ; j'en ai eu froid dans le dos, plus froid que lorsque je me promenais dans le parc. De loin, j'épiais May et George-Harrison. Ils avaient l'air en pleine discussion. Une conversation qui ne devait avoir aucun sens. En vérité je n'étais pas en train de l'observer, je l'admirais. Il y avait tant d'amour et de patience dans les gestes de ce fils, son écoute était si forte que j'aurais pu me résoudre à perdre la mémoire pour que l'on m'aime autant.

L'homme qui lisait à côté de moi est parti dans un grand éclat de rire, et soudain, son rire s'est transformé en une quinte de toux terrible. Il est devenu rouge comme un fruit mûr, il s'est dressé d'un bond, a poussé un grand râle et s'est effondré.

L'infirmier qui était dans la pièce s'est précipité vers lui, mais il semblait totalement dépassé. Les pensionnaires regardaient la scène comme si le fait qu'il se passe quelque chose qui les sorte de leur ordinaire était bien plus important que l'un des leurs en train de suffoquer. George-Harrison a repoussé l'infirmier et s'est penché sur ce pauvre homme qui convulsait. Il a passé deux doigts dans sa bouche et lui a retourné la langue. L'homme s'est remis a respirer presque normalement, ses joues sont repassées du rouge au rose, mais il avait toujours les yeux fermés et ne répondait pas quand George-Harrison l'appelait :

— Monsieur Gauthier, vous m'entendez ? Serrez ma main si vous m'entendez.

Et la main de M. Gauthier a serré celle de George-Harrison.

— J'appelle une ambulance, a dit l'infirmier.

— Pas le temps, a répondu George-Harrison, ils mettront une demi-heure à venir et autant de temps à rejoindre un hôpital. Je vais l'emmener. Prenez des couvertures, nous allons l'installer dans mon pick-up.

Une jeune femme qui servait des biscuits au moment où M. Gauthier avait fait son malaise proposa ses services. Elle possédait un break dans lequel on pourrait l'allonger au chaud. Deux autres membres du personnel vinrent prêter main-forte. Quand M. Gauthier fut allongé à l'arrière du break, George-Harrison annonça qu'il allait l'accompagner. J'aurais voulu partir avec eux, rester auprès de M. Gauthier, je m'en sentais responsable parce qu'il avait fait son malaise sous mes yeux, mais il n'y avait que deux places assises dans ce fichu break, alors George-Harrison m'a demandé de l'attendre.

En me frictionnant les épaules, pour me réchauffer sous la marquise, je regardais les feux arrière du break s'effacer derrière la grille de la résidence.

*

Quand je suis revenue dans le salon de lecture, la vie avait repris son cours normal ; les pensionnaires vaquaient à leurs occupations, comme si rien ne s'était passé, ou comme s'ils avaient déjà oublié.

La femme à la table voisine de celle de May poursuivait sa réussite, d'autres fixaient la télévision, ou se contentaient de regarder dans le vide. May m'observait avec un drôle d'air, quand de l'index, elle me fit signe de m'approcher et de m'asseoir en face d'elle.

— Ça me fait quelque chose de te connaître, tu sais. Parce que tu lui ressembles, beaucoup. C'est comme si un fantôme avait surgi du passé. Elle est morte, n'est-ce pas ?

— Oui, elle est morte.

— Quel gâchis, j'aurais dû m'en aller avant elle, mais partir en beauté, ça lui ressemble tellement.

— Cette fois, je ne crois pas qu'elle en ait décidé, et puis ce n'était pas très en beauté, rétorquai-je en prenant la défense de Maman.

— Non, tu as raison, pas cette fois, mais l'autre fois oui, et c'est ce qui a gâché nos deux vies. Nous aurions pu nous en sortir ensemble, mais elle n'a rien voulu entendre, à cause de ça, grommela-t-elle en se frottant le ventre. Tu ne comptes pas me le voler, j'espère ? Parce que je ne te laisserai pas faire.

— Vous le voler ?

— Ne fais pas l'idiote avec moi, je parle de mon fils, je n'en ai qu'un.

— Vous auriez pu vous en sortir de quoi ?

— De la chienlit dans laquelle ta mère nous avait foutues. C'est bien pour cela que tu es venue ici, tu veux savoir où elle l'a mis.

— Je n'ai pas la moindre idée de ce dont vous me parlez.

— Menteuse ! Mais tu lui ressembles tellement que je te pardonne, parce que même morte je l'aime encore. Je vais te raconter deux-trois choses, à condition que ça reste entre nous. Je t'interdis de lui en dire un mot.

Je ne savais pas combien de temps durerait ce moment de lucidité, George-Harrison m'avait dit qu'ils étaient aussi rares que brefs. Il avait espéré que la chance serait avec lui et c'était en son absence qu'elle nous souriait. Alors j'ai fait une promesse que je ne tiendrais pas. May a pris mes mains au creux des siennes, elle a inspiré profondément et s'est mise à sourire.

J'ai vu son visage s'éclairer, comme si elle avait rajeuni, comme si la photo du Sailor's Café s'animait devant moi.

— J'avais pris des risques fous pour obtenir les invitations, dit-elle. Mais ce n'était rien à côté de ce qui s'est passé lors du bal. C'est ce soir-là que tout s'est joué. Un bal, comme un point d'orgue sur trente-six années de mensonge… mais plus pour très longtemps.

36

Eleanor-Rigby

Octobre 2016, Cantons-de-l'Est, Québec

May s'exprimait d'une étrange façon, une voix intérieure semblait lui dicter ses paroles et son récit m'entraîna à Baltimore un soir de la fin octobre 1980.

— Notre chauffeur s'était arrêté brièvement sous l'auvent, pour nous laisser descendre. Il y a eu un claquement de portière et le défilé des véhicules a continué. Ceux qui avaient l'honneur d'être conviés au bal se massaient devant la porte de la demeure. Deux hôtesses en livrée recueillaient les cartons d'invitation et vérifiaient la liste nominative des invités. Je portais une jupe longue serrée à la taille, une chemise à plastron, une redingote et un chapeau haut de forme. Sally-Anne, en tenue de Domino, était vêtue d'une robe enveloppante, la tête couverte d'un camail noir. Nous avions choisi ces costumes pour nous déplacer aisément et dissimuler sous nos capes ce que nous nous apprêtions à dérober.

Ta mère a remis nos sésames. J'avais pris de sacrés risques pour les obtenir, je ne sais plus très bien quand, je perds un peu la notion des dates depuis quelque temps.

Nous sommes entrées dans le hall. Il était immense et éclairé par de grands candélabres. Devant nous se dressait l'imposant escalier, dont l'accès était interdit par un cordon rouge. En relevant la tête, on pouvait admirer la verrière et voir la coursive avec sa balustrade en fer forgé, qui parcourait tout le premier étage. Nous avons suivi le flot des visiteurs jusqu'au grand salon du rez-de-chaussée. Des buffets somptueux étaient dressés devant les fenêtres. Tout était magnifique. Un orchestre composé de six musiciens perchés sur une estrade, près de la cheminée en pierre de taille, alternait menuets, rondos et sérénades. Jamais je n'avais assisté à un spectacle aussi fastueux. J'admirais l'assemblée. Un Arlequin baisait la main d'une comtesse, un soldat de la Confédération trinquait avec un mage hindou tandis que son ennemi nordiste conversait avec Cléopâtre. George Washington, déjà bien éméché, ne comptait pas en rester là. Un huguenot remplissait sa coupe de champagne jusqu'à la faire déborder. Il y avait aussi un prince des *Mille et Une Nuits* qui tripotait les seins d'une Isabelle dont le Léandre devait être ailleurs. Un fakir se régalait de foie gras, un sorcier au nez crochu avait un mal fou à croquer un toast au caviar, il était ridicule. Une Colombine et un Polichinelle formaient un assez joli couple, un César avait le front irrité par sa couronne de laurier qu'il ne cessait de remettre en place. Abraham Lincoln embrassait une courtisane orientale. Sous les masques, tout était possible, même ce qui était interdit.

Une jeune et belle cantatrice est montée sur l'estrade. Sa voix puissante a captivé l'assemblée. Sally-Anne en a profité pour repousser une porte dérobée dans les étagères d'une bibliothèque. Derrière se trouvait une volée de marches en colimaçon. Lorsque nous sommes arrivées à l'étage, elle m'a entraînée le long de la coursive. Comme nous surplombions le hall, nous longions les murs pour rester invisibles. Nous sommes passées devant la pièce où l'on m'avait installée quand j'étais prétendument venue rendre visite à Mlle Peine-à-Jouir. Drôle de nom, n'est-ce pas ? C'est une autre histoire, je te la raconterai si tu reviens me voir. Un peu plus loin, Sally-Anne est entrée dans le bureau de son père. Elle m'a demandé de faire le guet devant la porte. Je l'entends encore me dire : « Reste bien en retrait, si un invité relevait la tête pour admirer le grand lustre, il pourrait t'apercevoir d'en bas. Et si quelqu'un monte, rejoins-moi dans le bureau. Ne t'inquiète pas, je m'occupe de tout, je n'en ai pas pour très longtemps. » Mais je m'inquiétais quand même et j'ai eu envie de tout arrêter. Je l'ai suppliée. Je lui ai dit qu'il était encore temps de renoncer, que nous n'avions pas besoin de cet argent, que l'on pourrait s'en sortir autrement. Mais elle voulait aller jusqu'au bout, à cause de son fichu journal qu'elle a aimé encore plus qu'elle ne m'a aimée. Et puis parce qu'elle était animée par un désir de revanche. Écoute bien mon conseil, ne laisse jamais la colère te dicter ta conduite, car tôt ou tard tu en paieras les conséquences. J'étais bonne pomme et un bon petit soldat, alors je suis restée devant cette porte entrouverte.

Pendant que je faisais le guet, ta mère s'est dirigée vers le minibar, elle a pris la boîte à cigares de son père qu'elle a posée sur un guéridon, et elle s'est emparée de la clé du coffre-fort. Les instants qui ont suivi auront décidé de nos vies, et de bien d'autres d'ailleurs. Je n'ai cessé d'y penser, parce qu'à quelques minutes près, tout aurait été différent, et tu ne serais pas là aujourd'hui.

Je sais bien que je perds un peu la boule, mais ce bal costumé, je ne l'oublierai pas.

Où en étais-je ? Ah oui. J'ai entendu des pas et je me suis penchée à la balustrade. Un homme avait enjambé le cordon rouge et grimpait le grand escalier. Il n'allait pas tarder à arriver à l'étage. J'ai gratté à la porte du bureau pour prévenir Sally-Anne. Elle s'est précipitée sur l'interrupteur, a éteint la lumière et m'a attrapé la main pour me tirer vers elle. Je me tenais dans l'entrebâillement de la porte, tétanisée. J'aurais dû agir autrement, mais j'ai voulu la protéger, tu comprends, alors au lieu d'aller me cacher avec elle, j'ai lâché sa main, refermé doucement la porte sur elle et je suis partie à la rencontre de cet inconnu masqué en habit de Vénitien. J'espérais que ce soit un invité indiscret, peut-être un homme cherchant un endroit tranquille d'où téléphoner. J'ai pensé que je pourrais prétendre la même chose. Mais avant que je ne lui parle, il m'a demandé d'une voix autoritaire ce que je fichais là.

Cette voix, je ne la connaissais que trop bien. Pourtant, je suis restée incroyablement calme, et moi aussi je me suis laissé gagner par une soif de vengeance. Ce bal, aussi fastueux que grotesque, était organisé en son honneur. Et pour le célébrer à ma manière, j'allais lui faire un cadeau qui l'empoisonnerait jusqu'à la fin de ses jours.

J'ai posé un doigt sur ses lèvres et lui ai souri. Il brûlait de savoir qui était cette séductrice masquée, elle aussi. Il m'a rappelé que la fête se déroulait au rez-de-chaussée, que les invités n'avaient pas accès à l'étage, mais a ajouté aussitôt que si je voulais le visiter, il se ferait un plaisir de m'escorter. Impossible de lui répondre sans me trahir, et il était encore trop tôt. Alors, après avoir murmuré un chut, je l'ai pris par la main et je l'ai conduit dans le petit salon à côté du bureau de Peine-à-Jouir. Je peux t'assurer que ce n'était pas mon cas.

Je l'ai poussé sur un fauteuil, ce qui l'a beaucoup amusé et il s'est bien gardé de manifester la moindre résistance. Il n'était pas dupe, aucune chance que sa future épouse porte le même déguisement que moi. J'ai défait sa braguette, passé la main dans son pantalon et j'ai senti son désir monter. Je savais ce qu'il aimait et je le lui ai offert, mais je n'allais pas en rester là. Je voulais le posséder entièrement, qu'il soit encore à moi une dernière fois. Des hommes sont passés dans ma vie, certains que j'ai quittés, d'autres qui m'ont laissée, mais lui c'était différent. J'ai soulevé ma jupe et je me suis assise sur lui. Ne me juge pas, tu perdrais ton temps, car je m'en fiche éperdument. Il n'y a rien de meilleur au monde que de faire l'amour à l'homme qu'on aime ou que l'on hait. Je me suis faite langoureuse, il fallait que je contienne son plaisir, le temps que Sally-Anne opère dans la pièce à côté. Je me doutais qu'elle entendait tout, et pour en être certaine, je n'ai pas ménagé mes ardeurs. Elle m'avait trompée avec Keith, j'étais ici par sa volonté, et je me suis également vengée d'elle, de ses parents parce qu'ils avaient préféré une jeune femme de leur rang à une fille sans fortune. Je me suis vengée de lui et de la terre entière en le baisant le jour de ses fiançailles.

Après avoir joui, il a voulu découvrir mon visage, mais je ne l'ai pas laissé faire. Je trouvais plus subtil qu'il comprenne autrement. Alors je lui ai demandé s'il avait apprécié mon cadeau. Si tu avais vu ses yeux quand il a reconnu ma voix. Son regard n'était que stupeur. Et peur aussi, que je redescende, et prenne la place de la cantatrice sur l'estrade pour chanter son incartade à la belle assemblée. Je l'ai embrassé, tendrement, lui ai caressé la joue et l'ai assuré qu'il n'avait rien à craindre. Sa femme mettrait peut-être un certain temps à découvrir le genre d'homme qu'il était, mais lui ne pourrait plus lui dire qu'il l'aimait sans se souvenir qu'il l'avait trompée le jour de leurs fiançailles.

Je l'ai invité à retourner auprès de sa future épouse, il était préférable qu'on ne nous voie pas descendre l'escalier ensemble. Je lui ai promis de m'en aller discrètement et qu'il ne me reverrait plus de la soirée, ni jamais d'ailleurs. Il s'est reboutonné l'air penaud, et il est parti, furieux. J'ai attendu quelques instants et je suis allée rejoindre Sally-Anne dans le bureau.

Elle n'a pas dit un mot. Elle a noué la ceinture de sa cape sous laquelle elle avait caché son vol, refermé la porte du coffre, remis la clé à sa place et rangé la boîte à cigares.

Je lui ai demandé si elle avait obtenu ce qu'elle désirait. Sa réponse fut de me poser la même question. Nous savions toutes les deux ce qui s'était joué dans ces pièces voisines pendant que nous détroussions les Stanfield, chacune à notre façon.

Juste avant de s'en aller, elle s'est emparée d'une bouteille d'alcool et l'a glissée sous ma cape, un whisky exceptionnel avec lequel nous devions trinquer plus tard à notre victoire. Elle était déjà ivre d'avoir accompli son projet. *L'Indépendant* était sauvé. Avec ce que nous avions volé dans le coffre, nous pourrions lancer sa publication et le faire vivre, même à perte, pendant plusieurs années.

La fête battait son plein, nous sommes ressorties de la demeure sans nous faire remarquer. Le chauffeur nous attendait, il nous a raccompagnées au loft.

May s'est tue, son regard est allé se perdre dans le vide et aussitôt les années sont revenues se poser sur ses traits. Je n'en saurais pas plus et je supposais qu'elle ne savait déjà plus qui j'étais. Pourtant, elle a soupiré et ma répété que c'était fou ce que je ressemblais à ma mère. Elle s'est levée pour confisquer ses cartes à sa voisine et s'est rassise en face de moi en me demandant si je savais jouer au poker.

Elle m'a plumée de cent dollars. Quand George-Harrison est arrivé dans le salon, elle a glissé discrètement les billets dans sa poche et a souri à son fils comme si elle ne l'avait pas vu depuis des semaines. Elle lui a dit que c'était gentil de sa part d'être venu la voir.

George-Harrison nous annonça que M. Gauthier était mort en arrivant à l'hôpital.

— Je t'avais bien dit qu'il ne passerait pas l'année, tu ne veux jamais me croire ! s'est exclamée May, presque réjouie.

Nous sommes restés tout l'après-midi auprès d'elle, mais son esprit était ailleurs. Vers quinze heures, le ciel s'est ouvert et son fils l'a emmenée faire une promenade dans le parc. J'ai profité d'être seule pour me remémorer ce que j'avais appris, à nouveau des choses sur ma mère, mais rien sur le père de George-Harrison. Je ne savais pas comment lui avouer que je n'avais pas profité de ce moment de lucidité pour tenir ma promesse.

À leur retour, il m'a suffi d'un échange de regards avec lui pour comprendre que la chance qu'il avait tant espérée n'avait pas voulu lui sourire.

Un peu plus tard, nous avons pris le thé et il a annoncé à sa mère que nous devions partir. May l'a serré dans ses bras et puis ce fut mon tour.

— Je suis tellement contente que vous vous soyez remis ensemble, vous faites un joli couple, m'a-t-elle dit en m'appelant Mélanie.

Nous arrivions devant son pick-up quand j'ai prétendu avoir oublié mon portable dans le salon de lecture. Je lui ai demandé de m'attendre et je suis repartie en courant vers la résidence.

May était toujours dans son fauteuil, les yeux rivés sur celui qu'occupait encore ce matin M. Gauthier. Je me suis approchée d'elle et j'ai tenté le tout pour le tout.

— Je ne sais pas si vous êtes encore là, mais si vous m'entendez, à votre tour d'écouter mon conseil. N'emportez pas votre secret dans la tombe ; il en crève de ne pas savoir qui est son père et moi aussi de le voir comme ça. Vous ne vous rendez pas compte de la souffrance que vous lui imposez, du chagrin que vous lui faites ? Vous ne croyez pas que les non-dits ont causé assez de malheurs comme ça ?

May s'est tournée vers moi avec un air malicieux.

— Je te remercie de ta gentillesse, mais au risque de te décevoir, je n'y suis pas encore, dans la tombe, ma chérie. Parce que tu crois qu'il sera plus heureux quand il saura que son père est mort à cause de moi ? Tu vois, toutes les vérités ne sont pas bonnes à dire, alors si tu as une autre question, dépêche-toi de me la poser, il t'attend dehors et je n'aime pas que tu fasses attendre mon fils.

— Où sont les lettres de ma mère ? Est-ce que vous les avez gardées ?

Elle m'a tapoté la main, comme on admoneste un enfant irrévérencieux.

— J'étais la seule à écrire des lettres, ta mère ne voulait pas me répondre, elle ne l'a fait qu'une fois, pour me fixer un rendez-vous. Entretenir une correspondance aurait été pour elle une trahison à l'égard de son mari. Elle avait choisi de tourner la page. Mais il y a eu cette incartade. Par ma faute. Tu avais quatorze ans quand tes parents vous ont emmenés en Espagne…

Je me souvenais très bien de ces vacances. Mes parents ne nous ont emmenés que trois fois à l'étranger : à Stockholm, où Maggie n'avait cessé de se plaindre du froid, à Paris, où Michel les avait ruinés en pâtisseries, et à Madrid, où, émerveillée par la beauté de la ville, je m'étais juré qu'une fois adulte, je ferais le tour du monde. May a bu sa tasse de thé et a poursuivi.

— Six mois plus tôt, je lui avais écrit que j'étais malade. On m'avait juste ôté une boule au sein, mais cela aurait pu être grave. J'ai pensé que s'il m'arrivait malheur, je n'avais personne pour veiller sur mon fils. Je n'avais aucune chance de la convaincre autrement, alors j'ai espéré qu'en le rencontrant… enfin, pour être honnête, je crois que c'était un prétexte pour la revoir encore une fois, et découvrir sa famille. Elle a accepté, mais refusa que nous nous parlions. Le dimanche, vous êtes allés vous promener au parc du Retiro. Ta mère, ton père, ton frère, ta sœur et toi étiez assis à droite sur les marches du palais de Cristal devant le grand bassin, vous formiez une belle famille. George-Harrison et moi étions assis à gauche. Cela m'a fait plus de mal que de bien, mais pour ces quelques instants surgis du passé, je n'ai pas regretté d'être venue de si loin. Et puis ce voyage reste un des plus beaux souvenirs d'enfance de mon fils. Ta mère et moi avons échangé un sourire complice qui en disait long. Vous êtes repartis peu après, et en se levant, elle a laissé un cahier sur les marches. C'était son journal intime, elle l'avait commencé en pension. J'y ai retrouvé toute notre histoire, celle des années partagées à Baltimore, notre rencontre alors que nous n'étions que de jeunes pigistes, notre emménagement dans le loft, nos amis, Keith en particulier. En le lisant, j'ai revécu les journées folles qui ont précédé la création de *L'Indépendant*, nos nuits endiablées au Sailor's Café, nos espoirs et nos déceptions. Elle y avait même raconté le fameux bal, et ce qui s'était passé ensuite. Mais son journal s'est arrêté le jour de son départ. Après, elle n'a plus jamais rien écrit sur sa vie.

— Pourquoi est-elle retournée à Londres, pourquoi a-t-elle tiré un trait aussi définitif ?

— Je n'ai plus le temps ni l'envie d'en parler. Tous ces souvenirs appartiennent à une époque dont il ne reste rien. Alors à quoi bon ? Toi aussi tu devrais laisser le passé en paix, tu te tourmentes inutilement. Tu as eu des parents formidables, garde en toi la mémoire de ta mère ; Sally-Anne était une autre femme que tu n'as pas connue.

— Où est son journal ?

Ma question arrivait trop tard. May avait de nouveau ce regard distant, empreint de folie. Elle a fait un bras d'honneur à sa voisine qui nous épiait, et s'est retournée vers moi en ricanant.

— Il faut que je te dise pourquoi mon fils est devenu menuisier. J'en pinçais pour l'antiquaire et il me le rendait bien. J'étais seule, lui mal marié, un cocu malheureux. Deux êtres abîmés peuvent se réparer en se donnant ce qu'il manque à chacun. Enfant, George-Harrison a passé une grande partie de ses après-midi dans son magasin. Puisque je ne pouvais compter sur personne, Pierre est devenu comme un parrain, il lui a tout appris. Ça n'était pas pour me déplaire, j'y voyais même une certaine ironie. Vois-tu, j'avais déjà connu un menuisier, un homme bien, probablement le meilleur de tous ceux que j'ai rencontrés. Il est d'ailleurs venu me voir, peu de temps après la naissance de mon fils. Il voulait que je quitte tout et parte avec lui. Je me suis comportée comme une idiote, je le regrette. Mais tant pis, de toute façon, il était trop tard. Ne lui dis rien, George-Harrison imagine avoir choisi tout seul son beau métier, et il a horreur de constater que sa mère a de l'influence sur lui. C'est un homme, que veux-tu. Allez, file maintenant, je t'en ai assez dit, et si tu n'as pas compris, c'est que tu es encore plus sotte que tu n'en as l'air.

— C'est vous qui nous avez écrit ?

— Fiche le camp ! Je dois aller prendre mon bain, et tu n'es pas infirmière, que je sache. On ne m'aurait tout de même pas changé mon infirmière sans me prévenir ! Cette maison est un vrai foutoir, je vais me plaindre, si ça continue.

Cette fois, May était vraiment repartie. Je lui en voulais, mais je l'ai tout de même embrassée sur la joue, pour respirer à nouveau son parfum. J'ai inspiré profondément avant de rejoindre George-Harrison dans son pick-up. Comment lui annoncer qu'il ne connaîtrait jamais son père et lui avouer le secret que May m'avait confié.

— Tu l'as retrouvé ?

— Quoi donc ?

— Eh bien ton portable ! Je poireaute depuis dix minutes, je commençais à m'inquiéter.

— Démarre, il faut que nous parlions.

37

Eleanor-Rigby

Octobre 2016, Magog

La nuit tombait lorsque nous avons quitté la maison de retraite et il faisait encore plus froid qu'à notre arrivée. J'aurais pu choisir de me taire, mais depuis le début de ce voyage, les secrets de famille m'étaient devenus détestables. Ce n'était pas une conversation facile à entreprendre et je décidai de m'y aventurer sur la pointe des pieds. Je n'étais qu'au début de mes peines. Tôt ou tard, il faudrait aussi que je dévoile d'autres vérités à Maggie et Michel. Comment leur raconter ce que j'avais découvert au sujet de Maman, sans la trahir. Mais pour l'instant, mon problème était dans cette voiture et au volant.

Quand George-Harrison apprit que son père était mort, sa réaction me surprit. Enfin, façon de parler, car il resta impassible. Je m'empressai de lui dire combien j'étais désolée, j'avais l'impression d'être coupable de lui avoir révélé ce secret. Il se mordit les lèvres et fit preuve d'une force de caractère étonnante.

— Je devrais être triste ; c'est étrange, mais je suis soulagé. Le plus douloureux était d'imaginer qu'il avait choisi de ne jamais me connaître, d'ignorer mon existence, au point que son fils soit une quantité négligeable. Au moins il a une excuse imparable, difficile maintenant de lui faire ce reproche.

May ne m'avait pas confié quand le père de George-Harrison avait disparu, mais je préférais garder cette considération pour moi.

— Quand elle t'a dit l'avoir tué, elle te paraissait avoir toute sa tête ? finit-il par me demander.

— Elle n'a pas prononcé ces mots, pas de cette façon. Elle s'est accusée d'avoir été responsable de sa mort, ce n'est pas la même chose.

— Tu m'expliqueras la différence…, lâcha-t-il d'un ton acerbe.

— C'est très différent ! Nous ne savons rien des circonstances de sa mort. Ce pouvait être un accident, et elle s'en blâme, parce qu'elle n'était pas auprès de lui.

— Je te trouve bien optimiste pour prendre autant sa défense.

— Non, ce n'est pas ça. J'ai compris qu'elle l'aimait.

— Et alors qu'est-ce que ça change ? Un crime passionnel est plus excusable ?

— Ça ne change rien de savoir qu'on a été un enfant désiré ?

— J'apprécie le mal que tu te donnes. Ça me touche énormément, mais tu vas un peu vite. Elle a aussi aimé un Jean, un Tom, un Henry…

— … et Pierre, chuchotai-je, embarrassée.

— Quoi, Pierre ?

— Elle a aussi aimé un certain Pierre, un antiquaire…

— Merci, je sais qui il est !

— Et tu savais que…

— Évidemment ! Et épargne-moi cet air apitoyé. Je le sais depuis longtemps. Je les ai trop souvent surpris à se frôler. Quand elle me déposait au magasin ou venait m'y rechercher, quand il venait nous voir à la maison. Chaque fois qu'il passait près d'elle, il lui prenait rapidement la main, et au moment de lui dire au revoir, il l'embrassait toujours très près des lèvres. Ce genre de détails n'échappe pas à un petit garçon. Mais je m'en fichais, parce que de tous les hommes qu'elle a fréquentés, c'est le seul qui n'a jamais eu de pitié à mon égard. C'était même le contraire. Quand il me parlait d'elle, il évoquait ma chance de l'avoir tout à moi. Il ne se sentait coupable de rien et ça me plaisait. Et puis il s'est occupé de moi en ayant l'élégance de ne jamais jouer au père de substitution. Sa présence était rassurante. Pourquoi me parles-tu de lui ?

— Parce que je suis certaine qu'il sait beaucoup de choses qu'il ne t'a pas dites.

George-Harrison a tourné le bouton du poste de radio, me faisant comprendre qu'il en avait assez entendu pour ce soir. Nous avons continué de rouler une bonne demi-heure et à notre arrivée à Magog, il a éteint la radio pour me poser cette question :

— Quelque chose me chiffonne dans tout ça. Le corbeau ne devait pas ignorer que mon père est mort, lui qui semble tout savoir de nous. Alors, pourquoi m'avoir écrit ?

La réponse qui me vint à l'esprit me pétrifia, car à bien y songer, si quelqu'un ne peut se résoudre à vous avouer la vérité, quelle autre solution que de faire en sorte que vous la découvriez par vous-même. Mais j'ai aussi gardé cette considération pour moi, parce que je n'aurais pas osé la partager avec lui, j'en avais assez dit pour ce soir.

Il gara son pick-up dans l'atelier. Revoir cette maison à l'intérieur de ce hangar m'arracha mon premier sourire de la journée.

George-Harrison alluma un réchaud à gaz, le froid se faufilait jusque dans l'atelier. Durant le repas que nous partageâmes sur la terrasse, il tenta de donner le change, mais je sentais bien qu'il était triste. Et atteinte par cette solitude qui l'étreignait, alors que j'avais une famille qui m'attendait à Londres, je pris conscience de ce que j'avais voulu ignorer jusque-là de toutes mes forces.

Je n'avais pas redouté de me retrouver seule devant l'hôtel où il m'avait laissée à Baltimore, mais d'être séparée de lui. Il y avait eu assez de secrets et d'hypocrisie pour s'en épargner de nouveaux.

J'ai attendu qu'il dorme pour entrer dans sa chambre, je me suis glissée dans ses draps et blottie contre lui.

Il s'est retourné et m'a prise dans ses bras. Nous n'avons pas fait l'amour, nous ne pouvions pas le soir où il avait appris que son père était mort et qu'il ne le connaîtrait jamais. Nous nous sommes perdus dans un océan de tendresse et c'était bien plus conséquent que si nous avions mêlé nos corps.

*

Nous avons passé la journée du lendemain dans son atelier. Il avait du travail en retard et je me plaisais à le regarder menuiser les piétements d'une commode. Le tour est un outil fascinant, on dirait un instrument de musique quand il fait siffler le bois alors que des copeaux s'en détachent en formant des spirales enchanteresses. C'est beau de voir à l'ouvrage quelqu'un qui aime passionnément son métier. Plus tard, il a assemblé les pieds, en m'expliquant que l'art consistait à façonner les tenons pour qu'ils s'ajustent parfaitement à leur mortaise. Je crois qu'il la ramenait un peu avec son vocabulaire technique, mais j'ai joué le jeu et fait comme si ce genre de détails me fascinait au plus haut point. Il a observé sa commode sous tous les angles. Satisfait, il m'a demandé de l'aider à la charger et à la décharger quand nous sommes arrivés devant le magasin d'antiquité.

Pierre Tremblay lisait le journal. Dès que nous avons poussé la porte de son commerce, il s'est levé d'un bond et après m'avoir aperçue, il nous a accueillis avec une effusion sans aucune retenue. Il était fou de joie, et ses regards en coin me laissaient comprendre qu'il n'était pas anodin que George-Harrison nous ait présentés. Son entrain est retombé quand il a vu la commode. Il a fait une moue étonnée et nous a priés de la déposer dans sa remise.

— Tu ne préfères pas que je l'installe en vitrine ? a demandé George-Harrison.

Mais M. Tremblay a répondu que nous n'avions qu'à la mettre dans un coin, il aviserait le lendemain. George-Harrison l'a invité à dîner chez la mère Denise et j'ai pu découvrir la fameuse encoignure XVIIIe. Je ne suis pas une spécialiste, mais je dois avouer que la contrefaçon avait été exécutée de main de maître et j'en ressentis une certaine fierté, ce qui était absurde.

Pierre Tremblay m'a conseillé une bouillabaisse des îles de la Madeleine et pour l'accompagner, il a commandé un vin blanc du domaine Les Brome, une production du Québec, a-t-il précisé fièrement en remplissant nos verres.

Après avoir trinqué, il s'est penché vers George-Harrison, soucieux d'évoquer avec lui ce qui semblait être un malentendu.

— Je ne veux pas te contrarier, dit-il, mais je t'avais demandé un traîneau à l'ancienne, pas une commode.

— En effet, lui a répondu George-Harrison du tac au tac. Mais moi je t'ai demandé mille fois si tu avais des informations sur mon père, et comme tu n'as jamais rien su me dire, ou jamais voulu me dire, j'ai été obligé d'entreprendre des recherches moi-même et ça m'a pris un temps fou. Tu connais le dicton, on ne peut pas être au four et au moulin, eh bien on ne peut pas plus être sur la route et dans son atelier. Alors tes luges devront attendre. Estime-toi heureux, j'avais fabriqué cette commode depuis quelque temps, et j'ai passé l'après-midi à la finir pour te livrer quand même quelque chose.

— Je vois, grommela Pierre. Cette invitation, ce n'était pas pour me présenter à ton amie, mais plutôt un piège.

— Quel piège, puisque tu ignores tout ?

— C'est bon, s'emporta Pierre, pas la peine de me mettre mal à l'aise en public. Je ne t'ai rien dit parce que je n'en avais pas le droit. J'ai promis, tu comprends, et une promesse est une promesse.

— Qu'est-ce que tu avais promis ?

— Que tant qu'elle serait là, je me tairais.

— Mais elle n'est plus là, mon Pierre, la femme que tu as connue a elle-même oublié son existence.

— Je t'interdis de parler comme ça de ta mère.

— C'est hélas la stricte vérité, et tu le sais bien puisque tu lui rends visite. Tu crois que je n'ai pas reconnu le mobilier qui est dans sa chambre, la table de nuit, le guéridon à côté de la porte, le fauteuil près de la fenêtre, combien de voyages as-tu faits pour embellir son quotidien ?

— Tu aurais dû les faire à ma place.

— Je suis sûr qu'elle était plus heureuse que ces attentions viennent de toi. Maintenant, je t'en prie, tu dois répondre à nos questions, tu aurais dû le faire quand je t'ai parlé de la lettre anonyme.

— Répondre à vos questions ? En quoi ça regarde ton amie ?

— Eleanor-Rigby est la fille de Sally-Anne, répondit George-Harrison.

Il suffisait de voir l'expression sur le visage de l'antiquaire pour comprendre qu'il n'ignorait pas qui était ma mère. George-Harrison lui résuma ce que nous avions appris, depuis leur conversation juste avant son départ de Magog. Et quand il eut terminé son récit, Tremblay se sentit obligé de nous confier la suite de l'histoire.

— Après le cambriolage, vos mères sont retournées au loft. Elles y ont caché leur butin et ont rejoint leur bande d'amis dans un bistrot sur les docks de Baltimore. Et de ce que j'en sais, ce fut une fête inoubliable. Ceux qui étaient présents pensaient célébrer le premier numéro de *L'Indépendant*, mais vos deux mères fêtaient aussi leur forfait, et quelle ironie quand on pense à ce qui allait les frapper au lendemain de la publication du journal. La police avait mené son enquête avec la plus grande diligence, mais les seules empreintes relevées sur le coffre étaient celles d'Hanna et de Robert et comme il n'avait pas été forcé, ils en tirèrent deux conclusions possibles. Que le voleur faisait partie du personnel, ou que le vol n'avait jamais eu lieu. Les Stanfield ne manquaient pas d'argent, et une tentative d'escroquerie aux assurances ne fut pas la piste que les inspecteurs privilégièrent. Hanna Stanfield redoutait les scandales plus que tout. Sa réputation était essentielle dans les affaires qu'elle menait. De grands collectionneurs lui confiaient des œuvres d'art inestimables, imaginez ce qu'ils auraient pensé en apprenant qu'on lui avait dérobé un tableau dans sa propre demeure, alors elle se garda bien d'en parler aux policiers… Vous faites une drôle de tête tous les deux, qu'est-ce que j'ai dit ?

George-Harrison et moi étions sans voix, plus stupéfiés l'un que l'autre. La lettre du corbeau venait enfin de prendre tout son sens. J'hésitais à interrompre Tremblay, quand George-Harrison le questionna à propos de ce tableau.

— Tout ce que je sais, c'est qu'il fut à l'origine d'une terrible dispute entre vos deux mères. Non à cause de sa valeur, même si elle était immense, mais parce qu'il revêtait une importance particulière aux yeux d'Hanna Stanfield. D'après ce que j'ai compris, il avait appartenu à son propre père, et elle y était plus attachée qu'à toute sa collection d'œuvres d'art. May pensa que c'était pour cette raison que Sally-Anne le lui avait volé. Elle en conclut qu'elle n'avait pas commis ce cambriolage pour sauver *L'Indépendant*, mais pour assouvir une vengeance. Sally-Anne jura avoir ignoré qu'il se trouvait là, prétendit l'avoir découvert en ouvrant le coffre et s'en être emparé sans réfléchir. May ne la crut pas un instant. Elle était furieuse à l'idée d'avoir été manipulée. Le problème, c'est qu'elle ne fut pas la seule à penser cela. Et c'est là que l'ironie se révèle dans toute sa dimension, car si Sally-Anne s'était abstenue de signer de ses initiales l'article qu'elle avait écrit dans le premier et unique numéro de *L'Indépendant*, article qui s'en prenait ouvertement à sa famille, Édouard n'aurait peut-être pas fait le lien. Mais le mal était fait. Édouard comprit qui en était l'auteur et supposa qu'il avait été berné. S'il avait bien voulu croire jusque-là que le comportement de May, pour le moins… comment dire…

— Pour le moins quoi ? insista George-Harrison.

— Ça, ça ne vous regarde pas. Disons plutôt que cet article l'amena à penser que la présence de May le soir du bal avait d'autres motifs que de lui gâcher ses fiançailles. Car il ne l'avait pas croisée dans le grand salon, mais à l'étage, non loin de l'endroit où s'était produit le vol. Alors quand il a découvert dans ce fichu papier de quoi sa sœur était capable pour se venger des siens, il a relié les points entre eux. Pendant que May et lui… discutaient… Sally-Anne dérobait à leur mère ce tableau auquel elle tenait plus que tout au monde. C'est clair ou vous voulez que je recommence ?

— C'est on ne peut plus clair, intervins-je.

J'avais épargné à George-Harrison certains détails de cette soirée et j'étais soulagée que Tremblay s'en soit tenu à la même réserve.

— Qu'est-il advenu de ce tableau ? demandai-je.

— L'histoire ne le dit pas. May l'ignorait et je vous assure qu'elle ne l'a jamais eu en sa possession.

— Comment pouvait-elle l'ignorer alors qu'elle partageait le loft avec ma mère ? poursuivis-je.

— Elles n'allaient plus le partager pour très longtemps. Édouard Stanfield, convaincu de la culpabilité de sa sœur, était décidé à la confondre et à lui reprendre ce qu'elle avait dérobé. Édouard vouait une passion à sa mère. Or, si Hanna s'était faite à l'idée qu'on lui ait soutiré une petite fortune en bons du Trésor, elle était inconsolable quant à la perte de son tableau. Édouard prit vos mères en filature. Plusieurs jours durant, il épia leurs allées et venues. Comme elles étaient occupées à la rédaction du prochain numéro de leur journal, il passait son temps à guetter leurs fenêtres, planqué dans la voiture qu'il avait empruntée à sa mère. Il suivit May quand elle se rendit à la banque pour vendre un bon du Trésor, afin de payer des fournisseurs. Il entra peu après elle et assista à la transaction sans se faire repérer. Il avait désormais une preuve irréfutable. Et lorsque May sortit de l'agence, il fut témoin d'une autre révélation. May était pliée en deux en train de rendre ses tripes sur le trottoir. Il aurait pu mettre sa nausée sur le compte de la peur, mais elle recommença en descendant du taxi qui la reconduisait au loft. Inutile de vous faire un dessin. Elle rentra chez elle. Édouard était garé dans la rue. Il descendit de la voiture et alla frapper à la porte du loft. S'ensuivit une confrontation terrible. Édouard menaça de les dénoncer si elles ne lui rendaient pas sur-le-champ ce qu'elles avaient dérobé. Le guichetier témoignerait de la transaction qui avait eu lieu, reconnaîtrait May sans difficulté et elles finiraient toutes les deux en tôle. May ne laissa pas le temps à Sally-Anne de se justifier et fila chercher les bons du Trésor dans sa chambre. C'est lorsque Édouard demanda la restitution de l'autre partie du forfait que May apprit pour le tableau. La dispute s'envenima. Sally-Anne insultait Édouard, May était furieuse contre Sally-Anne, bref, c'était une véritable foire d'empoigne. Et comme Sally-Anne refusait de rendre le tableau, Édouard demanda ce qu'il adviendrait de l'enfant, quand sa mère irait en prison. Sally-Anne ignorait que May était enceinte. Et de l'apprendre ainsi fut une épreuve que vous pouvez imaginer. Le calme revint un instant. Chacun accusait le coup. Édouard, parce que May n'avait pas nié sa grossesse, May, d'avoir été confondue par Édouard devant sa complice, et Sally-Anne d'avoir deviné qui était le père de cet enfant. Elle obtempéra et restitua le rouleau dans lequel elle avait caché le tableau.

— Édouard était sous le choc parce que c'était lui le père de cet enfant ? demanda George-Harrison, les lèvres tremblantes.

— Il le supposait, en effet, et à juste titre, soupira l'antiquaire.

— Pourquoi tu ne me l'as jamais dit ? Pourquoi avoir attendu si longtemps ?

— À cause de ce qui s'est passé après, répondit Tremblay en baissant les yeux. Mais réfléchis bien avant que je poursuive. Il sera trop tard ensuite, même si tu me pardonneras mon silence et comprendras enfin pourquoi ta mère a voulu t'épargner toute ta vie de connaître la vérité.

— Tu peux y aller, Pierre, je sais qu'elle l'a tué.

— Tu ne sais rien du tout mon grand, alors je te repose ma question et je te conseille de bien réfléchir.

J'ai pris la main de George-Harrison en la serrant si fort que ses doigts ont blanchi. Je devinais de tout mon être qu'il fallait que Pierre se taise. Mais qui, à sa place, n'aurait pas voulu connaître la suite ?

George-Harrison a hoché la tête et Pierre a continué son récit.

— Édouard quitta le loft, il aurait pu fermer sa gueule, et pardon d'être grossier, mais c'était vraiment un sale type, car non content d'avoir obtenu ce qu'il voulait, il a proféré une autre menace depuis le palier, bien plus terrible. Si May n'avortait pas, il les balancerait toutes les deux aux autorités. Sa sœur, et il avait dit cela avec un air de dégoût, enfant adoptée, était une fausse Stanfield, et après ce qu'elle venait de faire, elle ne serait plus rien du tout, alors ce n'était pas un bâtard de plus qui allait venir ternir son nom et ruiner son mariage. Il se vanta d'être très clément. N'était-il pas préférable que cet enfant ne voie pas le jour, plutôt que d'être confié à l'Assistance publique quand on emprisonnerait sa mère ? Sally-Anne avait ses défauts, mais ce n'était pas une femme soumise. Elle a poussé un hurlement de rage et s'est jetée sur Édouard en le rouant de coups de poing. Édouard s'est débattu, il a perdu l'équilibre, et dévalé cent vingt marches en pente raide. Cet escalier, c'était un jeu de trompe-la-mort, et après lui avoir brisé la nuque, la mort l'attendait au rez-de-chaussée.

Tremblay avait relevé les yeux et surveillait George-Harrison, soucieux de sa réaction. Son visage empli de tristesse n'était que bienveillance. George-Harrison restait silencieux. Alors Tremblay posa sa main sur la sienne et s'excusa.

— Tu m'en veux ? s'inquiéta-t-il.

À son tour, George-Harrison le dévisagea.

— Je n'ai pas de père et c'est mieux ainsi, mais j'ai eu une mère incroyable, et puis je t'ai toi, mon Pierre. Alors c'est déjà beaucoup. Beaucoup trop pour en vouloir à la vie sans être un ingrat.

Tremblay a réglé l'addition. Nous avons remonté la rue à pied jusqu'à son magasin où nous avions laissé le pick-up. Nous allions nous saluer, quand Tremblay nous a demandé de le suivre. Dans son bureau, il a ouvert un tiroir et sorti un vieux cahier à spirale, comme un cahier d'écolier.

— Je ne l'ai jamais lu, je vous le jure. C'est ta mère qui me l'a confié, a-t-il dit en regardant George-Harrison, mais il appartenait à la vôtre, a-t-il ajouté en se tournant vers moi. Je ne veux plus de secrets dans ma vie, alors je vous le remets.

*

Il faisait nuit noire, George-Harrison était au volant, les phares éclairaient la route, nous faisions route vers son atelier, et sur mes genoux était posé le journal intime de ma mère que je serrais contre moi, sans avoir encore osé l'ouvrir.

38

Eleanor-Rigby

Octobre 2016, Magog

J'ai passé la nuit blottie contre lui. George-Harrison dormait. Je crois qu'il faisait semblant. Il avait fermé les yeux pour me laisser dans l'intimité de ce moment, tout en restant à mes côtés.

J'ai passé la nuit à lire le journal de ma mère, et j'ai découvert sous sa plume la dureté des années qu'elle avait vécues dans sa pension en Angleterre, ses insomnies dans un dortoir où la solitude et l'abandon venaient se poser sur son lit. J'y ai lu des pages joyeuses sur sa rencontre avec mon père dans un pub où les Beatles chantaient « All You Need Is Love », les trois années de leur premier flirt où elle avait trouvé un semblant de bonheur. J'ai compris les raisons de son retour à Baltimore, poussée par le désir et l'espoir de renouer avec les siens. J'ai appris sa vie de pigiste, ses aventures, cet appétit de liberté, dont elle avait fait sa raison d'être. Comme nous nous ressemblions au même âge, moi qui avais parcouru le monde pour aller chercher dans des regards étrangers ce que je n'osais voir dans celui de mes parents, de peur de trop bien les connaître. J'ai revisité ce que j'avais appris depuis le début de ce voyage, la façon dont elle s'était jetée éperdument dans son projet journalistique, les combats qu'elle avait menés, et la folie dans laquelle elle s'était laissé entraîner.

J'ai lu toute la nuit et au petit matin, quand je suis arrivée aux dernières pages de son journal, j'ai réveillé l'homme que j'aimais déjà pour que nous les lisions ensemble, car elles le concernaient. Maman ne les avait pas écrites seulement pour elle, elles étaient aussi adressées à May.

27 octobre 1980,

Ce sont les derniers mots que je t'écris, cher Journal. Lorsque nous avons trouvé la force de rejoindre mon frère au bas de cet escalier, nous pensions l'une et l'autre qu'il était mort. May s'est aperçue qu'il respirait encore. Alors nous avons cru que l'irréparable n'avait pas été commis. Nous l'avons porté dans sa voiture et nous l'avons conduit à l'hôpital. Et quand les brancardiers l'ont emmené, nous avons fui comme ce que nous étions, des voleuses. Au milieu de la nuit, j'ai appelé pour prendre de ses nouvelles et les médecins ne nous ont laissé aucun espoir. Il avait la nuque brisée, c'était un miracle qu'il respire encore, mais dès qu'on débrancherait les appareils, sa vie s'éteindrait avec eux. De voleuses idéalistes nous étions devenues criminelles, même s'il s'agissait d'un accident.

Avant que le matin se lève, May a pris le volant et a jeté la voiture que conduisait mon frère dans les eaux

sombres des docks. Nous l'avons regardée s'y enfoncer et disparaître. Personne ne savait qu'il était venu nous voir et sans cette pièce à conviction personne ne saurait ce que nous avions fait.
Il était midi quand j'ai reçu un appel de ma mère. Elle m'a intimé l'ordre de la rejoindre sans délai. J'ai pris ma vieille Triumph pour la dernière fois.
Ma mère m'attendait dans le hall de l'hôpital, elle y avait veillé mon frère. J'ai voulu voir son corps, elle me l'a interdit. J'allais tout lui avouer, résolue à en accepter les conséquences, lui rendre ce tableau auquel elle tenait tant, même si c'était une piètre repentance. Elle ne m'en a pas laissé le temps, elle m'a ordonné de me taire. C'est elle qui a parlé.
— Va-t'en, quitte ce pays avant qu'il ne soit trop tard et ne reviens jamais. J'ai perdu mon fils la nuit dernière, je ne veux pas d'une fille en prison. Je sais, je sais tout, parce que je suis ta mère. Quand les infirmiers m'ont dit que deux femmes avaient déposé Édouard sur un brancard des urgences avant de s'en aller, j'ai redouté le pire, et en te voyant, j'ai tout compris. Je ne t'ai pas dit où me retrouver quand je t'ai appelée, et pourtant tu es là. Débarrasse-toi de ma voiture si ce n'est pas déjà fait et disparais avec elle.

Elle est repartie, digne dans sa douleur, en me laissant seule.
En quittant l'hôpital, je suis repassée au loft. May s'était absentée. Alors je me suis rendue à la banque pour aller encaisser le chèque que ma mère m'avait remis un jour dans son club pour me répudier une seconde fois. J'y ai croisé le mari de Rhonda et lui ai confié « La Jeune Fille à la fenêtre », afin qu'il la

dépose dans un coffre que je lui ai loué. Il m'a fait remplir des papiers sans me poser aucune question. Je ne veux pas l'emporter avec moi, je ne pourrai jamais regarder cette jeune fille, aussi belle soit-elle, sans repenser à son destin et à celui de mon frère. En sortant de l'agence, je suis allée acheter un billet d'avion et j'ai glissé ce qui me restait d'argent dans une enveloppe. Je la laisserai sur la table de nuit pour que May ait de quoi passer aussi la frontière et assurer ses premiers jours au Canada.

*

Ce sont les derniers mots que je t'écris, mon amour.
Je suis rentrée au loft où, cette fois, tu m'attendais. Je t'ai fait part de ma décision. Nous avons beaucoup parlé, puis pleuré en silence. Tu as fait ta valise et préparé la mienne.
Je suis partie pendant que tu dormais. Te dire au revoir aurait été un mensonge, te dire adieu était bien trop cruel.
Sur la table de nuit, je t'ai laissé tous les bons du Trésor, pour que tu puisses reconstruire la vie que je t'ai gâchée. Tu portes un enfant mon amour, et même si je ne suis pas de son sang, il perpétue une histoire que je laisse derrière moi. Il n'appartient qu'à toi de la lui raconter un jour.
Ne t'inquiète pas pour moi. À Londres, j'ai quelqu'un qui m'attend et sur qui je peux compter. Enfin je l'espère. C'est à cause de lui que je te rebattais si souvent les oreilles à te passer en boucle des disques des Beatles, toi qui n'aimais que les Rolling Stones.

Ce sont les derniers mots que je t'écris, car je ne veux plus tromper personne. Alors s'il veut bien me pardonner, je vais l'aimer de toutes mes forces et consacrer ma vie à essayer de le rendre heureux.
Vous aussi, soyez heureux ensemble, donne à ton enfant la joie de vivre dont je te sais capable. J'ai vécu auprès de toi mes plus belles années, et quoi qu'il nous arrive, tu resteras dans mon cœur jusqu'à la fin de mes jours.
Sally-Anne.

C'était la dernière page de son journal. Le jour se levait. George-Harrison m'a tendu un pull et un jean et nous sommes allés marcher dans la forêt.

39

Eleanor-Rigby

Octobre 2016, Magog

J'ai appelé Michel pour prendre de ses nouvelles. Il me manquait plus que jamais. J'ai profité de notre conversation pour lui demander si Maman lui avait parlé d'une banque où elle aurait caché un tableau. Il m'a répondu que c'était illogique. Pourquoi mettre un tableau dans un coffre, alors qu'on les peignait pour les accrocher au mur. Je n'ai pas trouvé d'explication qui l'aurait satisfait. Il a voulu savoir si je rentrerais bientôt, et je lui ai promis que je le ferais dès que possible. Et puis il m'a demandé si j'avais trouvé ce que je cherchais et je lui ai répondu en regardant George-Harrison que j'avais surtout trouvé ce que je ne cherchais pas. Il m'a confirmé que ce genre de choses arrivait, il avait lu dans ses livres que bien des découvertes scientifiques relevaient du hasard. Bien que le hasard en soi n'ait rien de scientifique. Il y avait deux lecteurs à la bibliothèque et avec une telle affluence, il ne pouvait pas rester plus longtemps au téléphone. Il m'a promis d'embrasser Maggie et Papa pour moi, puis m'a fait jurer à mon tour de les appeler pour les embrasser moi-même.

George-Harrison m'attendait devant le pick-up. Nous avons fermé l'atelier et repris la route. Nous sommes arrivés à Baltimore avec la nuit.

Le lendemain, nous avons rendu visite au professeur Shylock et tenu ainsi notre promesse. Nous lui avons raconté ce que nous avions appris, enfin presque tout, certaines choses ne le regardaient pas. Nous espérions le piéger et nous lui avons demandé s'il avait une idée du nom de la banque où pouvait se trouver le tableau. Notre question n'a pas eu l'air de le perturber plus que cela, il a repris son manuscrit, et l'a feuilleté en nous traitant de bons à rien.

— Voilà c'est pourtant écrit là, il suffisait d'être attentif ! Les Stanfield étaient actionnaires de la Corporate Bank of Baltimore, elle existe toujours, vous n'avez qu'à chercher son adresse dans l'annuaire. Vous m'autorisez vraiment à publier toute cette histoire ?

— À la condition que vous répondiez à une question, lui dis-je.

— Je vous écoute, répondit-il agacé.

— Est-ce que vous êtes l'auteur de ces lettres anonymes ?

Shylock a pointé du doigt la porte de son bureau.

— Foutez-moi le camp, vous êtes ridicules !

*

Nous nous sommes rendus à la banque où le guichetier nous a fraîchement reçus. Avant qu'il nous dise quoi que ce soit sur l'existence d'un coffre, il nous appartenait d'apporter la preuve que nous en étions les détenteurs. J'eus beau lui expliquer qu'il avait été loué par ma mère, et qu'elle était décédée, rien n'y fit. Si j'étais son héritière légitime, je n'avais qu'à lui présenter des papiers qui en attestent. Je lui ai montré mon passeport et la conversation est devenue kafkaïenne. Je m'appelais Donovan, et Maman avait ouvert ce coffre sous son nom de jeune fille, nom qu'elle avait changé en s'installant définitivement en Angleterre. Même si Papa m'envoyait une copie de leur acte de mariage, il ne convaincrait en rien cet employé zélé.

Et pour se débarrasser de nous, il nous indiqua que la seule personne habilitée à déroger aux règles de la banque était le président-directeur général. Il ne venait que deux fois par semaine, sa prochaine apparition aurait lieu après-demain. Ce à quoi il ajouta qu'il était inutile de le déranger lui aussi, M. Clark était mormon et les mormons ne dérogeaient jamais aux règles.

— Vous avez dit M. Clark ?

— Vous êtes sourde ? soupira le guichetier.

Je le suppliai de faire savoir à son président que la fille de Sally-Anne Stanfield était en ville, que Mme Clark, s'il était toujours marié, l'avait bien connue pour avoir participé avec elle à la création d'un journal, de lui rappeler que ma mère lui avait un jour confié un tableau représentant une jeune fille à une fenêtre. J'étais sûre qu'il nous accorderait un rendez-vous. Je notai le numéro de mon portable sur une feuille de papier, l'adresse de notre hôtel et proposai même de lui confier mon passeport. Le guichetier s'empara de la feuille que j'agitais devant lui, refusa ma pièce d'identité et me promit de transmettre ma demande à condition que je m'en aille sur-le-champ.

— Je ne vois pas comment nous pourrons y arriver, dit George-Harrison en sortant de cette fichue banque. Et en plus si le patron est mormon…

— Répète ce que tu viens de dire !

— C'était juste une façon de parler, je n'ai rien contre les mormons.

J'ai embrassé George-Harrison et il n'a pas du tout compris pourquoi j'étais aussi joyeuse. Je venais de me souvenir d'une conversation entre mon père et Maggie, quand elle avait inventé un bobard alors qu'elle était allée fouiller son appartement.

— Un mormon ne peut pas remettre en cause le travail des mormons, murmurai-je.

— Tu as bu ?

— Les mormons consacrent une bonne partie de leurs activités à la généalogie, ils ont fondé une société généalogique en Utah à la fin du XIXe siècle. Ils ont commencé par les États-Unis, puis ils ont parcouru l'Europe, passé des accords avec presque tous les pays qui leur ont communiqué leurs archives d'état civil. Leur travail n'a jamais cessé et ils conservent des millions et des millions de microfilms dans des chambres fortes creusées dans leurs montagnes.

— Et comment sais-tu cela ?

— Mon métier. Et parce que mon père a fait appel à eux, et si l'extrait qu'il nous a montré s'arrêtait volontairement à Maman et lui, mon arbre généalogique au complet me sera communiqué si j'en fais la demande à la source.

Cela ne m'a pas pris beaucoup de temps pour obtenir ce que je recherchais. Les mormons se sont modernisés et il suffit de renseigner son identité et celle de ses parents sur leur site Internet pour obtenir sans délai une copie de votre arbre généalogique et découvrir ainsi l'identité de vos ancêtres. J'étais décidée à affronter ce guichetier qui m'avait éconduite quand j'ai reçu un appel de la secrétaire de M. Clark.

Il me donnait rendez-vous le surlendemain dans son bureau à midi pile.

*

Je n'aurais su dire qui, du président, de sa secrétaire, ou du mobilier de son bureau était le plus ancien.

Nous avons pris place dans deux fauteuils au cuir craquelé. M. Clark portait un costume trois-pièces et un nœud papillon, il avait le crâne dégarni, mais les lunettes rectangulaires qui glissaient sur son nez et sa moustache blanche lui donnaient un air de Geppetto qui le rendait assez sympathique. Il m'écouta sans broncher et se pencha sur les documents que je lui présentais. Il étudia mon arbre généalogique avec la plus grande attention et répéta « Je vois » à trois reprises, tandis que je retenais mon souffle.

— C'est compliqué, dit-il.

— Qu'est-ce qui est compliqué ? questionna George-Harrison.

— Un arbre généalogique n'est pas à proprement parler un document officiel, et pourtant celui-ci atteste de votre qualité. Le coffre dont vous me parlez a été ouvert il y trente-six ans, et jamais depuis. Quelques mois de plus et son contenu aurait été déclaré abandonné et saisi par la banque. Alors, imaginez ma surprise de voir arriver quelqu'un qui en revendique la propriété.

— Mais vous avez sous les yeux la preuve que je suis bien la fille de Sally-Anne Stanfield.

— C'est indiscutable, je vous l'accorde. Vous lui ressemblez, d'ailleurs.

— Vous vous souvenez de ma mère après toutes ces années ?

— Savez-vous pendant combien d'années ma femme m'a reproché de ne pas lui avoir accordé son prêt ? Ou combien de fois elle m'a laissé entendre que si je m'étais opposé à mon conseil d'administration, rien ne serait arrivé ? Savez-vous pendant combien d'années votre mère m'a indirectement pourri l'existence ? Je crois qu'il est préférable que je ne vous le dise pas.

— Alors vous n'ignorez pas ce qui est arrivé ?

— Qu'après l'accident dont son frère fut victime elle ait choisi d'abandonner sa mère et de s'en aller vivre à l'étranger, je l'ai appris, consterné, comme tous ceux qui fréquentaient les Stanfield.

— Vous avez connu Hanna ?

M. Clark acquiesça d'un mouvement de tête.

— Une femme admirable, reprit-il. Les médecins n'ont jamais pu la convaincre. Une vraie sainte.

— La convaincre de quoi ?

— De débrancher les machines qui maintenaient son fils en vie. Et elle a dépensé toute sa fortune pour qu'on lui prodigue les meilleurs soins. Elle a vendu ses tableaux un à un, et puis un jour ce fut le tour de sa demeure. Elle s'est installée seule dans un petit appartement, occupant ses journées dans la clinique où elle avait installé son fils. Elle espérait un miracle qui ne s'est pas produit. Les appareils les plus modernes qu'elle renouvelait sans cesse ne pouvaient le ramener à la vie. Elle lui a tout sacrifié, et quand il est mort, elle s'est retirée à son tour.

— Combien de temps Édouard a-t-il survécu ?

— Dix ans, un peu plus peut-être.

M. Clark remonta ses lunettes, essuya son front avec son mouchoir et toussota.

— Bien, revenons à ce qui vous concerne. Vous n'ignorez pas que votre frère et votre sœur, puisqu'ils apparaissent sur ce document, sont également légataires de Mlle Stanfield, enfin de votre mère ?

— Cela va de soi.

— Le contrat de location stipulait expressément qu'elle seule ou l'un de ses enfants pouvaient ouvrir ce coffre.

M. Clark emporta mon arbre généalogique et le fameux contrat. Il les remit à sa secrétaire dont la porte du bureau voisin était restée ouverte depuis le début de notre entretien ; comme s'il avait besoin d'un témoin pouvant attester qu'il n'avait dérogé à aucun règlement et s'était contenté de respecter les engagements pris par la banque qu'il présidait.

La secrétaire revint peu après, hochant la tête pour lui confirmer que tout était en ordre.

— Alors, allons-y, soupira M. Clark.

Nous avons emprunté un ascenseur qu'on ne voit plus que dans les films en noir et blanc. La cabine en marqueterie avec sa grille et sa manivelle en bois impressionna vivement George-Harrison et je devinai, alors que nous descendions vers les sous-sols à la vitesse d'un escargot, qu'il était en train de réfléchir à la manière d'en réaliser une copie conforme.

La salle des coffres était gigantesque. M. Clark nous pria de l'attendre dans une antichambre. Il nous laissa avec sa secrétaire qui se fendit d'un sourire, le premier qu'elle nous accordait.

Il revint peu de temps après, portant dans les bras un carton à dessin protégé dans une couverture.

Il le posa sur une table au centre de la pièce et recula.

— Je vous laisse l'ouvrir, je n'en suis que le dépositaire.

Nous nous sommes approchés de cette couverture comme s'il s'était agi d'une relique, et d'une certaine façon, c'en était une.

George-Harrison a dénoué les cordons du carton à dessin, et j'en ai soulevé le rabat.

La Jeune Fille à la fenêtre nous apparut dans toute sa splendeur. La lumière qui se posait sur son visage était si juste qu'on aurait cru que le jour était entré dans le tableau.

Je repensais à une autre jeune femme qui, elle aussi, regardait par la fenêtre son père, fumant une cigarette en compagnie d'un jeune agent de liaison américain. Je revivais leur folle évasion à travers les montagnes, pensais à ceux qui les avaient aidés et sauvés, à un merveilleux marchand d'art anglais, aux fenêtres d'un taudis sur la 37e Rue, à celles d'un appartement dans l'Upper East Side, à ma mère qu'ils avaient adoptée, à son demi-frère, à toutes ces vies dont les destins avaient été liés par un tableau de Hopper, le préféré de Sam Goldstein.

Clark et sa secrétaire se sont approchés discrètement pour l'admirer à leur tour. Et eux aussi m'ont donné l'impression qu'ils se recueillaient devant cette jeune fille.

— Vous comptez l'emporter aujourd'hui ? s'enquit M. Clark.

— Non, lui répondis-je. Il est plus en sécurité ici.

— Alors pour simplifier les choses, je vais faire porter votre nom sur ce contrat, en rajeunir la date et vous en fournir une copie. Si vous voulez bien patienter quelques instants dans le hall au rez-de-chaussée, ma secrétaire viendra vous l'apporter.

Nous sommes remontés par le même ascenseur, nous avons quitté M. Clark au rez-de-chaussée et après nous avoir salués, il s'est envolé dans sa cabine en marqueterie vers le dernier étage.

Nous avons attendu une dizaine de minutes. Sa secrétaire est venue nous remettre une enveloppe sur laquelle étaient inscrits mon nom et mon prénom. En me la confiant, elle m'a vivement recommandé de ne jamais perdre ce document. De toute sa carrière, c'était la première fois que M. Clark faisait une entorse au règlement et elle doutait que cela se reproduise un jour. Elle nous a gratifiés d'un deuxième sourire et est retournée à son travail.

*

Nous sommes allés déjeuner au Sailor's Café, ce n'était pas un pèlerinage, juste une envie de revisiter l'endroit de notre rencontre. À table, George-Harrison m'a demandé ce que je comptais faire du tableau.

— Te le donner, c'est à toi qu'il revient de droit. Toi seul portes dans tes veines le sang de Sam et d'Hanna Goldstein. Maman n'était qu'une enfant adoptée.

— Et tu m'en vois plus que ravi !

— Tu tiens tant à récupérer ce tableau ?

— Il est magnifique, mais je m'en fiche complètement. Adoptée ou pas qu'est-ce que ça change ? Un enfant est un enfant, et ta mère était la seule héritière légitime de cette toile.

— Alors de quoi es-tu ravi ?

— Que nous n'ayons pas le moindre lien de sang, parce que je n'ai pas l'intention de te laisser repartir en Angleterre, en tout cas, pas sans moi.

Je n'en avais aucune intention non plus, mais j'aurais pu aller jusqu'à l'avion pour qu'il m'empêche d'y monter.

— Je sais, lui répondis-je en frimant un peu.

— Non tu ne le savais pas. Et il y a autre chose que nous ne saurons jamais : qui est le corbeau.

*

En remontant à bord du pick-up, j'ai sorti de ma poche l'enveloppe que m'avait confiée la secrétaire de M. Clark. Mes yeux se sont posés sur l'écriture et voyant la façon dont mon prénom et mon nom avaient été manuscrits, mon visage s'est éclairé. La calligraphie était belle, remarquablement belle, riche de pleins et de déliés comme on apprenait à en faire à l'école.

Et alors j'ai compris, enfin tout compris, et je me suis mise à rire et à pleurer en même temps.

Je me suis retournée vers George-Harrison et lui ai remis l'enveloppe alors que nous étions arrêtés à un feu.

— Hanna ne s'est pas suicidée comme nous l'a affirmé Shylock. Sa voiture, ce sont nos mères qui l'ont jetée dans les eaux du port.

— Je ne comprends pas.

— La secrétaire de Clark, c'était elle, Hanna !

40

Bureau de M. Clark, une heure plus tôt

— Vous êtes satisfaite ? demanda M. Clark en raccompagnant Hanna à la porte de la banque.

— Oui je le suis. Le tableau de mon père retournera à la lumière, j'ai tenu la promesse que je lui avais faite, celle de ne jamais le céder et qu'il reste toujours dans notre famille. Et puis j'aurai, par la même occasion, pu mettre un visage sur le nom de deux de mes petits-enfants. Reconnaissez que cela valait bien la peine d'aller poster quelques lettres, même du Canada. Je vous serai éternellement reconnaissante de tout ce que vous avez fait pour moi.

— Pourquoi ne pas vous être présentée ?

— Après tout le chemin qu'ils viennent de parcourir, s'ils veulent me rencontrer, je suis sûre qu'ils sauront me trouver.

Hanna salua M. Clark et s'en alla prendre son autobus, il la regarda s'éloigner sur le trottoir, aussi dignement qu'elle avait vécu.

Épilogue

Le 1er janvier 2017, Ray Donovan se mit au régime pour pouvoir entrer dans son smoking.

Le 2 avril 2017, Eleanor-Rigby et George-Harrison se marièrent à Croydon. Ce fut une très jolie cérémonie. Maggie avait quitté Fred et repris des études de droit, résolue cette fois à devenir avocate. L'année suivante, elle changera de filière pour devenir vétérinaire.

Le soir du mariage, Véra et Michel annoncèrent qu'ils déménageaient à Brighton, ils attendaient un heureux événement et l'air marin leur semblait plus logique que celui de la ville.

Assise au dernier rang, Hanna assista incognito ou presque à la cérémonie. Elle profita de son séjour pour aller se recueillir sur la tombe de sa fille. Elle avait vu sa descendance au complet et repartit heureuse.

Le 20 avril 2017, Le professeur Shylock publia un livre intitulé *La Dernière des Stanfield*. Son ouvrage rencontra un grand succès… auprès de ses collègues auxquels il l'avait offert.

Eleanor-Rigby et George-Harrison vivent à Magog. Leur maison se trouve désormais à l'extérieur de l'atelier.

May a rencontré son petit-fils, Sam.

Il est probablement le seul enfant au monde à avoir un tableau de Hopper accroché au mur de sa chambre.

Le soir avant de se coucher, il lui arrive de dire bonsoir à une jeune fille qui regarde par la fenêtre.

Remerciements

Pauline, Louis, Georges et Cléa.
Raymond, Danièle et Lorraine.

Susanna Lea.
Emmanuelle Hardouin.
Cécile Boyer-Runge, Antoine Caro.
Caroline Babulle, Élisabeth Villeneuve, Arié Sberro, Sylvie Bardeau, Lydie Leroy, Joël Renaudat, Céline Chiflet, toutes les équipes des Éditions Robert Laffont.
Pauline Normand, Marie-Ève Provost, Jean Bouchard.
Léonard Anthony, Sébastien Canot, Danielle Melconian, Mark Kessler, Marie Viry, Julien Saltet de Sablet d'Estières.
Laura Mamelok, Cece Ramsey, Kerry Glencorse.
Brigitte Forissier, Sarah Altenloh.
Lorenzo.

Et aux Beatles pour… « Eleanor Rigby ».
(© Lennon-McCartney)

Cet ouvrage a été composé et mis en pages
par ÉTIANNE COMPOSITION
à Montrouge.

Imprimé en Allemagne
par GGP Media GmbH
à Pößneck
en août 2018

S28930/01